O TEMPO DAS AMAZONAS

O tempo das amazonas

Marvel Moreno

Tradução de
Silvia Massimini Felilx

Copyright © Marvel Moreno, 2025
© Moinhos, 2025.

Obra editada com apoio do programa Reading Colombia, cofinanciação para a tradução e publicação.

Edição Nathan Matos
Assistente Editorial Aline Teixeira
Revisão Joelma Santos e Nathan Matos
Diagramação Luís Otávio Ferreira
Capa Sérgio Ricardo
Imagem de capa Giuditta che decapita Oloferne, de Artemisia Gentileschi

Dados Internacionais de Catalogação na Publicação (CIP) de acordo com ISBD

M843t Moreno, Marvel
O tempo das amazonas / Marvel Moreno; traduzido por Silvia Massimini Felix. - São Paulo: Editora Moinhos, 2025.
288 p.; 14cm x 21cm.
ISBN: 978-65-5681-196-3
1. Literatura Colombiana. 2. Romance. I. Felix, Silvia Massimini. II. Título.
2025-2146
CDD 868.9936
CDU 831.134.2(862)

Elaborado por Vagner Rodolfo da Silva - CRB-8/9410
Índice para catálogo sistemático:
1. Literatura Colombiana 868.9936
2. Literatura Colombiana 831.134.2(862)

Todos os direitos desta edição reservados à Editora Moinhos
www.editoramoinhos.com.br
contato@editoramoinhos.com.br
Facebook.com/EditoraMoinhos
Twitter.com/EditoraMoinhos
Instagram.com/EditoraMoinhos

A Jacques F.

Vi rostos que a tumba há tempos esconde
E ouvi vozes ouvidas já não me lembro onde

JOSÉ ASUNCIÓN SILVA

1

Gaby decidiu ficar morando em Paris três horas depois de chegar à cidade e sem saber falar uma palavra de francês. Sentada em um banco da Place Paul Painlevé, tinha olhado ao redor e viu um velho jogando migalhas de pão para os pardais e pombos, que não pareciam temer a presença humana. Também viu um garoto lendo um livro e, na frente dele, um casal apaixonado se beijando na boca. Tudo isso era inconcebível em Barranquilla: os meninos de cada bairro formavam gangues para matar os pássaros na mira do estilingue; ler em uma praça teria provocado a hilaridade dos transeuntes, e beijar-se em público, a perda de reputação. Gaby pensou que estava no lugar onde deveria ter nascido por princípio e decidiu se estabelecer ali para sempre. Tinha algumas economias em um banco norte-americano que a ajudariam a sobreviver enquanto aprendia francês e estabelecia contatos para poder exercer sua profissão de fotógrafa. Quanto ao marido, Luis, ele acabaria por compreendê-la. Dissera-lhe tanto que só na França o sucesso se devia ao talento e não às intrigas locais, que sem dúvida aceitaria sua decisão. Havia o problema de anunciá-la a ele, e Gaby olhava pelo canto do olho para sua expressão arisca, a mesma que ele tinha quando foi buscá-la no aeroporto de Orly. Ela ficou feliz em reencontrá-lo, mas, quando chegou ao hotel onde estava hospedada e o viu tirar do bolso do casaco um livrinho bem usado sobre as trinta e duas posições eróticas de alguma religião oriental, percebeu que nada havia mudado. Àquela altura, ela sabia que o sexo exigia um estado de espírito em que a consciência se perdia nos labirintos de um prazer cego e sem nome e cuja essência profunda nenhum livro poderia revelar. Pensava nisso enquanto Luis a despia apressadamente e a deitava na cama para fazer amor com ela como sempre, com o desejo limitado ao seu membro e nos olhos a mirada angustiada de uma criança diante de uma folha de prova. Agora que o mau momento tinha passado, eles podiam conversar afetuosamente na praça Paul Painlevé, embora Luis conservasse nas pupilas o desconforto do garoto que devolveu a folha de exame em branco. Dizer-lhe que queria viver em Paris lhe parecia a melhor maneira de não ferir seu amor-próprio, mesmo que sem ele Gaby não pudesse conceber a existência e tivesse sofrido desesperadamente durante os meses em que estiveram separados. Parecia-lhe que seu amor por Luis era um tecido de fios contraditórios. Ela o conhecera quando ele era um homem acossado por causa de suas opiniões políticas, pobre, malvestido e sem nenhum charme além do proporcionado por sua formidável coleção de anedotas. Se ele fosse um dos rapazes da alta burguesia que ela frequentava, não o teria notado. Mas o perseguiam: ocupava a terceira posição de uma lista estabelecida pela extrema direita para eliminar pessoas consideradas perigosas no caso de um movimento popular revolucionário. A essa aura de conspirador romântico somava-se o fato de Luis ter passado uma infância infeliz porque perdera a mãe aos oito anos, e seu pai, um homem simpático mas egoísta, tinha se livrado dele ao confiá-lo aos cuidados de suas duas tias que o odiavam. Gaby o ouvira contar tristemente como aquelas solteironas tornaram amarga sua infância, batendo-lhe com frequência e inventando malcriações intermináveis para acusá-lo de desobediência na frente de seu pai, nos poucos domingos em que ele vinha visitá-lo. Em certa ocasião, sua avó materna, doente de câncer, ofereceu-se para cuidar dele, e por dois meses Luis viveu feliz, mas suas tias o levaram de volta sob o pretexto de que o câncer era contagioso, na realidade queriam recuperar o dinheiro que obtinham por sua criação. A partir de então, Luis via a avó às escondidas no ônibus que o levava à escola. Embora não parecesse um homem inclinado a ter pena de si mesmo, ela, Gaby, sentiu que aquela lembrança dilacerava sua alma: um menino com a maleta nos joelhos esperando ansiosamente no ônibus que chegasse o ponto onde sua avó entraria para se juntar a ele. E, no dia em que ela não veio, quando parou de vê-la, disse a si mesmo que a avó também o abandonara, e ele tinha entrado no obscuro desamparo da solidão. Desde a primeira vez que conversaram, ela, Gaby, teve a impressão de estar diante de um homem corajoso, mas indefeso. Sentados a uma mesa no Country Club, vendo a chuva de agosto cair torrencialmente nos arbustos do pátio interno, eles descobriram que compartilhavam os mesmos gostos literários e opiniões políticas. Gaby achava que estava sonhando: uma pessoa que lia Marx e sabia usar os talheres, um partidário de Che Guevara que gostava de Proust, um esquerdista que se expressava com moderação. E esse era o homem que a burguesia pretendia amordaçar, impedindo-o de trabalhar e ameaçando-o de morte. Quando se separou dele, pensou ter encontrado o homem ideal.

O casamento com Luis, cinco meses depois, fez esse pensamento ruir. Embora não tivesse experiência alguma e sua timidez a impedisse de dizer o que queria, não podia tolerar que a vida sexual fosse reduzida a um ato realizado às pressas e do qual seu próprio prazer estava excluído. Na intimidade, Luis se comportava como um pirata, não violento, nem sequer lascivo, mas simplesmente ocupado em obter sua satisfação o mais rápido possível, sem levar em consideração as débeis mensagens que ela lhe enviava e que um dia, cansada, derrotada, deixou de lhe enviar. Depois, voltou-se para si mesma e o sexo se tornou uma obsessão. Todos os homens que ela conhecia eram passíveis de se tornar seus amantes, cada compromisso de negócios era suscetível de se transformar em um encontro amoroso. Passava o dia sonhando acordada. Trabalhava muito, mas como uma autômata, sem se importar com o que fazia, letárgica pelas miragens do desejo. Em seu coração, ela recriminava Luis por ter usado o casamento para monopolizar seu corpo, dando a ele uma espécie de marca pessoal que excluía outros homens, e, ao mesmo tempo, sentia vergonha de pensar assim. Se ela tivesse sido mais calculista, teria se permitido ter casos extraconjugais, mantendo as aparências a salvo. Mas não podia, era impedida de fazê-lo por algo que chamava de honestidade. Assim, quando conheceu o homem que seria seu primeiro amante, ela não quis dormir com ele antes de pedir permissão a Luis, como haviam concordado em fazer quando eram namorados, no momento em que Luis lhe disse que viveriam à maneira de Sartre e Simone de Beauvoir.

Luis aceitou e no dia seguinte enlouqueceu: telefonou para o pai dele para pô-lo a par da situação e contou toda a história ao jornalista mais fofoqueiro da cidade. Foi aquele escândalo. Ela tentou encarar as coisas sem romper as relações com o amante, pois lhe parecia o cúmulo que, depois de tanto falar de liberdade, Luis fizesse tanto alarde sobre uma aventura simples, destinada a terminar em pouco tempo, sim, mas que ela queria viver até o fim. Cedendo às súplicas de Luis, foi consultar um médico com quem ele havia conversado. Tratava-se de um velho que colecionava borboletas e tinha em seu consultório frascos com fetos preservados em formol. Informado por Luis do que estava acontecendo, o médico quis saber seu ponto de vista, e ela, com franqueza, contou-lhe sobre seu desejo de ter uma vida sexual satisfatória. O médico ouviu-a falar com uma falsa indulgência, como se reconhecesse os sintomas de uma doença qualquer. Para isso, ele lhe disse, havia uma solução: ir para o Panamá, onde um ginecologista amigo dele poderia operá-la, removendo os órgãos internos e externos que intervinham no desejo sexual. Ela ficou apavorada, mas seu horror foi maior quando Luis implorou que ela seguisse essas recomendações. Então, Gaby concordou em ir para Bogotá.

Na véspera da viagem, Luis a levou a um cartório para assinar alguns documentos, em que ela lhe passava os bens que tinham em comum e que lhe pertenciam na maior parte graças ao seu trabalho e a uma pequena herança recebida da avó paterna. Ela ficou surpresa com a habilidade com que Luis havia previsto tudo e pela primeira vez se perguntou se ele era tão indefeso quanto ela pensava. Mas esses pensamentos desapareceram quando ela se viu separada dele, em Bogotá. Então, os aspectos positivos da personalidade de Luis ganharam uma dimensão inusitada. Apesar de seu mau caráter, ele era um homem inteligente e gentil que se movia em um nível intelectual muito superior ao dos amantes que ela teve naquele período. Perdê-lo significava descer ao mundo dos sentimentos medíocres, viver entre frases banais e lugares-comuns. A cultura formidável de Luis era necessária para ajudá-la a analisar filmes e livros. Sentia-se solitária e triste. Adoeceu. Sofria de vertigens que a derrubavam no chão, e mesmo no chão tinha a impressão de cair quicando de um penhasco. Chorava com frequência, a menstruação parou de descer.

No dia em que Neil Armstrong pisou na lua, telefonou a Luis para lhe dizer, chorando, o quanto o amava, e decidiram se encontrar em Paris.

Caminhando agora por Saint Germain, ela se perguntava como iria anunciar a Luis sua decisão de não voltar a Barranquilla. Pois, quanto mais via as livrarias e os terraços dos cafés, aquela bela luz de outono que conferia brilhos dourados aos edifícios, mais se afirmava definitivamente seu desejo de ter saído da Colômbia, como se uma nova vida começasse para ela. Sentia-se livre e tinha muitas coisas para descobrir, especialmente os museus onde estavam expostas aquelas pinturas e esculturas que só tinha visto fotografadas em livros de arte. Uma alegria secreta a dominava diante da ideia de visitar o Louvre e, na banca de jornais da estação de metrô Odéon, comprou um guia dos monumentos de Paris.

Os dois tinham sido convidados a almoçar em um apartamento na Rue de l'Ancienne-Comédie, onde alguns amigos de Luis e Virginia, uma prima dela, tinham combinado de se encontrar. Todos a acolheram com simpatia, como se ignorassem seus contratempos conjugais. Sobre a mesa havia copos brancos de anis, e da janela era possível ver os telhados escuros de ardósia da cidade. Ouvindo-os falar, sentiu-se ignorante. Falavam sobre as últimas exposições e uma comédia musical americana que era o espetáculo do momento. Ela tentava memorizar os nomes de museus, teatros e galerias, prometendo a si mesma que iria visitá-los.

Quando soaram as doze badaladas do meio-dia, Andrés, amigo de infância de Luis, convidou-a para ir com ele ao mercado. Nas bancas da Rue de Buci se amontoavam frutas, legumes e peixes em abundância; havia também flores, e todo aquele conjunto parecia formar uma bela natureza-morta. Ela, que nunca tinha feito compras de mercado em Miami, ficou espantada ao ver tamanha quantidade e variedade de alimentos e a limpeza com que eram apresentados ao público. Viu Andrés escolher com infinita atenção os queijos e vinhos para o almoço. Ele mesmo se encarregou de preparar a comida quando voltaram ao apartamento, e o fez solenemente, como se fosse uma cerimônia sagrada. Andrés, que morava em Paris havia muitos anos, demonstrava por seus comentários a importância que os franceses davam à boa cozinha.

Enquanto comiam, Virginia olhava de relance para a prima. Desde o início ela se surpreendera ao vê-la tão bonita. Gaby havia perdido peso e suas longas pernas pareciam muito finas em botas de camurça cinza. A minissaia lhe dava um ar de adolescente e ela usava os cabelos soltos e lisos nas costas. Aquela forma de pentear o cabelo contrastava tanto com seus coques de antigamente, que ela a associava a um ato de liberdade, como livre se mostrara ao deixar Luis. É claro que, se a mãe de Gaby, Alicia Zabaraín, estivesse viva, não haveria nem sombra de separação. Gaby a temia demais e suportara sete anos de casamento para lhe dar a impressão de formar um casal feliz com Luis.

Alicia Zabaraín sempre olhara com desconfiança para ela, Virginia, e sua prima Isabel, as melhores amigas de Gaby, por serem filhas de mulheres liberais e netas da mesma avó, cujo temperamento festivo havia despertado críticas da cidade. Para a avó, o casamento de seu sobrinho Julián com aquela solteirona azeda Alicia Zabaraín foi decididamente um desastre causado por sua fraqueza de caráter e seu medo de fazer os outros sofrerem. Ele sempre tentava consertar as coisas e, quando seu amigo Armando Zabaraín implorou no leito de morte para ajudar sua irmã, ele não encontrou nada melhor a fazer do que se casar com ela. Alicia Zabaraín não só esqueceu sua generosidade como também nunca o perdoou por sua indiferença ao dinheiro e à vida social. Havia conhecido a opulência na infância e, quando sua família foi à ruína pela falência do banco Dupont, compensou suas dificuldades econômicas sonhando com casamentos dourados. Mais de uma vez aludira diante dela, Virginia, às ilusões perdidas e à mediocridade dos homens sem ambição. Tio Julián não tinha ambições, exceto as muito modestas de aumentar o número de seus livros ou comprar um exemplar raro que por acaso aparecesse no mercado. Como falava e escrevia vários idiomas, mantinha uma relevante correspondência com editoras europeias e norte-americanas que lhe enviavam pelo correio as últimas obras publicadas sobre diferentes assuntos, mas especialmente tratados científicos e filosóficos.

Tio Julián exercia sua profissão de médico em um hospital de caridade onde passava as manhãs e não cobrava nem um centavo, e só atendia em seu consultório à tarde, ganhando o estritamente necessário para viver. No resto do tempo, ele lia ou inventava remédios milagrosos que nunca tentava comercializar. Assim, certa vez, embalsamou o corpo de um milionário americano que morrera por acaso em Barranquilla e, um ano depois, recebia a visita de um especialista determinado a comprar o procedimento usado a qualquer preço, pois descobrira que o corpo parecia embalsamado para a eternidade. Não lhe vendeu. Também nunca comunicou o conteúdo das fórmulas que um farmacologista amigo seu preparava em segredo, de acordo com suas instruções, e que combatiam eficazmente todas as doenças tropicais. Aquele mago gentil e tímido não tinha armas para se defender da frustração raivosa de Alicia Zabaraín, que o proibira de entrar em sua cama assim que engravidou de Gaby, alegando que seus deveres conjugais haviam terminado com uma criança e que as tentativas de tio Julián de lhe dar prazer eram imundícies condenadas pela Igreja. Tio Julián se retirou para seu quarto, envergonhado por sua intimidade ter sido jogada aos quatro ventos, mas não a deixou, talvez por não querer ser separado do bebê que iria nascer. Ela, Virginia, ouvira a avó contar como Alicia Zabaraín, determinada a ser a melhor mãe do mundo, se recusou a encontrar uma babá para ajudá-la a cuidar da filha. Nem permitia que as empregadas da casa lavassem as fraldas. Nada que chegasse perto de Gaby podia ser tocado por uma mão negra. O racismo de Alicia Zabaraín chegou ao extremo de proibir Gaby, quando era criança, de entrar na área de serviço. Assim, se sua bola rolasse para a cozinha, Gaby tinha de anunciá-lo para a mãe, e Alicia Zabaraín mandava que uma empregada a trouxesse, e a lavava com sabão e secava com uma toalha antes de devolvê-la a Gaby. Por sorte, tio Julián levava Gaby à casa de Virginia e à de Isabel aos domingos. Ele enfiava as três em seu carro e as levava para brincar nos escorregadores e balanços do Country Club ou para se banhar nas praias de Puerto Colombia.

Com tio Julián, elas eram felizes: ele era sempre afável, sempre lhes contava histórias engraçadas. E no fim de cada passeio tirava do porta-malas do carro um presente para cada uma delas: brinquedos, quando eram pequenas, e livros, quando começaram a crescer. Dessa forma, Gaby descobriu que havia outras maneiras de viver. Mas todos os domingos, quando voltavam da rua, Gaby e tio Julián tinham de enfrentar a ira de Alicia Zabaraín, que acusava o marido de ser responsável por seus infortúnios. Dizia-lhe coisas ferinas, recriminava-o por sua incapacidade de ganhar dinheiro, por não usar suas invenções, por trabalhar de graça em um hospital. Às vezes, ela ia tão longe que Gaby, desesperada, desatava em lágrimas. Então Alicia Zabaraín pegava um cinto e chicoteava suas pernas até tirar sangue. Tio Julián tinha de intervir arrancando o cinto de suas mãos. Talvez por isso, pensava Virginia, seu tio tenha decidido matricular Gaby em uma escola aos três anos de idade, depois de tê-la ensinado a ler e escrever como se fosse um jogo, com blocos de madeira que tinham as letras desenhadas em cores.

A escolha da escola foi um verdadeiro problema, porque Alicia Zabaraín ameaçou se matar se Gaby não frequentasse uma escola religiosa. Tio Julián cedeu, mesmo sendo ateu, pensando talvez que, entre dois males, era melhor escolher o menos grave. No mínimo por nove meses Gaby estaria protegida, pois Alicia Zabaraín não iria açoitá-la, correndo o risco de que a marca dos golpes atrapalhasse sua reputação de mãe exemplar. Para se contrapor aos novos centros de interesse da filha, Alicia Zabaraín descobriu outra forma de dominação: aterrorizá-la. Todas as noites ela ia ao quarto de Gaby sob o pretexto de cantar músicas para ajudá-la a dormir e começava a contar histórias mórbidas sobre sua morte iminente. As histórias variavam, mas sempre giravam em torno do mesmo tema: o falecimento de Alicia Zabaraín depois de uma doença dolorosa ou um acidente, e a solidão de Gaby, abandonada aos caprichos do pai, que não hesitava em se casar com outra mulher e impor uma madrasta a ela. Gaby caía em soluços e, sentindo pena de si mesma, Alicia Zabaraín também chorava. Isso durou vários anos, até que tio Julián, alertado por uma empregada, descobriu como as músicas eram sessões assustadoras e disse à esposa que ou ela mudava seu comportamento, ou ele levaria Gaby para os Estados Unidos e ela nunca mais a veria. A partir daí, a raiva que o marido inspirava em Alicia Zabaraín se transformou em ódio.

Ela, Virginia, não se lembrava de quando tio Julián começou a convidá-la, junto com Isabel, para comerem na casa dele todos os dias. Depois do jantar, Alicia Zabaraín se encerrava no quarto e eles levavam cadeiras de balanço para o terraço do jardim e começavam a conversar. Tio Julián conversava com elas sobre filosofia e religiões comparadas. Tinha o dom de tornar inteligíveis os conceitos mais abstratos e sabia situar cada sistema de pensamento dentro do contexto social do qual emergira. Sua memória como estudioso lhes permitia reconstruir o passado e viajar no tempo, afastando-as de sua apatia obscura como adolescentes confinadas em uma sociedade que via a cultura como uma ameaça. Tio Julián as projetava no mundo das ideias, sugeria dúvidas e despertava sua curiosidade. E no calor da noite suas palavras pareciam tão luminosas quanto os vaga-lumes que brilhavam na escuridão do jardim. No entanto, submetida à influência de sua mãe, bem como à das freiras da escola, Gaby era católica e, apesar de suas muitas leituras, tentava conservar suas ideias religiosas, alegando que a mensagem de amor do cristianismo constituía uma elevação na espiritualidade do homem. E a Igreja, acreditava, sempre protegera essa mensagem. A descoberta da Inquisição arrancou os véus de sua ingenuidade.

Quando Gaby completou treze anos, tio Julián convidou-a, na companhia de Virginia e de Isabel, para passar um dia em Cartagena das Índias. Pela primeira vez viajavam de avião e tinham a impressão de deixar a adolescência para trás. A cidade as fascinou. As casas coloniais eram tão bonitas, as colunatas tão clássicas, as igrejas tão solenes. Ouvindo tio Julián falar enquanto caminhavam pelas muralhas do Forte de San Felipe de Barajas, pareciam ver galeões protegidos por navios de guerra recuando sobre o mar, veleiros de piratas sem lei apareciam no horizonte, os sinos tocavam, os canhões trovejavam, a cidade ardia: cheirava a pólvora e sangue. Na Plaza del Reloj, as fogueiras zumbiam nas costas dos escravos africanos que construíam os muros. E, no palácio onde dormiam os instrumentos de tortura do Santo Ofício, a voz de tio Julián lhes evocava as infames masmorras, o barulho das correntes e os gritos daqueles homens que morriam porque uma religião perdera a alma para exercer o poder. As convicções de Gaby se fraturaram como se tivessem sido atingidas por uma pedra. Ela teve de inventar uma moral secular, como seu pai fizera, e a solidão de pessoas que vivem sem o conforto intelectual de qualquer ideologia.

Ela, Virginia, achava que Gaby havia aderido ao marxismo anos depois, não enquanto estudava História em uma universidade em

Bogotá, e sim mais tarde, quando descobriu a miséria trabalhando como fotojornalista para o dono de um jornal local, anarquista e jovial, um velho amigo de seu pai. Ninguém sabia de onde vinha sua paixão pela fotografia, mas, de qualquer forma, isso a ajudava a criar um mundo próprio, do qual sua mãe havia sido excluída. Alicia Zabaraín pareceu perder a pouca compostura que ainda tinha quando Gaby foi estudar em Bogotá. Durante as férias, ela descontava a raiva que acumulara contra a filha durante meses, acusando-a de levar uma vida licenciosa na capital. Ao mesmo tempo, insultava tio Julián, cúmplice daquele afastamento, e mais uma vez se acreditava vítima de suas conspirações e chorava deitada em uma cama. Assim como o pai, Gaby não tinha forças para lutar contra aquelas explosões de loucura. Tentando acalmá-la, passava horas ouvindo seus monólogos e esfregando sua testa com um lenço embebido em álcool. Assustada, esperava a chegada do pai, pois então Alicia Zabaraín levantaria da cama para cobri-lo de humilhações e sarcasmo sem que ele, já doente, prematuramente envelhecido, tentasse se defender. Gaby lamentava vê-lo tão humilhado e se sentia culpada por não ficar a seu lado abertamente. Só muito tarde da noite, quando Alicia Zabaraín estava dormindo, ela escapulia até seu quarto e falava com ele em voz baixa, às vezes até o amanhecer. Provavelmente tio Julián, que passara a juventude na Europa, a incentivava a conhecer outros mundos. De qualquer forma, quando morreu, Gaby havia terminado seus estudos universitários e pretendia ir para o México e ingressar em uma faculdade de Sociologia.

A morte de tio Julián deixou Gaby arrasada. Toda o seu arcabouço intelectual composto de ideias e racionalidade se mostrou inútil contra a tristeza que oprimia seu coração. Além disso, com a morte de tio Julián, ela não podia deixar a mãe. Resignava-se, portanto, a se tornar uma solteirona, pois não tinha interesse nos homens da burguesia local, vivendo dos aluguéis de algumas casas que sua avó paterna lhe deixara. Passava as noites lendo no antigo quarto do pai e se levantava ao meio-dia para tirar fotos que ela mesma revelava, as quais Virginia achava de boa qualidade. Foi então que o jornalista amigo de seu pai a contratou para escrever reportagens que a levaram a uma viagem pela Costa Atlântica. E foi assim que ela entrou em contato com a miséria, não a descrita em romances e livros de história nem a que aparecia como conceito na obra de Marx. Não, a pobreza real, a das crianças famintas, a das mulheres aos trinta anos, a dos camponeses explorados até a morte. Apesar de ter sido vacinada pelo pai contra qualquer ideologia, Gaby se tornou sensível ao pensamento esquerdista. Na volta de uma dessas viagens, conheceu Luis e o rumo de sua vida mudou de repente.

Depois do almoço, a conversa se tornou animada e girou em torno da política colombiana. O assunto não interessava a Andrés, que conhecia muito bem as opiniões de cada um de seus amigos. Em vez disso, tentava entender por que Luis havia se reconciliado com Gaby. Conhecia Luis desde criança. Luis era filho do primeiro casamento de Álvaro Sotomayor, playboy e grande jogador de polo, que cometera a imprudência não de engravidar sua secretária, mas de tê-lo feito sabendo que a moça tinha um irmão intratável, um certo Gilbert que, assim que soube da situação, foi atrás de Álvaro em seu escritório, com um revólver nas mãos, enfiou a arma nas costas dele e o levou para a igreja onde um padre complacente celebrou o casamento. Furiosos, os membros da aristocracia de Bogotá deixaram o casal à margem da sociedade. Como a família cortou o dinheiro recebido dos aluguéis, Álvaro Sotomayor foi obrigado a trabalhar pela primeira vez na vida e, sob a influência de Gloria, sua esposa, ele se endividou para comprar uma fábrica de cimento, na qual Gloria começou a trabalhar de dia e grande parte da noite até finalmente chegar ao topo. Orgulhava-se de que, graças ao seu esforço pessoal, Álvaro Sotomayor conseguira demonstrar a todos sua capacidade de ter sucesso sozinho. Ele sentia falta dos belos cavalos, das poltronas macias do Jockey Club, onde os serviçais caminhavam discretamente carregando copos de bom uísque em bandejas de prata e os sócios se reuniam no fim da tarde e conversavam baixinho sobre os acontecimentos do dia. Ele precisava de jogos de polo, quando se apresentava diante de espectadoras vestidas pelos melhores estilistas de Paris e que envolviam o delicado pescoço em estolas de víson. E dos fins de semana passados na casa de campo de um amigo, observando o pôr do sol sobre a cordilheira carregada de nuvens.

Álvaro Sotomayor não era rico. Os cavalos que montava quando jogava polo pertenciam a um tio sem herdeiros, que se orgulhava muito de ter como sobrinho um dos homens mais bonitos e ilustres da cidade. Na adolescência, seu tio o enviara para estudar em Oxford, onde tudo que aprendera foi se vestir bem e cultivar boas maneiras, rompendo definitivamente os laços que o uniam à mãe, honesta, mas de origem duvidosa, outro casamento ruim que havia consternado a família. O tio de Álvaro Sotomayor conseguiu convencê-la a deixá-lo encarregado da educação do filho, quando ela já era viúva e decidiu se casar com um homem do mesmo nível social. Desse casamento nasceram duas filhas feias e rancorosas, mas cegas de admiração pelo meio-irmão, que fazia tanto sucesso social. Nunca perdoaram Gloria por ter se apaixonado por ele e se alegraram quando ela morreu de septicemia causada por uma apendicite aguda e não tratada a tempo. Quando Álvaro Sotomayor a levou à clínica depois de três dias de dores excruciantes, Gloria já estava com as unhas pretas pela infecção que corroía seu corpo. Foi um caso de negligência. Talvez feliz por recuperar sua liberdade, Álvaro Sotomayor encarregou suas irmãs de cuidar de Luis, e seis meses depois se casou com uma herdeira quinze anos mais nova que ele, muito bonita e neurótica, cuja fortuna lhe permitiu comprar cavalos para jogar polo e se reconciliar com o tio que tanto condenara seu casamento.

Tudo estava em ordem, mas a nova esposa detestava Luis tanto quanto as tias, e o menino de oito anos se viu cercado por mulheres hostis que envenenavam sua existência. Na opinião de Andrés, Luis tivera a coragem de desprezar o que as pessoas diziam, disso já tinha dado um bom exemplo ao fazer as pazes com Gaby, e rebelde havia sido desde criança, quando enfrentava de punhos erguidos os outros alunos de San Bartolomé que zombavam dele porque estava sempre malvestido e tinha buracos na sola dos sapatos. Quando se formou, muito jovem, talvez quinze anos, decidiu ir para Paris e pagou seus estudos trabalhando. Nunca pediu um centavo ao pai. Estava acostumado com a pobreza e ainda era pobre quando conheceu Gaby. A partir daí, sua vida mudou. Gaby provavelmente lhe deu dinheiro para comprar a filial de uma agência de seguros e, graças aos seus contatos, ele conseguiu as melhores contas da cidade. De repente, perdeu a aparência de cachorro magro para adquirir ares de empresário. Ele, Andrés, ficou satisfeito por vê-lo tão seguro de si mesmo, e secretamente grato a Gaby por ter permitido que Luis alcançasse a prosperidade. Mas tudo tinha um fim, e Luis reencontrara as ansiedades da infância.

O apartamento na Rue de l'Ancienne-Comédie pertencia a ele, Raúl Pérez. Seu pai havia comprado a fábrica de cimento de Álvaro Sotomayor depois da morte de Gloria, tornando-a, graças ao seu trabalho, a mais importante do país. Quando ele a herdou, foi todo um empreendimento que lhe permitiu se tornar milionário em poucos anos e que teria continuado a administrar se não tivesse tido o ataque cardíaco cuja lembrança ainda o fazia estremecer. A proximidade da morte mudara sua percepção das coisas da vida. De todos os amigos de Luis ali presentes, ele era, acreditava, o único que havia aprovado sua decisão de se reconciliar com Gaby. Os preconceitos sociais pouco importavam quando o amor estava em jogo. E, sem dúvida, Gaby o amava. Ele a encontrara por acaso em uma rua de Bogotá nos dias de sua separação. Magra, com olheiras, a expressão de doente, ela fingiu não vê-lo, mas ele a agarrou pelo braço e a levou para almoçar em um restaurante. Comeu como um passarinho. Embora não fosse muito dada a confidências, parecia impressionada com a forma como Luis se apropriara de seus bens, levando-a a um cartório sob o pretexto de assinar uma procuração e depois, quando menos esperava, tirando de uma pasta, à maneira de um ilusionista, outros documentos que lhe conferiam a posse de tudo que tinham em comum. Gaby lhe disse que até o tabelião tinha feito um gesto de surpresa e que ela tinha rido, talvez em um momento de histeria passageira, tão escandaloso lhe parecera o comportamento de Luis. Mas um instante depois ela o desculpou, explicando a ele, Raúl, que Luis precisava se sentir protegido por causa da falta de segurança que tivera na infância. Gaby parecia prestes a explodir em lágrimas. Enxugou os olhos com os dedos, e então pôs uns óculos escuros que mal escondiam sua expressão desolada. Ele a fez prometer que eles se veriam novamente e assim pôde acompanhar passo a passo os estágios de seu desespero. Apesar dos bons momentos que passara com a esposa, Carmen, durante os primeiros anos de casamento, ele não acreditava que a liberdade sexual fazia as mulheres felizes: elas precisavam ser amadas, e o egoísmo dos jogos eróticos excluía a ternura, o afeto essencial para enfrentar os problemas da existência dia após dia. Carmen havia se mostrado exemplar quando ele teve aquele infarto. Passou uma semana sem dormir, cuidando dele na clínica, e depois aceitou que suas relações conjugais desaparecessem. Seu médico tinha sido categórico: sem sexo, sem álcool, sem trabalho. Ele precisava eliminar tudo que era fonte de angústia ou excitação. Já seguia esse regime há quatro anos e aplicava o dinheiro em investimentos seguros que dariam a Carmen e sua filha, Olga, uma boa renda se outro ataque o levasse deste mundo.

A filha lhe dava trabalho com os problemas da adolescência. Estava em franca rebelião contra sua mãe, que não tolerava seus modos libertinos nem a raiva que sentia em relação a eles. Raúl tinha comprado aquele apartamento na Rue de l'Ancienne-Comédie para que ela tivesse um lugar para ficar se finalmente decidisse vir estudar em Paris. Gostaria que Olga fosse tão culta quanto Gaby, que estudara História e podia acompanhar qualquer conversa. Pois, dissessem o que dissessem, Gaby tinha uma grande inteligência e só lhe faltava maturidade psicológica, a capacidade de penetrar em si mesma e se perguntar a razão de ser de seus sentimentos. Raúl a adquirira depois do ataque cardíaco, mas talvez fosse impossível pedi-la a uma mulher de trinta anos que se deixava levar pelos altos e baixos da vida: três meses atrás chorava em Bogotá e hoje sorria com uma ingenuidade radiante, sem imaginar os problemas que a aguardavam ou compreender que suas relações com Luis nunca mais seriam as mesmas.

Luis estava feliz. Os licores, os vinhos e o conhaque cor de âmbar que ele agora saboreava haviam dissipado suas apreensões. Cercado pelos amigos, ele recuperou a autoconfiança e sentiu que a separação de Gaby tinha sido apenas um pesadelo, algo que não tomara corpo nem forma e que ele mal sabia nomear. Parecia-lhe inacreditável que tivesse sofrido tanto. De vez em quando, a lembrança do dia em que Gaby anunciou seu desejo de dormir com outro homem chegava até ele e uma lufada de pânico corria por sua alma. Sentia seus batimentos cardíacos acelerarem, uma súbita dor nas têmporas e o desejo insensato de que Gaby morresse. Teria ficado menos angustiado se, em vez de abandoná-lo, Gaby tivesse morrido. Sua morte teria despertado a compaixão de seus amigos e não aqueles olhares fugazes que ele pensava notar em todos quando ia ao seu escritório e descia a avenida Olaya Herrera. Até a secretária, parecia-lhe, evitava seus olhos. Gaby o acusava de ter feito por si mesmo o escândalo, ao lançar seu caso de amor ao domínio público, mas, em uma cidade como Barranquilla, mais cedo ou mais tarde isso teria sido conhecido e, em qualquer caso, ele teria passado por um idiota. Uma coisa era falar sobre a liberdade do casal e outra era praticá-la.

Mas o que mais o magoava era a indiferença de Gaby com sua dor. A garota ingênua que conhecera no Country Club, a esposa amorosa que vendera uma parte de sua herança para permitir que ele comprasse uma agência de seguros, de repente exigira ferozmente sua independência e o direito de viver sua sexualidade ao máximo. Ele estava tão apavorado que mal conseguia acreditar. Nem mesmo entendia o que aquilo significava. Nunca se perguntara se Gaby sentia alguma coisa quando eles faziam amor, e teria até ficado chocado se ela sentisse algo, tão indecente o assunto lhe parecia. Gaby era para ele uma ninfa imaculada, alheia à baixeza do mundo e aos desejos que escorriam dos corpos dos homens. Mas ela lera Marcuse, descobrira as teorias de Reich e um belo dia sentira-se privada de uma parte de si mesma, amputada, dissera-lhe, sem levar em conta a dor que isso lhe causava. Sim, teria preferido vê-la morta. Pelo menos foi o que ele sentiu desde o momento em que ela lhe anunciou suas intenções e até quando partiu para Bogotá. Durante esse mês, tinha discutido com ela dia e noite tentando convencê-la a abandonar seu amante e passar uma borracha em tudo, mas o outro a chantageava falando sobre sua infância miserável em um bairro pobre da cidade e os fracassos de sua vida. Gaby sentia pena dele e evitava machucá-lo. Nem a ele, Luis, queria fazer sofrer. Era como um são-bernardo postado entre dois homens em perigo, sem saber qual dos dois salvaria. Ele ficava furioso porque sua dor tinha um rival e que Gaby concordasse em compará-la com a do outro, como se sete anos de casamento não pesassem muito na balança. Aquilo lhe parecia imperdoável. Sentira-se da mesma forma quando a avó parou de entrar no ônibus que o levava à escola. Ninguém se deu ao trabalho de lhe dizer que ela tinha morrido e, durante meses, ele acreditou que a avó o esquecera.

E trinta anos depois voltaram os sentimentos de dúvida, aquela impressão de solidão que tivera ao longo da vida e que só desapareceu quando se casou com Gaby.

Desde que chegara ao apartamento na Rue de l'Ancienne-Comédie, Florence tentava descobrir quem, entre os latino-americanos presentes, era Gaby, a mulher que cometera o mesmo erro que ela cometera na juventude, revelando ao marido que tinha um amante. Claro, seu caso tinha sido mais dramático porque ela estava grávida e seu marido, um piloto da Air France, sem-cerimônia a jogou na rua. Naquela época, ela não sabia se sua mãe estava viva ou morta e não havia ninguém para ajudá-la. Ela conhecia esse sentimento de desamparo desde muito jovem, quando, em Casablanca, seu pai a enfiou em um carro para levá-la a Argel às escondidas e separá-la definitivamente de sua mãe, que queria se divorciar dele e se casar com outro homem. Assim começou a rodada de empregadas que cuidavam dela e que seu pai despedia justamente quando Florence começava a amá-las. Para distraí-la, seu pai não encontrava nada melhor do que mostrar seus filmes de terror, porque, no fundo, gostava de aterrorizá-la. Foi com um sentimento de libertação que se casou com o piloto da Air France aos dezessete anos e veio morar em Paris, fugindo para sempre da perversão de seu pai, a quem nunca mais tinha visto. E teria levado uma vida feliz se três anos depois não tivesse conhecido López, o arquiteto colombiano discípulo de Le Corbusier, que a seduziu em uma festa sem lhe dizer que era casado. Para ela, López era uma grande paixão, e não tomava nenhum tipo de precaução. Quando anunciou a gravidez, ele se limitou a beijá-la na testa e dizer que a amava. Convencida de que iria morar com ele, contou a verdade ao marido, que não hesitou por um instante em botá-la para fora do apartamento, impedindo-a de pegar suas roupas. Com o que tinha no corpo e cinco bilhetes de metrô, foi procurar López e descobriu que nesse mesmo dia ele tinha partido para a Colômbia com a mulher e o filho. Andrés, cujo pai era então embaixador na Unesco, deu-lhe a notícia: parecia sinceramente comovido e lhe ofereceu uma quantia em dinheiro, que ela não quis aceitar por orgulho. Durante dias vagou pelas ruas de Paris, sem comer, dormindo como sem-teto no metrô ou embaixo de uma ponte. Todos os amigos que conhecera quando estava casada lhe fecharam as portas. No sexto dia, e por simples acaso, encontrou uma amiga de sua mãe, que lhe deu hospedagem e dinheiro para fazer um aborto. Ela quase morreu e depois pegou uma infecção tão terrível que a deixou estéril.

Mas havia reencontrado a mãe e finalmente tinha uma casa. A partir de então, a mãe e sua irmã nascida do segundo casamento começaram a procurar um marido para ela, um homem divorciado ou viúvo, mas de qualquer forma com filhos para que não desse importância à sua esterilidade. Finalmente encontraram Pierre, um dos executivos mais bem-pagos da França, cuja esposa havia cometido a mesma imprudência que ela, abandonar a família acreditando que seu milionário cubano deixaria a sua para se casar com ela. Pierre precisava de uma mulher para cuidar da casa e receber seus amigos, a única coisa que ela sabia fazer perfeitamente, pois durante os dois anos em que viveu com sua mãe aprendeu os segredos da vida mundana. Mas conseguir se casar com Pierre tinha sido um verdadeiro feito, tão desconfiado se tornara depois da história do cubano, e seu advogado e o de sua mãe discutiram por três meses antes de chegar a um acordo: com a morte de Pierre, ela receberia metade de seus bens, desde que nunca fosse infiel a ele. E, apesar disso, ela vinha saindo com López nas últimas semanas, aproveitando uma viagem de Pierre ao exterior. López havia conseguido seu número de telefone através de Andrés, a quem via sempre que vinha a Paris, e tivera a coragem de ligar para ela em casa para convidá-la para um chá no Crillon. Ouvir sua voz e sentir uma chama no íntimo foram a mesma coisa. Tomou banho tremendo de emoção e correu para o cabeleireiro, onde a maquiaram e pentearam, tirando o melhor partido de sua beleza. Quando entrou no Crillon vestida com seu melhor traje e sapatos de pele de crocodilo, viu um brilho de admiração nos olhos dos funcionários. López a esperava junto à recepção. Continuava o mesmo: tinha os cabelos desgrenhados e o olhar intenso de um homem que conhece bem as mulheres. Como forma de cumprimento, ele beijou sua mão e ela acreditou por um momento que suas pernas iam parar de sustentá-la. Ele não estava hospedado no Crillon, mas em uma água-furtada em Saint-Michel, e para lá a levou sem sequer ter tomado uma xícara de chá. Eles se amaram até a exaustão, em silêncio e com violência. Ela descobria novamente a maravilha de ter um corpo e senti-lo vivo. Parecia-lhe recuperar a juventude e estar pronta para qualquer aventura. Lágrimas de gratidão corriam por seu rosto coberto de suor. Tudo que ela havia reprimido durante aqueles anos de casamento foi despedaçado. Seus esforços para fazer economias com o dinheiro que Pierre lhe dava semanalmente e que ela guardara em um banco lhe pareciam mesquinhos, medíocre seu orgulho de anfitriã, depreciável sua ânsia de limpar o apartamento até que ficasse tão brilhante quanto um cálice de cristal.

López tinha outros valores. Ela descobriu isso quando foram comer frutos do mar à meia-noite e ele a deixou pagar a conta. Durante quinze dias jantaram nos melhores restaurantes de Paris e ele não gastou um tostão. A mesma obstinação com que poupara franco após franco Florence usava agora para dar presentes a López. Ele não lhe pedia nada, mas ela não resistia à tentação de comprar os objetos que o deixavam embasbacado em frente às vitrines: camisas, gravatas de seda, canetas, uma câmera fotográfica e, por fim, um conjunto de malas Vuitton para que ele pudesse guardar os presentes. Depois de duas semanas, eles não faziam mais amor e o tempo era gasto visitando lojas. Embora não tivesse um centavo em sua conta bancária, ela se sentiu muito orgulhosa no dia em que López enfiou as miseráveis vestimentas que havia trazido de Bogotá em um saco de papel e as jogou fora. López ganhava pouco dinheiro porque ninguém se atrevia a executar seus projetos arquitetônicos ousados, mas lhe dissera: "Vamos envelhecer juntos em Maiorca", e ela se sentira tão comovida como se ele a tivesse pedido em casamento. Ela não precisaria do dinheiro de Pierre e poderia mandá-lo para o inferno quando, dentro de poucos anos, López viesse buscá-la. Enquanto isso, tinha de frequentar seus amigos, aqueles latino-americanos agora reunidos em um apartamento na Rue de l'Ancienne-Comédie.

Desde a chegada de Florence, todos começaram a falar francês por cortesia, e ela, Gaby, não entendia uma palavra da conversa. Assim isolada, ela pôde se lembrar de seus últimos meses na Colômbia, quando seu corpo ardia de paixão em meio ao remorso que lhe carcomia a alma. Eduardo, sua última aventura, tinha sido um amante maravilhoso e, se ela não amasse tanto Luis, teria se casado com ele.

Havia um problema: Eduardo queria uma família e ela não procurava viver como uma esposa rodeada de filhos. Não queria ser mulher de ninguém nem tinha medo da agitação inerente à liberdade. Estava disposta a pagar o preço da independência, nem que tivesse de trabalhar como babá ou empregada. O importante era que lhe sobrasse um tempo para a fotografia e pudesse deixar um testemunho do mundo em que vivia. Queria imobilizar aquilo que era fugaz e dar consistência ao efêmero. Muitas vezes sentira uma tristeza infinita com uma imagem que via por um momento, sabendo que estava condenada a desaparecer. Fixá-la graças a uma câmera era evitar que caísse no esquecimento, resgatá-la daquele abismo sem fundo em que as recordações humanas se perdiam.

Quando criança, contemplar os daguerreótipos dos mais velhos a invadia de nostalgia. Sua bisavó era aquela linda moça com um vestido de renda e uma fita ao redor dos cachos de cabelo? E muito mais tarde, em um medalhão de ouro, apareciam seus dois filhos adultos. E trinta anos depois, em uma fotografia que Virginia guardava como tesouro, o retrato de seu tio Eduardo, o dom-juan, o cosmopolita que viajara o mundo inteiro seduzindo mulheres e escrevendo o diário de suas aventuras amorosas. Três gerações que pela magia da fotografia se reuniam, apagando os limites do tempo e permitindo que ela entrasse no passado.

Seus olhos tinham visto muitas coisas que sua memória esquecia, certos entardeceres em frente ao mar, certos rostos de velhos pescadores cujos olhares expressavam infinita sabedoria. Agora mesmo, gostaria de fotografar o grupo de amigos reunidos naquela sala, fixando uma cena que nunca mais aconteceria. As paredes estavam recém-pintadas e nuas. Além dos copos e cinzeiros e da garrafa de conhaque não havia mais nada sobre a mesa, mas a atmosfera era cálida e dentro de uma hora cada um seguiria seu próprio caminho, esquecendo aquele momento que ela lembraria para sempre.

Durante toda a sua vida, Gaby havia se surpreendido com a leviandade das pessoas que viviam no presente sem se importar que ele pudesse se tornar o passado. Tinha um álbum na cabeça que folheava todas as noites antes de adormecer. Lembrava-se das tardes que passara com Isabel e Virginia em Puerto Colombia, quando seu pai as levava para nadar no mar. Na época, seu pai era jovem, pelo menos não tinha a expressão abatida dos últimos anos, resignado a suportar as injúrias de sua mãe, que o odiava, e acossado por aquele enfisema que o levou ao túmulo.

Seu pai jamais lhe falou sobre sua doença. Uma vez o surpreendera de pé no meio-fio, respirando com dificuldade, apoiando a mão na mureta com um lampejo de pânico nos olhos geralmente serenos. Talvez naquele momento ele tivesse entendido o quão perto estava da morte, e ela, em vez de abrir o coração, fazendo-o sentir que compartilhava seu medo, fingiu não perceber seu desespero e lhe fez uma pergunta banal, que ele, por pudor, respondeu no mesmo tom leve.

Desde então, não conseguia se livrar de um vago sentimento de culpa. Parecia-lhe que havia estágios na dor humana em que os homens estavam completamente sozinhos, sem ninguém tentando ajudá-los a carregar sua cruz. E isso se chamava egoísmo. As pessoas se escondiam atrás de frases e atitudes convencionais para conservar sua tranquilidade e evitar ajudar os outros em seu sofrimento. Em parte por isso, para compensar sua falta de solidariedade com o pai, ela tentara dar a Luis tudo o que ele podia querer, silenciando seus próprios desejos até que ele se sentisse capaz de caminhar por conta própria. A reação de Luis quando ela anunciou sua decisão de ter uma aventura amorosa a deixou atordoada. Luis a considerava propriedade dele. Através de suas palavras, ela mergulhou em sua mente em busca de um sentimento de amor, mas só encontrou vaidade infantil e um impulso de destruição dirigido contra ela. Sua paciência e ternura não serviram para nada durante todos aqueles anos de casamento. Como ele mesmo disse, preferia vê-la morta. Será que ele realmente pensava assim? Sim, sua morte teria permitido que Luis se sentisse menos infeliz, salvaguardando seu amor-próprio. Em nenhum momento ele havia pensado nela, naquele corpo que com o passar do tempo se recusava a continuar sendo usado. Toda vez que Luis fazia amor com ela, Gaby se sentia humilhada no mais fundo de sua intimidade, como se uma parte de si fosse rejeitada com um asco secreto, condenada ao exílio dos leprosos. Luis pensava que a leitura de Marcuse e Reich a induzira a se rebelar, quando esses autores não fizeram nada além de lhe permitir formular uma impressão que sentira na primeira noite de seu casamento. Ela acreditara, então, que todos os homens se comportavam de maneira semelhante e, de certa forma, resignou-se, aquietando as exigências de seu corpo. Mas, quando Virginia lhe emprestou o diário de seu tio Eduardo e, quase em seguida, ela conheceu o prazer nos braços de outro homem, descobriu que não era frígida, como pensara durante anos, mas que seu desejo despertava aos poucos e exigia uma certa atitude mental por parte do companheiro, justamente a intenção de lhe dar prazer. Só assim conseguia se libertar de suas inibições e palpitar no ritmo da paixão, recuperando a totalidade de seu ser. Ao contrário de tudo o que lhe fora ensinado quando criança, a volúpia podia se tornar uma sensação quase metafísica, algo que em um ínfimo instante lhe permitia se reconhecer e se definir de maneira absoluta. Como conciliar essa descoberta com o amor que sentia por Luis? Pois ela o amava e sem ele era infeliz. Entre a emoção e o afeto, havia escolhido o segundo, e nunca mais teria relações com outro homem, mesmo que ficasse em Paris para exercer sua profissão de fotógrafa.

Um pouco tonta do conhaque, Virginia pôs o copo sobre a mesa e decidiu que pararia de beber. Lina, uma prima distante que a iniciara no comércio de arte, também a ensinara a se comportar em sociedade. Quando chegou a Paris, ignorava as regras do mundo no qual ia trilhar seu caminho, um mundo em boa parte noturno, onde o início e o fim dos negócios eram discutidos em um bar de luxo ou à mesa de um restaurante da moda com drinques que era preciso beber sem nunca ficar bêbado. Manter a mente lúcida era o lema de Lina, e ela o seguiu à risca. Raúl e Gaby não tinham bebido e Luis parecia bêbado. Falava muito, como de costume, contando histórias engraçadas sem dar tempo para os outros expressarem suas opiniões. Acumular a palavra era parte de seus defeitos, ou talvez fosse o prolongamento de uma velha maneira de vencer sua timidez. De qualquer forma, era impossível discutir com ele, e a conversa, a princípio animada, havia se tornado um monólogo. Muitas vezes ela tinha visto Gaby como agora, oprimida por essa falta de educação. Devia haver duas ou três pessoas no mundo cujas ideias interessavam a Luis, mas ela, Virginia, não as conhecia. Só uma vez o vira prestar atenção na história de um etnólogo, seu ex-colega de Ciências Políticas, que viera diretamente da selva amazônica para sua casa em Barranquilla, ainda barbudo, feliz por ter encontrado uma tribo de homens tão primitiva, que nem sabiam usar as mãos em concha para levar a água do rio à boca e bebiam como os animais. Mas esses mesmos homens choraram de emoção quando o etnólogo os fez ouvir uma gravação de um concerto de Mozart. Se para despertar o interesse de Luis era necessário ir até o fim do mundo e entrar em contato com selvagens, Gaby estava condenada a permanecer em silêncio pelo resto da vida. Na realidade, todas as ações de Luis tendiam a diminuí-la, a negar seu prazer, a afastá-la da fotografia, a criticá-la por comer, a impedi-la de falar, como se no fundo ele estivesse tentando anulá-la e, de certa forma, destruí-la. Com ela e Isabel, Gaby era outra. De imediato recuperava o senso de humor, abandonando aquela vaga tristeza a que o comportamento de Luis a confinava. Falava-lhes de livros, filmes e arte com verdadeiro entusiasmo. Seu espírito crítico só era embotado quando se tratava de discutir sua situação. Então ela parecia perder sua faculdade de raciocínio e falava de seu amor por Luis utilizando termos que ela e Isabel sabiam de cor. O que ia fazer agora que as coisas tinham mudado?

— Gaby — ela disse em voz alta —, quais são seus planos?

— Ficar em Paris — respondeu Gaby sem hesitar.

Houve um silêncio atônito. Luis empalideceu e Virginia ficou sem palavras.

2

Já fazia quatro meses que ela, Gaby, tinha dificuldade para conciliar o sono. Ia à Aliança Francesa de manhã e passava as tardes estudando ou lendo os livros da biblioteca do apartamento onde morava. Era um apartamento que em Paris se considerava elegante, com seus seis aposentos cobertos de tapeçarias e o teto adornado com bordas douradas, mas parecia sinistro para ela porque as paredes eram muito altas e nenhuma lâmpada conseguia iluminar totalmente os quartos. Havia retratos das ancestrais do proprietário, mulheres usando decotes, de estatura esbelta e ar insolente, que Rastignac teria admirado. Apesar de suas pretensões, os móveis pesados pareciam grosseiros, e o tecido das cortinas estava um pouco amarelado. Uma camada de sujeira cobria a madeira do piso e ela passara muitos dias esfregando-o com uma bucha antes de encerá-lo. O banheiro, não muito grande, servia-lhe de laboratório e, em troca de um quarto localizado no último andar do prédio e que era alugado junto com o apartamento, ela havia conseguido os serviços de uma garota latino-americana para limpar e preparar o jantar. Com o dinheiro que Virginia lhe enviou de Barranquilla pela venda de seu carro, Gaby obteve um pouco de independência. Visitou todos os museus de Paris, foi ao teatro e a exposições, passou um fim de semana em Versalhes e se acostumou a ir por volta das seis da noite ao Quartier Latin para tomar um café no Deux Magots em companhia de sua nova amiga Anne, esposa de um escritor chileno.

Parecia-lhe que Anne conhecia todos os segredos da vida. Era feia, inteligente e conversava com desenvoltura. Sempre vestida na última moda, trabalhava como diretora de compras em uma das grandes lojas de departamento do Boulevard Haussmann. Em certa ocasião, seu marido, Octavio, lhe dissera que a psicanálise dele, que estava em andamento havia quatro anos, não estava progredindo porque ela não se psicanalisava. Anne foi ver um analista que, depois de questioná-la por uma hora, disse: "Olhe, senhora, eu gasto meu tempo tentando modificar a estrutura mental de meus pacientes para dar a eles justamente uma personalidade igual à sua". Mas Anne tinha um ponto fraco: a tentativa inútil e desesperada de contato com seu pai, um diplomata do consulado mexicano em Barcelona que, quando os franquistas tomaram a zona, fugiu a pé para Paris e em Perpignan engravidou a mãe de Anne, uma jovem da burguesia local. Ela conseguiu entrar em contato com ele e anunciou o nascimento da filha, mas o mexicano, fosse porque era casado, fosse porque no fundo não se importava, nunca mais deu sinais de vida. Quando Anne completou dezoito anos, soube que seu pai era um diplomata alocado na Nicarágua e lhe enviou uma carta seguida de muitas outras que ficaram sem resposta. E mesmo agora continuava a lhe escrever em vão. Certamente seu aprendizado do espanhol e seu casamento com Octavio se explicavam pelo desejo de se aproximar daquele pai um tanto mítico e sempre ausente. Fora isso, Anne se virava muito bem na vida. Era uma amazona que devorava homens como as crianças comem doces. Tinha um belo apartamento na Rue de la Montagne-Sainte-Geneviève, adornado com ruanas ou objetos pré-colombianos, localizado em um quinto andar sem elevador.

Foi por causa daquele apartamento que Gaby percebeu como sua resistência estava diminuindo. No início, ela subia os cinco andares rapidamente, pulando os degraus de dois em dois, depois aos poucos começou a se cansar. No quarto andar ela precisava parar, depois no terceiro, e finalmente um dia teve problemas para subir as escadarias do metrô e limitou suas visitas a Saint-Germain. A essa altura, começou a sentir-se febril ao entardecer. Anne não era uma pessoa disposta a sacrificar sua caça aos homens visitando uma amiga doente, Virginia estava viajando, Isabel não havia chegado a Paris, e ela ficou muito sozinha. Tinha comprado um equipamento fotográfico com o que restava do dinheiro do carro para fazer uma série de fotografias de Paris que seriam expostas em uma pequena galeria, cuja proprietária, amiga de Florence, as encomendara a ela depois de ter visto seu trabalho, mas o cansaço e a aproximação do inverno, com seus ventos frios e gelados, a confinavam no apartamento porque ela não tinha roupa adequada. Além disso, seus dedos tinham ficado inflamados e ela sentia dores terríveis nas articulações dos joelhos e tornozelos. Às vezes, recebia a visita de Florence, que lhe contava em francês os pormenores de sua vida. Embora Gaby não entendesse completamente o que Florence dizia, deduziu que ela estava farta do marido e sonhava em passar seus dias na companhia de López. Gostava de Florence. Tinha passado um fim de semana em sua casa na Normandia, uma antiga mansão que Pierre, seu marido, havia transportado pedra por pedra para o terreno que comprara. Pierre a desprezava porque ela era latino-americana e a fazia sentir isso. Fingia não vê-la, não falava com ela, e relutantemente apresentou-a a alguns amigos que tinham ido jantar uma noite: Eve, uma mulher na casa dos cinquenta anos, e dois homens, seu marido e seu amante. Formavam um grupo patético. O marido perdera o cargo de diretor de uma empresa e o amante lhe arranjara um emprego de segunda linha. Para manter seu padrão de vida, Florence havia lhe contado, Eve usava o dinheiro de seu amante, que era coproprietário de um dos laboratórios mais importantes da França. Dele vinham as joias e os casacos de pele, e provavelmente era ele quem se encarregava de impedi-los de hipotecar seu apartamento em Passy. Pela forma obsequiosa como o marido o tratava, Gaby entendeu que estava ciente da situação. Ele e Eve se entreolharam inquietos quando o amante, bastante bonito e na casa dos quarenta, pareceu se interessar por ela. Embora a barreira do idioma o tenha dissuadido depois de uma hora, ela, Gaby, não tinha dúvida de que o destino de Eve seria ser abandonada e descer de nível social. Certamente havia sido muito bonita em sua juventude, mas, apesar da cirurgia plástica que conservava a beleza de seu rosto, seus olhos refletiam o cansaço resignado de pessoas para quem a vida já tinha ficado para trás.

Houve um tempo em que Eve recebia em seus salões a nata da burguesia parisiense, os ricos e novos-ricos, os políticos e diplomatas, os aristocratas que haviam conseguido se manter na alta sociedade, um mundo inteiro que lhe virou as costas quando o marido perdeu o emprego. Havia restado esse último amante, fascinado por sua personalidade e sua classe, mas que podia ir embora a qualquer momento, agora que de rainha social ela se tornara uma amante sustentada. Gaby ouvia Florence contar esta e muitas histórias semelhantes, espantada com o materialismo que existia nas relações da alta burguesia francesa. A própria Florence parecia se achar superior a ela porque seu marido ganhava mais dinheiro do que Luis e morava em um apartamento mais luxuoso do que o dela. Era uma atitude encoberta que sua sutileza notava quando, por exemplo, Florence a convidava para almoçar e lhe dava as sobras requentadas da refeição da noite anterior. Apesar de querer fazer amizade com pessoas que conheciam López, Florence não conseguia evitar uma rejeição instintiva a suas dificuldades econômicas, seus poucos vestidos, sua falta de joias e o fato de que ela usava o metrô para circular em Paris. Da penúria que experimentou quando o piloto da Air France a jogou na rua, ela ficara com a sensação confusa de que a pobreza era contagiosa e que era mais benéfico conviver com pessoas ricas. Mas, ao mesmo tempo e de forma contraditória, Florence tentava ajudá-la e foi a única a notar que estava doente. De qualquer forma, uma tarde ela apareceu em seu apartamento e disse que iria levá-la para ver um médico. Ela, Gaby, estava com uma febre de quarenta graus e não conseguia andar cinquenta metros sem sentir as pernas fracas de exaustão. O médico lhe fez muitas perguntas, algumas relacionadas com sua vida sexual e, depois de diagnosticar que seus problemas eram de origem nervosa, receitou-lhe tranquilizantes que lhe tiraram a pouca força que ainda tinha. Passou dois meses deitada na cama, brutalizada por drogas e pela febre. Depois desse tempo, Florence decidiu que aquele médico havia cometido um erro em seu diagnóstico e a levou a outro, para o qual sua doença se reduzia a uma infecção na garganta que devia ser tratada com antibióticos. Prescreveu um exame de sangue e ela fez, mas não pôde ver o médico novamente porque não tinha dinheiro para pagar a consulta e Luis se recusava a lhe dar.

Luis parecia um demônio enfurecido. Quando chegava ao apartamento, ele a insultava por tudo, chutava os móveis e gritava proferindo palavras grosseiras. Ele a obrigava a receber duas vezes por semana Olga, a filha de Raúl Pérez, uma menina insolente que dizia odiar sua mãe e estava cheia de animosidade contra todas as mulheres com mais de vinte anos de idade. Durante esses jantares, Luis e Olga falavam entre si, fingiam ter segredos em comum e se dirigiam a ela com palavras cheias de agressividade. Até Alicia, a moça encarregada de preparar a comida, era vítima de sua descortesia. Eles comentavam os filmes que tinham visto juntos, enquanto ela permanecera sozinha em seu apartamento, e se referiam com desprezo às mulheres casadas, verdadeiros fardos para as ambições de seus maridos. Luis provocava a falta de educação de Olga e parecia feliz quando humilhava Gaby.

Os defeitos de Luis haviam se potencializado desde que ele recebera a notícia da morte de seu pai. Contra todas as expectativas, ele sofreu muito e então começou a imitar o pai, tornando-se sua caricatura. Álvaro Sotomayor bebia uns uísques antes do jantar, Luis se embriagava. O senso de humor de seu pai era nele ferocidade, e as aventuras discretas a que o primeiro se permitia se convertiam, para o segundo, em aspiração a uma vida dissoluta. Seu pai recebia os amigos do jóquei uma noite ou outra, Luis tinha convidados para o jantar todos os dias. Mas, se ele quisesse sair com Olga e cortejar as mulheres que por acaso conhecia, não podia dar a Gaby o dinheiro necessário para a preparação daqueles jantares.

Durante os primeiros meses, ela resolveu a dificuldade pagando as despesas de mercado do próprio bolso, mas quando não tinha mais um centavo se viu obrigada a enfrentar a mesquinhez de Luis. Todas as manhãs, bem cedo, explicava que ou ele lhe dava dinheiro para comprar garrafas de uísque e vinho, carne e legumes, queijos e sobremesas, ou cancelava o jantar. Luis tinha um ataque de fúria: acusava-a de roubar seu dinheiro, ameaçava-a cerrando os punhos, sua boca se contorcia de raiva e, finalmente, atirava os francos que ela pedia sobre uma mesa. Ela, Gaby, não sabia o que fazer: não tinha meios para voltar à Colômbia porque Luis, depois de ter escondido o talão de cheques do banco de Miami onde estavam suas economias, a proibira de sequer abrir a correspondência que o banco enviava mensalmente. Além disso, a fraqueza de seu corpo a impedia de reagir. Como poderia procurar um emprego naquela cidade repentinamente hostil e gelada quando não podia andar nem um quarteirão sem arrastar os pés, exausta, e sentir que ia desabar no chão? Como poderia comprar uma passagem de avião se não podia nem mesmo comprar uma passagem de metrô? Enquanto Alicia ia ao mercado e preparava o jantar, ela se vestia e se maquiava aos poucos, poupando os movimentos, pois até o banho a deixava exausta. Depois, como agora, sentava-se em uma poltrona na sala e fingia estar interessada na conversa dos convidados.

Luciani, um ex-comandante da revolução cubana no exílio, que chegara naquela noite acompanhado de Felipe Altamira, médico da OLP, sentia uma viva simpatia por Gaby. Ela era burguesa, pensava, sem dúvida, mas não tinha a arrogância desdenhosa dos membros de sua classe. Parecia ter superado muitos preconceitos e falava com verdadeira indignação das injustiças sociais de seu país, mas Ochoa, ideólogo do Partido Comunista no exílio, acabara com sua ingenuidade política ao confirmar que os crimes perpetrados na União Soviética, as deportações em massa, o Gulag e os falsos julgamentos eram verdade, e não simples calúnias. Gaby ficou perplexa. Além disso, Julia, esposa de Ochoa, que não era muito inteligente e podia se perder em anedotas sem tirar uma única conclusão, havia contado a ela como a filha de sua melhor amiga, uma revolucionária da Guerra Civil Espanhola resgatada pelos russos antes da hecatombe final, estava grávida de um oficial do Exército Vermelho que fora impedido por sua família de se casar com ela por considerá-la socialmente inferior. Julia achava que a menina tinha cometido um erro ao se deixar engravidar sem ter passado pelo casamento, mas as coisas poderiam se se arranjar se o oficial se casasse com ela antes do nascimento do bebê. Nesse caso, a menina tinha de usar um vestido de noiva largo, estilo Império, a fim de disfarçar a humilhação infligida à mãe. Gaby, espantada, perguntou-lhe: "Para que fizeram a revolução então? Isso são histórias da burguesia de Barranquilla". Mas seu espanto foi maior no dia em que ele, Luciani, lhe revelou certos aspectos do castrismo: certa vez, em uma miserável pousada no México, quando Che Guevara e ele estavam discutindo o marxismo, Fidel os interrompeu dizendo-lhes que tudo isso era um absurdo e só o que contava era quem teria o poder.

O assombro de Gaby parecia não ter limites: comovida, ouviu-o contar o episódio que o levara a deixar Cuba e a se refugiar na Europa: um amigo fotógrafo lhe contou como os oficiais do exército torturavam guerrilheiros anticastristas que, vindos de Miami, tinham se organizado nas mesmas montanhas onde iniciaram a luta revolucionária, e aquele amigo fotografara às escondidas cenas de sessões de tortura. Ele, Luciani, foi ver Fidel Castro com as fotos nas mãos, acreditando que esses horrores eram realizados sem seu consentimento, mas ouviu-o dizer: "Por um homem que fala, dez dos nossos são salvos". Em vão tentou fazê-lo entender que o mesmo argumento era usado por todos os carrascos do mundo e que a revolução cubana deveria ter as mãos limpas. Fidel se limitou a dizer que ele fosse à Suíça porque seu filho precisava de um bom oftalmologista.

Ele, Luciani, nunca falava dessas coisas, mas Gaby parecia tão determinada a saber a verdade e mostrava tanta paixão pelo que as pessoas diziam, que, esquecendo sua reserva, ele havia comentado com ela os temas de um livro sobre Cuba que pretendia escrever.

Ao que tudo indicava, Gaby estava desorientada. Seu idealismo havia virado fumaça diante das revelações de Ochoa e do próprio Luciani, o racismo dos franceses feria sua autoestima e seu casamento estava à deriva. Ele havia se encontrado com Luis duas vezes em companhia de uma menina muito jovem. As infidelidades conjugais o chocavam, pois ele considerava que a vida era um combate feroz e a esposa, uma companheira nos bons e maus momentos. Adelaida, sua mulher, estivera a seu lado quando ele era um revolucionário pobre perseguido pela polícia de Batista e acompanhara sua ascensão social quando o triunfo da revolução o levou ao poder. Emissário de Fidel nas capitais europeias, conhecia o luxo dos grandes hotéis e a mundanidade das recepções diplomáticas. E agora, quando eles mal tinham com que viver, Adelaida não o recriminava e se esforçava para lhe dar a impressão de ser feliz. Sempre se podia contar com ela. A última vez que ele tinha ido àquele apartamento, adivinhou que Gaby estava doente, pelo brilho excessivo de seus olhos. Também entendeu que ninguém se importava com ela, e quando Felipe chegou, de passagem por Paris, insistiu para que fosse vê-la. Sua visita naquela noite tinha um objetivo preciso: descobrir quais eram os problemas de saúde de Gaby.

Florence não achava que um ex-comandante da revolução pudesse ser amigo de López, mas Luciani frequentava a colônia de latino-americanos estabelecida em Paris que ela se propusera a conhecer. Era a segunda vez que encontrava Luciani na casa de Gaby e, como sempre quando ele estava presente, os convidados falavam em espanhol. Mesmo que não entendesse uma palavra, dizia a si mesma que era assim que iria se familiarizar com a língua. Ela estava tendo aulas de espanhol às escondidas de Pierre e começou a ter aulas de violão. Já conhecia a primeira estrofe de "La cucaracha" e a cantava para Gaby quando ia almoçar em seu apartamento. Também decidira aprender a emoldurar telas, porque, se López chegasse a Paris sem um tostão, teria de ter um ofício que lhe permitisse ganhar a vida. Essa última parte de seus projetos lhe causava um leve desconforto, ficar pobre novamente, se instalar em um pequeno apartamento, usar o metrô. O marido não lhe dava nada e mesmo assim ela contava com um milagre e até jogava na loteria. Todos os dias, enquanto limpava a casa, ela olhava tristemente para os belos objetos que iria perder, os móveis de couro e o tapete persa na sala de estar, os castiçais de prata na sala de jantar, os lustres de cristal, o Degas, os vasos cheios de flores, e, olhando para eles, Florence se perguntava se valia a pena sacrificar tudo isso por amor. Mas então se lembrava de si mesma dirigindo em seu carro os primeiros quilômetros da rodovia do sul à tarde para matar o tédio e escapar da impressão de ser uma prostituta de luxo que todas as noites entregava seu corpo com nojo à luxúria de um marido casado por interesse. Esse sentimento, antes inibido, tomara conta de sua alma pela convivência com Gaby, que, sem dizer uma palavra, parecia censurá-la. Os olhos de Gaby captavam sua subserviência a Pierre, suas traições e mentiras. Certa manhã, na Normandia, ela a acompanhara para arrumar a cama e, no momento de levantar o cobertor, apareceu o lençol manchado de sêmen, justo quando começaram a falar de López. Gaby desviou o olhar e ela sentiu-se tomada de vergonha. Isso não acontecia com mais ninguém. Ao seu redor, as mulheres sabiam que era necessário suportar certas coisas se se quisesse desfrutar da fortuna de um homem. Mas Gaby parecia não dar importância às casas de campo, aos apartamentos de luxo, aos objetos por causa dos quais ela aturava Pierre. Seus olhos expressavam uma silenciosa indiferença ao dinheiro. Observava os ricos com curiosidade, sem se incomodar com joias ou carros esportivos.

Não havia prestado a mínima atenção a Paul Dumont, um dos homens mais ricos da França, fingindo que não entendia francês, o que era uma mentira, e ganhando a gratidão de Eve por toda a eternidade.

Mas esse desapego pelo dinheiro ia acabar com ela: há um mês vinha adiando a consulta médica porque não conseguia pagar os honorários. Dizia modestamente que estava à espera da venda de uma casa em Barranquilla, em vez de pedir a Luis cem francos. Como era possível que ele a visse definhando de febre sem ajudá-la? Nem mesmo Pierre, que tinha uma alma de tubarão, teria permanecido insensível ao espetáculo de uma pessoa devorada pela doença, caminhando lentamente para a morte. Ela, Florence, não se oferecera para pagar a consulta porque não queria abrir um mau precedente ao permitir que Luis se acomodasse completamente em seu egoísmo sem cumprir seus deveres como marido. Luis havia sido contratado por uma agência de publicidade com sede na Suíça e não tinha direito à previdência social, mas era bem-pago e gastava uma fortuna convidando os amigos para jantar. Com o dinheiro de um desses jantares, Gaby teria conseguido ir ao médico ou comprar pelo menos um casaco de gabardine para o inverno. Sua roupa consistia em um par de botas, uma calça jeans azul e duas saias. Alguém lhe passara de segunda mão um suéter e um poncho. De forma obscura, ela, Florence, via na pobreza de Gaby um castigo que a vida lhe impunha por desprezar as convenções sociais. Não se podia existir em um mundo sem respeitar suas regras. Quando dormia com Pierre todas as noites, adquiria o direito de ter um carro e um casaco de vison.

Aquelas reuniões no apartamento de Gaby entediavam Louise sobremaneira porque a mergulhavam de volta no mundo dos latino-americanos, do qual ela tentava escapar fazia dez anos, quando cometera o erro de se casar com José Antonio e ir morar em Barranquilla. Na época era uma estudante de Direito cheia de projetos, mas agoniada por um amor impossível. Estava apaixonada por Michel de Reaunerville, amigo de sua família e vizinho da bela casa onde seus pais moravam, perto de Cannes. Ela o amava em segredo desde criança, porque era bonito, inteligente e digno de admiração. Havia participado da Resistência e era amigo de De Gaulle, a quem servia de conselheiro sobre os problemas do Oriente Médio. Michel tinha mãos suaves, uma voz grave, e fizera amor com ela pela primeira vez com infinita delicadeza. Sabia acariciá-la e sussurrava frases em seu ouvido que a faziam perder o controle de si mesma, levando-a à vertigem do prazer. Tinham passado um verão maravilhoso entre o clamor das cigarras e à sombra de um velho pinheiro real que protegia seus amores. Mas ele era casado e, naquela época, um divórcio poderia ter prejudicado sua carreira diplomática. Com a alma partida ao meio, ela voltou a Paris, conheceu José Antonio e, em parte por despeito, em parte porque queria escapar daquela situação sem saída, concordou em se casar com ele. Só quando chegou a Barranquilla é que dormiu com José e se tornou frígida. Seu corpo se fechou como uma ostra. Tentou se interessar pela maternidade e acabou por confiar as filhas aos cuidados da fiel Clementina. Para agradar a José Antonio, ingressou na vida social de Barranquilla e logo se cansou das festas e coquetéis daquela burguesia provinciana. Abriu uma loja de roupas infantis e ganhou muito dinheiro, mas precisava das amigas, da mãe e daquela França depurada por séculos de civilização, onde as pessoas não falavam alto, nem afirmavam enfaticamente suas opiniões, nem relegavam as mulheres a uma situação de segunda ordem, transformando-as em apêndices de seus maridos. Durante esse tempo, Michel se divorciou e se casou novamente com uma alemã, com a qual não se importava muito, dissera a Louise quando ela se atreveu a ligar para ele e anunciar sua chegada a Paris. Michel quis vê-la no mesmo dia, e os dois se encontraram no George V Hotel. Mais uma vez, ela conheceu a alegria de existir como mulher. Aqueles dez anos de aridez e silêncio desapareceram assim que ela se viu em seus braços. Foi um despertar, uma formidável sensação de realização que a fez estremecer de emoção como uma folha sacudida pelo vento.

    Quando voltou a seu apartamento, José Antonio parecia mais insignificante do que nunca. Se não fossem suas filhas, ela o teria abandonado no mesmo instante. Michel queria deixar a alemã e se casar com ela. Oferecia-lhe uma vida maravilhosa de recepções em embaixadas e férias em sua casa no sul da França, perto de sua mãe, que ainda não havia digerido seu casamento com José Antonio. E os amigos de alto nível, e as viagens e as facilidades econômicas. Em vez disso, ela tinha de se matar vendendo seguros de porta em porta porque

José Antonio, que terminara seus estudos em Direito Internacional na França, não conseguia trabalho. Na realidade, sabotava todas as oportunidades oferecidas para forçá-la a voltar para Barranquilla. Entre os dois havia se estabelecido um combate surdo e impiedoso. José Antonio queria ir embora, reclamando do frio do outono, da agressividade dos parisienses e das longas viagens no metrô para se deslocar de um lugar a outro. Ela insistia nas vantagens de ter as filhas estudando na França, na possibilidade de visitar exposições e museus, de ir a concertos e à ópera e de viver em um dos grandes centros de cultura do mundo.

Embora preferisse deixar as filhas frequentarem uma escola secular, José Antonio decidiu matriculá-las em um colégio religioso, que consumia o dinheiro das vendas de seguros. Felizmente a mãe dela pagava o aluguel do apartamento em Neuilly, tinha comprado os móveis e lhe dava o salário de Clementina todos os meses. Ela havia se instalado com elegância, mas suas amigas, que tinham um bom faro, caíam matando em cima dela. Como sua mãe, desdenhavam de José Antonio, que falava com sotaque e desconhecia as sutilezas das conversas da burguesia parisiense. Ele era categórico demais em suas declarações e seu machismo latino-americano caía como uma gota gelada sobre aquelas mulheres acostumadas a contemporizar com as coisas da vida. De qualquer forma, suas amigas notavam suas dificuldades econômicas — a falta de tapetes de qualidade, de lustres nas salas, de louças boas — e para elas a pobreza era prova de mau gosto. Se ela fosse casada com Michel, a situação seria diferente. Gaby e Florence a entendiam por motivos diferentes. Florence aprovava seus esforços para se manter na alta sociedade e a convidava para jantar sempre que tinha convidados importantes. Em um desses jantares, José Antonio conheceu Michel e ficou fascinado com sua erudição e sua simpatia. A partir daí, Michel ia ao seu apartamento uma vez por semana e José Antonio parecia encantado por frequentar um dos homens que faziam parte do círculo do poder na França. Mas Florence não se limitava a convidá-la para ir à sua casa: dava-lhe os endereços das lojas que faziam liquidações, ia com ela até o Mercado de Pulgas para comprar objetos a preços baixos e a encorajava quando ela lhe contava sobre a deserção de suas amigas.

Suas relações com Gaby eram diferentes. Marcada pelo esquerdismo, Gaby não achava que seus problemas como burguesa falida fossem importantes, mas, por outro lado, aprovava sua secreta decisão de deixar José Antonio. Para Gaby, o amor tinha de prevalecer sobre as convenções sociais, e o sexo permitia que homens e mulheres se afirmassem no mundo, conquistassem sua independência. "Por que você acha que castram cavalos?", havia lhe perguntado um dia. "Para torná-los mais dóceis e submissos." Gaby era a única pessoa no mundo a quem ousara revelar seu caso com Michel. Ia buscá-la no Boulevard Raspail, onde ficava seu escritório, e almoçavam juntas em um pequeno restaurante próximo. Sem saber que tinha Gaby como sua melhor aliada, Michel a achava inteligente e admirava sua cultura. Ele compartilhava sua visão de que o império soviético acabaria desmoronando e que, a longo prazo, os conflitos de guerra viriam do Oriente Médio. Se não soubesse da lealdade de Gaby às amigas, teria sentido ciúmes ao ouvi-los conversando animadamente, enquanto José Antonio, que só se interessava por sua profissão, e Luis, que só falava sobre política colombiana, permaneciam em silêncio. Mas Gaby havia parado de sair há alguns meses. Florence lhe contou que estava doente e que Luis não lhe dava dinheiro para ir ao médico. Seus dedos estavam inchados e havia manchas marrons em seu rosto abatido. A expressão enevoada e o brilho de seus olhos traíam a febre. Não participava das conversas, como se formular ideias fosse difícil para ela. Um dia, dissera-lhe ao telefone: "Tenho a impressão de que minha memória está se esvaziando". E, quando lhe perguntou o que podia fazer por ela, Gaby pediu que lhe comprasse alguns livrinhos em que as teorias psicanalíticas, históricas e filosóficas estivessem resumidas. Naquela noite, havia lhe trazido vários exemplares, mas fora isso não tinha como ajudá-la. A pior coisa que poderia acontecer a um estrangeiro em Paris aconteceu com ela, ficar doente sem ter dinheiro ou seguro social.

    Luis via a aparência de Gaby com uma raiva rancorosa. Ela estava tão magra que parecia uma aranha com pernas muito longas e finas imobilizadas pelo golpe de uma pedrada. Manchas haviam aparecido em seu rosto e seus cabelos estavam caindo em grumos. Sua suposta doença era uma chantagem para impedi-lo de sair com Olga e se divertir um pouco, escapando da asfixia da vida conjugal. Agora ele ficava surpreso por tê-la amado tanto e por tê-la cercado de ternura como se ela fosse uma flor rara e muito frágil. Houve uma época em que teria dado a vida por ela. Seu desejo de protegê-la tinha desaparecido havia alguns meses, quando Olga lhe apontou o quanto Gaby o castrara com seu amor possessivo e excludente. Depois de suas aventuras na Colômbia, Gaby havia concluído que na vida era necessário escolher, assumindo as frustrações inerentes a toda escolha, raciocínio que de repente começou a enlouquecê-lo. Ele não aguentava mais voltar do trabalho para casa ou acompanhar Gaby a teatros e shows. Embora não soubesse muito bem o que queria, Gaby era um fardo para ele, e sua mera presença, uma reprovação desagradável. Às vezes, quando ele voltava para o apartamento às três da manhã e a encontrava sentada em uma poltrona esperando por ele com olhos febris e expressões angustiadas, ele se sentia culpado e então descobria o quanto a amava. Porque uma parte dele ainda amava Gaby e outra não a suportava. No dia anterior, ele havia tocado acidentalmente suas costas e foi como pôr o dedo em uma fogueira: pensou que tinha se queimado. Mas Olga lhe dizia que provavelmente era uma gripe não curada e que Gaby não tomava aspirina de propósito para despertar sua compaixão, forçando-o a cuidar dela. Ele não ia cair nessa armadilha. Olga tinha razão quando lhe dizia que as mulheres usavam todo tipo de truques para conservar o marido.

Quem diria que Gaby acabaria se comportando como uma esposa convencional, inventando doenças e dependendo de sua caridade em vez de procurar emprego. Ela gastara o dinheiro enviado de Barranquilla na compra de sofisticados equipamentos fotográficos, supostamente para realizar uma exposição, como se Paris já não tivesse sido fotografada um milhão de vezes. Mas uma galerista encontrou algo particular no trabalho de Gaby e ele mesmo reconheceu, no fundo, que ela tinha talento: sabia enfocar, compor, capturar em uma fração de segundo o detalhe que tornava uma imagem interessante. Apesar de sua capacidade, a profissão de fotógrafa não lhe permitia ganhar a vida, e ele não estava disposto a servir como patrono: Gaby tinha desejado se estabelecer em Paris, que se virasse por conta própria. No entanto, a ideia de perdê-la o enchia de pânico. Todas as manhãs, tinha medo de chegar ao apartamento e encontrá-lo vazio: acendia a luz da sala e, com alívio, via Gaby na sala tremendo de febre ou encharcada de suor: então, ajoelhado à sua frente, pondo a cabeça sobre as pernas dela, dizia-lhe sinceramente que a amava e até lhe oferecia dinheiro para ir ao médico. Só que no dia seguinte, embaixo da água do chuveiro, arrependia-se das promessas e negava sequer tê-las feito. Ele mentia e odiava Gaby por forçá-lo a mentir, por lhe devolver uma imagem detestável de si mesmo, que seu pai teria condenado.

Luis tremia ao pensar que seus amigos se davam conta daquilo, e, quando tinha convidados para jantar, exigia que Gaby passasse mais ruge nas bochechas para disfarçar aquele ar de animal doente que despertava piedade. Felizmente, Alicia ficava encarregada de preparar o jantar e passar as camisas, pois Gaby lhe garantia que não tinha forças para cuidar de nada. Ela nem saía para comprar flores como antes, quando eles se instalaram naquele apartamento e Gaby o limpava até parecer um cálice de prata. Agora, se ela ia do quarto para o banheiro, que ficava na extremidade oposta, ia passando de cadeira em cadeira, primeiro para a sala de jantar, depois para o vestíbulo e, finalmente, para o quarto de hóspedes. Tudo isso levava dez minutos e, às vezes, andava encostada nas paredes para evitar cair no chão, de puro cansaço. Outro subterfúgio destinado a fazê-lo sentir-se culpado, Olga lhe afirmava com ferocidade.

Sentia-se em um beco sem saída: se jogasse Gaby na rua, doente e sem recursos econômicos, seus amigos o criticariam e alguns, como Luciani, deixariam de vê-lo; além disso, ele mesmo se sentiria profundamente infeliz. Se continuasse com ela, teria de suportar o sufoco de uma vida monótona, quando o mundo se oferecia a ele como uma selva inexplorada cheia de belas mulheres. Sem ir mais longe, Olga podia dormir com ele. Não lhe fizera essa proposta porque ela era filha de um de seus melhores amigos, e Raúl Pérez nunca o perdoaria. Mas as coisas seriam diferentes se ele se divorciasse de Gaby e se casasse com ela.

Algum tempo atrás, pouco antes de Gaby adoecer, Olga e ele viajaram juntos para Maiorca e alugaram uma casa em Lluch Alcari; desceram ao mar por um caminho rodeado de pinheiros e tomavam sol em uma rocha grande, lisa e muito branca. Olga se banhava nua e seus seios bronzeados lembravam os melões que comiam quando tinham sede; tinha coxas musculosas e uma mata de pelos pretos e encaracolados no púbis. Ele gostaria de deitá-la na rocha e fazer amor com ela descontroladamente. Seu sexo devia vibrar como os tentáculos de um polvo. Agora pensava que todas as mulheres tinham animais quentes e vorazes entre as pernas, todas elas, exceto Gaby. O sexo de Gaby lhe parecia um lugar proibido que a cada madrugada penetrava com a irritante impressão de estar violando as portas de um tabernáculo. Gaby era uma virgem muito antiga em cujos braços se sentia protegido, e guardava rancor contra ela por ter traído aquela imagem ao ter um caso com outro homem. Gaby devia dormir ascética e silenciosa até a morte. A doença a empurrava para aquele mundo de castidade em que ele queria confiná-la, e os sofrimentos de que padecia, se tudo isso não fosse mera comédia, poderiam ser considerados como uma forma de redenção. Doente, ela era preservada da paixão dos homens e voltava a ser aquela Gaby tranquila que ele amava sem realmente desejá-la. Nenhum médico devia intervir para tirá-la de uma prostração em que assumia o ar majestoso e solene de uma deusa afligida pela aproximação da morte. Secreta e infeliz, ela finalmente havia recuperado sua dignidade.

Ele tinha se angustiado muito quando Gaby decidiu ficar em Paris. Caminhando pelos Champs-Élysées, os homens se viravam enquanto ela passava e alguns a olhavam da cabeça aos pés enquanto estavam na fila do cinema, como se ele não existisse. Olhando para esses homens, às vezes bonitos e bem-vestidos, sentia-se como um usurpador, como um pobre-diabo que não merecia andar de braços dados com uma mulher tão bonita. Seu velho amigo Paul Lebard, que dirigia a agência de publicidade na qual trabalhava, ficara muito surpreso ao conhecer Gaby, e esse espanto o mortificara, pois se viu refletido em suas pupilas: feio, pequeno, prematuramente careca, o acesso a mulheres como Gaby era proibido a ele a menos que tivesse dinheiro e uma posição social importante. Parecia-lhe que havia transgredido uma lei ao entrar sub-repticiamente em um mundo que não era o seu, desfrutando de uma coisa a que não tinha direito e cujo preço não pagara. Agora que ele estava em uma posição de poder, tudo era diferente. Naquela mesma manhã, ele havia gritado na cara de Gaby.

"Você está velha e feia", tinha lhe dito da porta do quarto. E, quando seus olhos se encheram de lágrimas, ele não sentiu o menor remorso, mas sim alívio. Pareceu-lhe que rompera um dos fios que o prendiam a ela, que a fizera entender que a longo prazo ele a deixaria.

Às vezes, pensava que tinha embarcado em uma viagem destinada ao divórcio. Ele queria se libertar de Gaby pouco a pouco, sem sofrer ou cair no desespero que sofrera quando ela o deixou. Em meio à sua incoerência, seu espírito tentava traçar estratégias para sair daquele atoleiro, forçando Gaby a ir embora por sua própria conta. Então ninguém poderia recriminá-lo e ele recuperaria sua liberdade. Mas Gaby se entocaiava e sua suposta doença servia de desculpa para ficar em casa em vez de encontrar um emprego que a tornasse independente. Ele se recusava a lhe dar sua parte do dinheiro da conta que tinham em comum em um banco norte-americano porque isso seria adiar o problema: ela o gastaria para fazer sua exposição e depois voltaria aos velhos hábitos. Gaby tinha de se mexer um pouco e trilhar seu caminho na vida, como Louise, que vendia seguros sem deixar de ser uma dona de casa perfeita. A própria Florence, casada com um homem rico, era responsável pela administração dos apartamentos cujos proprietários haviam deixado a França por um motivo ou outro. Ela é quem havia alugado o seu e, como era amiga de López, deixara por quatrocentos francos, quando seu salário na agência de publicidade era mais de dez vezes maior.

Ele nunca pensou, em seus anos de estudante, que viveria em Paris com tais facilidades econômicas, comendo em restaurantes de luxo e dirigindo uma Porsche. Os maîtres do Tour d'Argent e do Lipp sabiam seu nome e certas noites da semana reservavam uma mesa para ele. Ele ia àqueles lugares na companhia de Olga e pretendia levar mais tarde outras mulheres que se apresentassem melhor do que Gaby. Pois Gaby, com suas roupas modestas, destoava de qualquer lugar. Certa vez, ela o acompanhara a um jantar na casa de Paul Lebard, e as convidadas, amigas da nova esposa de Paul, herdeira da água mineral vendida dos Estados Unidos até o Japão, tinha observado Gaby como se ela fosse uma criada. Ela não se importou; ele, por outro lado, sentiu-se humilhado. Gaby poderia ter comprado boas roupas com o dinheiro que sua prima Virginia lhe enviou de Barranquilla, mas só pensou em sua exposição. Agora que não tinha mais um centavo, ela tentava espremer dele, aumentando artificialmente o preço das compras que Alicia fazia para preparar os jantares. Nada podia enfurecê-lo tanto. Naquela noite, assim que os convidados fossem embora, diria a Alicia que de agora em diante deveria lhe mostrar a conta do supermercado.

Fazia pouco mais de meia hora que Paul Lebard chegara ao apartamento de Luis e já se arrependia de ter aceitado o convite. Olhava sem simpatia para aquele Luciani, que monopolizava a atenção e impunha o espanhol. Gaby, com o bom faro de anfitriã, levara-o para um canto da sala onde Louise e Florence conversavam ao lado de uma mesa de xadrez. Ele não tinha nada a dizer a essas mulheres, muito menos a Louise, que era sua funcionária. Tinha vindo apenas para conversar com Gaby e descobrir como as mulheres frígidas raciocinavam. Pois sua vida tinha se tornado terrivelmente complicada. Quando jovem, frequentava Luis e outros latino-americanos mais ou menos pobres que lhe ofereciam sua amizade e lhe davam a sensação calorosa de poder contar com alguém. Certo dia, ele entendeu que, se quisesse ser um homem rico e adquirir uma boa posição social, tinha de ficar longe deles. Retomou as relações com os colegas da reputada escola onde o pai o fizera estudar, foi a festas, passou fins de semana em castelos e suntuosas casas de campo e, finalmente, entrou para aquela agência de publicidade e se casou com Madeleine. Não podia dizer agora se eles tinham sido felizes, nunca tinha se interessado em saber o que as mulheres sentiam. Teve um filho, foi nomeado diretor da agência e passou a ganhar um dos maiores salários da França. Seu trabalho o monopolizava a tal ponto que ele não tinha tempo de pensar em algo diferente. Nem sequer saía de férias porque durante o verão preparava as campanhas publicitárias de setembro. Só na Páscoa tinha um momento de descanso e partia com Madeleine e Charles para um chalé que tinham comprado nos Alpes. Em sua vida comum, dormia pouco porque todas as noites tinha de participar de jantares ou receber convidados. Ele lia rapidamente revistas e jornais para acompanhar o que estava acontecendo no mundo e o que seus concorrentes estavam fazendo. Seu apartamento no Boulevard des Invalides era inteiramente branco, com tapetes grossos e móveis de linhas clássicas, que ele mesmo havia projetado. Tinha um Chagall, uma Ferrari e vestia ternos feitos por grandes costureiros. Aos quarenta anos, podia dizer que conseguira cumprir o destino que seu pai, um simples vendedor de tecidos, sonhara para ele. E de repente, como uma cobra escura, a paixão tinha despedaçado sua vida.

Tudo começou quando Sébastien Roland, um de seus melhores clientes, ligou para ele pedindo que desse à filha uma vaga na agência, porque a garota, que tinha estudado Belas-Artes durante dois anos, queria trabalhar em publicidade. Como negar esse favor? Marie-Andrée apareceu no dia seguinte com um perfeito tailleur da Chanel, linda, magra e andando como uma modelo. Havia um brilho de insolência em seus olhos, e ela parecia acostumada a sempre fazer as coisas do seu jeito. Sua presença o deslumbrou, deixou-o intimidado. Sentiu novamente aquele pavor que deixara sua boca seca na manhã em que seu pai o levou pela primeira vez a uma escola de crianças ricas e desdenhosas. Resolveu então vencer o medo e se impor por força de vontade. Não seria uma menina de vinte anos que o submeteria aos seus caprichos. Ele a colocou na equipe de criadores e qual foi sua surpresa ao descobrir que ela tinha talento e sabia tomar iniciativas. Os clientes mais importantes da agência eram amigos pessoais de seu pai, e Marie-Andrée entrou em contato com eles, passando por cima da hierarquia. Depois de um ano, apresentava as campanhas da agência e servia de intermediária para ele. Suas sugestões eram apropriadas e ela tinha o dom de conceber temas precisos para cada produto. Os outros empregados que, sob uma aparente camaradagem, viviam em um ninho de víboras, a detestavam; ele, por outro lado, estava tonto de admiração. Embora trabalhasse tanto quanto eles, Marie-Andrée sempre parecia recém-saída de um salão de beleza com seu lindo cabelo dourado cortado na altura dos ombros. Às vezes, garotos de seu próprio meio social vinham pegá-la na saída, e ele se sentia dominado pelos ciúmes. O que Marie-Andrée fazia durante os fins de semana? Para acabar com sua inquietação, resolveu que todos trabalhariam até tarde aos sábados. E então exigiu que Marie-Andrée o acompanhasse nas manhãs de domingo, para dar uma olhada geral nos planos para as campanhas publicitárias. Ela adivinhou suas intenções. Um dia lhe disse: "Se o que você está procurando é me ter ao seu lado dia e noite, é melhor se casar comigo".

Contra todas as expectativas, Madeleine não ofereceu a menor resistência, até mesmo pareceu feliz em recuperar sua liberdade. Cortou o cabelo bem curto, conseguiu um emprego em uma agência de viagens e foi morar com um rapaz muito bonito, dez anos mais novo do que ela. Várias vezes ele os viu, o menino andando de moto e Madeleine na garupa, com os braços em volta de sua cintura enquanto o vento bagunçava seus cabelos. Nem tentou usar Charles para pressioná-lo; disse-lhe que podia ver o filho quantas vezes quisesse e aceitou sem discutir a pensão que ele próprio definiu.

O casamento com Marie-Andrée foi um acontecimento social: ele teve de se tornar católico e a fotografia de ambos deixando a igreja foi publicada em várias revistas de moda. Até então não tinham dormido juntos e quando, tomados de desejo, chegaram a Veneza para passar a lua de mel, Marie-Andrée descobriu que não sentia nada por ele e acusou-o de não saber fazer amor. Ele ficou estupefato. O que exatamente isso significava e por que Madeleine nunca reclamou? Naquele momento ele percebeu que, nos últimos anos de seu casamento, Madeleine passava a maior parte do tempo fora de casa. Ela provavelmente já o estava traindo e tinha relações com o rapaz da motocicleta. Enfim, seu ciúme retrospectivo não era nada comparado ao profundo sentimento de angústia que agora o invadia. Como aprender? Certa noite, ele foi ver Lou, uma prostituta que visitava em sua juventude, aposentada do comércio e dona de um salão de beleza, mas Lou não lhe serviu de quase nada, limitando-se a dizer que tudo era uma questão de pele, ritmo e fantasmas. Em outra ocasião, ele entrou sorrateiramente em um cinema pornográfico e descobriu distraidamente que os galãs podiam passar horas com seu sexo ereto, enquanto o dele, na vida real, era esvaziado de sua substância assim que penetrava uma mulher. Seria um problema de ritmo? Tentou fazer amor com Marie-Andrée pensando, para se acalmar, nos blocos de gelo do Ártico, mas só conseguiu exasperá-la. Em tudo isso havia um mistério cujas chaves ele tinha que descobrir. Paul se propôs a conhecer a intimidade de Marie-Andrée e às quatro da manhã, quando ela estava no sono profundo, ele levantava o lençol e com uma lanterninha examinava seu sexo. Via as dobras rosadas entre os pelos pubianos loiros, um deles mais escuro e saliente que os outros, e depois nada. Parecia envolto em um grande silêncio protegendo a entrada de uma gruta. Era como a cicatriz de uma antiga ferida, como as pétalas de uma flor fechadas para a noite. Ele tinha medo dela e nunca se atrevia a tocá-la.

Começara a ter pesadelos em que via não o sexo de Marie-Andrée, mas um orifício de onde saíam chicotes com olhos nas extremidades, que se enrolavam em torno de seu corpo até sufocá-lo. Acordava suando, respirando uma grande lufada de ar, e via Marie-Andrée dormindo tranquilamente e conservando, mesmo quando dormia, a expressão altiva que tinha quando lhe garantia com raiva que ele não sabia como fazê-la gozar. Ele ficava surpreso que uma jovem educada em uma escola religiosa pudesse sentir tais desejos, embora Marie-Andrée nunca tivesse escondido dele que tinha tido aventuras amorosas antes de conhecê-lo. Poderia, portanto, compará-lo com outros e julgá-lo. No entanto, foi ela quem o seduziu: a partir do momento em que entrou em seu escritório e o olhou com seu ar impertinente, jurou, confessara-lhe, que seria sua esposa. Por que não o pusera à prova se dava tanta importância ao sexo? Ele não sabia nem o que se passava em seu corpo nem o que tramava em seu cérebro. Desesperado, sem ter a quem recorrer, contara a Luis sobre seus problemas, apesar de ser seu subordinado, em nome da amizade que os unia desde jovens. E Luis lhe dissera: "Fale com a Gaby, ela é frígida também". Mas Gaby permanecia distante e como se estivesse atordoada. Depois de deixá-lo na companhia de suas amigas, ela se sentara entre o grupo de latino-americanos sem participar da conversa. Tinha mudado desde sua chegada a Paris: magra e com os olhos fundos, parecia tomada de tristeza. Agora Paul sabia reconhecer as pessoas que sofriam: os desaventurados do mundo inteiro tinham o mesmo ar desolado, a mesma expressão abatida. Não gostava de fazer parte dos vencidos. Quando criança, ele vira seus parentes que viviam na Europa Central chegarem a Paris, com as costas curvadas como se esperassem receber uma chibatada, os olhos esquivos como se tivessem medo de ser reconhecidos e denunciados. Jurou a si mesmo que nunca seria como eles, e foi com humilhação que se instalou na casa de sua tia Sara, esposa de um francês. De todas essas renúncias, afastando-se da família, dos latino-americanos, de Madeleine, ficara com um gosto amargo e um terrível sentimento de solidão. Mas pelo menos sacrificava uma coisa para conquistar outra, enquanto agora perdia tudo. Como falar sobre isso com Gaby? Luis a considerava inteligente e talvez ela fosse menos irritadiça do que Marie-Andrée. Ele ligaria para ela no dia seguinte, pois havia tantas pessoas na sala que era impossível ter uma conversa privada com ela.

No momento em que Paul saía do apartamento, Olga entrou, sabendo que impunha sua presença como uma deusa acostumada a receber as homenagens de seus admiradores. Ela se juntou ao grupo de latino-americanos porque ao lado de Luciani havia um homem tão bonito que parecia ter saído de um conto de fadas. Luciani não devia gostar dela: duas vezes a encontrou com Luis na rua e fingiu não vê-los. Essa reação incomodava Luis, para o qual Luciani era um paradigma de virtude. Parece que ele não quisera desfrutar das vantagens materiais oferecidas pelo triunfo da revolução. Uma vez Fidel Castro lhe deu uma bela casa com jardins e uma piscina, e Luciani, que não se atrevia a esnobá-lo abertamente, convocou todos os funcionários do jornal cuja administração ele assumiu para anunciar que Fidel lhes dera a casa em questão. Isso e dois ou três atos semelhantes o forçaram a fugir de Cuba. Ele parecia um perfeito idiota para Olga. De que adiantava lutar contra um exército nas montanhas se não se podia desfrutar dos bens dos inimigos quando se ganhava a batalha? Mas os amigos de Luis e Luciani pensavam diferente, e ela não ousava expressar sua opinião. Essas ideias generosas faziam parte do universo intelectual de Gaby, de seu mundo honrado e pulcro que lhe parecia cheio de hipocrisia. A esquerda tinha o dom de exasperá-la: havia um abismo de orgulho na honestidade. Gaby à sua maneira, e sua mãe à dela, condenavam a frivolidade e a preguiça. Para sua mãe, as mulheres estavam destinadas a se reproduzir e se tornar esposas adoráveis. Gaby, por outro lado, acreditava que, se você tivesse a sorte de ser uma herdeira rica, deveria estudar e obter um diploma para fazer trabalhos altruístas. Ela não estava interessada em um nem em outro. Seu pai lhe dava mensalmente o dinheiro de que ela precisava para se permitir o luxo de não fazer nada. Em teoria, ela estudava em um liceu francês, mas nem em sonhos conseguiria passar nos exames de bacharelado. Aos dezessete anos sabia o essencial, como funcionavam os homens e as mulheres. Todas as empresas humanas eram ditadas por ganância, vaidade e imperativos sexuais. Bastava levantar os véus da abnegação para encontrar as garras do egoísmo.

Luis era um bom exemplo disso. Nos primeiros dias, quando seu pai a confiou aos cuidados dele em Paris, não fazia mais do que falar de seu amor por Gaby. Ela decidiu pô-lo à prova, pedindo-lhe que a levasse para ver um filme porque havia entendido que para Luis e Gaby ir ao cinema juntos era um dos ritos sagrados de intimidade. No início, Luis resistiu, chamando Gaby para se encontrar com eles; depois deixou de fazê-lo. No fundo, ele estava muito feliz por se encontrar na companhia de uma jovem bonita que se vestia bem e atraía a atenção dos homens. Queria ir mais longe e se tornar seu amante, mas ela nunca consentiria com isso porque sabia por experiência própria que dormir com um homem era perder alguma forma de poder que exercia sobre ele. As férias em Maiorca permitiram-lhe avaliar sua influência. Ignorando Gaby, ela convidava Luis para os encontros de seus amigos hippies. Luis ficava de mau humor, acusava Gaby de ter feito ou não qualquer besteira e sua raiva servia de desculpa para deixá-la em casa enquanto ele ia farrear com Olga, com muito vinho e maconha. Assim, um após o outro, seus escrúpulos caíram e, de uma esposa amada, Gaby se tornou um incômodo para ele. Conseguir esse triunfo tinha sido mais fácil do que pensava, mas a guerra só terminaria no dia em que Luis a abandonasse completamente.

Ela havia tentado fazer o mesmo trabalho de formiga com Antonio del Corral, outro amigo de seu pai, e foi um fracasso. Constanza, sua esposa, notou e rudemente lhe fechou a porta de sua casa, dizendo-lhe que na idade dela se chupavam balas, e não homens casados. Ela fez algum comentário para o marido, porque Antonio mudou da noite para o dia. Um dia, ele foi sorrateiramente vê-la no café onde costumavam se encontrar e a chamou de sedutora quando ela se recusou a acompanhá-lo a um hotel. O pior foi que Constanza telefonou para sua mãe em Bogotá e lhe contou sobre suas aventuras. Furioso, seu pai ameaçou fazê-la voltar para a Colômbia e ela foi forçada a mentir, garantindo que Constanza havia cometido um erro. Mais uma vez sua mãe semeara a discórdia.

Uma luta mortal havia sido estabelecida entre sua mãe e ela desde que Olga se lembrava, ou melhor, desde que ela começou a existir. Essa mulher delicada, como que saída de um camafeu, se apoderara do pai sem lhe deixar nenhuma liberdade. Ela o havia enfeitiçado com seus truques de esposa apaixonada. Viviam em um estado de simbiose perfeita e ela, Olga, viera ao mundo por acaso. Sua mãe não precisava de filhos para ser feliz. Era o suficiente para ela passar o dia inteiro cuidando da casa, indo ao salão de beleza e se maquiando para ficar linda e desejada para quando o marido chegasse. Suas noites eram verdadeiras orgias conjugais. Quando criança, fingia adormecer e, assim que iam para a cama, entrava na ponta dos pés no quarto, entreabria a porta e, graças a um espelho colocado em frente à cama, via suas brincadeiras amorosas com um desespero que aumentava à medida que crescia e podia nomear a indecência. Ela nunca se entregaria a um homem assim, suando, ofegante, perdendo o controle de si mesma. No entanto, gostava de colecionar aventuras e naquela noite dormiria com o amigo bonito de Luciani, que só sabia que se chamava Felipe.

Ouvindo Luciani falar, ele, José Antonio, sentia que sua vida carecia de interesse. Havia estudado Direito Internacional para agradar a seu pai, mas não tinha o menor espírito aventureiro. Gostava de Barranquilla, do calor e da brisa, e achava ótimo servir como consultor jurídico de empresas estrangeiras que tinham filiais na Colômbia. E então ganhava muito dinheiro naquela época, e Louise não precisava de nada. Com as duas filhas, tinha a impressão de formar uma verdadeira família, reencontrando aquele ambiente acolhedor que o cercara até os vinte anos, quando sua mãe morreu: um pinheiro em dezembro, o baile de Réveillon no Country Club, a batalha de flores no sábado de Carnaval. Mas, acima de tudo, a sensação de uma presença feminina na casa, criando uma atmosfera acolhedora que o protegia do mundo exterior. Ele tinha sido uma criança enfermiça e, como odiava brincadeiras violentas, seus colegas o olhavam com desconfiança. Seu pai o enviara a Paris para endurecer seu caráter, e ele se refugiou nos estudos tão intensamente que se tornou o melhor aluno da classe. Um professor sugeriu que ele solicitasse a nacionalidade francesa para que pudesse exercer sua profissão em Paris. Não queria: desejava voltar para Barranquilla o mais depressa possível e instalar-se em sua antiga casa no Prado, onde Clementina substituía sua mãe, preparando os pratos que seu delicado estômago conseguia tolerar. Ele odiava o frio de Paris e a arrogância dos franceses, mas Louise insistira em viver na França, alegando que, se ela havia concordado em passar dez anos na Colômbia, ele poderia lhe conceder outros tantos em seu país. E lá estava ele, sozinho e desempregado, depois de ter perdido todos os seus bens. Teve de vender às pressas a bela casa que López havia construído para eles; a louça, mal embalada, havia se estilhaçado, e até mesmo o jogo de talheres de prata se perdera na mudança. Teve de começar a viver como se fosse estudante, mas com uma mulher e duas filhas a tiracolo. Não suportava o discurso feminista porque sabia muito bem que as mulheres sempre conseguiam o que queriam. Luis também abandonou o emprego cedendo ao capricho de Gaby, depois de ter sido, se não enganado, pelo menos humilhado em seu amor-próprio. Ele foi uma das primeiras pessoas a saber dos problemas conjugais de Luis e, desde então, condenou o comportamento de Gaby. Não conseguia encontrar desculpas para ele. Nem a paixão, muito menos o desejo sexual, devia permitir a infidelidade. Gaby o decepcionara. Lembrava-se dela em Puerto Colombia, quando tinha quinze anos e montava um cavalo ressabiado que galopava loucamente pela praia. Via sua silhueta contra a luz do sol poente, o cavalo arisco virando a cabeça de um lado para o outro, relinchando, levantando a areia com as patas traseiras, e Gaby agarrada à sela, adaptando seu corpo aos movimentos daquele animal selvagem, acariciando seu pescoço enquanto falava com ele em voz baixa.

    Gaby lhe parecia pura, então. Quando conseguia acalmar a agitação do cavalo e o fazia galopar sobre a espuma das ondas, tinha o ar magnífico de uma amazona rebelde, indiferente aos homens e à sua concupiscência. Casta continuou lhe parecendo mesmo depois do casamento com Luis, como se nada pudesse alterar sua imagem de virgem inacessível. E de repente, certa manhã, Luis se encontrou com ele no Clube de Executivos e, entre soluços, contou-lhe seu infortúnio. Gaby pôs em prática um direito que eles haviam concedido um ao outro antes de se casarem, demolindo as convenções morais. O fato de ela ter pedido permissão a Luis para dormir com outro homem e de ele ter concedido não mudava muito as coisas. O adultério era, em si mesmo, condenável porque punha em tela de juízo os fundamentos da sociedade.

Ele, José Antonio, gostava de ordem, de que cada coisa estivesse em seu lugar, que cada ato repetisse o anterior. Todos os dias, quando saía de casa para procurar trabalho, ia a um café e sentava-se para tomar uma xícara de chá e fumar um cigarro. Aquela pequena cerimônia lhe dava coragem para enfrentar as entrevistas e defender seu currículo. Da mesma forma, esperava todas as noites pelo telefonema de seu pai: ouvir sua voz no telefone lhe dava uma sensação de paz, como se o mundo, até então desarticulado, fosse subitamente ordenado. Sim, Louise tinha o direito de passar alguns anos em Paris, sim, era ótimo para suas filhas estarem imbuídas da civilização francesa. O pai pensava assim. Ele, que de pura velhice estava à beira da morte, renunciava a todo egoísmo e só se interessava pela educação de suas netas.

As meninas tinham se adaptado perfeitamente: seis meses depois de chegarem, falavam francês sem sotaque. A mãe de Louise vinha vê-las de vez em quando e as vestia da cabeça aos pés. Embora ele fosse profundamente grato a ela, tinha vergonha de não ter meios para sustentar suas filhas. A sogra pagava até as contas de telefone e luz.

Tudo era diferente quando morava em Barranquilla: era o que ele contava a Luis nas poucas vezes que conversavam sozinhos e evocavam o passado. Sentados a uma mesa no café Cluny, recordavam os amigos que tinham em comum, as festas onde se encontravam, as longas conversas sobre política local em torno de uma garrafa de uísque no Clube de Executivos. Na época, ambos tinham a impressão de estar em uma estrada real: ganhavam dinheiro e suscitavam o respeito das pessoas, podiam andar de cabeça erguida em vez de se perderem na massa anônima de parisienses de classe média. Mas Luis havia mudado: agora o ouvia falar sobre Barranquilla mal dissimulando seu tédio e se apropriara do discurso de Gaby sobre libertação sexual. Difamava o casamento e um dia perguntou se poderia levar Olga, filha de Raúl Pérez, a sua casa. Como era de se esperar, Louise se opôs terminantemente, mas Luis continuava a vê-la e tinha a audácia de convidá-la, como fez agora, para ir ao seu apartamento. Isso, e sua relutância em dar dinheiro a Gaby para ver um médico, era sua maneira de se vingar. Mas era uma vingança mesquinha, típica de um homem sem escrúpulos. Apesar de ter carinho por ele e sempre defendê-lo, ele o recriminava no fundo do coração por seu comportamento: não deveria deixar Gaby em tal estado. A falta de classe de Luis aparecia ali. José Antonio e seus amigos da burguesia de Barranquilla jamais teriam se permitido tratar uma mulher dessa forma. O que quer que dissessem, a religião dava as diretrizes certas para agir na vida e, embora ele fosse ateu, havia se recusado a permitir que suas filhas estudassem em escolas seculares.

Enrique Soria estava interessado no que dizia Luciani, que confirmava sua desconfiança em relação ao comunismo. Os homens tendiam a correr atrás de qualquer ilusão, a experiência os confinava aos limites da realidade. A partir do momento em que se instaurava uma ditadura consolidada por uma burocracia, o absurdo não conhecia limites. Prova disso era aquela fábrica na União Soviética onde os operários produziam imensos pregos e sem qualquer relação com as necessidades do mercado, para cobrir a quantidade que o plano lhes havia atribuído. Ou os edifícios com varandas sem janelas, porque as equipes que tinham recebido a ordem de construir janelas não entravam em um acordo com os arquitetos. E lá estava Luciani contando uma história que revelava mais uma vez a ineficácia das sociedades comunistas. Fidel Castro havia sugerido que os verdadeiros revolucionários deveriam dedicar os domingos ao trabalho gratuito de colher a safra de tomate. Eles tinham de se apresentar às sete da manhã em vários lugares de Havana, onde um ônibus os levaria para o campo. Não só o ônibus chegou ao meio-dia mas também, na semana seguinte, descobriram que os tomates, armazenados em suas caixas, haviam apodrecido porque ninguém tinha passado para colhê-los.

Luciani havia entendido que a iniciativa pessoal não poderia ser suprimida. Sua estadia na China lhe ensinou várias coisas: em uma comuna agrícola, os líderes decidiram um dia criar algo parecido com um restaurante para os camponeses almoçarem em sua própria terra em vez de irem para casa. A medida despertou tanta revolta que foi necessário anulá-la. É normal, explicava Luciani, os ingredientes da comida são os mesmos, soja, arroz, peixe salgado, mas cada um tem sua maneira de prepará-lo, e privá-lo desse direito é pisar na única coisa que lhe resta de liberdade.

Um amigo de esquerda contara a Enrique Soria um dos incidentes que forçaram Luciani a fugir de Cuba: uma noite ele estava prestes a fechar o jornal que dirigia quando chegou ao telex a notícia de que Khrouchtchev havia assinado um pacto com os americanos e estava retirando os mísseis instalados na ilha; Luciani telefonou a Fidel Castro para lhe contar e ouviu-o lançar impropérios e dar pontapés nos móveis que tinha ao seu alcance, mas, quando lhe perguntou se publicava a notícia, Castro lhe disse que deixava a decisão para ele. No dia seguinte, o povo de Havana organizou uma manifestação espontânea, gritando: "Nikita, seu traíra, o que se dá não se tira". Furiosos, os comunistas culparam Luciani e exigiram sua demissão. Luciani era um homem de ação e reflexão, mas não de poder.

Ele mesmo, Enrique Soria, tinha ambições políticas e hoje seria ministro se Sonia, sua mulher, tivesse se mostrado mais razoável. Ele havia se casado com ela porque era herdeira de uma grande fortuna. No dia de seu casamento, seu sogro lhe deu uma bela casa no norte de Bogotá e os membros da antiga aristocracia de Santa Fé compareceram ao casamento. Sonia experimentou a primeira noite e as noites que se seguiram como um fracasso, porque ele se limitou a penetrá-la e tirar seu membro o mais rápido possível para impedi-la de conhecer o prazer, seguindo o conselho de seus colegas de Harvard, que asseguravam que uma esposa não deveria se entusiasmar na cama conjugal, a fim de que nunca tivesse o desejo de dormir com outros homens. Tiveram dois filhos, um atrás do outro, e Sonia lhe negou o acesso à sua intimidade. Cuidava dos filhos durante o dia e, assim que os punha na cama, começava a beber: primeiro uma garrafa de gim, depois duas e três. A menina bonita que conhecera dez anos antes, saudável e de pele transparente, campeã de equitação, tornara-se uma mulher inchada que andava como um zumbi e não se interessava por nada. Se ele escondesse as garrafas, ela fugia de casa e bebia em bares de má fama. Às vezes, os policiais a encontravam caída na sarjeta e, como já sabiam seu nome e endereço, a levavam para casa. Sonia desmaiava na cama o dia todo e só ressurgia quando os filhos voltavam da escola.

Seu sogro o culpava porque Enrique mantivera a relação com a amante que ele tinha antes de se casar. Mas ele não podia prescindir de Lucila, e nem queria isso. Apesar do tempo transcorrido, eles ainda faziam amor como príncipes: Lucila o obrigava a se segurar até que ela alcançasse seu prazer. O que o inflamava com ela, o paralisava com Sonia. Agora mesmo ele se sentia atraído por Gaby, apesar de sua aparência enfermiça, ou talvez por causa disso. Tinha conhecido Gaby em Barranquilla, na véspera de sua apresentação à sociedade, e pedira que ela fosse seu par na festa de Ano-Novo. Lembrou-se dela descendo os degraus que levavam à pista de dança, muito bonita em seu vestido ajustado à cintura e aberto em uma saia ampla de renda e tule. O presidente do Country havia colocado uma orquídea em seu pulso enluvado e depois ela tinha dançado com o pai a valsa do Imperador, antes de se sentar ao seu lado ao redor de uma mesa. Naquele momento, ele estava perfeitamente apaixonado por ela, mas um instante depois notou uma garota sentada ao seu lado, feia e vestida de periquito verde, e decidiu conquistá-la, abandonando Gaby, que, possivelmente ressentida, começou a dançar com seus amigos. Lucila também era brega. Conhecia sua própria contradição: amava mulheres bonitas e distintas, mas só ficava atraído por mulheres vulgares. Se ele se interessava por Gaby agora, era porque a doença a tornava marginal: parecia envolta em um véu úmido e espesso, impenetrável.

Felipe Altamira examinava Gaby com um olhar atento. Via seus dedos inflamados, as manchas no rosto e aquela expressão abatida de uma pessoa que leva consigo uma enfermidade. Ainda assim, ele a achou bonita e gostaria de ter passado o resto da noite com ela. Seu dom-juanismo incomodava Luciani, um defensor convicto da monogamia, mas ele ria do puritanismo em que o marxismo havia caído. Ainda era um menino quando sua mãe, refugiada na União Soviética desde o triunfo de Franco na Espanha, enviou-lhe uma mensagem para que ele e sua irmã se deixassem contrabandear para a França e, em Paris, pegassem um avião que os levaria a Havana. Tudo isso tinha de ser feito com discrição e cautela porque seu pai, notável na Espanha e amigo do príncipe herdeiro, poderia causar um escândalo diplomático.

Fidel Castro os acolheu como se fossem seus filhos e os levou em seu jipe para percorrer a ilha de um lado a outro. Ele decidiu que ambos seriam médicos para ajudar revolucionários em todo o mundo, mas, quando sua irmã excessivamente idealista descobriu as realidades da nova ordem social, não suportou e cometeu suicídio. Ele, por outro lado, havia se adaptado muito bem: amava o Caribe, suas águas azuis e seus coqueiros agitados pelos ventos alísios. Seu trabalho lhe permitiu conhecer outros países. Ele agora era médico dos palestinos e havia ido para a França com um passaporte falso para descansar. Luciani queria que ele visse Gaby para saber se ela estava doente e, em caso afirmativo, para quem ele deveria encaminhá-la. Sem dúvida, ela tinha uma doença do colágeno e o homem certo era o dr. Labeux, que atendia no Hospital Saint-Louis. De qualquer forma, esses sintomas não apareceram da noite para o dia e Gaby deve ter sofrido muito antes de cair nesse estado. Adelaida já havia descoberto sua febre havia alguns meses. Ele achava o cúmulo que seu marido, aquele homenzinho gesticulante, não movesse um dedo para ajudá-la. Nem nos círculos da aristocracia madrilenha, onde passara os primeiros anos de vida, nem entre os pobres que conhecera mais tarde encontrara tanta negligência. Deixar uma mulher afundar na doença sem lhe prestar ajuda era uma forma de assassiná-la. Os franceses usavam uma fórmula jurídica para esses casos: delito de não assistência a pessoa em perigo. Ele notou que as pernas de Gaby estavam cobertas de minúsculos pontos vermelhos. Viu-a passar os dedos sobre a nuca e proferir um leve gemido.

— O que você tem? — perguntou, levantando-se.

— Acabaram de me sair uns caroços — disse Gaby, um pouco constrangida por ter chamado sua atenção.

Felipe Altamira se aproximou dela e tocou-lhe a nuca. Os gânglios estavam terrivelmente inchados.

—Você fez algum exame de sangue?

Gaby fez que sim com a cabeça e Felipe pediu que ela os mostrasse. Quando leu os resultados do exame, compreendeu que Gaby estava gravemente doente.

— Você deve consultar um médico com urgência — disse ele, e, pegando o telefone que estava em uma mesa próxima, ligou para o dr. Labeux e lhe pediu que recebesse Gaby no Hospital Saint-Louis no dia seguinte.

Luciani pegou a folha do exame de sangue e notou que ele havia sido feito há um mês e meio. A indignação corou suas bochechas. Com aquela intuição enervada de quem foi maltratado pela vida, ele entendeu que Gaby não tinha o dinheiro necessário para ser tratada por um médico.

— Ela precisa de tratamento? — perguntou a Felipe.

— Longo e caro — ouviu-o responder —, mas Labeux não lhe cobrará nada.

Luciani pensou nos trezentos francos que restavam em seu bolso pela venda de uma litografia do amigo Miró. Ele e Adelaida precisavam deles para passar o mês, mas se apertassem o cinto poderiam ficar sem um terço disso. Além disso, Felipe havia trazido alguns dólares para pagar sua estadia em Paris. Os dois juntos dariam a Gaby a possibilidade de se submeter ao tratamento por um tempo. Parecia absurdo que dois párias como eles fossem forçados a ajudar financeiramente a esposa de um homem que ganhava a vida muito bem. Luis podia louvar as ideias revolucionárias, mas na hora da verdade saíam os cascos do burguês que abandonava a mulher assim que parava de se aproveitar dela. Luciani se lembrou do fino xale com que Gaby se cobria da última vez que a viu na rua. Talvez não tivesse um casaco adequado. Ele fez um gesto para Felipe e eles entraram juntos na sala de jantar. O diagnóstico de Felipe havia caído em Gaby como uma lápide. Sentia-se mal desde seu regresso de Maiorca, mas, apesar da insônia, da febre, da queda de cabelo e da inflamação das articulações, mantinha secretamente a esperança de ser curada com antibióticos. Não dera importância às manchas nas bochechas ou às manchas vermelhas nas pernas, acreditando que era uma alergia. A única coisa que a incomodava era o incrível cansaço que a fazia considerar atravessar uma sala como a subida de uma montanha. Mas ela olhara para a expressão de Felipe ao ler o resultado do exame de sangue e percebeu que estava realmente doente. Um vento de pânico agora corria em sua alma. Tinha medo da morte e da angústia que antecedia a morte. Tinha especialmente medo de ir àquele hospital no dia seguinte se arrastando de cansaço, subindo e descendo escadas:

achava que não teria forças para fazer isso e por nada no mundo Luis a levaria em seu carro; nem daria o suficiente para que ela comprasse as passagens de metrô. Estava pensando nisso quando Luciani assomou pela porta e a chamou.

Quando entrou na sala de jantar, Luciani se aproximou e, sem lhe dar tempo de reagir, enfiou algumas notas no bolso de sua calça jeans.

— Assim que você começar a trabalhar, você me devolve — disse ele como a coisa mais natural do mundo. E completou: — Felipe vai te falar uma coisa.

Ela pensou que Felipe ia falar com ela sobre sua doença, mas, contra todas as expectativas, perguntou-lhe:

— É verdade o que Luciani disse, que você não tem casaco?

Ela assentiu, sentindo, apesar da febre, que seu rosto estava pegando fogo.

— Participei de ações de comando — disse Felipe — e sei que, para sobreviver, às vezes é necessário roubar. Roube seu casaco e diga a si mesma que está em plena guerra.

3

Caminhar pelos longos corredores do metrô e subir o último lance de escadas que levava à Place de la République deixava Gaby exausta. Fazendo um grande esforço, ia até um café e pedia uma água mineral, que não tomava porque tinha de estar em jejum para os exames de sangue. Então, com dificuldade, ela caminhava pelas ruas parando em frente de cada vitrine para recuperar um pouco de força, atravessava uma ponte lutando contra o vento gelado que a açoitava e a fazia estremecer de frio, deixava outras ruas para trás e finalmente chegava ao Hospital Saint-Louis. Era um prédio antigo, com paredes altas e salas mal iluminadas. Na sala de espera se amontoavam pessoas aflitas, com cabelos ralos e rostos desfigurados por alguma doença. Ora a doença carcomia o nariz, ora a boca, deixando a gengiva exposta; em todo caso, pareciam máscaras destinadas a provocar medo.

Também a aparência de Gaby produzia inquietação: bastava que ela se sentasse no metrô para que as pessoas sentadas ao seu lado ou à sua frente mudassem de lugar ou preferissem continuar a viagem em pé. Gostaria de ser invisível: acreditava que sua doença continuaria avançando até que se assemelhasse aos infelizes que estavam na sala de espera. Para evitar vê-los, ela esperava sua vez instalada em uma cadeira que dava para o corredor. As enfermeiras olhavam-na curiosas, mas não a recriminavam. Já sabiam que ela era protegida do dr. Labeux, e algumas delas tinham se afeiçoado a Gaby. As primeiras visitas ao hospital tinham aumentado sua angústia. O dr. Labeux, um homem muito bonito, de olhos dourados e cujo rosto parecia o de um busto romano, não quis lhe dizer o nome de sua doença.

Na segunda entrevista, disse à assistente que era algo relacionado ao colágeno e que a maioria dos pacientes morria por não seguir à risca suas instruções, abandonando o tratamento com cortisona assim que começavam a se sentir melhor. Quando ela lhe mostrou os resultados do exame de garganta que o amigo médico de Florence havia ordenado que ela fizesse, o dr. Labeux devolveu a folha sem lê-la e cuspiu na pia de seu consultório. "Aí", disse ele, "estão todos os micróbios da garganta, os seus e os meus".

No entanto, a febre não cedia; mais ainda, piorava. Às seis horas da tarde ela ainda conseguia medir a temperatura, mas, quando o termômetro marcava quarenta e um graus e a temperatura continuava a subir, ela perdia o controle dos movimentos. Muitas vezes derramava o copo d'água que havia posto ao entardecer na mesa de cabeceira e, desesperada de sede, soluçava ao ver a água correndo sobre a madeira do chão. Embora a febre a embrutecesse a ponto de causar alucinações, ela não conseguia dormir.

Esperava todas as madrugadas a chegada de Luis para ter contato humano, escapando daquele mundo de mortos em que se sentia encerrada. Mas Luis vivia uma grande paixão com uma mulher cuja identidade ele não queria revelar, limitando-se a descrevê-la como uma argentina abandonada pelo marido. Ele devia gostar muito dela porque, às vezes, quando entrava no quarto onde achava que Gaby estava agonizando, perguntava entre indignado e compadecido: "Você ainda não morreu?". E acontecia de ele chorar de pena de si mesmo porque ela ainda estava viva. Ela o consolava acariciando sua cabeça com os dedos inchados, sem saber como pedir desculpas por ser um obstáculo para ele. Com os fragmentos de frases que Luis deixava escapar, havia reconstituído a trama de seus casos amorosos. Luis estava apaixonado por Olga e, no dia em que descobriu que Olga tinha um amante, foi à casa de todas as mulheres que conhecia até encontrar uma que quisesse dormir com ele.

Ela, Gaby, sabia no fundo que era responsável por tudo aquilo. Um dia antes do que aconteceu, Luis a levara para ver um filme de Losey, *Acidente*. Ao sair do cinema, Luis disse a ela que não conseguia entender o que Losey queria dizer ao pôr no fim do filme o barulho do acidente de carro, quando o ator principal entra em casa com a esposa e os filhos, depois de ter deixado a estudante por quem estava apaixonado ir embora. Ela hesitou por um segundo, e depois, um pouco para testá-lo, lhe deu sua versão: o barulho podia ser ouvido no final porque Losey queria explicar que foi justamente quando o personagem aceitou sua vida de professor pequeno-burguês que o acidente aconteceu. Luis olhou-a com um ar perdido, enquanto ela dizia a si mesma: "Agora ele será infiel a mim".

Na verdade, ela queria que Luis fizesse sexo com outra mulher para levá-lo a minimizar os casos extraconjugais, mas ela nunca imaginou o quanto sua infidelidade a faria sofrer, talvez porque fosse acompanhada por uma feroz falta de misericórdia para com ela. Luis não dava a mínima ao vê-la morrer aos poucos, febril e sem forças, perdendo o cabelo, com aquela máscara de manchas castanhas no rosto. E isso lhe causava grande dor. Agora ela conhecia todas as nuances da tristeza. Às vezes, andando pela rua, não conseguia se controlar e explodia em soluços. Estranhos encontros aconteciam: um dia, voltando do hospital, uma mulher de certa idade, ainda bonita e usando um longo casaco de vison, aproximou-se dela e, em uma língua provavelmente eslava, acariciou-lhe o rosto, murmurando frases afetuosas, pelo tom de sua voz; em outra ocasião, uma velha fez a cruz ortodoxa sobre ela com os dedos unidos. Fizera amizade com Alfred, um morador de rua que frequentava a estação de metrô République e tinha os modos de um cavalheiro. Na primeira manhã em que se encontraram, Alfred lhe pediu um cigarro. Ela lhe passou seu maço de Camel e, depois de um tempo de conversa, ambos descobriram, para seu espanto, que vinham do mesmo meio social.

Alfred, um ex-executivo belga, estava tão entediado com a burguesia, com sua família e esposa, que um dia desapareceu para se tornar um dos vagabundos de Paris. Embora fosse alcoólatra, bebia decorosamente e conservava um ar de dignidade. No segundo encontro, ele havia comprado um maço de Camel e foi ele quem lhe ofereceu um cigarro. Comovida, sentiu lágrimas rolando pelo rosto: enfim, alguém se interessava por ela. Contou a Alfred os detalhes de sua vida e, enquanto falava, as coisas pareciam se acalmar em sua mente. Alfred intervinha para tirar conclusões, as quais a ajudavam a esclarecer o que estava acontecendo. Assim, por exemplo, dissera-lhe certa vez: "Você está presa em uma relação abusiva", e ela entendeu na hora que Luis não teria ousado se comportar assim com ela em Barranquilla, onde tinha amigos e podia contar com a família. Em outra ocasião, Alfred lhe perguntou à queima-roupa: "Por que você sempre se apaixona por homens fracos?". A resposta impôs-se por si só e ela se ouviu dizer: "Porque meu pai me parecia fraco".

Alfred era para ela como uma tábua de salvação em um mar de desespero. Ia ao hospital duas vezes por semana e quando, exausta, conseguia rastejar até o corredor que lhe correspondia na estação République, ficava muito contente por vê-lo sentado em um banco, à sua espera. Todos os amigos de Alfred acreditavam que ele estava morto e ele preferia que as coisas continuassem assim, mas um dia, quando ela descobriu alguns tumores no rosto, Alfred deu-lhe o nome e o endereço de uma dermatologista, prometendo que ele mesmo ligaria para a médica para recebê-la em seu nome. Dessa forma, ela entrou em contato com a pessoa que desempenharia um papel decisivo no curso de sua doença.

A dra. Beirstein, de origem judaica, havia se refugiado com seus pais nos Estados Unidos antes da Segunda Guerra Mundial, onde estudou Medicina, especializando-se em doenças da pele. Ao voltar a Paris, abriu seu consultório na Rue du Faubourg Saint-Honoré, bem perto da Place des Ternes. Era uma mulherzinha determinada, com a energia de quem sabe o que quer. Ficou horrorizada ao saber da situação de Gaby. Removeu os maiores tumores de seu rosto com um bisturi e, no dia seguinte, se deu ao trabalho de buscá-la em seu carro para levá-la ao hospital. Diante de um dr. Labeux atônito, ela pegou a folha do exame de garganta e, em vez de cuspir na pia, o dr. Labeux lhe receitou antibióticos e pílulas para dormir. A dra. Beirstein imediatamente a acompanhou a uma farmácia e ela mesma pagou pelos medicamentos. Depois, comprou meias, luvas e blusas de lã em uma loja. Ela, Gaby, não sabia como expressar sua gratidão e até parecia inapropriado simplesmente agradecê-la. Assim como Luciani e Felipe, como Labeux e Alfred, Beirstein considerava normal ajudar as pessoas. Sentadas à mesa de um café, falaram sobre o estranho destino de Alfred, cujo nome verdadeiro a médica não quis revelar. "Foi a alegria da minha velhice", disse-lhe, "acredite, uma mulher nunca esquece seu primeiro ou seu último amor".

Quinze dias depois, graças aos antibióticos e soníferos, Gaby começou a sentir-se melhor: a febre desapareceu e ela pelo menos conseguia dormir, esquecendo a angústia das noites em claro. Ainda tinha de resolver o problema do casaco e Alfred aceitou a sugestão de Felipe, traçando um plano de batalha. Eles iriam cedo, cada um por si, a uma das lojas de departamento no Boulevard Haussmann; juntos, eles entrariam no departamento de casacos e, enquanto Alfred atraía a atenção das vendedoras, ela roubava o que havia escolhido.

Eles se encontraram no dia seguinte. Quando entrou na loja e viu Alfred com seus trajes de vagabundo, pensou que o projeto iria por água abaixo. Entrou no elevador enquanto Alfred subia pelas escadas, foi ao departamento de casacos e encontrou uma longa jaqueta de couro forrada de pele: ela a colocou fingindo experimentá-la e, quando Alfred apareceu atraindo os olhares indignados das vendedoras, ela se virou e voltou para o elevador. O trajeto até a saída parecia infinitamente longo: seu coração batia de medo, sua boca estava ressequida e as mãos, congeladas entre as luvas.

Uma vez na rua, ela quase dançou de alegria: aquela jaqueta a protegeria muito bem do frio. Com os antibióticos e o casaco, o círculo da maldição havia se quebrado. Naquela mesma tarde, ela foi até a escola de idiomas Berlitz e se candidatou para trabalhar meio período como professora de espanhol. Era um trabalho exaustivo porque ela tinha de se deslocar até as várias unidades da escola, mas pelo menos ganhava para as necessidades básicas: podia pagar seu empréstimo a Luciani e levar uma rosa à dra. Beirstein quando fosse vê-la para remover os pequenos tumores do rosto; também comprava garrafas de vinho para Alfred. Um dia, o dr. Labeux pediu-lhe o número do telefone do trabalho de Luis: ele queria saber os estragos que a doença havia causado em seu corpo, especialmente nos pulmões e no coração, mas esses exames não podiam ser realizados em seu próprio consultório e alguém tinha de pagar por eles. O telefonema do dr. Labeux provocou uma crise de raiva em Luis. No entanto, o medo de ser desmascarado o levou ao Hospital Saint-Louis, onde o dr. Labeux explicou que ela estava gravemente doente e precisava de dinheiro para prosseguir o tratamento. Luis acabou por lhe dar trezentos francos, acusando-a aos gritos de querer que ele perdesse o emprego ao projetar uma imagem de marido sem coração.

Logo depois, Florence, que continuava estudando violão e cantava vários versos de "La cucaracha", propôs acompanhá-la ao hospital. Foram juntas ao consultório do dr. Labeux e Florence verificou que ela não tinha uma doença mental, como Luis havia feito seus amigos acreditarem, especialmente Raúl Pérez, que havia encarregado Florence de descobrir se a versão de Luis correspondia ou não à realidade. Ela, Gaby, ficou muito triste ao saber que Luis espalhava esses boatos apesar de ter conversado com o dr. Labeux, mas a manobra de Florence serviu para pelo menos duas coisas: primeiro, indicou que havia uma linha direta de metrô de sua casa para o hospital; segundo, ofereceu-se para conversar com a amiga Eve a fim de obter os remédios gratuitos que Gaby tomava, fabricados no laboratório do amante. A partir daí, Florence começou a trazer-lhe caixas de papelão cheias de cortisona e cálcio, potássio e sódio, para compensar a falta de sais no tratamento. Alfred concordou em encontrá-la na nova estação de metrô, a Coronel Fabien, mas um dia ele parou de vir. A radiografia dos pulmões revelou manchas brancas, que desapareceram depois de alguns meses.

Aquele serviço era mal organizado. Os doentes ficavam em pé na fila e podiam esperar sua vez por uma hora. Com o estômago vazio, Gaby tinha a impressão de que ia cair no chão. Em uma ocasião, ainda febril, o homem atrás dela, um estrangeiro, pôs a mão por baixo de seu xale, e ela só percebeu o que estava acontecendo quando ele pressionou seu seio; ela saiu da fila e se colocou em último lugar, humilhada e furiosa por não ter dado um tapa no homem. Logo depois, a cortisona começou a mudá-la, se não seu caráter, pelo menos sua maneira de reagir aos problemas da vida. Sentia que a agressividade corria por seu sangue. Tinha visitado Anne novamente em Saint-Germain e, a caminho de casa, entrou no mesmo vagão que os homens de blusão preto tomavam: sozinha entre eles, começou a encará-los querendo que a atacassem, para que ela lhes quebrasse a cabeça: no fim, foram eles que trocaram de vagão. Outra vez, em um corredor do metrô, um estranho se aproximou dela por trás e disse uma frase obscena tocando seu ombro: ela se virou para olhá-lo e o homem deve ter notado um brilho perigoso em seus olhos, porque começou a correr como se estivesse sendo perseguido pelo diabo.

A única coisa que ela temia era a morte. Ia a uma livraria especializada em obras médicas e percorria com os olhos os livros que tratavam de doenças como a dela. Livros muito caros que a impossibilitavam de comprá-los, mas em uma coleção informativa ela encontrou um exemplar dedicado à sua doença e começou a lê-lo em um café. Desde as primeiras linhas reconheceu os sintomas de sua doença e, quando chegou ao capítulo das formas graves da doença, reconheceu com horror o que tinha. Suas mãos tremiam e gotas de suor corriam por sua testa; com a boca ressequida, ergueu os olhos e viu à mesa à sua frente um estranho que lhe acenava para vir sentar-se ao seu lado; pareceu-lhe tão ridículo que quase caiu em uma gargalhada histérica. Lembrou-se de María Piedad, sua vizinha e mãe de sua melhor amiga, que morrera da mesma coisa aos cinquenta anos. Além disso, o livrinho tratava esses doentes como infelizes condenados a longo prazo à morte. Sentiu que ia começar a gritar a qualquer momento, que se voltasse sozinha para o apartamento iria bater a cabeça contra as paredes, e para se acalmar um pouco decidiu entrar no cinema Odéon.

Assim que a primeira imagem apareceu, a tela se tornou um fundo vermelho para ela, no qual os eventos mais importantes de sua vida começaram a ser projetados. Viu o pai empurrá-la nos balanços do Country, ensinando-a a nadar em uma praia de Puerto Colombia, descobrindo os segredos do alfabeto e sua alegria quando conseguiu escrever seu nome, Gabriela; eles foram comemorar o evento juntos na Sorveteria Americana. Com o pai, ela também aprendera a jogar xadrez: ele ficou muito feliz ao vê-la calcular três movimentos com antecedência. E depois havia a mãe, tensa, zangada: contava-lhe histórias terríveis quando a punha na cama. Durante anos adormeceu sentindo o travesseiro umedecido por suas próprias lágrimas. Sua mãe lhe mostrava um cartão-postal no qual uma bela moribunda aparecia abraçada a uma garotinha e, embaixo, em letras góticas, uma pergunta: "Você vai se lembrar de mim?". Repetia-lhe a história do homem cuja amante pediu, em sinal de amor, o coração de sua mãe e que, depois de arrancá-lo, correu pela rua, tropeçou em uma pedra e ouviu seu coração lhe perguntar: "Você se machucou, meu filho?". E aquela era a maneira de aterrorizá-la, falando-lhe de sua morte: ela pensava que estava acometida de uma doença misteriosa cujos primeiros sintomas apareceriam a qualquer momento; mas, também, o teto podia cair sobre sua cabeça ou um carro podia atropelá-la: em qualquer caso, ela ficaria à mercê de uma madrasta.

Durante a infância, sua mãe a atormentara e, mais tarde, se tornara uma inquisidora maníaca à procura de homens obscenos prontos para atacar sua virtude. Foi com alívio que ela partiu para estudar em Bogotá. A História a fascinava porque, apesar da diversidade de interpretações que lhe eram dadas, era constituída de fatos precisos cuja realidade nenhum cérebro perturbado poderia negar. No pensamento rigoroso de seus estudos universitários não havia espaço para as elucubrações de sua mãe. Ela viu as férias de dezembro chegarem com um susto confessado: ali, em Barranquilla, sua mãe a esperava depois de nove meses de ressentimento, elaborando pensamentos astutos sobre sua suposta vida libertina. Mas ali também estava seu pai, gentil e tímido, saboreando com emoção as notas que obtivera nos exames. À noite, quando toda a casa estava dormindo, ele ia até o quarto dela e os dois conversavam. Seu pai a testava, fazendo-lhe perguntas e comentários, aparentemente anódinos, para descobrir se ela havia aprendido corretamente os tópicos estudados durante o ano. Ele sabia em que momento os últimos imperadores romanos haviam sido eleitos e o dia e a hora em que as batalhas de Lepanto, Borodino ou Waterloo tinham começado. Não havia pergunta que ele não soubesse responder, mas ele só mostrava sua erudição na frente dela, e isso, como se fosse um jogo. Parecia-lhe inútil escrever livros expondo suas teorias, muitas e inéditas, porque acreditava que a humanidade estava destinada a perecer e que sua passagem pelo planeta não tinha importância: um dia a Terra não seria mais capaz de fornecer as matérias-primas necessárias para a agricultura e a indústria, e a espécie humana seria extinta. Onde havia um começo, havia um fim, ele gostava de repetir.

Apesar de marcada pelo pessimismo, as conversas com o pai a enchiam de felicidade. Via, agora, na tela, o rápido amanhecer que avançava com tons azuis, empurrando as sombras da noite. Era então que eles se separavam, para que a mãe não percebesse que haviam estado conversando. Lembrava-se da morte do pai: entrou no quarto como de costume e, em vez de encontrá-lo esperando por ela em sua cadeira de balanço de vime, encontrou-o morto em sua cama com a expressão apavorada de alguém que não tem ar para respirar. Fechou-lhe os olhos, e foi só quando seu pobre cadáver pareceu relaxar um pouco que ela fez soar o alarme. A mãe nem derramou uma lágrima. Suas tias, as mães de Isabel e Virginia, sentiram mais do que a mãe. Elas a ajudaram a amortalhá-lo e a acompanharam em seu cortejo fúnebre, que atraiu muitas pessoas. Ricos e pobres acompanharam o funeral, seus amigos e familiares, mas também todos aqueles homens e mulheres que ele tratara gratuitamente no hospital de caridade. E agora ela, que era ateia, invocava-o implorando-lhe, com as unhas dos dedos cravadas nas palmas da mão, que a ajudasse a suportar o sofrimento de saber que estava condenada à morte. Tudo que ela lhe pedia era que aprendesse a resistir à angústia, mantendo sua dignidade a salvo. Quando o filme terminou, respirou aliviada: tinha sangue nas mãos, mas o medo havia desaparecido. Decidiu participar do encontro que Florence organizara para seus amigos latino-americanos, aproveitando a ausência de Pierre, que tinha ido viajar.

A festa estava a todo vapor. Do elevador ouvia-se música de salsa e o barulho das risadas e conversas. Ela, Gaby, entrou no banheiro para limpar o sangue das mãos com uma bola de algodão embebida em álcool. Quando entrou na sala, notou que Raúl Pérez e sua esposa a observavam aflitos. Sentou-se em uma grande almofada tentando adivinhar o motivo daquela preocupação. Então a viu: uma mulher de trinta anos vestida como as prostitutas de Pigalle, embora cada uma de suas roupas lhe custasse uma fortuna: um vestido de seda vermelho que chegava ao início das coxas e botas de couro, também vermelhas; o decote corria entre os seios e só acabava na cintura. Seus cabelos oxigenados revelavam as raízes negras e o mesmo acontecia com os pelos pubianos, que ela mostrava generosamente porque estava sentada na mesa da sala de jantar com as pernas bem abertas. Era tão escandaloso que as pessoas evitavam olhar para ela. Ela estava se perguntando quem tinha trazido aquela extravagância, quando viu Luis lhe oferecer uma taça de champanhe. A mulher pôs um braço nas costas dele, enquanto Luis inseria um dedo entre seus seios. Ambos riram alto, pareciam bêbados. Ela, Gaby, não conseguia acreditar: então essa era a pobre argentina abandonada pelo marido, com um filhinho a tiracolo, aquela mulher que, sem conhecê-la, despertara sua compaixão. Apesar de querer se passar por uma pessoa mundana, Florence se aproximou dela com um ar consternado. "Eu não a conhecia", disse ela, "Luis a trouxe sem pedir minha permissão; chama-se Malta, como a ilha". Parecia-lhe o cúmulo que Luis chorasse por aquela mulher de madrugada, recriminando-a por não ter morrido. Sua grande paixão se tornou irrisória, pois era evidente que Malta estava tentando seduzir todos os homens presentes. Seu rosto excessivamente maquiado, seu olhar insinuante e o descaramento de seus gestos o confirmavam. Parecia uma escrava exposta em pleno leilão: até suas joias eram cafonas, como se ela fosse o rei Midas da vulgaridade.

Por sua vez, ela, Florence, ficou indignada. Por causa da presença de Malta, seu apartamento parecia um bordel. No início, os convidados pareciam alinhados, mas, quando Luis entrou com aquela vadia, perderam todo o aprumo e começaram a beber como porcos. Esparramados no chão, falavam alto, contando piadas cujo significado ela não entendia. No entanto, tinha captado uma frase grosseira: "Vamos beber o uísque do francês". Ela temia que deixassem cair o conteúdo de um copo em sua bela tapeçaria. Ali estavam um cantor da moda cercado por seus admiradores que esvaziava as garrafas com o objetivo de ficar bêbado e um guitarrista que ela havia levado às pressas ao banheiro. Tinha convidado apenas dez pessoas, mas, quando se espalhou a notícia de que havia uma festa na sua casa, cada um trouxe seus amigos, multiplicando o número de convidados por cinco. Ela se perguntou o que Pierre diria se de repente entrasse e visse aquela bagunça: seu apartamento imaculado conspurcado por pessoas vulgares que gritavam umas com as outras com a boca cheia de comida. Não via a hora de que fossem embora. Então ela limparia os cinzeiros, lavaria os copos e passaria o aspirador para reencontrar aquele senso de ordem que tanto amava. Sua vida seria assim com López? Eles teriam de selar um compromisso: convidar seus amigos duas vezes por semana parecia suficiente para ela. De qualquer forma, eles estariam em uma pequena vila em Maiorca, onde a maioria dos habitantes era inglesa, e não latino-americanos barulhentos. Com exceção de oito ou nove dos presentes, os outros lhe pareciam ter saído do esgoto: uma espanhola cujo único mérito consistia em ter sido amante de um pintor famoso quando jovem; uma libanesa que fingia ser médium e lera as linhas de sua mão vaticinando muitos infortúnios porque certamente tinha inveja dela: perderia, dissera-lhe, tudo que possuía e passaria o resto da vida fazendo trabalhos insignificantes para sobreviver. Essa era a razão pela qual ela estava bebendo um robusto copo de gim.

Raúl Pérez não conseguiu aplacar sua raiva. A amante de Luis, Malta, como lhe disseram que se chamava, comportava-se como se procurasse atrair a atenção dos automobilistas do Bois de Boulogne. Com o decote até o umbigo e as pernas abertas, ela lembrava as protagonistas de filmes pornográficos. Ao trazê-la para a festa, Luis abusara da confiança de todos eles. Mulheres assim eram levadas para um hotel às escondidas, em vez de serem exibidas e acariciadas em público. Luis tinha enfiado a mão através da seda de sua blusa e estava esfregando seu mamilo com os dedos. Ninguém conseguia tirar os olhos daquele espetáculo. As conversas haviam se extinguido e um silêncio constrangedor começava a reinar.

Sobre o tapete, losangos e círculos se repetiam *ad infinitum*. Jaime Peralta tentava contá-los enquanto sua esposa, Malta, se deixava acariciar pelo novo amante. O que ele tinha feito para merecer tamanho ultraje? Quando a conheceu, ela era uma garotinha encantadora entre a nova safra de estudantes de Literatura que estavam chegando ao quinto ano do bacharelado. Como professor, ele estava acostumado a que uma ou outra se apaixonasse por ele, mas Malta se esforçou tanto para conquistá-lo, que depois de seis meses eles se casaram. Malta era a única filha de um dos homens mais ricos de La Paz. Sua mãe havia morrido no parto e Malta se tornara a menina-esposa de seu pai. Ela o acompanhava em suas viagens, dormia em seu quarto e na hora do jantar sentava-se à sua frente. Tudo mudou quando seu pai se casou novamente e Malta se viu relegada ao posto de filha aos quinze anos de idade. Seu casamento com ele, Jaime Peralta, mestiço que, graças aos jesuítas, fora arrancado da miséria até se tornar professor de Literatura, foi uma vingança contra seu pai.

Para justificar sua conduta, Malta decidiu que ele era um escritor talentoso e que só em Paris poderia escrever. Ele próprio engoliu a história e deixou seu país natal para se instalar em um apartamento na Rue d'Alésia comprado pelo sogro. Sentado todos os dias em frente à máquina de escrever, tentava lembrar episódios que lhe dariam material narrativo para um romance. Tentava copiar o estilo de outros escritores, mas a inspiração não era suficiente nem para escrever o primeiro parágrafo de uma história. Conheceu Neruda e se tornou poeta, ou seja, punha frases uma atrás da outra em um pedaço de papel, sem qualquer transcendência, que distribuía entre seus amigos graças à fotocópia, ao estilo de "Rosa, abismo escuro da minha memória, bater de asas na praia, verde miragem de algas". Por pena, os amigos comentavam aqueles versos lamentáveis, dizendo que tinham várias leituras e não deveriam permanecer na superfície. Às vezes ele se levava a sério, especialmente quando escrevia poemas para celebrar a Revolução: "Do monte, como um anjo, surgiu o comandante, sua espada flamejante libertou os camponeses oprimidos, seu verbo ardente trouxe palavras de alívio". Mas ele não vagabundeava: com o dinheiro enviado pelo pai de Malta, eles conseguiam sobreviver enquanto ele estudava Literatura Francesa em uma universidade. O ambiente em que vivia lhe permitiu conhecer escritores e poetas. O problema dele era que, toda vez que conseguia um amigo, Malta acabava dormindo com ele. Jaime não entendia por que ela não procurava seus amantes em outro lugar quando estava em uma das grandes capitais do mundo e podia escolher seus casos entre milhares de homens. Era como se ele servisse de filtro.

Frequentara Luis Sotomayor durante meses sem apresentá-lo a ela e uma noite convidou-o para jantar no seu apartamento, aproveitando que Malta havia ido passar o fim de semana em Avignon com sua mais recente conquista. Mas à meia-noite, quando estavam bebendo um conhaque, Malta apareceu com sua mala declarando que havia cometido um erro ao sair na companhia de um tolo reacionário. Ali mesmo, ela começou a flertar com Luis e ele preferiu se trancar em seu escritório sob o pretexto de estudar um texto de Choderlos de

Laclos. Seduzir Luis ocupou Malta por vários meses, mas em vez de deixá-lo depois de um tempo, como fazia com os outros, ela se apaixonou por ele a ponto de exibir sua paixão em público. Uma coisa era imaginar Malta nos braços de um estranho, mesmo quando ela lhe pedia para passar a noite em um hotel para dispor livremente do apartamento, e outra era vê-la lá, com as pernas entreabertas e o sexo umedecido pelo desejo. Mal conseguia tirar os olhos de seu rosto lascivo e extasiado como se estivesse à beira de um orgasmo.

Malta se levantou para dançar um bolero com Luis. A excitação percorria todos os poros de sua pele. Seu coração batia em um ritmo acelerado e ela se sentia lânguida e exigente ao mesmo tempo. Luis era tão perfeitamente animal que a seu lado podia se deixar levar pela emoção. Nele encontrara o amante ideal. Faltava-lhe sutileza e suas carícias pareciam desajeitadas e breves, mas seu forte desejo, a paixão que ela inspirava nele, substituía sua falta de experiência. Quase por instinto, Luis adivinhara sua fantasia mais íntima: ser acariciada em público, como agora, provocando a indignação das pessoas. Gostava de sentir o calor de sua pele e do membro endurecido por baixo das calças. Quanto mais ele se esfregava contra seu corpo, mais o desejo subia por seu sangue e mais tensa se tornava a expressão dos espectadores. No fundo, queriam fazer o mesmo, mas nem todos podiam ser Malta e pôr abaixo as convenções sociais. Seu pai a ensinara a rir do que as pessoas pensavam. Não tinham vivido juntos partilhando, senão a mesma cama, pelo menos o mesmo quarto? Os membros de sua família criticavam essa intimidade, mas seu pai não dava a mínima.

Tampouco seu pai se importou em sacrificá-la quando sua nova esposa exigiu. María Clara não queria vê-la nem pintada e chegou a retirar seus retratos das paredes para substituí-los por umas aquarelas miseráveis que comprou em Montmartre durante sua lua de mel. Também expulsou sua velha babá e todos os serviçais da casa, os criados e jardineiros que a viram crescer. Finalmente lutou contra Malta, sugerindo a seu pai que a matriculasse em um internato para freiras. Foi então que ela encontrou Jaime e se casou com ele. Feliz por tirá-la de casa, María Clara não opôs a menor resistência e organizou uma grande festa com a presença da nata de La Paz. Como seu pai aceitou que sua Malta, uma menina de quinze anos de boa família, se casasse com um mestiço que era quinze anos mais velho que ela? Era a melhor maneira de se livrar da filha, apaziguando definitivamente o ciúme de María Clara.

Desde então, havia quase quinze anos, seu pai lhe enviava um cheque todos os meses, mas ela nunca tinha escrito para ele. Jaime ficava encarregado de lhe enviar um cartão de Natal e outro no dia de seu aniversário. Ela, Malta, sabia que com seus amantes estava tentando preencher o vazio da solidão que o abandono de seu pai lhe causara. E não se importava com a dor das outras mulheres, porque ela havia sofrido até pensar que ia morrer. Ver o pai apaixonado, saber que María Clara ocupava seu lugar, dormindo naquela cama a que nunca tivera acesso, apesar de desejá-la com todas as suas forças desde criança; todas as noites, antes de adormecer, implorava a uma divindade, fruto de sua imaginação, que convencesse seu pai a lhe pedir que se deitasse ao seu lado. Havia imaginado mais de mil vezes o momento e a maneira como isso aconteceria, mas nunca previu que outra mulher viria se interpor entre eles, até que esta fechou a porta daquele quarto, retirou sua cama e a confinou em um quarto onde ela deveria dormir sozinha e infeliz por toda a eternidade. No fundo, fizera-lhe um favor, porque nunca, nem mesmo em estado de incesto, teria pedido ao pai as carícias que exigia de seus amantes. Tampouco teria realizado com ele sua obsessão de fazer amor na frente das pessoas ou em lugares onde a qualquer momento alguém pudesse entrar e surpreendê-la nos braços de um homem.

O bolero acabou e Luis e Malta ainda se abraçavam. Luis não conseguia separar-se daquele corpo que se colava ao dele como uma ventosa. Para diminuir o escândalo, Florence pôs um blues no toca-discos. Malta pegou a cabeça de Luis entre as mãos e começou a chupar o lóbulo da orelha dele. O desejo a enlouquecia, envolvia-a nos ares da loucura. Seu corpo estava suado e seu sexo, molhado, tornava-se premente. Pensou na cama onde Florence havia colocado os casacos dos convidados. "Vamos para o quarto", disse ela a Luis, e de mãos dadas saíram da sala.

Uma dor sombria se instalara no peito de Gaby. Sentia isso toda vez que inspirava o ar. Sua falta de ar parecia um ataque de asma.

Foi para a cozinha para evitar os olhares de pena das pessoas. Sentada em um banco, ela tentou, em vão, controlar a respiração. Passou um quarto de hora se sufocando enquanto seus braços tetanizavam e suas mãos se contorciam para dentro, rígidas como garras. Tinha a impressão de que as paredes estavam se aproximando dela, consumindo o ar da cozinha. Abriu uma janela o máximo que pôde e a sensação de sufocamento começou a diminuir. Da carteira Gaby tirou um calmante e tomou. O que até então era como um pesadelo associado a noites maldormidas e febre se tornou realidade. Luis tinha uma amante, Luis ia deixá-la. A crispação que sentia no peito aumentou. Lembrava-se de Barranquilla, na época em que Luis lhe disse que a amaria para sempre. Então era feliz: tinha um emprego, López estava construindo sua casa e a saúde ia bem. Se ela não tivesse reivindicado seu direito ao prazer, teria vivido feliz ou, pelo menos, tranquila até sua morte. No entanto, ainda hoje, considerava intolerável a insatisfação, aquele estado de letargia sexual a que o casamento com Luis a condenava. A liberdade tinha um preço e ela estava pagando por isso, duramente, da pior maneira que poderia imaginar, mas depois as portas do mundo se abririam para ela. Gaby faria sua exposição e ganharia a vida como fotógrafa se a doença não a matasse primeiro. Mesmo no tempo que restava de sua vida, ela podia começar pedindo um adiantamento à galerista interessada em seu trabalho, para comprar os rolos de filme e outros materiais que lhe faltavam. Um de seus alunos de espanhol era jornalista e havia lhe oferecido que cobrisse uma reportagem no sul da França. Somente reagindo ela seria capaz de se libertar da angústia que agora dilacerava seu coração.

Então essa que era a Gaby, pensou Thérèse, vendo-a entrar na sala à qual Luis e sua amante haviam voltado com uma expressão triunfante depois de terem feito amor. Parecia um passarinho ferido, mas Thérèse reconhecia que tinha classe e dignidade. Na mesma circunstância, ela teria feito um escândalo, esbofeteando Malta e forçando Luis a voltar para casa. Graças aos maus conselhos de Luis, ela cometera o grande erro de sua vida. Acontecera na primavera do ano passado. Luis tinha acabado de chegar a Paris, e Thérèse tinha dois pretendentes: um médico que lhe oferecia segurança, e Martin, um garoto de dezoito anos por quem ela sentia uma grande paixão. Havia consultado o tarô de todas as formas possíveis e as cartas a incentivaram a escolher o médico, mas um dia encontrou Luis na rua e em nome da velha amizade de sua juventude eles saíram para farrear e ficaram bêbados. Ao amanhecer, ela falou com ele sobre seu dilema e, depois de ouvi-la, Luis lhe disse: "O amor, Thérèse, essa é a única coisa que deve contar". Ali mesmo, ela tomou a decisão de partir com Martin para Mônaco, onde lhe ofereceram um emprego. Passou seis meses maravilhosos, embora nos últimos dias Martin estivesse um pouco distante e entediado com suas carícias. Quando seu contrato em Mônaco terminou, eles voltaram para Paris e depois de uma semana Martin aplicou o velho truque de desaparecer sob o pretexto de sair para comprar cigarros. Ela nunca mais o viu e pensou que ia enlouquecer de tristeza. Telefonou para Luis e se encontraram em um pequeno restaurante italiano. Em vez de consolá-la, Luis parecia indignado com sua dor. "O que você quer?", disse ele. "Você é velha, e essas coisas acontecem com os velhos." De pura raiva, ela puxou a toalha de mesa e deixou ir ao chão uma travessa de espaguete com molho de tomate, que se espalharam como se fossem vermes vermelhos.

Luis tinha o egoísmo de um tubarão, mas fora isso era um sujeito formidável: inteligente, engraçado, sempre achava anedotas para se referir a algo, e as contava bem ao trazer à tona o aspecto humorístico das coisas. Foi ele que a convidou para a festa daquela noite, dizendo-lhe que talvez encontrasse um homem que pudesse fazê-la esquecer sua tristeza por ter perdido Martin. Mas a história lhe servira de lição. Ela nunca se apaixonaria por rapazes mais novos que ela. Procuraria um homem parecido com o médico que perdera, alguém que tivesse uma boa posição social, com um emprego e uma aposentadoria atraente: uma casa no sul da França, uma piscina e poder tomar sol o dia todo. Agora ela tirava as cartas e lia as linhas da mão para ganhar a vida. Uma tia dela lhe ensinara a fazê-lo. Na maioria das vezes ela inventava, mas havia momentos em que conseguia adivinhar o futuro. Assim, três dias antes da morte de seu pai, leu sua mão e descobriu com espanto que a linha da vida havia desaparecido. Seu pai, que acreditava em tais coisas, exigiu-lhe a verdade e ela lhe disse: "Na verdade, você já está morto". Em seguida, o pai fez um testamento legando-lhe o pequeno apartamento, onde ela havia se estabelecido desde seu regresso de Mônaco. Também examinou as mãos de Florence, sua anfitriã, naquela noite, e pressentiu que logo perderia tudo que tinha.

Se havia alguém que não se compadecia de Gaby era Juana. Gaby pertencia ao mesmo meio social da mulher com quem Héctor se casara assim que seus quadros começaram a ser vendidos e os críticos de arte o consagraram como uma celebridade. Ele a engravidou e ela teve de ir para a cama às pressas com Daniel, um executivo rico, para convencê-lo de que o bebê era dele. Àquela altura, ela já havia desistido do sonho de se tornar uma grande atriz. Um poeta espanhol a trouxera de Zaragoza, matriculou-a em cursos de teatro e em uma escola, onde aprendeu a falar francês sem sotaque. Ela sabia de cor todos os papéis do repertório da moda quando o poeta a abandonou e ela teve de trabalhar como empregada doméstica. Conheceu Héctor e ao seu lado descobriu o prazer do amor, um desejo selvagem que os manteve juntos por anos. Ele pintava enquanto ela trabalhava para pagar o aluguel do quartinho onde moravam. Também lhe servia de modelo em seu tempo livre.

Embora fosse de boa família, Héctor podia ser obsceno, e sua vulgaridade a desinibia. Seu rabo, como ele dizia, permanecia levantado até que ela explodisse em um orgasmo. O que mais a excitava era sua voz rouca, insinuante, enervada pela paixão. Às vezes, enquanto limpava um apartamento, ela aproveitava a ausência da patroa para ligar para ele e se masturbar seguindo suas instruções. Eles deveriam ter ficado juntos até o fim da vida, mas Héctor tinha um lado calculista e a abandonou quando uma filha de ricos se apaixonou por ele. Largou-a sem sequer se despedir, deixando naquele quartinho um quadro seu com um cartão no qual lhe desejava boa sorte. Ela guardou o quadro porque sentia que muito em breve Héctor seria famoso, mas com nenhum outro homem conseguiu sentir a mesma paixão. Agora, precisava recorrer a caminhoneiros. Deixava o carro estacionado em um posto de gasolina e pegava carona em uma estrada até encontrar um homem capaz de satisfazer seu desejo. Um caminhoneiro na ida, outro na volta, e sua sede de prazer era saciada por uma semana.

Malta a fazia pensar em si mesma dez anos atrás, determinada a obter satisfação a qualquer custo. No início, Gaby era sua amiga, ou pelo menos Gaby acreditava que sim. Ia ao seu apartamento todos os sábados à noite e se retirava para um canto, muito séria, enquanto os outros convidados se divertiam. Ela tinha um jeito de menina adorável sempre obediente à mãe que a deixava louca. Não lhe confidenciava nada, mas bastava ver sua expressão angustiada para saber que Gaby estava passando por um momento difícil. Certa manhã, ela a acompanhou até o hospital e o dr. Labeux lhe disse com uma espécie de lassidão na voz que a vida ou a morte de Gaby não importavam nem um pouco para Luis, a quem ele tinha visto no dia anterior. A vulnerabilidade de Gaby fazia com que ela superasse seus preconceitos ao convidá-la para sua casa, apesar de sua presença estar fora de lugar no meio de seus amigos de esquerda.

Mas Gaby não era realmente burguesa: não se importava com o aspecto material das coisas e não dava importância ao que as pessoas diziam. O mais curioso é que só a ela teria ousado contar suas aventuras com os caminhoneiros. Como um gato altivo, Gaby olharia para a esquerda, então para a direita, e, depois de se certificar de que seu comportamento não prejudicava ninguém, ela lhe perguntaria com sua franqueza desconcertante: "E você sente prazer com eles?". Não a criticaria nem a trairia contando a outra pessoa o que ela lhe revelara. Gaby era como um bloco de granito, e parecia estranho vê-la vacilar diante do comportamento de Luis. Não podia empunhar nenhuma arma contra o egoísmo feroz do desejo sexual: não tinha nada de coquete ou calculista e, se resistia, ignorava a arte do combate. Ela também tinha sido uma tola quando aquele poeta espanhol a trouxe para a França: suas infidelidades a fizeram sofrer e ela sufocava como um peixe ofegante em uma praia. Arrancou a pele e permaneceu em carne viva até que uma crosta impenetrável cobrisse sua alma. Foi a Juana atrevida que amou Héctor, a mesma que soube encontrar uma solução adequada quando Héctor a deixou. Certamente Malta havia passado por um processo semelhante para ser tão insolente e zombar de todos eles.

Entre os latino-americanos entusiasmados com música e bebida, Margarita sentia-se à vontade. Ela havia chegado a Paris fazia dois meses e estava hospedada na casa de Juana. Pretendia escrever um livro para conciliar o marxismo com a democracia. Era preciso anular a teoria da ditadura do proletariado, eliminando os burocratas da nomenclatura que havia impedido Boris de encontrá-la em Leningrado quando viajou para a União Soviética como membro da Juventude Comunista Venezuelana. O que viu durante a visita lhe tirou toda a ilusão. A classe dominante se comportava como uma elite com seus privilégios e princípios burgueses. Mas, de qualquer forma, as crianças iam para a escola e, apesar das filas, as pessoas podiam comer. O problema estava na própria concepção do marxismo, com sua ideia de partido único que impedia o contrapoder. E quem dizia ditadura dizia arbitrariedade e injustiça.

Ela queria falar sobre essas suas ideias para Ochoa, o ideólogo do partido comunista no exílio, mas só através de Gaby poderia entrar em contato com ele. Gaby havia conquistado a simpatia de Ochoa e Luciani, talvez por ser pura e acreditar na revolução como nos reis magos. Devem ter visto nela um reflexo do que eles mesmos tinham sido aos trinta anos de idade. Por sua vez, ela não sabia se deveria amá-la ou odiá-la. Gaby lhe inspirava sentimentos contraditórios: tinha os modos de uma burguesa, mas seu coração palpitava pelo socialismo. Apesar disso, ninguém teria pensado em tratá-la como companheira. Sua elegância natural se impunha através do velho jeans azul e do suéter lavado muitas vezes. O marido de Juana era apaixonado por ela; ficava abobalhado, observando-a a noite inteira, enquanto Juana distribuía aperitivos e taças de vinho. Gaby não lhe dava atenção. Permanecia sentada como agora em um canto, conversando com as poucas pessoas que vinham falar com ela. Nunca mencionava sua doença ou seus problemas amorosos, talvez por considerar de mau gosto revelar sua intimidade às pessoas.

Luis tentara levá-la para a cama no dia em que descobriu que Olga tinha um amante: ela o dispensou com um par de beijos na bochecha porque ele não lhe inspirava o menor desejo. E, nessa mesma noite, Luis dormiu com Malta pela primeira vez. Desde então, eram vistos juntos em todos os lugares, nos cafés de Saint-Germain, nos cinemas, nos restaurantes, mas seu comportamento agora era tão exibicionista que só poderia ser explicado como uma forma de fazer

Gaby sofrer. Ela não o condenava: se estivesse com Boris, teria feito a mesma coisa: amá-lo loucamente sem pensar em ninguém. Sofrera o suficiente com o puritanismo que reinava em Moscou, naquele dormitório estudantil controlado em cada andar por uma mulher azeda que olhava de ponto a ponto para os corredores como se esperasse ver o próprio diabo surgir deles. Ela havia se encontrado com Boris no apartamento de um amigo, temendo que os agentes da KGB abrissem a porta a qualquer momento e enviassem Boris à Sibéria por desobediência às ordens do partido, que proibiam o contato com estrangeiros. Em um acordo cultural com a França, Boris deveria vir para a Europa, e ela havia movido céus e terra para que sua universidade a enviasse a Paris por seis meses. Enquanto isso, sentia-se atraída por Daniel, que tinha o encanto dos homens maduros e precisava provar seu poder de sedução. Juana não parecia ver o menor inconveniente nisso e chegou a falar em fazer uma viagem pela Espanha, confiando a ela os cuidados do filho e de Daniel. Gozava de antemão, imaginando as possibilidades eróticas dessa situação.

E quem se ocupava de Gaby?, perguntava-se Louise, vendo-a afundada em um almofadão. Sozinha e angustiada, guardava para si sua dor. Ainda a encontrava de vez em quando no mesmo restaurante do Boulevard Raspail, mas nunca falou com ela sobre seus problemas. Pelo contrário, era ela, Louise, quem lhe contava as dificuldades com José António e a vida dupla que tinha de levar. Ela havia sido nomeada diretora de vendas de uma editora e, assim, poderia pagar o aluguel do apartamento onde moravam, embora o salário de Clementina e as mensalidades escolares de suas filhas ainda fossem pagos por sua mãe. José Antonio havia conseguido um emprego em um escritório de advocacia internacional, mas continuava com a ideia de voltar para Barranquilla, e durante as refeições, único momento em que a família se reunia, discutiam o assunto com aspereza. Acontecesse o que acontecesse, ela não se separaria de Michel novamente, abandonando seu amor pelas convenções tolas de uma cidade provinciana. Matilde se adaptara muito bem; apenas Clarisa, a caçula, apoiava José Antonio e se virava como uma víbora contra ela. A verdade é que Clarisa se parecia muito com o pai, tanto que era preciso um esforço enorme para amá-la. Quando Michel as convidava para passear, ela se recusava a acompanhá-los. Parecia ter adivinhado suas relações com ele, apesar do cuidado que ambos tinham para escondê-las. Talvez tivesse notado a felicidade que ela sentia quando Michel vinha visitá-los, aquela alegria que a presença de nenhum outro homem produzia nela. Ela e Michel não se cansavam de se ver, correndo o risco de um dia serem descobertos juntos. Mas ninguém, além de Gaby, sabia a verdade, e Gaby era como um poço sem fundo. Havia desistido de convencê-la a abandonar José Antonio quando soube da intransigência de Clarisa. Gaby levava essas coisas muito a sério. E, além disso, não era verdade que, se ela se separasse dele, José Antonio faria um grande escândalo, tentando levar as meninas para Barranquilla? Quem tinha filhos dava reféns ao marido, havia lido uma vez.

Não era o caso de Gaby, que em um de seus poucos momentos de confidências lhe garantira que, se a doença não a matasse, ela se separaria de Luis. No momento atual, com sua pobreza e seu cansaço, ela não conseguia procurar um pequeno apartamento e seguir em frente por conta própria. O que ela pensaria agora vendo a cena que acabara de acontecer? Pois parecia evidente que Luis e Malta haviam feito amor no quarto de Florence. Tomara que Luis não tenha manchado com sêmen o casaco que a mãe lhe dera. Ficou aliviada ao lembrar que havia chegado antes e que seu casaco deveria estar sob muitos outros. Luis e Malta apareceram em sua casa uma noite sem avisá-la e ela teve de recebê-los sentindo que seu rosto se avermelhava de indignação. Ao tirar o casaco de vison, Malta deu a impressão de estar nua. Cada uma de suas roupas vinha do ateliê de uma grande estilista, mas ela deve ter tido muito trabalho para encontrar as mais provocantes, as que envolviam seus seios e quadris como um papel transparente. Daquela vez, ela usava botas brancas de mosqueteiro e joias de grande qualidade que, curiosamente, pareciam bijuterias nela. Fez a mesma cena desta noite, sentada em um sofá com as pernas abertas revelando sua intimidade. José Antonio, que enchia tanto seu saco por causa do comprimento de suas saias, achava-a fascinante. A antipatia secreta que sentia por Gaby por causa daquele caso de amor que se permitira em Barranquilla levou-o a admirar a personalidade de Malta. Ele não se incomodou quando ela o chamou de burguês com desprezo, ela, justo ela, que havia nascido rica e, além de sua vida sexual, continuava a viver em Paris como uma grande burguesa, o oposto de Gaby.

Ela, Louise, havia dado a Gaby um suéter muito bonito no dia em que pôde sair de casa pela primeira vez e aceitar um convite para o cinema. Antes do filme, exibiram um documentário sobre a vida dos elefantes; no fim, uma fêmea doente caiu no chão para morrer e os outros elefantes ficaram ao seu redor tentando erguê-la com suas trombas e até fingindo fazer amor com ela com o propósito desesperado de tirá-la de sua agonia. Nesse momento, ela notou que Gaby discretamente tirou um lencinho de papel da bolsa e enxugou as lágrimas. Deve ter pensado que até os animais tinham pena dos doentes. Pelo menos os elefantes conheciam algo parecido com caridade, um sentimento do qual Luis era totalmente desprovido. Se não fosse aquele médico que a tratava de graça, e Eve e Florence, que lhe davam os remédios, Gaby agora estaria morta e enterrada. Pensando nisso, dizia a si mesma que jamais perderia sua independência econômica, mesmo que tivesse de passar oito horas no trabalho e duas no metrô.

Sem saber por quê, Luis se sentia secretamente lisonjeado. A obsessão de Malta de fazer amor à luz do dia lhe proporcionava uma estranha excitação. No entanto, ele evitava olhar para o canto onde Gaby havia se refugiado. De repente, ele agora se arrependia de tê-la feito sofrer e ficava com medo de que ela seguisse seu exemplo com aquele Felipe Altamira que Luciani levava para casa de vez em quando. Curiosamente, Gaby, doente e inflamada pela cortisona, não havia perdido seu poder de atração. Ele também não se privava de dormir com ela quando voltava para o apartamento de manhã cedo. Entre sua esposa e a amante, Luis descobriu as vantagens da poligamia sem ter de assumir as consequências econômicas daquele estado. Seduzir era a coisa mais fácil do mundo porque a maioria das mulheres se entediava com o marido e esperava encontrar o amante dos sonhos. Algumas ocultavam isso; outras, como Malta, proferiam-no aos quatro ventos. Por isso, ele tinha de ter cuidado e desconfiar de cada homem que aparecia no horizonte. Malta, a amazona, era capaz de ser infiel a ele. Vários possíveis amantes circulavam em torno dela, especialmente um peruano que ficava a noite toda na rua andando de lá para cá, esperando sua partida para subir e vê-la. Ele, Luis, tinha de esperar a chegada do marido por volta das cinco da manhã, escondendo-se junto à porta para não infligir a Jaime Peralta a humilhação de encontrá-lo em sua casa a tal hora da noite.

    Malta dava explicações complicadas para justificar seu comportamento amoroso. E se ela só quisesse se vingar do próprio Jaime Peralta, não do pai, mas do homem que abusara de seu desamparo na adolescência para subir na escala social? Seus amantes sempre eram amigos ou conhecidos do marido. Ela própria aceitava e recordava com ressentimento os primeiros anos de casamento, quando Jaime Peralta fazia amor com ela sem levar em consideração as exigências de seu desejo. Agora ela dirigia as operações como um general, impedindo-o de gozar logo e obrigando-o a murmurar as frases que a excitavam até chegar ao orgasmo. Ele se sentia como se estivesse envolvido em uma onda que se agitava freneticamente antes de estourar em uma praia. Como resistir a esse erotismo? Suas relações com Gaby tinham algo de coisa conhecida e prevista desde muito tempo. No entanto, ele não conseguia ficar sem ela, talvez porque vivesse o prazer de uma forma menos angustiante ao seu lado. Se com Malta tinha medo de falhar, Gaby era uma lagoa de águas tranquilas. O que ela pensaria agora que sabia quem era sua amante? Através de seus olhos, Malta aparecia como uma vampe de mau gosto. Muita maquiagem, cabelos tingidos e botas vermelhas, tinha ares de prostituta. Mulheres como ela se encontravam aos montes em Pigalle. Ele não podia nem argumentar que a amava porque, no fundo, sentia um profundo desprezo por ela. Mas ela o deixava louco de desejo e ele não podia tolerar a ideia de imaginá-la nos braços de outro homem. Estar com Malta era como correr em um carro em alta velocidade sem ter acesso ao volante ou freio, como rolar sobre uma enorme montanha de areia, algo perfeitamente emocionante e ao mesmo tempo perigoso. Pensava nisso com fúria enquanto esperava a chegada de Jaime Peralta, sentado no escuro em um degrau da escada para impedir que Malta recebesse aquele peruano. Depois, vexado, dizia-se que se fosse livre poderia se casar com Malta e libertar-se para sempre da humilhação.

Voltava para casa acalentando a esperança de que Gaby tivesse morrido, e quando a via viva, com sombrias olheiras por causa da febre, não conseguia se conter e começava a chorar de desespero. Agora, Gaby nem o esperava: tomava um sonífero que a fazia dormir seis horas seguidas e ele só conseguia expressar sua agressividade em relação a ela quando acordava, às sete da manhã. Às vezes, sentia-se vítima de uma conspiração: entre o médico que a tratava de graça, a pessoa que lhe dera um casaco e as caixas de remédios que Florence lhe levava, Gaby escapava de seu destino: morrer o mais rápido possível, deixando o campo livre para ele. Empenhar-se para salvá-la era lutar contra a natureza que suas razões tinham para eliminar os fracos. Essa frase lhe valera ser visto como nazista pelo médico do Hospital Saint-Louis. Havia tanto desprezo em seus olhos que ele se sentiu corar de indignação. Foi pior do que se ele tivesse lhe dado um tapa, foi a indignação mais injuriosa que ele poderia ter recebido. Luis temia que o incidente se tornasse conhecido e chegasse aos ouvidos de seus amigos. Deu a Gaby trezentos francos e o assunto não foi além disso.

Ángela de Alvarado tinha pena de Gaby porque ela parecia desprovida de qualquer forma de agressividade e, no entanto, compreendia Malta porque a via como um reflexo do que ela mesma tinha sido quando conheceu Gustavo e sentiu que seu corpo se acendia como uma fogueira. Abandonou o marido, que tinha uma das maiores fortunas da América do Sul, e seu apartamento no Rio de Janeiro, à beira-mar, e seguiu Gustavo sem dar a mínima para o que as pessoas diziam. Era uma sucessão de hotéis de luxo e mansões suntuosas, de Nova York a Paris, de Londres a Roma. Gustavo viajava muito por causa do trabalho e ela ia com ele para onde quer que fosse. Tinha de estar sempre disponível porque ele era capaz de procurá-la durante o intervalo de uma reunião de negócios para fazer amor com ela. Eles se amavam nos elevadores e nos carros de vidro escuro que um motorista dirigia para um aeroporto qualquer. Tinham se amado loucamente em um humilde barco em Hong Kong e em uma bela piscina em Cannes.

Gustavo era sedutor e ela tinha ciúmes. Às vezes, em Barranquilla, escapava sorrateiramente para Nova York com uma secretária e ela o seguia, encontrava-o em um dos bares que ele costumava frequentar e armava brigas monumentais com ele. Mas isso era um jogo, uma maneira que eles haviam encontrado para evitar que a monotonia da vida conjugal se instalasse entre eles. Conheceram todos os prazeres da paixão e de repente um dia, ela, que se achava estéril e já tinha lá seus anos, engravidou. Seus sentidos pareceram se retrair para a proteção do bebê. Quando o filho nasceu, extinguiu-se imediatamente aquele desejo diabólico por Gustavo, que por sua vez começou a traí-la seriamente para puni-la por sua relativa indiferença. Ela ainda o amava, mas de uma forma diferente, com mais ternura. A paixão não podia ser fingida e Gustavo precisava ser amado a ponto da alienação. Sua mãe o adorara porque ele nasceu dois anos após a morte de seu primeiro filho. O menino, como o chamavam as empregadas de sua casa, cresceu cercado de pessoas que o veneravam. Nada lhe era proibido. Virginia lhe contou que, no dia do casamento de uma de suas tias, Gustavo, que tinha três anos na época, enfiou a mão no bolo da noiva, acabando com a decoração sem que a mãe tentasse impedi-lo. Ainda procurava nas mulheres aquele amor cego e total que conhecera na infância. Por um tempo, ela o oferecera a ele, e depois foi-lhe entregue por María Concepción Silva, uma herdeira aristocrática de Bogotá que só via através dos olhos dele e o idolatrava sem reservas.

Ela já ouvira falar daquela menina trancada em casa como uma freira esperando o telefonema de Gustavo para depois se maquiar, ir ao salão de beleza e receber o príncipe do conto de fadas. Como lutar contra tanta devoção? Assim, não ficou surpresa quando Gustavo lhe pediu o divórcio para se casar com María Concepción, mas não sofreu todas as dores do mundo. Pensou que ia morrer de tristeza assim que os preparativos para o divórcio começaram: ver um advogado juntos, conversar com o juiz, discutir a pensão alimentícia e a guarda do filho. Gustavo demonstrou grande generosidade ao lhe oferecer o triplo do dinheiro que seu advogado havia pedido. Pelo menos conseguiram conservar a amizade. Toda vez que vinha a Paris, ele ia visitá-la no apartamento que lhe dera na Avenue Montaigne e eles saíam para almoçar no último restaurante da moda. Se ela esquecesse a existência de María Concepción, seria como se nada tivesse mudado entre eles. Às vezes até faziam amor e, apesar de nunca terem chegado aos extremos de paixão de antes, ambos reconheciam que tinham uma relação privilegiada. Quando seus amigos a incentivavam a procurar outros amantes, ela não conseguia explicar a eles como o amor de Gustavo havia sugado todas as vibrações de seu coração. Mesmo com as infidelidades do último período do casamento, Gustavo nunca havia tentado fazê-la sofrer. Ela sabia abstratamente que estava se divertindo, mas nunca tinha visto um rosto ou ouvido um nome. Gustavo era elegante demais para se prestar ao exibicionismo de Luis.

Anne tinha acabado de chegar ao apartamento de Florence. Seu marido, Octavio, ligara para ela dizendo que viesse ajudar Gaby. A conversa foi breve e ela não entendeu o que havia acontecido, mas bastou entrar e olhar ao redor para saber que Gaby havia descoberto quem era a amante de Luis. Ele e Malta estavam de mãos dadas e tinham uma expressão desafiadora, enquanto Gaby, em um canto, parecia abrumada, como se vinte anos tivessem caído sobre ela. Sentou-se ao lado dela e a questionou com os olhos. "Há pouco fizeram amor", ouviu-a murmurar. Assim, o segredo tinha sido revelado. Lembrava-se da primeira vez que Octavio a traiu, em Santiago, no fim do mundo. Ela se sentiu tão infeliz que pensou seriamente em suicídio. E então Octavio teve outra aventura e mais dez, até que sua mãe conseguiu levantar o dinheiro necessário para comprar a passagem de avião que lhe permitiu voltar para a França. A primeira coisa que fez quando regressou a Paris foi procurar um amante como forma de exorcismo. Octavio, que a seguira e era o apóstolo mais enfático da libertação sexual, não suportou e iniciou uma psicanálise.

Formavam um casal amaldiçoado, cada um tendo seus casos amorosos e incapazes de se separar. Era do interesse de Anne manter a aparência de seu casamento segura, já que a diretoria de sua empresa desaprovava os divórcios. Assim, trabalhava durante o dia e à noite ia aos bares da moda à procura de aventuras. Acontecia de ela chegar em casa exausta, tomar banho e ir para a cama. E então, quando o sono estava quase chegando, dizia a si mesma: "Isso é o que minha mãe fez a vida toda". Então se levantava de um salto, vestia-se novamente e andava pelas ruas de Paris até encontrar um homem com quem passar a noite. Tinha tantos amantes quanto há dias no ano, mas raramente sentia prazer. Os homens que conhecia eram em geral espécimes curiosos, impotentes, perversos, toda a gama de párias da sociedade. Vinham a Paris de todo o mundo com o propósito inconfessado de realizar suas fantasias eróticas. Passavam o endereço de certos bares frequentados por mulheres como ela, que faziam amor de graça, procurando apenas a emoção do imprevisto ou do que poderia acontecer. Mas quase nunca acontecia nada. Todos, de Las Vegas a Hong Kong, pareciam fabricados no mesmo molde. Faziam amor às cegas, sem se preocupar com o que as mulheres queriam. Além disso, era possível dizer que o prazer feminino os irritava, talvez porque, no fundo, lhes causasse medo.

Sobre isso, Gaby havia lhe contado uma história que resumia muito bem a coisa. Aos quinze anos começara a trabalhar em um hospital beneficente durante as férias, no centro cirúrgico, passando os instrumentos para o cirurgião de plantão, das sete da manhã até o meio-dia. Depois, tomava um café, acendia um cigarro e esperava o pai terminar o trabalho antes de voltar para casa. Durante essa hora, às vezes visitava as diferentes enfermarias do hospital, a fim de encorajar os doentes, oferecendo-lhes um cigarro ou um chocolate. Um dia, entrou por acaso em uma enfermaria e viu que as mulheres que iam dar à luz estavam amarradas às camas de parto e deitadas com as pernas abertas sobre excrementos e urina. Ninguém vinha vê-las, ninguém as limpava ou lhes dava um copo de água; conversando com elas, descobriu que estavam ali fazia uma ou duas noites sem ter comido ou bebido. Indignada, Gaby foi protestar com o diretor da enfermaria, que se limitou a lhe dizer: "Elas gozaram, agora que sofram". Somente quando Gaby ameaçou fazer barulho escrevendo um artigo em um jornal local para denunciar sua crueldade, o médico ficou com medo e ordenou que suas duas enfermeiras limpassem as infelizes e desamarrassem seus pulsos e tornozelos.

Mas o que aparecia em uma cidade latino-americana amplificado a ponto de ser caricatura, ela encontrava de certa forma na maioria de seus amantes: reticências diante do prazer feminino. Em vez de concedê-lo, os homens preferiram dar presentes ou dinheiro. Claro que havia exceções, como aquele japonês que só começava a se excitar rasgando sua roupa íntima: ele só chegava ao clímax quando tinha certeza de que a fizera gozar, mas ela havia desistido de vê-lo porque não podia perder tanto dinheiro com calcinhas e sutiãs. Agora saía com Vishnouadan, um hindu que a deixava louca de prazer por causa de sua maneira de fazer amor com ela, mantendo seu membro ereto até que ela se dilatasse em sucessivos orgasmos. Havia um problema: Vishnouadan acreditava na superioridade do sexo masculino e queria que ela aceitasse suas opiniões. Não ousava contradizê-lo abertamente por medo de perdê-lo. O raciocínio de Vishnouadan era tão sólido, que um dia ela questionou suas crenças feministas, mas Gaby lhe disse que era melhor perder um homem do que os ideais de sua juventude. Havia muitas coisas que Gaby não sabia, apesar de sua cultura e sua inteligência. Anne lamentava agora que Gaby tivesse descoberto de forma selvagem quem era a amante de Luis, mas a longo prazo a surpresa daquela noite lhe serviria para desmascarar o marido e analisar friamente seu comportamento. Ninguém podia ajudá-la, como diziam os psicanalistas, ela tinha de sofrer sozinha. Graças à sua experiência, Anne poderia lhe dar o conselho de se separar de Luis, amputando o dedo podre antes que a infecção comesse sua mão.

Não acreditava em destino ou datas fatais, mas ali, sentada em um canto, Gaby dizia a si mesma que estava sofrendo um dos piores momentos de sua existência: em um único dia, soubera da gravidade de sua doença e vira Luis apalpar sua amante diante de seus próprios olhos. A dor no peito havia diminuído, mas ela a sentia vagamente toda vez que inspirava o ar. Tinha medo de ter uma crise de claustrofobia novamente, revelando seu infortúnio a todos. Ela se perguntava o que seu pai faria na mesma situação e a resposta era evidente: resistir, manter uma aparência serena e não dar a ninguém o prazer de vê-la sofrer. Pois uma voz interior lhe dizia que Luis havia deliberadamente mostrado aquele comportamento escandaloso e por nada no mundo ela cairia em seu jogo. Seu pai dizia que a vida deveria ser vivida no dia a dia, como um livro é lido página após página. Mas como era difícil seguir esse conselho quando ela estava fazendo um esforço enorme para não se debulhar em lágrimas. Agora teria de ficar em Paris, porque em Barranquilla não havia especialistas em sua doença. Precisaria trilhar seu caminho por conta própria, encontrando um emprego que lhe desse sua independência econômica. Poderia trabalhar um dia inteiro no Berlitz ou se tornar fotojornalista de uma agência de notícias. Essa última perspectiva lhe parecia mais interessante. Se Virginia vendesse uma de suas casinhas em Barranquilla, ela conseguiria se manter enquanto se familiarizava com sua nova atividade.

Gaby sabia que, mais cedo ou mais tarde, deixaria Luis. Ela já não o via como uma criança em perigo, demasiado veemente para controlar as tempestades da vida, mas como um homem desprovido de compaixão, insensível ao seu sofrimento. Aquele Luis, que a pisoteou como um cavalo selvagem, não era o mesmo que ela amara durante oito anos. Notava com alívio que quando pensava nele usava o passado. Haviam ficado para trás as lembranças de Barranquilla, quando estacionavam o carro em frente a uma casa para se cobrirem de beijos e carícias. Nessa época ela o desejava, mas uma noite, quando estava acariciando seu sexo, Luis a empurrou e disse com uma nota de repugnância na voz: "Pare, você faz com que eu me sinta um gato". Naquele exato momento, a paixão que Luis inspirava nela se extinguiu para sempre. Ela havia sido ferida nas profundezas de sua intimidade, no canto onde o desejo se aninhava. Pensou: "Vivi sem conhecer o amor por vinte e dois anos, viverei sem prazer pelo resto da minha vida". Mas ela já sentia um carinho profundo por Luis e não conseguiria romper a relação um mês antes do casamento.

Esse amor era também um sinal de rebeldia contra a burguesia da cidade e os preconceitos de sua mãe, que rejeitava Luis por suas opiniões de esquerda. Parecia absurdo dizer que, de certa forma, seu casamento com Luis se assemelhava a um ato político. No entanto, se Luis fosse um dos rapazes que frequentavam o Country, ela o mandaria para o inferno se tivesse se atrevido a dizer-lhe que aquilo o fazia sentir-se um gato. Sua falta de experiência a levou a se casar com ele, ignorando sua sexualidade. Se sua mente aceitava aquela situação, seu corpo se revoltava contra o sudário de um casamento em que cada noite de frigidez era um ultraje. De qualquer forma, ela achava intolerável que um homem fosse perseguido por suas ideias políticas. Talvez, inconscientemente, como membro daquela burguesia que o rejeitava, tivesse tentado reparar a falha sem entender que estava encontrando uma víbora. Luis a proibira de abrir as cartas que o banco norte-americano lhe enviava, onde tinham uma conta conjunta. E ela, por medo de um novo escândalo, aceitara. Mas, certa manhã, descuidadamente deixou cair alguns papéis que Luis havia deixado na mesa de cabeceira e, quando os pegou, descobriu que eram faturas de cartão de crédito da Diners. Ficou muito surpresa ao ver a soma das contas dos restaurantes para os quais Luis levava sua amante: ele a convidava como um príncipe enquanto ela tinha de calcular suas saídas com base nas passagens de metrô que podia comprar. Quando ia almoçar com Louise ou jantar com Anne, eram elas que pagavam a conta. No fundo, ainda não tinha entendido que seu casamento estava indo por água abaixo. Talvez por medo de ficar sozinha, mas também porque uma parte de Luis ainda a amava: às vezes ele a levava ao cinema e assistiam ao filme de mãos dadas; ou falava-lhe do seu trabalho e dos seus problemas, e era como se nada tivesse mudado desde sua chegada a Paris; quando Luis queria, fazia amor com Gaby, e, embora ela não sentisse nada, aquele ato criava uma ilusão de intimidade. Ela tinha de cortar tudo isso pela raiz, abandonando a esperança de que algum dia Luis voltasse para ela.

Olga se sentia invadida pela ira. Esse Luis, que costumava comer em suas mãos como um passarinho, agora se recusava a vê-la para não desencadear o ciúme de Malta. Dizer ciúme era muito, tratava-se mais de impedi-la de justificar um caso. Malta tinha sido categórica: podia continuar a viver com Gaby, mas de forma alguma deveria reencontrar suas amigas, em particular Olga. Foi o que Luis lhe dissera antes de desaparecer completamente de sua vida. Ela ficou sozinha com Roger, um excelente amante, mas que arrastava consigo uma cadeia de problemas insolúveis. Roger fazia psicanálise e ao seu lado ela havia aprendido novos conceitos expressos através de um vocabulário desconhecido para ela. O que mais a surpreendeu foi que Roger possuía as chaves capazes de consertar sua existência e não sabia como usá-las. Havia a questão do fantasma da péssima mãe, que o levava, sem que ele aparentemente percebesse, a transformar mulheres em personagens odiosas prontas para fazê-lo sofrer. Sua companheira, Agnès, era infiel a ele todos os fins de semana e ele tinha de ficar em casa para cuidar da criança que ele a forçara a ter, sob pena de abandoná-la. No início, Agnès aspirava a uma vida mais ou menos convencional, mas Roger lhe fazia tantas perguntas sobre suas supostas aventuras, que ela acabou tendo-as, talvez para mantê-lo. Nessa relação, Agnès era a vítima da neurose de Roger e se curvava ao seu masoquismo ao encarnar a mãe, que, segundo ele, não o amava. Para ela, Olga, ele havia se saído com o mesmo jogo. Quando se encontraram, a primeira pergunta foi: "Quantos homens dormiram com você desde a última vez que nos vimos?". Era um problema dizer-lhe que ela o amava demais para querer um caso: ele se irritava e não conseguia fazer amor com ela. Olga tinha de falar sobre amantes imaginários e relacionamentos bizarros até conseguir tirá-lo de sua prostração. Então ele se tornava um homem maravilhoso, acariciando-a e adaptando-se ao seu ritmo até levá-la ao prazer.

Às vezes, ela se perguntava se Roger não era um homossexual enrustido que, através de seu corpo, procurava entrar em contato com outros homens. A esse tipo de reflexões era levada pelo parco conhecimento que tinha da psicanálise. Mas ela queria um homem de verdade, que dormisse como uma pedra, comesse quando tivesse fome e amasse o prazer. Roger tinha problemas de digestão, acordava no meio da noite para anotar seus sonhos e por qualquer coisinha perdia a ereção. Além disso, ele tendia a reduzi-la ao papel de amante, recusando-se a vê-la mais de dois dias por semana, das quatro às seis da tarde. Fazia isso de propósito, para se vingar de suas alegadas infidelidades, criando assim o laço sadomasoquista cuja teoria conhecia muito bem, sem ser capaz de reconhecê-la na realidade de seu comportamento. Ela deveria ter ficado com Luis, que tinha a energia de um animal selvagem e jamais poria os pés no consultório de um psicanalista. O problema é que ela não era e nunca tinha sido apaixonada por ele.

Luis tinha reparado que Gaby havia saído às escondidas, sem se despedir de ninguém, e uma hora depois Jaime Peralta deixou o apartamento. Se tivesse levado Malta consigo, ele, Luis, teria ido embora, se não para consolar Gaby, pelo menos para falar com ela, diminuindo o impacto do que tinha acontecido. Agora ele sentia uma raiva surda contra Malta, que o levara a se comportar daquela maneira. Seus amigos desviavam os olhos quando ele os mirava, e havia uma atmosfera de hostilidade ao seu redor. Mas não podia deixar Malta sozinha, pois era capaz de ir para a cama com o peruano ou com qualquer um daqueles homens que a procuravam como cães famintos. Ele estava em uma situação odiosa, acorrentado a uma mulher que no fundo zombava dele. Não deveria e não queria ser separado dela e, ao mesmo tempo, temia que Gaby o abandonasse. Como se sentiria se chegasse ao seu apartamento e o encontrasse vazio? Gaby tinha sido sua luz em um mundo de trevas, onde ele não podia confiar em ninguém, e, além de seu pai, ninguém o amava. Amigos e relacionamentos passavam, os ideais se perdiam; o amor de Gaby, por outro lado, lhe dava uma impressão de plenitude e o fazia se sentir feliz consigo mesmo. De repente, ele sentia saudades daqueles dias quentes em Barranquilla, quando Gaby compartilhava sua vida e seus problemas. Então iam juntos ao cinema, liam os mesmos livros e trabalhavam na agência de seguros que ela havia comprado para ele. Seus sentimentos eram claros e seu amor por Gaby não conhecia limites. Saíam para passear pelas ruas desertas em noites de lua cheia; falavam em se estabelecer na ilha de San Andrés para viver cercados pelo mar; tinham o projeto de vir à Europa por alguns meses e conhecer a Inglaterra de Shakespeare, a França de Baudelaire e a Grécia de Homero. Mas o tempo passava e eles não faziam nada. Talvez Gaby o recriminasse secretamente por seu fascínio pela vida burguesa, e não estava errada. Nunca tinha visto tanto dinheiro passar por suas mãos e estava feliz por poder comprar todas as coisas que queria, móveis, tapetes, roupas; o mundo lhe parecia um imenso mercado. Gaby assistia a esses esbanjamentos com relutância, sem entender que o luxo fazia parte de uma existência agradável e bem-proporcionada. O pai concordava com ele: tinha ido visitá-lo uma vez em Barranquilla e ficou muito feliz ao ver o cenário em que vivia.

Mas Gaby queria acima de tudo ser fotógrafa e incomodava-a que seu tempo fosse desperdiçado em vendas de seguros. Nas horas vagas, trabalhava gratuitamente como repórter de um jornal local e pretendia expor em galerias nacionais e estrangeiras. Sem saber por quê, a ideia de que Gaby pudesse fazer uma exposição lhe dava uma sensação desagradável. Ele temia perder sua influência sobre ela se Gaby retomasse seus relacionamentos com seus ex-colegas e professores da universidade, o que era inevitável se ela se tornasse famosa. Em Barranquilla, com sua indolência tropical, ele era o único intelectual consciente dos movimentos de ideias que circulavam pelo mundo. Gaby precisava da presença de alguém que tivesse o mesmo nível intelectual que ela e lhe desse a resposta certa. Agora era diferente: a doença a brutalizava e ela se expressava com dificuldade, embora ainda quisesse expor suas fotos em uma galeria. Que importava para ele se ela executasse ou não esse projeto? Ele sabia, com uma certeza quase dolorosa, que depois do que aconteceu essa noite Gaby iria deixá-lo. Certo dia, de manhã cedo, quando voltou para o apartamento, viu um pedaço de papel na mesa da sala, ao lado do vaso: eram as linhas que Gaby escrevera para se despedir.

4

Os dias foram ficando mais longos. Uma luz dourada no céu muito azul e sem nuvens sugeria a presença da primavera. De repente, as árvores de Paris ficaram cobertas de folhas. A brisa levantava grãos amarelos e brancos de pólen no ar e pombos teimosos percorriam os parques e ruas. À noite, com suas luzes, a cidade parecia um labirinto prateado. Isabel não a via. Tinha ido à farmácia na Champs-Élysées comprar velas perfumadas para levar de presente a Louise e agora estava descendo a avenida procurando com os olhos um café onde pudesse sentar-se e refletir. Maurice, seu marido, deixara-a durante a noite sem lhe dar qualquer explicação, dizendo-lhe apenas que ia viver com Hélène. Se ela tivesse sido mais astuta, teria adivinhado que algo estava acontecendo entre eles. Dez anos de casamento jogados no lixo de repente. Isabel se perguntou se Maurice a amara por um único momento ou se ela havia sido apenas um passo em sua ascensão social.

Quando se conheceram, ela trabalhava na Unesco, à qual chegara como protegida de um político influente que era amigo de sua falecida mãe. Maurice estava começando seu primeiro ano de Ciências Políticas e, para pagar os estudos, trabalhava como garçom no trem azul de Paris a Ventimille. Uma ambição feroz levara-o a se comportar como os rapazes da alta burguesia e a saber que os vestidos eram comprados na loja de Saint-Laurent e os casacos, na de Louis Féraud. Ela mesma, que frequentava o melhor da sociedade parisiense, havia sido cativada. Na primeira vez que o viu, em uma conferência, com seu lenço de nó estilo ascot e guarda-chuva preto afilado que parecia uma bengala, pensou que ele saía de um castelo. Ela o amou no mesmo instante. Dois meses depois se casaram, e um ano depois do casamento nasceram Anastasia e Marlène. Ela trouxe da Colômbia uma sobrinha de sua ex-babá e continuou a viver no ritmo de Maurice, que exigia viagens caras ao redor do mundo. Visitaram o Egito, a Índia, a África do Sul e vários países da América Latina. Isabel se arrependia de abandonar as gêmeas por tanto tempo, mas Maurice parecia não notar que as meninas eram suas filhas. Na verdade, rejeitou-as à sua maneira, sem agressividade, ocupando-se com elas o mínimo possível sob o pretexto de que tinha de se preparar para o concurso da Escola Nacional de Administração. Fez três vezes a prova e só na última conseguiu passar na prova escrita, mas foi reprovado na prova oral. Tinha almejado demais: faltava-lhe mais cultura, mais relações e classe. Os examinadores perceberam, por trás de sua aparência e de suas respostas, o bisavô camponês e o avô sapateiro, apesar de seu pai ser reitor da Academia.

Mas o desejo de poder de Maurice chegara tarde demais: ele passou a infância e a adolescência se divertindo com os amigos à margem da sociedade, não abrindo um jornal e mal lendo os livros recomendados para os cursos de Literatura do ano letivo. Foi só quando saiu da turma nos exames do ensino médio que descobriu que poderia ser algo mais do que um sem-vergonha. Estudou Direito antes de se matricular em Ciência Política e conhecer Isabel. Ele parecia não se importar que ela fosse sete anos mais velha. Esse casamento lhe permitiu circular no mundo diplomático e conhecer personalidades que, se não fosse assim, só podia ver na televisão. Tinham muitos casais de amigos, incluindo Gilbert e Hélène, que recebiam uma vez por semana. Hélène era autoritária, monopolizava a conversa e possuía o dom de fazê-la sentir-se miserável: se ela havia visto girafas e elefantes na África do Sul, Hélène tinha ido à reserva cujo hotel custava cinco mil francos por noite, no qual ao entardecer um criado levava os clientes para visitar a ribeira de onde bebiam os leões. Sempre fazia o que era necessário para desvalorizá-la aos olhos de Maurice. Sua atitude era tão caricatural que Isabel parou de lhe prestar atenção. Ela também tinha certeza do amor do marido: quando chovia, ele ia buscá-la na Unesco; quando ela ficava doente, ele a levava ao médico e comprava os remédios necessários. Maurice era muito galanteador: abria-lhe a porta do carro e lhe dava passagem no elevador. Ela o adorava. Acontecia de ela acordar no meio da noite se Maurice estivesse gripado e, vendo-o adormecido ao seu lado, chorar com medo de que ele pudesse morrer. Diante dele, ela se abstinha de papariçar as gêmeas por muito tempo, para não lhe dar a impressão de ficar em segundo lugar, como ele já a repreendera em um de seus poucos mas ferozes e imprevisíveis momentos de raiva.

Durante todos esses anos, foi ela quem pagou as despesas da casa, pois Maurice passava os dias se preparando para as provas do concurso e as coisas continuaram assim mais tarde, quando ele teve de desistir do sonho de se tornar um técnico comercial e foi trabalhar em um escritório de advogados. Ele gastava e ela pagava, até perder o emprego na Unesco porque seu protetor havia morrido. Graças aos amigos e a um diploma de tradutora que havia obtido na Colômbia antes de vir para Paris, ela conseguiu sobreviver, mas as relações com Maurice mudaram do dia para a noite: suas traduções, sempre aleatórias, só davam para as coisas supérfluas e Maurice morria de raiva de ter que arcar com o aluguel, a comida e o salário da babá. Em parte por essa razão, decidiu abandoná-la. Desesperada, ela procurou um advogado e conseguiu que Maurice lhe desse mil francos por mês de pensão para as gêmeas e três meses de aluguel, enquanto ela conseguia um apartamento mais modesto. Ela estava nesse estado quando conheceu Claude e inesperadamente se apaixonou por ele: parecia-lhe que ao seu lado ela poderia encontrar o prazer que nunca conhecera nos braços de Maurice.

Claude não fazia nada, ou melhor, trabalhava como agente permanente dos comunistas. Ia à escola do partido aperfeiçoar seu marxismo, propagava o jornal *L'Humanité-Dimanche* nas ruas e levava a boa palavra a domicílio sem se intimidar, porque na maioria das vezes as pessoas batiam a porta na sua cara. Seu pai, um milionário, o considerava um caso perdido; a mãe, desconsolada, dava-lhe dois mil francos por mês. Desde o início ela, Isabel, descobriu que Claude tinha problemas sexuais: conseguia uma ereção, mas não conseguia gozar. Fazer amor com ele era um martírio. O membro de Claude entrava em sua intimidade repetidas vezes, causando irritações que se tornavam dolorosas; depois de um quarto de hora ela estava gemendo e Claude pensava que eram gemidos de prazer: contava-os e, finalmente, com o rosto corado e os músculos do pescoço tensos com o esforço, dizia-lhe: "Você teve trinta orgasmos". Ela não o tirava do equívoco para lhe dar autoconfiança, porque estava convencida de que sua discrição conseguiria acabar com sua demora para ejacular. Da mesma forma, ela pensava que, com o tempo, Claude aceitaria suas amigas, principalmente suas primas Virginia e Gaby, as quais ele considerava burguesas insuportáveis. Ele, que circulava em uma das Mercedes abandonadas na garagem da mansão de sua família em Saint-Germain-en-Laye, também fazia de propósito buracos nas blusas que sua mãe lhe dava, para parecer um operário, embora os operários franceses não tivessem necessariamente buracos nos cotovelos de suas blusas. Mas ele era um homem determinado que se encarregava de resolver problemas. Sem ir mais longe, ele a declarara, Isabel, como sua criada, o que lhe permitia ter acesso à previdência social.

Sentada agora em um café na Champs-Élysées, Isabel dizia a si mesma que o que realmente a mantinha em Paris era a possibilidade de dar às filhas uma educação laica. Ela havia sofrido muito em Lourdes, onde passou seus anos de escola primária, porque as freiras tentavam incutir nela a fé pela força do medo. Também havia se rebelado contra uma disciplina de quartel que buscava enfraquecer sua vontade, e o espírito de delação favorecido pelas freiras lhe parecia um ataque à sua própria dignidade. Na Colômbia, a religião estava no currículo como disciplina obrigatória e ela era ateia. Ficar em Paris lhe permitia oferecer às filhas o poder de escolher, passar a infância sem traumas emocionais e criar uma personalidade baseada na objetividade e no raciocínio. Além disso, na França, as gêmeas não perderiam completamente o contato com o pai. Ela se preocupou muito com as duas quando Maurice a deixou. Foi a primeira coisa que disse a ele: "E as meninas?". Mas ele apenas comentou com rispidez: "Você não vai usá-las como reféns", uma frase que Hélène certamente lhe sugerira.

Aquele foi o dia mais triste de sua vida; mesmo agora, apaixonada por Claude, ela ainda pensava assim. Tinha levado as gêmeas ao Bois de Boulogne e, quando voltou para o apartamento, encontrou Maurice fechando as malas. Nada prenunciava o que ia acontecer. Era verdade que havia um mês Maurice parecia menos afetuoso, exatamente desde que soube que Hélène recebera uma herança da morte de sua avó. Maurice a conhecera na faculdade de Direito e, apesar de suas investidas, não lhe dava a menor bola. Ela não pertencia à classe social na qual ele aspirava entrar, mas continuaram a se ver, talvez porque o interesse que ele despertava nela lisonjeava seu narcisismo. Assim que Maurice perdeu definitivamente a possibilidade de ingressar na Escola Nacional de Administração, Hélène lhe conseguiu aquele emprego no escritório de advocacia onde trabalhava, seduzindo-o depois de alguns meses. A herança tinha sido o elemento decisivo. Isabel ficou triste que sua história de amor terminasse com os ingredientes de um romance de Balzac. Se um ano antes lhe tivessem perguntado se era feliz, teria respondido afirmativamente: tinha Maurice, as filhas e o emprego. Para seus amigos formavam um casal ideal, embora no fundo, escondido, enterrado como uma criança morta, estivesse o problema de sua insatisfação sexual. Maurice gozava muito rápido, desdenhando das preliminares do amor, e ela não ousava levantar os véus de seu desejo. Conhecera o prazer com o primeiro homem com quem fez amor, um oficial americano de passagem por Barranquilla que infelizmente era casado. Ela não era obrigada a explicar nada a Bob porque ele parecia adivinhar o que ela queria, os gestos e frases que a excitavam. Apesar de breve, essa relação a marcou para sempre e servia como ponto de referência quando julgava o comportamento tosco de Maurice. Mas era algo em que ela pensava às escondidas, em estado de semi-inconsciência, como se fosse um gemido maçante vindo da parte mais escura e vital de si mesma. Tentava manter essa frustração nas sombras porque sabia que era o calcanhar de aquiles em seu relacionamento com Maurice. No entanto, ela o amava a ponto de, se tivesse que escolher entre sua vida e a dele, ter preferido desistir da sua. Só de pensar nisso sentia as lágrimas subirem aos olhos. Para não chorar no café, pagou a conta e se dirigiu à estação de metrô mais próxima.

Gaby tinha sido a primeira a chegar ao apartamento de Louise e se instalara na varanda para assistir àquele magnífico entardecer de primavera. De lá era possível ver o Panthéon, Notre-Dame e, ao fundo, recortada contra o céu puríssimo, a silhueta branca do Sacré-Coeur.

Depois de duas exposições que foram bem recebidas pela crítica, ela abocanhou um emprego em uma agência de imprensa como fotojornalista e conseguiu alugar o belo estúdio onde morava com seu gato Rasputín. Podia passar o tempo que fosse com as janelas abertas, porque Rasputín tinha uma protetora desconhecida, como pôde comprovar no dia em que o viu vir da rua com uma coleira contra pulgas. Pendurada na coleira estava uma espécie de cápsula que, uma vez aberta, permitia que um pedaço de papel com o nome do animal e o endereço de seu dono fosse inserido nela. Um dia ela tentou contactar a protetora através da cápsula, anunciando que ia permanecer dois meses fora da França. Quando Rasputín voltou de uma de suas escapadas noturnas, encontrou a resposta: "Mensagem recebida, não se preocupe". Pela letra, soube que se tratava de uma mulher.

A cura de Gaby teve algo de milagroso. Tendo ouvido falar de um médico aposentado especializado em doenças do sistema imunológico, ela conseguiu que a embaixada colombiana lhe conseguisse uma consulta. Era um homem de aparência severa cujos lábios carnudos sugeriam uma sensualidade contra a qual ele devia estar lutando havia muito tempo. Olhou para Gaby por um momento e depois baixou os olhos e lhe fez exatamente oitenta perguntas sobre ela, sua infância, sua adolescência, seus pais, seus avós, às quais ela se viu forçada a responder afirmativamente, para seu grande espanto. Ele parecia estar montando um quebra-cabeça cujas peças conhecia de cor. Quando terminou, escreveu uma receita a ser preparada por um farmacologista e cobrou quinhentos francos, o que a obrigou a comer apenas pão e leite condensado por duas semanas. Mas aquele remédio, composto de pós que ela tomava em jejum, a curou. Certa noite, estava fazendo ovos mexidos quando, de repente, sentiu a doença sair de seu corpo. No dia seguinte, foi ver o dr. Labeux e anunciou que estava curada. O dr. Labeux sorriu incrédulo e disse a ela para aproveitar que estava no hospital e fazer um exame de sangue. Quinze dias depois, sua secretária ligou para Gaby, pedindo que ela se apresentasse imediatamente ao hospital. O resultado do exame foi negativo, e o dr. Labeux estava furioso com os assistentes do laboratório químico, que, em sua opinião, haviam confundido as folhas de resultados. Inusitadamente, ele mesmo a acompanhou ao laboratório e ordenou, em tom destemperado, que o sangue fosse retirado em sua presença. Depois de três semanas, ele teve de aceitar o que considerava impossível: a doença havia desaparecido.

Àquela altura ela, separada de Luis havia alguns anos, já estava acostumada a uma relativa solidão, já que suas primas Isabel e Virginia a tiravam de seu estúdio à noite para participar de reuniões e festas. Gaby tinha se tornado muito desconfiada. Desde o início, percebeu que Maurice era um arrivista e, se não contou a Isabel, foi para não fazê-la sofrer. Via-o chegar aos coquetéis vestido como um manequim, sem a nota de desenvoltura que os verdadeiramente ricos tinham. Ela o observava se aproximar cautelosamente de homens importantes e cortejá-los. Nas poucas vezes que ela e Virginia iam à sua casa, ele punha um disco de Beethoven na hora de sentar-se à mesa, o que tirava toda a espontaneidade do jantar. Certamente achava muito distinto impedi-las de falar para ouvir a "Nona Sinfonia". Mas Isabel havia passado do ruim para o pior: Claude, aquele homem esquelético, com olhos de louco, não convinha a ela nem a ninguém. Estava sempre dando ordens. Sua expressão favorita, "Você tem que fazer isso ou aquilo", dava-lhe urticária.

Na primeira vez que Isabel falou de Claude, estavam todas reunidas no apartamento de Anne e seu marido, Octavio, um bom poeta e excelente astrólogo. Quando Isabel lhe deu a data, a hora e o local do nascimento de Claude, Octavio se retirou para o quarto e depois de uma hora voltou com o mapa astral de Claude. Sem nunca tê-lo visto, soube descrevê-lo fisicamente: disse que tinha o peito afundado nas costelas, que era alto, magro e sofria de problemas digestivos. Também descobriu a realidade psicológica do personagem: autoritário, fanático, paranoico e impotente. "Você está apaixonada agora", disse ele a uma Isabel atônita, "mas nunca vai se casar com ele". Na verdade, Claude era muito bonito e, por enquanto, Isabel só via através de seus olhos. Tinha resolvido o problema dos documentos declarando-a sua empregada, mas o coração humano era tão curioso que essa situação completamente artificial desvalorizava Isabel aos olhos de Claude, que imaginava lhe fazer um grande favor esquecendo que ela viera a Paris na qualidade de diplomata. O pai de Claude, mais inteligente, se apressou a comprar para o filho um apartamento com mármore preto no banheiro e paredes cobertas de seda branca. Claude despediu a babá e Isabel tinha de levar as gêmeas à escola de manhã, buscá-las ao entardecer e passar o dia inteiro fazendo traduções. O dinheiro que ganhava por elas, bem como a pensão de mil francos que Maurice lhe dava, era embolsado por Claude com o pretexto de que sua conta no banco estava negativa, e deixava a Isabel uma quantia ridícula para fazer o mercado, que mal lhe permitia alimentar as gêmeas adequadamente. Gaby e Virginia lhe levavam doces e compraram uma televisão de segunda mão para Isabel, a fim de que ela pudesse se distrair durante as noites, que não deviam ser muito alegres. Na época de Maurice, a televisão, considerada fonte de empobrecimento intelectual, era proibida a Isabel e suas filhas. Gaby não se surpreendia com a passividade da prima porque ela mesma havia suportado o inferno de viver na companhia de Luis antes de tomar a decisão de deixá-lo. É claro que, nessa época, ela já podia se manter por conta própria graças à fotografia, mas levou muito tempo para aceitar a solidão. No rompimento com Luis ela perdeu vários amigos: Luciani, a quem nunca mais viu, além de Felipe Altamira e Enrique Soria.

Também se desentendeu com Florence. Isso ocorreu antes da separação e foi precedida por um ato bastante humilhante. Nessa época, continuava a ver Florence duas vezes por semana para almoçar as sobras dos convidados da noite anterior, para ouvi-la cantar "La cucaracha" acompanhando-se de qualquer forma com seu violão e para falar de sua velhice em Maiorca na companhia de López. Não realizava seu vago projeto de aprender a emoldurar quadros e, assim, abrir seu próprio negócio. Certa noite, convidou-a para jantar no Lipp mais tarde e, enquanto elas estavam sendo servidas, fez notar a presença de homens muito velhos acompanhados de moças jovens e, para sua grande surpresa, aconselhou-a a seguir o exemplo, ou seja, procurar a prostituição para solucionar seus problemas. Ela fingiu não entendê-la. O tempo passou e um dia Carmen, amante de López em Bogotá, chegou a Paris. Carmen estava em um estado de agitação interior que só a conversa parecia ser capaz de controlar. Convidada por ela, Gaby, para tomar chá, começou a lhe contar os problemas de sua vida e, em meio a uma enxurrada de palavras, disse-lhe que López havia proposto passar a velhice com ela em Maiorca. Ficou perplexa:

não sabia como contar a Florence e só pensou em incitá-la a estudar marchetaria.

Uma tarde, depois do almoço e enquanto Florence afinava o violão, Gaby começou a conversar com ela sobre as vantagens de aprender um ofício e se tornar independente. Deve ter havido algo no tom de sua voz porque, de repente, Florence se levantou de um salto e se aproximou como se fosse bater nela, chamando-a de invejosa e gritando-lhe que ela queria fazer com que perdesse sua posição social e vê-la circulando no metrô como qualquer secretária. "Você gostaria de me ver na miséria", vociferava, golpeando com a mão a mesa da sala de jantar, onde Gaby se refugiara espantada, sem entender sua reação. "Você é ruim", gritava enquanto a perseguia pela mesa, até que ela conseguiu pegar a bolsa e sair correndo para o elevador. Em plena ira, Florence ligou para Luis e deu sua versão do que aconteceu, anunciando que estava dobrando o aluguel do apartamento.

Luis voltou para casa furioso e secretamente feliz por ter um pretexto para humilhá-la, mas dessa vez ela reagiu com ferocidade. Assim que Luis começou a insultá-la, ela foi até a cozinha e voltou com a faca de carne. "Mais uma palavra e você é um homem morto", disse sem levantar a voz. Luis olhou-a espantado. "Você não vai me matar", gaguejou. "Sim, e eu vou te fazer sangrar como se fosse um porco", respondeu ela, perfeitamente ciente de que o faria. Poucos minutos depois, botava Luis para fora do apartamento e passava o ferrolho na porta da frente.

Graças à gentileza de um de seus alunos espanhóis, ela conseguiu esse estúdio e providenciou os documentos para obter uma autorização de residência na França. O fato de trabalhar o dia inteiro no Berlitz a ajudou. Agora que estava bem de saúde, ela poderia voltar para Barranquilla, mas suas primas Isabel e Virginia, suas melhores amigas, moravam em Paris, e a cidade também a seduzia. Assistia a concertos e óperas, visitava exposições e museus, ia a conferências e ao teatro. Seu trabalho como repórter a obrigava a viajar de um lado para o outro, mas sempre que voltava a Paris tinha a impressão de voltar para casa.

Assim que chegava ao estúdio, enquanto Rasputín se esfregava contra suas pernas, percorria com um sentimento de felicidade as páginas dos jornais dedicadas aos espetáculos e ao lançamento de novos livros. A cidade hostil e dura que a fizera sofrer nos primeiros anos se tornara para ela uma fonte de cultura e prazer intelectual. Apesar da solidão, ele saía o dia todo e não tinha um momento livre. Havia sempre algo para ver, algo para fotografar. E à noite ela costumava se encontrar com suas amigas, como agora.

Caminhando pelos corredores do metrô, Virginia não conseguiu esquecer o que havia acontecido há pouco. Estava participando de um almoço com suas amigas lésbicas na casa de Toti, quando de repente uma garota austera apareceu na porta da sala e lhes deu um olhar desdenhoso. "O nome dela é Adelaida e ela é comunista, mas eu não a convidei", ouviu Toti murmurar. Sem prestar atenção, as filhas de Lesbos continuaram a se divertir com uísque, cigarros de maconha e uma cocaína muito pura que Toti havia guardado em um bule. Um homossexual venezuelano estava tocando violão e algumas garotas se reuniram em torno dele para cantar rancheiras e boleros. Aos poucos, a festa foi se transformando em orgia e por volta das cinco da tarde todos estavam fazendo amor, menos ela, Virginia, que se limitava a conversar com as pessoas que tiravam um momento de descanso na sala antes de se lançarem a um novo assalto amoroso. De repente, Adelaida apareceu, muito pálida: o zíper de sua calça jeans ainda estava aberto e ela respirava com dificuldade. Aos gritos, correu para a mesa e começou a jogar cinzeiros, copos e enfeites de porcelana contra a parede. Correu para a varanda e jogou os vasos que a adornavam na rua. Sempre gritando como uma possessa, voltou para a sala e começou a quebrar os móveis até destroçar uma cadeira e usar uma de suas pernas como porrete para atacar as pessoas ao seu redor. Felizmente, Inés, a nova namorada de Toti, conseguiu dominá-la enquanto alguém rasgava um lençol e fazia tiras para amarrar Adelaida até a chegada de seu companheiro. "Ela passou para o outro lado do espelho", comentou Toti filosoficamente, ignorando os gritos de Adelaida, que os tratava como burgueses corruptos.

Ela, Virginia, estava convencida de que os fanáticos de qualquer ideologia ou religião eram pessoas desequilibradas, incapazes de perceber as complexidades da realidade e de conhecer a si mesmos: a loucura havia tomado conta de Adelaida quando ela teve de admitir que era lésbica. Sem entrar em detalhes, a mãe de Claude tinha contado a Isabel que, quando o filho tinha doze anos, ela fora obrigada a trancá-lo em casa à força para mantê-lo longe do convívio com certas pessoas. A título de explicação, ela disse que se tornara amigo de alguns ladrões. Mas, dado o nível social de Claude e a estrutura burguesa da pequena cidade em que vivia, onde todos se conheciam e não havia lojas para roubar, era difícil conceber uma gangue de meninos ladrões, e aquele confinamento de dois anos só poderia ser compreendido se Claude tivesse mostrado sinais de ser homossexual. A família deve ter acolhido sua relação com Isabel com alívio, daí o apartamento que o pai se apressara a lhe comprar e a forma amigável como recebiam as gêmeas. Por sua vez, a mãe de Claude tinha dito a Isabel uma frase curiosa nos lábios de uma católica praticante: uma mulher podia fazer o que quisesse, desde que o marido ignorasse, como se adivinhasse os problemas que o filho daria a Isabel, sugerindo de passagem o caminho para resolvê-los.

Virginia e Gaby haviam passado para visitá-los um domingo depois do almoço e ficaram desalentadas com tanto convencionalismo. Havia uma mesa de bridge, uma mocinha tocava piano e o resto das pessoas falava desanimadamente sobre assuntos muito chatos. Como as irmãs de Claude não tomavam anticoncepcionais, havia um enxame de meninos correndo pelo jardim. O que Isabel poderia fazer naquele mundo? Pelo menos com Maurice ela viajava e ia ao teatro e aos concertos. Claude era a própria austeridade e parecia mais papista do que o papa: na sua casa não comiam carne, símbolo dos privilégios da velha aristocracia, embora esse alimento fosse agora um dos ingredientes da comida dos trabalhadores franceses; nem tomavam vinho, bebida usada pela burguesia para brutalizar a classe trabalhadora; ele ia ao extremo de afirmar que o governo havia instalado a saída da rodovia no meio dos bairros pobres com o propósito expresso de atormentar seus ocupantes. E Isabel lhe dissera que repetia a mesma frase todos os domingos, quando estavam a caminho da casa da família. Havia algo de perturbador na obstinação de Claude. Seus olhos azuis resplandeciam de cólera diante da menor oposição às suas ideias. Não tolerava discussões ou diálogos e Isabel tinha de se submeter às suas opiniões como se fosse uma criança sem personalidade.

Ela, Virginia, ficava chateada de ver Isabel, a mais brilhante de suas primas, abaixar a cabeça e se tornar uma dona de casa submissa. Isabel havia estudado Direito e trabalhado em um ministério antes de ser enviada para a Unesco. Sua mãe, tia Anita, devia se revirar no túmulo. Ela havia sido responsável por sua educação assim que seu marido, Alberto, morreu, um reacionário, criticado pelo resto da família, que insistiu em enviar Isabel para uma escola religiosa e dizia coisas terríveis sobre as mulheres. Tia Anita se casara com ele para tentar esquecer seu amor por um aristocrata de Bogotá que infelizmente era casado e que acabaria se tornando protetor de Isabel. Mas esse casamento não consertou nada; pelo contrário, reforçou a paixão de tia Anita pelo bogotano e a deixou frígida. Com Alberto era impossível ter relações amorosas normais, quando ele afirmava que em certos países africanos os negros haviam encontrado a solução arrancando o clitóris das mulheres. Na primeira vez que o ouviu dizer isso, ela, Virginia, que tinha apenas cinco anos e não sabia o que era o clitóris, sentiu uma dor terrível entre as pernas. Desde então, Alberto lhe produziu medo. Nunca conseguiu chamá-lo de tio e foi sem emoção que recebeu a notícia de sua morte. Ninguém lamentou sua morte, nem tia Anita nem Isabel, muito séria com seu vestidinho branco, recebendo as condolências das poucas pessoas que compareceram ao velório.

Alberto era advogado e sua especialização consistia em defender homens que não queriam pagar pensão para as ex-esposas. Seus clientes vinham da classe baixa e, segundo tia Anita, tinham caras horríveis. Quanto às amantes de Alberto, viviam apavoradas com ele. A última, uma menina de vinte e cinco anos que queria se casar e arrumar um lar, acabou ligando para tia Anita para implorar que ela pedisse a Alberto que a deixasse em paz e parasse com as ameaças de impedir que o namorado encontrasse um emprego, valendo-se de sua influência.

Sem dúvida, a morte de Alberto foi um livramento para todos. Tia Anita abriu uma loja e matriculou Isabel em uma escola laica. Mãe e filha eram muito unidas e Isabel preferiu estudar Direito em Barranquilla para não deixar tia Anita sozinha. Mais tarde, ingressou no melhor escritório de advocacia da cidade e começou a fazer política. Com a morte da mãe, Isabel conseguiu entrar no Ministério da Cultura, promovida por aquele mítico amante de tia Anita. Nomeada delegada da Unesco, sua vida era cheia de promessas quando conheceu Maurice. Embora diferentes em sua aparência física, Maurice e Claude tinham em comum um caráter autoritário e uma grande dificuldade nas relações amorosas, mas Isabel se recusava a admitir a semelhança de ambos com seu pai. A posição dos dois diante do sexo era a mesma, embora Maurice sofresse de ejaculação precoce e Claude, de dificuldade de ejacular. Ao escolhê-los, Isabel reproduzia a situação de tia Anita, privando-se do prazer. Esses problemas psicológicos deixavam Virginia perplexa, e ela se perguntava se seu desejo de permanecer solteira e multiplicar seus casos amorosos correspondia menos a uma posição filosófica do que a um enigma cuja explicação estava em outro lugar. Tocou a campainha no apartamento de Louise e, quando entrou, viu que Isabel e Gaby já tinham chegado.

Louise estava muito feliz com sua festa, apesar de só tê-la organizado para dar ao marido a sensação de levar uma vida social. Com o tempo, a saudade que José Antonio sentia de Barranquilla se tornou insuportável. Sete anos antes, ela havia tentado esclarecer a situação dizendo que tinha um amante, mas José Antonio não a deixou dizer uma palavra: disse que não queria saber de nada e, chorando como uma criança, saiu do apartamento. Passou quatro dias andando pelas ruas de Paris, sem comer ou fazer a barba. Quando o viu voltar, muito pálido e com a cara que teria no dia de sua morte, sentiu pena dele e o deixou se instalar no quarto de Clementina, alugando um quarto para ela no prédio onde moravam.

Ela, Louise, estava indo muito bem no trabalho: havia sido nomeada diretora comercial e poderia ficar sem o apoio financeiro da mãe. Seu amor por Michel estava se apagando como uma vela. Envelhecido, ela continuava a vê-lo uma vez por semana para manter as aparências da intimidade, mas encontrava os amantes durante suas viagens profissionais, que eram muitas e permitiam que ela se afastasse de casa o maior tempo possível.

Como os marinheiros, Louise tinha um caso de amor em muitas cidades da França e do exterior. Ela havia aprendido a distinguir com apenas um olhar os poucos homens inclinados a amar, mas já não se apaixonava por ninguém e só dormia com eles para sentir prazer. Prestava muita atenção ao escolhê-los porque não queria ter problemas no trabalho: o menor escândalo poderia causar sua demissão. Ligava para eles no telefone de uma cabine pública e, às vezes, fazia seis ou sete ligações seguidas para manter contato. Apesar de suas aventuras, ela ia muito bem no trabalho e saía para festas ou recebia convidados no apartamento quando não estava viajando. Aquela azáfama a deixava cansada e as primeiras rugas já haviam aparecido ao redor de seus olhos. No entanto, preferia viver intensamente a ficar em casa como uma burguesa. Sua filha Matilde era a primeira aluna da classe; Clarisa, por outro lado, obtinha as piores notas. Ela tentava resolver o problema pagando aulas particulares. Em vão: Clementina lhe contava como a professora de Matemática adormecia na escrivaninha enquanto Clarisa olhava pela janela, perdida em um daqueles sonhos que lhe permitiam existir sem fazer o menor esforço. O fracasso de Clarisa talvez fosse o preço que ela pagava por sua liberdade.

Pois poucas mulheres podiam se gabar de viver como quisessem. Viviam prisioneiras dos filhos, das convenções sociais ou do amor. O estado amoroso era uma invenção para contrariar a sexualidade feminina, que tendia a ser múltipla e inconstante. A qualquer momento o desejo pode surgir, apagando todos os amores anteriores. E os homens não queriam aceitar isso. Dos haréns ao direito de matar a esposa adúltera, do cinto de castidade à paixão dos tempos modernos, os homens, que acabaram criando os mitos e valores da sociedade, se opunham ao desejo secreto das mulheres: estar disponíveis para qualquer aventura, passar de um amante a outro mergulhando naquele lago de sexualidade que seus corpos guardavam. Os homens não conseguiam se livrar da memória positiva ou negativa de suas mães e, por todos os meios possíveis, tentavam recriar a infância com uma esposa que limpasse a casa, preparasse as refeições e negasse a realidade de seu desejo no leito conjugal. Eram poucos os que procuravam viajar para horizontes desconhecidos, deslizar para o mundo das sombras e entrar na caverna onde o prazer feminino dormia, obscuro e limitado. Ela deixava a denúncia do patriarcado para as outras e fazia o que estava ao seu alcance, encontrando sua satisfação fora das doutrinas e correntes intelectuais da moda. Vítimas do sistema, as mulheres se tornavam suas cúmplices. A maioria delas buscava segurança, mesmo tendo de engolir sapos. Há um mês, ela havia conhecido Claude, o novo amor de Isabel, e assim que o viu entendeu que estava diante de um inquisidor. Esquelético, com um olhar alucinado, parecia pronto para atirar nas pessoas que não compartilhavam de suas ideias. Essa mesma monstruosidade existiu em todas as épocas da humanidade para oferecer sacrifícios humanos aos deuses, torturar infiéis, cortar as mãos de ladrões ou se tornar comissários políticos. Sua configuração física e mental era genética, como a daqueles cães incapazes de se adaptar à companhia do homem e daqueles criadores sagazes que matavam no momento do nascimento. Ninguém estava mais longe do amor e do sexo do que Claude e, ao seu lado, Isabel voltou à abstinência que conhecera com Maurice.

Com um copo de uísque na mão, Ángela de Alvarado tentava controlar a tristeza. Seu filho, Alejandro, que tinha apenas dezessete anos, a acusara de usá-lo para obter dinheiro de Gustavo. Ela havia sacrificado tudo a ele, sua vida amorosa e os poucos anos que lhe restavam de sua juventude. Ela o protegia e não o recriminava por seu mau desempenho escolar. Fora uma criança frágil, tímida, que vivia colado à sua saia. Ele a acompanhava a todos os lugares, a recepções e à ópera; já aos doze anos lhe ordenara que fizesse seu primeiro smoking. Alejandro tinha medo de ficar sozinho e nas festas dormia na cama da anfitriã; ela tinha de acordá-lo para voltar ao apartamento e deitá-lo na cama onde passavam a noite juntos. Tomavam café da manhã juntos e só se separavam durante o horário escolar. Ela o buscava na saída para tomar chá e ir a lojas ou visitar exposições e galerias de arte. A faceirice que ela negava aos homens era exibida para ele. Para o filho, ela ia ao salão de beleza quase todos os dias e se vestia com elegância. Nada poderia lhe dar mais alegria do que ouvi-lo dizer: "Como você está linda, Ángela". Ele nunca a havia chamado de mamãe e parecia muito orgulhoso dela. Mas de repente, um dia, pediu-lhe que não fosse buscá-lo na escola ou mandar o motorista buscá-lo. Queria fazer como os colegas, ir a um café, discutir com eles, fumar cigarros e voltar para casa de metrô. Tornou-se mal-humorado: rejeitava suas carícias e não respondia às perguntas dela. Seus caprichos quando criança foram transformados na grosseria de um menino mimado. Se não gostasse da comida, jogava o prato no chão; se uma camisa parecia mal passada, rasgava-a em pedaços. Ela precisou aumentar o salário de suas duas empregadas para aguentarem esse comportamento. O que antes lhe oferecia como favor, Alejandro agora exigia como prerrogativa. Ai dela se não adivinhasse a tempo que deveria preparar a banheira para ele ou se esquecesse de comprar seu creme de barbear favorito. De mãe amorosa, tornou-se sua escrava. Alejandro a recriminava por ficar em casa esperando por ele e, ao mesmo tempo, ficava furioso se o encontrasse vazio quando chegava ao apartamento. Ficava chocado ao vê-la com um vestido que já conhecia, mas indignado quando ela saía para comprar roupas em lojas de luxo. Por fim, ele começara a insultá-la por receber dinheiro de Gustavo, como se ela, com sua idade e sem profissão, pudesse encontrar trabalho.

O que mais enfurecia Alejandro era saber que ela e Gustavo faziam amor de vez em quando. Certa tarde, ele deixou a escola no horário do intervalo e entrou sorrateiramente no quarto para surpreendê-los em total intimidade. Gustavo lhe deu o primeiro tapa de sua vida, mas, quando foi embora, Alejandro fez um grande escândalo ao tratá-la como uma prostituta sem dignidade que concordava em dormir com o homem que a abandonara. Como explicar a um menino as contradições do desejo amoroso? Como ela poderia lhe dizer, sem criar um complexo de culpa, que a paixão que sentia por seu pai havia se extinguido assim que engravidou dele? Em algum lugar estava escrito que Alejandro a deixaria e ela ficaria sozinha depois de ter sacrificado sua vida a ele.

Lembrava-se agora daquele advogado prestes a se aposentar que lhe pedira em casamento para se estabelecerem juntos em uma bela casa em Nice. Ao seu lado, teria sido feliz. Ela sabia disso porque, pouco depois de recusar, começou a sentir os primeiros sinais da menopausa: não menstruou novamente e foi dominada por ondas de calor. Tudo isso em menos de três meses, desde que rejeitara a proposta do advogado. Naquela noite, procuraria o momento certo para dizer a Isabel que ela não deveria aturar um homem como Claude para dar às gêmeas o privilégio de serem educadas em Paris. A abnegação com as crianças não valia a pena, e Claude, que conhecera na casa de Virginia, lhe parecera muito desagradável. Se Isabel era vida, Claude representava a morte. Arrogante e despótico, fazia com que todos pagassem por seu suposto sacrifício pela revolução. Ángela tinha ouvido falar de sua família, uma verdadeira tribo, pois, desde sua mãe até a irmã mais nova, todas se opunham à contracepção. Contava onze irmãos e quase sessenta sobrinhos, que se reuniam todos os domingos na casa dos pais depois de terem ido à missa. Isabel, feminista e ateia, não tinha o que fazer ali. Ficaria entediada até a morte e acabaria como Gaby, fabricando uma doença.

Se não fosse o fato de se sentir solitária como um cachorro abandonado, Florence teria evitado ir ao apartamento de Louise. Em seu segundo divórcio, acontecera a mesma coisa que no primeiro: perdera todos os seus amigos. As pessoas ficavam onde o dinheiro estava, e Pierre, presidente e diretor geral de uma das grandes empresas da França, valia mil vezes mais do que ela nos salões da alta burguesia. Contra todas as expectativas, Pierre a deixou, não por causa de López, que ela nunca mais tinha visto, mas para se casar com a filha de Eve, sua melhor amiga. Mostrou-se prudente como um gato. Pediu e obteve o divórcio, aconselhado por um dos melhores advogados de Paris, e apenas seis meses depois o casamento foi celebrado. Ninguém, nem mesmo Eve, sabia de suas relações com Pauline. Não havia, como no caso dele, cláusulas ou condições humilhantes de qualquer tipo. Depois da morte de Pierre, a nova esposa receberia metade de sua fortuna e o restante seria dividido entre os filhos. O advogado de Florence só conseguiu para ela uma pequena pensão, a qual mal lhe permitia pagar o aluguel de um apartamento de um quarto. Ela foi obrigada a vender suas joias para cobrir as despesas do advogado e, com o dinheiro de Jérôme, um amante encontrado às pressas, abriu uma pequena loja de molduras de quadros. Era bem localizada e não lhe faltavam clientes, mas Jérôme era homossexual e sua vida havia se tornado um inferno. No início, usando seus fantasmas, ela sentira prazer com ele; então, uma noite, descobriu a verdade. Estavam saindo de um cinema em Montparnasse e Jérôme queria comer panquecas. Esperou-o na calçada e, de repente, pelo vidro da janela, viu um Jérôme transformado, flertando com o vendedor: ele sorria como uma mulher e em seus olhos lânguidos apareciam os sinais da sedução feminina: sua atitude era tão excessiva, tão melíflua, que resultava em grotesca. Ela sentiu vergonha dele e, quando chegaram em casa, ela tratou de esclarecer as coisas. Para sua grande surpresa, Jérôme não tentou se defender, disse que seu amor pelos homens não era incompatível com seu amor pelas mulheres, e ficou feliz por ela ter descoberto o outro lado de sua personalidade, pois podia apresentá-la aos amantes e usar seus itens de maquiagem. Atordoada, ela debulhou-se em lágrimas, mas ele a consolou garantindo que a amava e que suas aventuras eram fugazes e emocionalmente sem importância.

Assim começou a nova existência dela, Florence. Não podia deixar Jérôme porque isso significava perder a loja que lhe permitia viver. Tinha de aturar os namorados e vê-lo se maquiar quando saía com algum deles. Desde essa revelação, Jérôme iniciou uma intensa atividade homossexual e muito raramente a procurava. Ela preferia assim porque tinha caído na frigidez. A tristeza também se insinuara em seu coração. Tinha pensamentos amargos e não encontrava prazer na vida. A homossexualidade de Jérôme a fez se sentir desprezível, uma coisa inútil que poderia desaparecer sem que ninguém sentisse sua falta. Sua mãe havia morrido e sua irmã, casada e com filhos, não tinha tempo para se ocupar dela. Secretamente amaldiçoou López, que era responsável por seu aborto e esterilidade. Desde seu pai, que lhe mostrava filmes de terror, a Jérôme, que rejeitava seu corpo, todos os homens lhe pareciam inimigos, mas ela não aderia às teorias feministas porque desconfiava ainda mais das mulheres, que eram incapazes de ter solidariedade umas com as outras. Ela vira Pauline crescer, comprara seus presentes no Natal e participara das festas de aniversário que Eve fazia para a filha. E aquela menina tinha arrancado o marido dela. Não se podia falar que era amor: Pierre, careca e barrigudo, não tinha nada do amante com quem as jovens sonham. Através desse casamento, Pauline reconstituiu o mundo dourado de sua infância, antes que seu pai falisse e caísse como uma uva podre no fundo da escala social; ela recuperaria seus carros de luxo, o apartamento em um bairro elegante, a bela casa de campo com piscina; ela iria a recepções mundanas e corridas de cavalos em Auteuil, compraria seus vestidos nos ateliês das grandes estilistas e faria com que Pierre lhe desse joias e casacos de pele; teria um filho para consolidar sua situação e, com o tempo, amantes para distraí-la. Sua vida estava escrita como um livro. Por outro lado, as piores coisas aconteceram com ela, que só aspirava conforto e um relacionamento amoroso feliz. Não envelheceria com

López e sua existência material dependia de Jérôme, que poderia se apaixonar por um homem e deixá-la a qualquer momento.

A primeira coisa que Jérôme fez foi apresentá-la aos pais para dar a eles a impressão de que era como todos os outros. Esses pequenos comerciantes de Lyon não toleravam a ideia de que seu filho continuasse solteiro e não mostrasse sinais de querer fundar uma família. Ela foi muito bem recebida, com um almoço que durou quatro horas e contou com a presença de todos os seus amigos e parentes. Jérôme os fez acreditar que eram casados e eles os encheram de presentes bregas, que ela jogou fora quando voltaram para Paris. Apesar de suas origens modestas, Jérôme possuía a classe de um cavalheiro. Vestia-se bem, tinha excelentes maneiras e, se não fosse sua homossexualidade, teria vivido feliz ao seu lado, mesmo descendo de nível social. Dos tempos de Pierre ela só tinha a amizade de Louise, e ia às suas festas para ter a impressão de que não tinha perdido tudo e porque sabia que em sua casa encontraria Gaby, a quem odiava por motivos obscuros. Às vezes, ela pensava que Gaby havia tentado colocá-la em alerta em relação a López, aconselhando-a a procurar um emprego e se tornar independente, como se ela previsse o que iria acontecer, mas Florence não suportava que uma pessoa tão indigente se permitisse dar-lhe conselhos.

Gaby tinha sido um pássaro de mau agouro para ela; além disso, depois daquela terrível briga em que ela a insultou, perseguindo-a ao redor da mesa da sala de jantar, seu próprio comportamento com Pierre começou a mudar. Ela não conseguia mais tolerar ser seu objeto de prazer noturno, uma coisa passiva que ele tomava e deixava de acordo com seu desejo. Queria existir de outra forma e, na ausência de satisfação sexual, ser respeitada. Pierre não a perdoou por questionar seus direitos. Mal-humorado e sombrio, ele começou a se distanciar dela e depois de dois anos pediu o divórcio. Se tivesse permanecido entre as dobras da submissão conjugal, teria mantido o marido, o apartamento e a posição social. Gaby nunca disse nada claramente, mas seu silêncio e sua reserva a forçaram a trazer à tona o que ela escondia no fundo de seu coração, sua recusa em ser uma esposa que todas as noites oferecia seu corpo a um homem que ela não amava e por quem sentia um nojo raivoso. Por causa das ideias que Gaby havia germinado em sua mente, ela perdeu sua posição e só conseguiu atrair um homossexual, que ela não se atrevia a levar para a casa de Louise por medo de que ele a fizesse passar vergonha flertando com qualquer um dos convidados.

Se Anne ia às festas de Louise, era porque ocasionalmente pescava uma aventura noturna por lá. Agora ela fazia parte do grupo de mulheres que Christiane de Vigny reunia em seu suntuoso apartamento no Boulevard Raspail para jantar com os membros do Diners Club que estavam de passagem por Paris. Por cada convite aceito, pagavam-lhe quinhentos francos, o que lhe permitia receber o equivalente ao seu salário por mês, mas sem impostos. Christiane, divorciada, pagava ao ex-marido uma quantia para poder usar o sobrenome De Vigny em sua vida social. Não havia nada mais elegante em toda Paris do que seus jantares. Candelabros de ouro e louças de Limoges estavam perfeitamente associados ao mobiliário do século XVIII e aos dois criados de libré que atendiam as pessoas. O nome de cada convidado era escrito em um cartão na frente de seu assento na mesa de jantar. Era preciso se vestir bem e evitar qualquer sinal de coqueteria. "Os membros do Diners não devem ter a impressão de estar em um bordel de luxo", dizia-lhes Christiane o tempo todo. Nenhuma relação se exibia durante os jantares, mas nada impedia que as nove saíssem em companhia de algum dos convidados. Com essas aventuras servidas em uma bandeja de prata, tinha a garantia de pelo menos dez noites por mês.

Muito tempo havia se passado desde a época de Vishnouadan, quando passou um ano inteiro esperando por ele. Comprou uma televisão para se distrair à noite e foi fiel a ele como uma virgem. Em seu retorno, Vishnouadan lhe disse que, seguindo o conselho de seu preceptor espiritual, ele se afastaria de toda vida sexual para se dedicar à pintura, que o tornaria famoso e lhe permitiria difundir uma mensagem de paz para a humanidade. Em outras palavras, Vishnouadan tinha se tornado um místico e ela perdera um ano de sua vida. Tentou dar a Octavio um filho e descobriu que era estéril. Ela se jogou de volta na miscelânea de amantes sem futuro, descobrindo novamente a felicidade de ter um corpo lúdico, não destinado à maternidade nem à satisfação envergonhada dos desejos masculinos. Deixava cair como carrapatos os homens com problemas. Não era ela quem decidiria ir morar com um sujeito como Claude, mais monge do que qualquer outra coisa, e foi o que ela disse a Isabel. Claude e seus olhos febris, sua expressão rígida e seus movimentos semelhantes a autômatos não podiam fazer nenhuma mulher feliz. Ela o conhecera quando ajudou Isabel a empacotar seus pertences na véspera da mudança para o novo apartamento que o sogro havia comprado. Claude ia de um lado para outro dando ordens, severamente, como se se preparasse para travar uma batalha. Só se mostrava gentil com as gêmeas, mas parecia odiar as primas de Isabel. Ele também a encarara com raiva, pressentindo que, pelo andar da carruagem, ela era sua inimiga mortal. Mas as traduções de Isabel não lhe permitiam sair dali e ela também queria educar suas filhas no país mais civilizado do planeta. Foi o que lhe disse e ela acreditava. No entanto, o preço que tinha de pagar era muito alto. Suportar Claude, um homem que se ajoelhava à porta do banheiro para calcular a quantidade de papel higiênico que ela usava. Quando descobriu isso, Isabel brigou com ele e Claude se atirou no chão pedindo perdão.

Tudo isso era pouco comparado ao seu comportamento sexual. Octavio previra-o através do seu mapa astral e a própria Isabel lhe confidenciou em segredo: as veias do seu pescoço inchavam pelo esforço, o rosto se encharcava de suor, ele partia para o assalto uma e outra vez em vão. Isso se chamava anejaculação. Com a promessa de um casamento flutuando no ar e sua honestidade inabalável, Isabel se abstinha de dormir com outros homens e, assim, encontrar um parceiro mais adequado às suas demandas amorosas. Ela conhecia pelo menos cinco homens que provavelmente se interessariam por Isabel e a fariam feliz. Teria sido muito fácil colocá-los em contato, mas Isabel caminhava para sua miséria como se fosse habitada por um demônio de autodestruição. Havia também alguma culpa em seu comportamento. Talvez ela se arrependesse de não ter amado seu pai, o homem que falava em arrancar o clitóris das mulheres e cuja atividade profissional consistia em evitar que seus clientes pagassem uma pensão. Ou talvez ela estivesse inconscientemente com medo de traí-lo com um marido normal, que lhe permitiria encontrar prazer como seu primeiro amante, que era casado e só pôde ser uma aventura passageira. Levaria muito tempo para Isabel abrir os olhos e consertar de uma vez por todas os problemas de seu passado. Octavio acreditava na psicanálise, ela preferia a experiência que, de repente, levava a procurar a razão de determinado comportamento. Assim, ela se perguntara um dia por que estava procurando amantes estranhos e a resposta a deixou perplexa: tentava encontrar neles o pai estrangeiro que nunca deu sinais de vida. Instantaneamente parou de escrever para ele e tentar descobrir notícias sobre seu destino. Um peso foi tirado de seu coração, ela se sentiu livre.

Desde seu casamento com Daniel, Juana pensava que estava envelhecendo de repente. O filho, já com quinze anos, idêntico a Héctor, não queria almoçar na escola e ela precisava ficar em casa o dia todo. A artrite a impedia de sair pelas rodovias em busca de caminhoneiros. Com os seios flácidos e a pele enrugada nas nádegas, não despertava o desejo dos homens. Ainda ficava surpresa que Gaby não guardasse o menor rancor contra ela. Há cerca de dez anos, quando Daniel se interessou por Margarita, uma venezuelana hospedada em sua casa, havia passado por alguns meses de pânico. Margarita, que era marxista e tinha uma incrível capacidade de trapacear em seu raciocínio, dizia que seu caso com Daniel era bom para ela, Juana, porque se ele se sentisse mais feliz traria felicidade para sua casa. Isso era o que dissera a Luis, mas naturalmente aconteceu o contrário. Daniel voltava do trabalho ao apartamento furioso por encontrá-la lá. Como ela limpara os quartos de cima a baixo, passara as camisas e preparara o jantar e cada cinzeiro estava em seu lugar, Daniel não tinha nenhuma reprovação a fazer dela e só podia zombar fazendo comentários sarcásticos sobre seu antigo desejo de se tornar uma atriz famosa. Em geral, ele se abstinha de humilhá-la quando havia convidados, mas uma vez fez isso na frente de Gaby e este foi o início do fim de suas relações com Margarita. Gaby não costumava discutir e nunca se imiscuía na vida das pessoas, mas sua intervenção, direta e feroz, ofereceu a Margarita um espelho diante do qual ela se via como era, uma pessoa desleal que se aproveitava da hospitalidade de suas amigas para seduzir seus companheiros. Por fim, Margarita voltou para a Venezuela e Daniel voltou ao redil.

Foi então que Gaby a aconselhou a se casar com ele, uma solução que ela raramente havia considerado. A verdade é que o casamento lhe garantia uma velhice tranquila. Aos cinquenta anos, ela não podia se dar ao luxo de abandonar Daniel e, de repente, perder suas vantagens materiais. Sem emprego ou capacidade de ganhar a vida, ela arriscaria seu próprio futuro e o de seu filho. "Case-se com ele", repetia-lhe Gaby todos os sábados à noite, enquanto a ajudava a preparar os aperitivos antes da chegada dos primeiros convidados. E, depois de ouvi-la falar tanto, ela acabou aceitando a ideia e depois de um ano o casamento foi celebrado. Héctor, por sua vez, havia convencido Daniel a se casar com ela. Não precisou insistir muito porque sua celebridade e seus milhões deslumbravam tanto Daniel que ele seguia seus conselhos à risca. Havia um problema, no entanto: Héctor era amigo íntimo de Luis, e Luis lhe avisou que só iria ao casamento na companhia de Malta. Então ela não poderia convidar Gaby. Ainda hoje ela se lembrou da voz de Gaby ao telefone quando anunciou a coisa. Não a recriminou, apenas murmurou que entendia a situação, e através de sua serenidade ela teve a medida amarga de sua própria covardia. Pararam de se ver por dois anos e um dia se encontraram na rua por acaso e reataram suas relações.

Novamente Gaby começou a ir ao seu apartamento nas noites de sábado se não estivesse viajando, mas ela, Juana, não conseguia esquecer sua traição e ainda ficava surpresa com aquela ausência de ressentimento. Dois meses antes, Gaby havia aparecido na sua casa com a prima Isabel, que havia sido abandonada pelo marido na mesma semana. Por acaso, Claude veio visitá-la e terminaram a noite juntos. O que poderia ter sido uma simples aventura sem consequências se tornou um idílio. Ela não se atrevera a alertar Gaby e Isabel, a lhes dizer o quão perturbado Claude era. Ela o conhecia havia muito tempo, desde quando ele era um garoto de olhos alucinados que tinha rompido relações com sua família e vagava pelas ruas de Paris sem saber muito bem o que fazer. Escrevia contos magníficos e se sentia atraído pela América Latina, um mundo de ditadores e povos explorados, disse ele. Ela o levou para a cama uma vez, mas Claude tinha problemas sexuais e não repetiu a experiência. Continuaram amigos. Ele vinha vê-la sempre que lhe apetecia, trazendo-lhe seus contos, e ela lhe dava sua opinião depois de lê-los. Claude não tinha ideia de como escrevia bem e andava com seus manuscritos enfiados de qualquer maneira na sua blusa de aviador. Esquelético, assustado e nervoso, poderia ter se tornado um grande escritor se o Partido Comunista não o tivesse abocanhado. Claude precisava da autoridade a que fora submetido na infância e o partido a oferecia a ele em grande quantidade. Parecia um monge em uma congregação de fanáticos austeros determinados a levar a boa palavra para o resto do mundo. Ele submeteu suas histórias à seção de censura do partido, que as condenou sob o argumento de que refletiam preocupações burguesas. E, em vez de protestar, se defender, Claude aceitou o veredicto e rasgou suas histórias antes de jogá-las fora. A partir desse momento, perdeu o gosto pela vida. "Queimei meus navios como Cortés", disse-lhe, e caiu em uma melancolia curiosa que se expressava ora em crises de astenia, ora em momentos de exaltação revolucionária. Por ter sacrificado sua carreira como escritor, sentia-se no direito de dominar todas as pessoas que cruzavam seu caminho. Tinha tido uma esposa, depois outra, e, antes de deixá-lo, ambas tentaram suicídio.

Sua obsessão em impor suas opiniões lhe granjeava a antipatia das pessoas. Ela evitava convidá-lo nas noites de sábado, quando recebia os amigos. Mais de uma vez, Claude estragara a festa atacando ruidosamente os comunistas espanhóis no exílio, que não pareciam apoiar a causa com fervor suficiente. Uma noite, permitiu-se dizer que, em vez de se divertirem na França, deviam lutar contra o regime franquista em seu próprio país. Pedro, membro da direção do partido, que entrou clandestinamente na Espanha para manter contato com a base, correndo risco de vida ou tortura se fosse capturado, levantou-se e, sem dizer uma palavra, lhe deu um tapa. Para que serviu: Claude foi embora no ato, mas uma semana depois veio vê-la em segredo, garantindo-lhe que os comunistas espanhóis tinham criado uma conspiração contra ele.

Depois de entrarem em seu apartamento, sua comida teria sido envenenada e, por isso, encontrou um rato morto em seu quarto. Ela o acalmou como pôde, mas o medo dos espanhóis permaneceu e ele nunca mais pisou na sua casa nos fins de semana. Seu encontro com

Isabel parecia ser uma questão de destino, e ela desejava de todo o coração que essa relação lhe trouxessem um pouco de sossego.

Luis entrou no apartamento e seus olhos automaticamente procuraram por Gaby. Viu-a sentada ao lado de Isabel, vestida com um tailleur preto que a deixava muito elegante. Usava o colar de pérolas que seu pai, Álvaro Sotomayor, lhe dera no dia de seu casamento. Não havia vestígios de sua doença ou do tratamento que lhe foi dado para combatê-la: seu rosto não estava inchado e, quando a cumprimentou, notou que seus dedos estavam tão finos quanto quando ele a conheceu. Gaby não guardava o menor ressentimento contra ele. Disse-lhe que estava feliz por vê-lo e ele instantaneamente se sentiu reconciliado com a vida. Eles haviam se separado anos atrás e muitas coisas aconteceram desde então. Sua paixão por Malta desapareceu assim que ela anunciou que estava grávida. Teve intermináveis casos amorosos que não conseguiram fazê-lo esquecer Gaby. Ele a via muito pouco porque estava sempre viajando para lá e para cá como fotógrafa de imprensa. Seu trabalho era de excelente qualidade e às vezes corria riscos entrando em zonas de guerra ou guerrilha. Ela lhe dissera que, em certos países, se vestia de homem para passar despercebida. Usava o cabelo curto e puxado para trás, não pintava as unhas e sua silhueta delgada a fazia parecer um menino. Agora ele se abstinha de apresentá-la às suas conquistas. Sem entrar em detalhes, naquela mesma noite ele havia brigado com Elvira, que queria acompanhá-lo até a casa de Louise, mas ele sabia que Gaby estaria lá e preferiu vê-la sozinho. Ela representava a luz de seus olhos, a única pessoa que o entendia e a quem ele podia confidenciar suas preocupações. Arrependia-se de ter lhe causado tanta dor. Lembrava-se com vergonha da noite em que fez amor com Malta no apartamento de Florence. Naquele mesmo dia, Gaby descobriu o nome de sua doença e acreditou estar condenada à morte. Quão irrisório deve ter sido seu comportamento diante do drama de se preparar para morrer. E ele, em vez de consolá-la, oferecendo-lhe compaixão ou solidariedade, agira como um cretino. Dizer que em meio à sua embriaguez se sentira orgulhoso, como se fosse um triunfo dormir com Malta, de quem até os trens tinham passado por cima.

Agora tentava ajudar Gaby de todos os meios possíveis. Graças aos seus contatos, abriu as portas das três revistas para as quais trabalhava. O talento de Gaby tinha feito o resto. Como estava preocupado em vê-la tão magra, comprava chocolates toda vez que ia encontrá-la. Também a convidava para restaurantes, mas Gaby comia como um passarinho. Ele não sabia de onde tirava energia para viajar de um lugar para outro carregada de equipamentos fotográficos. Às vezes, ela deixava a chave de seu estúdio com ele para que alimentasse seu gato, Rasputín, um vira-lata que andava pelos telhados de Paris e entrava por uma janela que estava sempre aberta. Era assim que descobria os livros que Gaby estava lendo. Havia pilhas de revistas em um canto da sala e, diante delas, muitas fitas cassete de música clássica. No banheiro jaziam frascos e garrafas de líquidos destinados a revelar fotografias. O silêncio daquele estúdio era quase doloroso e seu caráter austero refletia a personalidade de Gaby, que não precisava de muitas coisas para viver. Gostaria de partilhar sua existência com ela como antes, de ir juntos ao cinema, de se sentar no terraço de um café para ver as pessoas passarem, de discutir isso ou aquilo.

Sem Gaby, e apesar de estar rodeado de amigos, às vezes sentia-se muito solitário. Ninguém o amara tanto, e todo mundo, até mesmo suas amantes, lhe dissera que ele ainda estava apaixonado por Gaby. Mas ele não estava apaixonado, apenas a amava. Quem poderia entendê-lo? Ele a abandonou quando ela estava doente, gastou suas economias saindo com Malta, humilhou-a em público. No entanto, ela era a pessoa que mais contava para ele. Agora que estavam separados, Luis não sentia a menor irritação ao seu lado, nem tinha vontade de insultá-la e dizer coisas dolorosas a ela. Seus últimos anos de casamento devem ter sido um pesadelo para Gaby. Luis gritava com ela por um sim ou não, chutava os móveis e tinha ataques de raiva. Até que Gaby não aguentou mais e o ameaçou com a faca de cozinha. Ele ainda se lembrava do medo que sentiu ao vê-la aparecer na sala, muito pálida e com uma resolução feroz nos olhos, brandindo aquela faca. Ele soube instantaneamente que ela iria matá-lo e, assustado, retrocedeu em direção à porta. Em seguida, foi a um parque e, sentado em um banco, debulhou-se em lágrimas. Luis quisera tanto se separar dela e, agora que estava chegando a hora, se sentia como uma criança privada de sua mãe. Nem Malta, nem Olga, nem as outras mulheres que ele conhecia poderiam lhe dar o amor de Gaby. Tinha a impressão de que perdera uma parte de seu próprio ser. Ele se arrependia de seu egoísmo, daquele demônio escondido em seu coração que o levara a maltratar Gaby. Pensou que iria afastar a tristeza com alguns drinques na companhia de Malta, mas sua linguagem grosseira, tão diferente da de Gaby, sua incapacidade de entendê-lo e sua crença de que o sexo resolvia todos os problemas lhe deram a dimensão de sua solidão. Restava-lhe um universo de mulheres com alma de tubarão, incapazes de amar, de mostrar solidariedade nas adversidades, de partilhar as alegrias e tristezas da vida, todas as Maltas do mundo para quem o amor era um instrumento destinado a usar os homens.

Sentira a mesma desolação na infância, quando as tias o separaram da avó sob o pretexto de que esta tinha câncer e que a doença era contagiosa. Ele só a via no ônibus que o levava para a escola. Abraçando sua saia, ele implorava para que fossem embora juntos, que se escondessem em um lugar onde ninguém pudesse encontrá-los.

A morte de sua mãe já havia dilacerado seu coração. Ele precisava tanto dela, que ela tinha de levá-lo à fábrica de cimento e colocá-lo em um cercadinho enquanto ela se ocupava de verificar as contas. Um dia, ele parou de vê-la e alguém lhe disse que ela tinha ido para o céu. E depois perdeu a avó. Gaby lhe dera a impressão de que era amado por si mesmo, aceitando-o como ele era. Às vezes, parecia-lhe que ele próprio tinha cavado sua própria sepultura por uma razão que mesmo assim lhe escapava. A explicação de Gaby — segundo a qual, após a morte do pai, ele havia assumido sua personalidade, imitando seu comportamento, e, como Álvaro Sotomayor, havia sido negligente com ela ao repetir o cenário original da esposa doente e abandonada — não lhe pareceu totalmente convincente. Era verdade que ele havia mudado: sentia-se mais feliz e autoconfiante, tinha grandes ambições e pretendia se casar com uma mulher de alta posição social. Até ali a comparação com o pai podia ir, mas sua capacidade de trabalho tinha sido provavelmente herdada da mãe, porque Álvaro Sotomayor vivera sempre como um parasita, dependendo primeiro do tio e depois das duas mulheres sucessivas. De qualquer forma, Gaby continuaria a pensar o mesmo. Quando ela e as primas se agarravam a uma ideia, não havia como mudá-la. Ele tinha sido julgado e condenado, agora era a vez daquele Claude, sobre o qual só sabia que era um comunista meio louco.

Através do comportamento de Luis, sua maneira de olhar e conversar com Gaby, Olga dizia a si mesma que ele nunca terminaria com ela definitivamente. Ela gostaria de ter sido amada dessa forma, sem reticências ou cálculos. Sua relação com Roger a mergulhara em um inferno de intrigas, onde ela tinha de dar cada passo com a prudência de um trapezista. Apesar de sua teimosia, Roger ainda era casado e teve um segundo filho com Agnès enquanto lhe escrevia seus apaixonados poemas e cartas. Mais de mil vezes ela tentou deixá-lo, mas ansiava sua voz, seu cheiro, a proteção de seus braços e os poucos momentos em que fazia amor com ela, vencendo a impotência. Só se viam às segundas e sextas-feiras e sempre das cinco às seis da tarde. Ela passava o resto do tempo grudada ao telefone esperando uma ligação que poderia não vir, com o desejo vão de que a convidasse para ir ao apartamento dele, localizado bem em frente ao prédio onde morava sua esposa. Agnès ia para o campo nos fins de semana na companhia do amante de plantão e Roger cuidava das crianças. Preparar mamadeiras e trocar fraldas parecia ser um prazer para ele. Cuidava de seus filhos com a perseverança de uma galinha de corte, como ela pôde ver na única vez que ele a convidou para encontrá-los em um parque. Eles eram tão mimados que ela mal conseguiu suportá-los. Pareceu-lhe um escândalo que Roger preferisse a companhia dessas crianças à sua. Por pura raiva, ela dormiu naquela noite com um inglês que a perseguia havia muito tempo. Seus amantes fictícios haviam se tornado reais, embora ela não falasse com Roger sobre eles, mas sobre os inventados. Aquele jogo a chocava: Roger tirava sua inspiração erótica das histórias de amor que Olga tinha para contar a ele quando se encontravam. Como uma Scheherazade, tinha de construir histórias bizarras em que passava de um homem para outro como se fosse uma ninfomaníaca.

Mas Roger representava a coisa mais importante de sua vida. Havia sido reprovada nos estudos: não conseguira sequer concluir o ensino médio, o que lhe fechou as portas da universidade. Durante anos teve aulas particulares de francês, inglês e russo porque queria ser intérprete mais tarde, quando regressasse à Colômbia, embora a ideia de abandonar Roger e Paris a enchesse de infinita tristeza. Agora que conhecia as dores do coração, entendia melhor Gaby. O quanto Gaby deve ter sofrido durante os dias em que ela disse a Luis que sua doença era apenas um pretexto para impedi-lo de abandoná-la. Gaby teve a coragem de ir embora, enquanto ela se aferrava a Roger, suportando todo tipo de humilhação. Às vezes, acontecia-lhe de sair do apartamento dele e chorar no meio da rua. Sua força de garota independente havia desaparecido. Antes, conquistava os homens como se estivesse cortando as margaridas de um campo interminável, com a leveza das pessoas que se sentem alheias às dores deste mundo. Agora ela estava sujeita aos caprichos de Roger e suas mudanças de humor, determinados por sua eterna psicanálise. Ai dela se Roger sonhasse que estava se afogando no mar, símbolo da opressão exercida sobre ele pelas mulheres que o rodeavam. Deixava de vê-la por quase dois meses e não atendia aos seus telefonemas. E, quando ela começava a recuperar sua liberdade redescobrindo as cores da vida, uma aventura em Roma, um museu desconhecido, seu progresso na equitação, Roger aparecia e novamente seu horizonte escurecia como um céu de nuvens espessas e muito baixas. Seu amor era apaixonado, mas triste e desprovido de futuro.

E se ela estivesse realmente repetindo o comportamento da mãe?, perguntava-se Isabel, tomando um copo de gim com suco de laranja. Sua mãe havia se casado para se despedir da solidão, mesmo apaixonada por outro homem, e suportara dez anos de miséria e, provavelmente, de frigidez. Ela passava seu tempo lendo, mas os romances de sua época a incentivavam a admitir a submissão conjugal. De qualquer forma, saía vencedora nas discussões com o pai, que por força de lugares-comuns e preguiça intelectual não tinha argumentos para se opor a ela. Ele aderia ao patriarcado e a seus valores, ela enunciava as ideias que mais tarde serviriam como armas de batalha para o feminismo. Todas as noites ouvia-os discutindo e, embora não entendesse bem o que diziam, tomava o partido da mãe. Seu raciocínio lhe parecia mais sólido; suas afirmações, mais honestas. Nunca levantava a voz, enquanto o pai batia o punho na mesa, exasperado por não poder replicar. Ele chamava todas as amigas de sua mãe de prostitutas e, se houvesse um detetive particular na cidade, ele o teria contratado para ter provas que confirmassem suas alegações. Era um homem comum: seu avô havia se casado às pressas com sua avó, uma simples governanta, para não ser forçado a se casar com uma menina do mesmo meio social mas deflorada e grávida de outro homem. Fez um filho na governanta e depois se refugiou na casa da família, de onde nunca mais saiu. A cada seis meses ele ia ver o filho e dava à esposa o dinheiro de que ela precisava para viver, mas nunca interveio na educação desse menino, que considerava um pouco como sua prole natural. Sob a influência daquela mulher de classe média, seu pai não aprendeu a arte de viver em sociedade.

No início do casamento, sua mãe tentou integrá-lo ao grupo de amigos. Foi inútil, pois ele não dava uma dentro todas as vezes. Certa noite, foram a um baile no Country Club e, quando chegou a hora de dividir a conta entre os homens sentados à mesa, o pai se recusou a pagar sua parte, alegando que ele não havia tomado uma única bebida. Era verdade, mas essas coisas não se faziam e nunca mais o convidaram para sair com eles. Desde então, a mãe preferia receber as amigas à tarde, quando o marido estava no escritório organizando ações judiciais para que seus clientes não precisassem repassar pensão para as esposas. Recorria aos mais baixos estratagemas para vencer, e gabava-se disso: pagava homens para jurarem que faziam sexo com as esposas ou companheiras de seus clientes. Sua fama de trapaceiro corria nos tribunais e mesmo naquela sociedade patriarcal, onde os homens faziam as leis que lhes convinham, ele era menosprezado. Descobriu quem era realmente o pai quando fez os estudos de Direito: havia procedimentos infames que levavam seu nome e que os professores analisavam com desagrado, sem saber que ela era filha do homem cujos métodos criticavam. Ela gostaria de ter tido como pai o tio Julián, que durante toda a vida fez o bem, trabalhando de graça em um hospital de caridade, ou José Vicente, o amor de sua mãe, que era gentil e nunca fez mal a ninguém.

Seu pai gastava o dinheiro que ganhava com suas amantes, deixando sua mãe e ela em uma situação que beirava a fome. Todas as noites ela ia para a cama com uma garra no estômago depois de ter lambido o prato onde Aurora, a fiel criada de sua casa, lhe servira uma pequena porção de arroz. Para suprir a manteiga, sua mãe batia o creme da única garrafa de leite que compravam junto com um pão tão duro que só podia ser comido se fosse mergulhado na xícara de café. Até o açúcar era racionado. Ela suspeitava que Aurora roubava quando ia ao mercado, porque às vezes chegava carregando um saco de mantimentos que evidentemente não era dela. Então apareciam pedaços de boa carne e os ingredientes necessários para fazer um ótimo ensopado. Felizmente seu pai tinha um bom seguro de vida e com sua morte as privações acabaram. Com o dinheiro do seguro sua mãe comprou uma loja, Aurora passou de empregada doméstica a caixa e ela entrou em uma escola secular. A partir daquele momento, as três foram felizes. Também nessa época ela começou a ir jantar na companhia de Virginia na casa de Gaby, pois tio Julián havia descoberto que só assim continha a agressividade de Alicia Zabaraín, mas quando voltava para casa encontrava na geladeira bolos de chocolate e sorvetes que Aurora preparava para ela. Olhando bem, aqueles tinham sido os melhores anos de sua existência. Conseguiu terminar o ensino médio, estudar Direito e iniciar uma carreira política. Se Aurora ou sua mãe estivessem vivas, ela voltaria para a Colômbia sem pensar duas vezes. Mas Gaby e Virginia estavam em Paris e era conveniente que suas filhas fossem educadas lá.

5

Isabel não conseguia superar a dor pela perda de Maurice. O primeiro mês havia sido um tempo destinado a lidar com a desordem causada pela separação, conversar com a advogada, mudar-se para o novo apartamento, trocar as gêmeas de escola e encontrar um emprego para a babá que cuidava delas. Quando tudo foi resolvido, ela se viu sozinha com Claude e comprovou como seria difícil para ela viver longe de Maurice. Sentia falta de sua inteligência quando comentava filmes e livros. Em todas as ruas do Quartier Latin havia uma lembrança dele, nos cafés, restaurantes e cinemas. Caminhando com Claude pelas avenidas Saint-Germain e Saint-Michel, ela quase sempre se debulhava em lágrimas; às vezes, as lágrimas a impediam de seguir o fio de um filme. Agora usava óculos pretos e levava lenços na bolsa. Claude tentava consolá-la, mas suas palavras não a tiravam da tristeza, da melancolia que ela buscava em sua memória com precisão fatal, até encontrar o dia, a hora, o momento em que estivera com Maurice naquele lugar, e o que eles haviam falado, e como ele estava vestido, e quais eram seus sentimentos. Naquele café, Maurice dissera-lhe que a amava, naquele outro haviam feito planos para o futuro. Tinham tantos projetos em comum, comprar uma casa de campo, visitar o Oriente, percorrer a França navegando seus rios em um barco. Nunca, nem mesmo em seus piores pensamentos, ela imaginou que Maurice a deixaria. Poderia pensar nele como doente, idoso ou morto, mas nunca vivendo com outra mulher. Ela o amara absolutamente, sem tomar precauções emocionais ou econômicas de qualquer tipo. Não cultivou relações privilegiadas com os homens que frequentava como diplomata e gastou todo o seu dinheiro se entregando aos caprichos de Maurice, que eram muitos e caros. Saber que havia sido abandonada lhe causava grande tristeza. Enquanto foi sua esposa, parecia normal dar-lhe presentes; agora, abandonada por ele, entendeu o quanto Maurice se aproveitou dela. Uma semana antes de deixá-la, ele a fez comprar cinco ternos e dez camisas de seda, forçando-a a abrir mão de suas últimas economias e sabendo que iria embora com a outra. Mas esses detalhes não a impediram de amá-lo e lamentar sua ausência.

Às vezes, parecia-lhe que tudo seria diferente se, em vez de estar com Claude, vivesse com um homem diferente, mais gentil, mais experiente nas coisas do amor. Embora Claude gozasse dos privilégios dos ricos — seu pai lhe pagava até a gasolina da Mercedes —, abominava febrilmente a burguesia e esse ódio se enraizara nele, deixando-o irritado e perturbando sua mente. Estava convencido de que em algum lugar uma conspiração se tramava contra ele, e saltava quando a campainha tocava. Ela, Isabel, isolava-se durante o dia a pretexto de fazer suas traduções, mas quando regressava da escola com as meninas tinha de aturar um Claude enfurecido pelas razões mais insignificantes e sempre associadas à exploração de que os trabalhadores eram vítimas. Ela não sabia como apaziguá-lo. Tinha de evitar falar dos acontecimentos políticos do momento que tiravam Claude do sério porque via neles as artimanhas do imperialismo contra a classe trabalhadora e seus grandes defensores, os países comunistas. Isabel era forçada a escolher temas de conversa que em princípio eram anódinos, que não despertariam sua agressividade, mas mesmo assim Claude encontrava motivos para ficar furioso.

Um dia, ao ler o *Le Monde*, ela encontrou uma notinha que se referia ao rapto de uma criança. Como esse tema não tinha nada a ver com política, resolveu discuti-lo durante o jantar. Para que foi fazer aquilo!! Claude começou a tratar os jornalistas como aves de rapina que se aproveitavam da desgraça alheia para explorar uma notícia. Como de costume, expressou-se com os olhos cheios de ódio, as veias do pescoço inflamadas e na voz o tom alto e peremptório de um padre atacando o pecado diante de seus paroquianos. Desesperada, ela caiu no choro. Então Claude deve ter percebido que tinha ido longe demais, que sua reação foi excessiva ao seu comentário e, para se justificar, ele trouxe uma fita e a fez ouvir. Muitos anos atrás, ele mesmo entrevistara uma idosa que havia perdido sua casa e seus bens durante uma enchente. A pobre mulher gritou: "E agora o que eu vou fazer, tudo o que me resta é uma casa de caridade", e Claude insistia: "Mas me diga como foi quando você soube que havia perdido tudo". No fim da fita, Claude explicou que também ele tinha sido um jornalista miserável, em busca de sensacionalismo, e que só trabalhando para o *L'Humanité-Dimanche* é que havia se emendado.

A partir daí, Isabel entendeu que tinha de ficar calada se quisesse evitar o frenesi de Claude. Depois de fazer suas traduções, ela ia procurar as gêmeas e se trancava em seu quarto com as duas, sob o pretexto de que deveria ajudá-las a fazer a lição de casa. Em seguida, preparava o jantar, comia em silêncio enquanto Claude monologava em seu papel de redentor da humanidade e assistia à televisão. Um médico, a quem ela havia consultado porque não conseguia dormir, havia receitado tranquilizantes e soníferos, e com alguns comprimidos conseguia descansar até o dia seguinte. Mas entre a televisão e o sonho havia momentos em que Claude tentava, em vão, fazer amor com ela, contando-lhe orgasmos imaginários. Ela, Isabel, esperava: quando Claude se satisfizesse, podia pedir-lhe que a acariciasse como quisesse, para que finalmente pudesse sentir prazer. Ela começou a experimentar essa necessidade de prazer sexual assim que deixou Maurice e começou a viver com Claude, talvez, pensava, porque tinha chegado a uma idade em que poderia aceitar suas contradições. Queria ficar livre durante o dia e ser subjugada fazendo amor, um jogo que exigia de Claude uma grande capacidade de adaptação para passar do respeitoso cavalheiro diurno ao dominador amante noturno.

Ela estava esperando havia seis meses, quando uma noite Claude finalmente conseguiu vencer a dificuldade em ejacular. Chorou de felicidade e disse a ela que era eternamente grato por ter lhe permitido voltar a ser homem. Timidamente, ela confidenciou o que esperava dele, mas Claude reagiu com extrema violência, declarando que ele não estava disposto a entrar em relacionamentos degradantes. No dia seguinte, Isabel teve sua primeira crise de depressão, embora na época não soubesse o nome daquele mal insidioso do espírito que a incitava a pensar que a vida não tinha sentido e tudo o que ela queria era se deitar para dormir e nunca mais acordar. Além disso, um mês atrás, Maurice havia reivindicado seu direito de passar o fim de semana com as gêmeas. Assim que se comprovou que Hélène era estéril, ele trouxe à tona um instinto paterno que nunca antes havia dado sinais de existência, mortificando Claude no processo, para o qual as gêmeas eram suas próprias filhas.

Claude deve ter ficado desorientado: de protetor de meninas indefesas, tornou-se um simples padrasto; de amante capaz de levar uma mulher aos cumes do prazer, um homem desajeitado que ela deixara acreditar o contrário para lhe dar autoconfiança. Ele gostava de ir com as gêmeas para a casa dos pais e se passar por um homem adulto que tinha sua própria família, como seus irmãos. Agora Maurice privava-o dessa satisfação, e Isabel não fazia o menor esforço para esconder dele que não sentia nada ao seu lado. Ela adivinhava muito bem os sentimentos de Claude, mas estava cansada de dar sem receber, e uma lassidão incerta se instalou em seu coração. Se as gêmeas saíssem com Maurice nos fins de semana, às vezes desde a noite de sexta-feira, ela tinha de suportar a presença de Claude o dia todo, morto de raiva porque não conseguia escrever o artigo que o *L'Humanité-Dimanche* lhe encomendara, anônimo, o mais didático possível e sobre temas perfeitamente soporíficos. Uma página podia tomar-lhe um mês e, como não conseguia permanecer sentado diante da máquina de escrever, andava pela sala, ia ao apartamento ao lado — que o pai também lhe comprou para ter uma renda quando estivesse reformado —, supervisionava o trabalho dos pedreiros com os olhos ferozes de proprietário e descia os quatro andares até o jardim para matar pombos. Claude havia decidido que esses pobres animais sujavam a fachada de seus apartamentos, então descia, pegava-os e esmagava a cabeça deles no chão. Subia as escadas muito feliz com as carcaças de três ou quatro pombos que nem tinham tentado fugir porque conheciam os homens. Ela, Isabel, não aguentava. Não suportou aquela noite de sexta-feira quando, depois de arrumar a mala das gêmeas, que iam ficar com Maurice, pensou nos dias que a aguardavam e tomou vinte comprimidos para dormir quarenta e oito horas seguidas. Claude não lhe deu importância; por outro lado, suas primas Gaby e Virginia ficaram alarmadas. Foram vê-la e ficaram apavoradas com sua linguagem depressiva: morrer ou viver dava no mesmo, sua existência não alterava a ordem das coisas de forma alguma, e Maurice podia cuidar das filhas. Os protestos de Virginia e Gaby não serviram de nada. Ela parecia estar dividida em outra personalidade, para a qual a vida não interessava. Para tirá-la da prostração, Virginia decidiu organizar uma festa no sábado seguinte no apartamento de Claude, apesar de sua relutância. Ela mesma comprou garrafas de uísque e vinho e decidiu o que preparar de aperitivo para vinte pessoas.

A primeira a chegar foi Geneviève, irmã mais velha de Claude, que estava bem curiosa para conhecer os amigos de Isabel. Não conseguira trazer consigo seu companheiro, médico de boa reputação, que acompanhava as últimas horas de um de seus pacientes, mas preferiu assim porque teria mais um motivo para lhe causar ciúmes. Ela acreditava que a melhor maneira de manter o interesse de um homem era deixá-lo em uma situação de insegurança. Benoît tinha um consultório no térreo de uma mansão de três andares herdada de seu pai e, em vez de morar com ele, Geneviève havia mantido seu próprio apartamento. Só nos fins de semana ia à casa de Benoît, onde os filhos de ambos se encontravam. Ela o ajudava a fazer o mercado, preparar o jantar e remover ervas daninhas do jardim. Agora, durante o inverno, acendiam uma grande lareira em um dos cômodos do primeiro andar e davam a impressão de formar uma família unida e feliz, mas, assim que a segunda-feira chegava, ela voltava ao apartamento para pintar aquarelas, atividade à qual se dedicava desde que perdera o emprego. Também se interessava por política e militava em um movimento ecológico. Havia se candidatado às eleições em seu bairro e quase foi eleita, mas seu partido não obteve o percentual de votos necessário para ter acesso aos cargos municipais. Geneviève não se lamentou. Com exceção de seu relacionamento com Benoît, seus sentimentos e ideais eram marcados pela morosidade de sua condição de filha de pessoas ricas. Tudo sempre fora muito fácil para ela. Sua única aventura, casar-se com um grego meio louco que a levou para morar em Ushuaia e fez seus três filhos em três anos, terminou quando ela quis, assim que escreveu para sua mãe pedindo que ela lhe enviasse quatro passagens de avião para voltar à França. O grego ficou perdido nos ventos de Cabo de Hornos e nunca mais se manifestou, o pai comprou para ela um apartamento em Paris e lhe arranjou um emprego em um escritório, onde trabalhava das dez da manhã às quatro da tarde, enquanto uma espanhola se encarregava de limpar o apartamento e preparar a comida.

Teve amantes, muitos, mas não sentia nada. Sua frigidez acabou quando conheceu Benoît, dois anos atrás. De repente seu corpo começou a existir, tornou-se voraz, premente. Ela não podia mais ficar sozinha na cama à noite enquanto seus filhos dormiam no quarto ao lado. Precisava da presença de Benoît, do cheiro de suas axilas quando ele a cobria com seu corpo e, em um vaivém habilidoso, fazia amor com ela; lentamente, uma e outra vez, até que Geneviève, exausta, o coração batendo em um ritmo alucinado, tinha de implorar para que ele gozasse e a deixasse recuperar um pouco de força para o novo assalto amoroso que ocorreria meia hora depois, porque Benoît nunca se cansava, ou para se acomodar entre seus braços e dormir como uma garota que brincou muito no recreio. Mas nunca, nem mesmo em seus maiores momentos de abandono, ela lhe confessou a urgência que sentia em estar com ele, por medo de perdê-lo. Além disso, fazia-o acreditar que outros homens a queriam e que a qualquer momento ela poderia ter um caso.

Benoît vivia doente de ciúmes: durante o dia, Geneviève tinha de ligar de hora em hora no consultório, ou então ele se desesperava. Agora, se ela deixasse passar muito tempo sem lhe dar notícias, ele entrava em contato com Isabel e lhe contava seus pesares. Tornara-se muito amigo de Isabel. Eles tinham em comum o apreço pela família e uma certa sinceridade, embora Benoît pudesse ser pérfido e inescrupuloso. Ela mesma, que achava que o controlava, foi surpreendida pela perfídia de Benoît quando decidiu deixar a esposa. Ele e Claude inventaram uma história implausível segundo a qual a esposa era amante de seu vizinho. Benoît levou o assunto ao tribunal, Claude jurou ter testemunhado o adultério e a pobre mulher perdeu a guarda de seus filhos e, naturalmente, não recebeu pensão nenhuma: teve de voltar para a casa dos pais, enquanto Benoît, feliz, retornou à sua vida de solteiro.

No início, ela, Geneviève, pensou que se casariam, mas, quando o tempo passou sem que Benoît mostrasse qualquer sinal de querer fazer isso, ela entendeu que ele havia se estabelecido no celibato para sempre. Então suas crises daquela coisa horrível que ela preferia não nomear se agravaram, embora seu psiquiatra lhe garantisse que falar sobre isso seria melhor para ela: náusea, dor de cabeça e a terrível sensação de estar se diluindo enquanto outra pessoa tomava seu lugar, era uma, eram duas, eram três, sua mente explodia em pedaços: uma figura branca e imprecisa vinha ao seu encontro e como uma ventosa grudava em seu corpo, que começava a se desintegrar, deixando na boca um gosto de coisas velhas e doces. Sim, por trás da amorosa e agradável Geneviève havia uma mulher atormentada cuja personalidade podia ser desarticulada por qualquer besteira.

Benoît não sabia de nada. Ela lhe dissera que sofria de depressão nervosa e que, quando estava mal, preferia não vê-lo e ficar trancada na casa de sua família. Na realidade, ela descansava não muito longe dali, na clínica particular aonde seu psiquiatra a levava: doses maciças de drogas, nenhum contato com o mundo exterior, conversar apressadamente agarrada aos poucos fios que restavam da realidade, e, aos poucos, ela voltava à vida, ela era Geneviève novamente, uma, única e indivisível. Pálida, mais magra, brutalizada pelos remédios, ela voltava para seu apartamento e esperava alguns dias antes de ligar para Benoît. Devia amá-lo muito porque, apesar dos tranquilizantes, seu corpo tremia de emoção. Assim que ouvia sua voz ao telefone, seu sexo se tornava um tição ardente que exigia a presença de Benoît com exasperação. Ia ao consultório dele e no intervalo entre uma consulta e outra faziam amor.

Esses exílios inesperados, essas reconciliações loucas desconcertavam Benoît e estimulavam sua paixão. Mas ele não sabia nada sobre seus problemas.

A única pessoa que conhecia os segredos de sua alma era Claude, que a idolatrava desde a infância. Claude a levava à clínica e ia buscá-la quando ela pedia. Diante dele, não se importava de se mostrar sem maquiagem, desgrenhada e com a triste figura dos doentes mentais. Antes de deixá-la em seu apartamento, ele a levava ao salão de beleza e se sentava ao seu lado enquanto o cabeleireiro e a manicure cuidavam dela. Depois iam a um café, fumavam devagar, vendo as pessoas passarem na rua, e, ouvindo Claude falar sobre os últimos ataques do imperialismo à classe trabalhadora, descobrindo de novo, por trás de seu tom peremptório, sua infinita infantilidade, ela lentamente se adaptava ao que seu psiquiatra chamava de vida comum, um estado de espírito em que, pelo menos, ela não era devorada pelo sofrimento.

Ficara muito satisfeita por Claude ter encontrado Isabel. Tudo aconteceu muito rápido, como Claude queria. Um mês depois de conhecer Isabel, o pai lhe comprou aquele apartamento e se instalaram lá. Isabel devia estar com a água até o pescoço para aceitar viver com Claude, que era um irmão encantador e, para as mulheres, um companheiro insuportável: raivoso, autoritário e alérgico ao sexo. Certa vez, visitando o zoológico de Vincennes com ele, viram um urso se masturbando e Claude puxou seu braço murmurando: "Não olhe para isso, que indecência". Se ele não tolerava o prazer sexual em um pobre animal, muito menos o suportaria em uma mulher. Talvez por isso suas duas únicas companheiras tenham tentado cometer suicídio antes de abandoná-lo. Ambas lhe confidenciaram que seu irmão era impotente. Ela não ficou surpresa porque, de certa forma, Claude a amava. Havia sido uma criança inquieta que mal conseguia adormecer e tinha medo do escuro. A disciplina feroz que seu pai infligia aos filhos não lhe convinha. Ela, Geneviève, protegia-o, e seu pai, que a adorava, permitia-lhe defender essa criança esquelética e propensa a doenças que só adormecia se ela lesse para ele em voz baixa as fábulas de La Fontaine e, ao ir embora, deixasse um abajur aceso em sua mesinha de cabeceira. Mais tarde, entrando na adolescência, apaixonou-se por um menino homossexual cuja família frequentavam. Sua mãe não aguentou e trancou Claude em um quarto por dois anos, sem se preocupar com as consequências que tal ato poderia causar. Quando saiu do confinamento, Claude estava diferente. Duro, fanático, tornou-se a consciência de todos eles. Continuou a estudar por correspondência e comprou livros que condenavam a burguesia. Lia-os até aprendê-los de cor e dava a lição à família na hora do jantar: eram todos vilões exploradores dos operários que trabalhavam em suas fábricas.

No início, tentaram discutir com ele, depois cada um chegou à conclusão de que Claude havia perdido a cabeça. Tais reuniões eram insuportáveis. Enquanto Claude vociferava, seus pais e irmãos mantinham um silêncio cúmplice. Sem que ele soubesse, passava-se pelo louco da família. Até mesmo sua relação com Isabel, uma latino-americana, parecia apenas mais uma loucura, porque nenhum de seus irmãos teria pensado em escolher um estrangeiro para fundar um lar. Só ela, que durante suas viagens pela América Latina na companhia do grego tinha visto de longe as orgulhosas e presunçosas herdeiras da burguesia local, sabia que Isabel vinha de uma boa família e que nem o apartamento de Claude nem a fortuna de seus pais a impressionavam. Isabel talvez respeitasse um título de nobreza, mas o dinheiro de uma progênie que saíra do nada a deixava indiferente. Além disso, a fertilidade de sua mãe e de suas irmãs deve ter produzido um desprezo secreto por elas, pois Isabel sem dúvida a associava à das mulheres de aldeia que davam à luz todos os anos. No dia em que Gaby e Virginia foram à sua casa, ela, Geneviève, captou entre as duas um olhar de assombrado desdém ao ver os dez filhos e cinquenta netos tomando sol no jardim. E pela primeira vez ela ficou chocada com a fecundidade daquelas irmãs e cunhadas que só pareciam existir através de seus ventres.

Na sala do apartamento havia a biblioteca de Isabel, uma escrivaninha onde Claude se sentava para escrever seus artigos para o semanário do Partido Comunista, e nada mais. Os convidados acabaram sentados no chão e Toti via naquela austeridade uma falta de bom gosto. Cécile se adaptava muito bem, como sempre, à situação. Era permeável, talvez por vir de uma origem social modesta. Quando a conheceu, ela trabalhava como vendedora em uma loja de Saint-Germain e Toti ficou instantaneamente fascinada por ela. Era a mulher mais bonita que já tinha visto. Levou-a para Katmandu, cortejou-a e, finalmente, a conquistou. Não suportava que outros olhos a mirassem. Sob o pretexto de curar uma gripe prolongada, ela a trancou em uma pequena cidade em Maiorca onde havia apenas aposentados e alguns ingleses que não pareciam se interessar por mulheres. Lá a manteve enclausurada por seis meses, mas um dia teve de acompanhar sua mãe a Barcelona para fazer uma operação nos olhos e quando voltou encontrou a casa deserta e um bilhete de Cécile anunciando sua partida para Paris. Pensou que ela a havia abandonado e chorou como se tivesse levado um chute no estômago. Na realidade, suas apreensões eram infundadas, pois Cécile só queria viver como antes: trabalhar, ver os amigos, ir a festas e conseguir com mais facilidade a cocaína a que estava acostumada. "É um pássaro muito bonito, mas se você enjaulá-lo ele morrerá", disse Gaby, contando em seguida sobre os Massai, que preferiram se deixar morrer em vez de permanecer trancafiados em uma prisão.

Com Gaby e as primas havia estabelecido relações afetuosas de grande qualidade. Ao se referirem a ela, jamais teriam usado a palavra lésbica, porque não se importavam com as inclinações sexuais de suas amigas. A mais reservada, Gaby, servia como sua confidente. Tinha corrido para ela desesperadamente para lhe contar sobre a perda de Cécile, e ela a aconselhou a procurá-la na loja onde trabalhava antes de acompanhá-la a Maiorca e, acima de tudo, não recriminá-la. Ela estava certa: engoliu a raiva do ciúme amargo e Cécile concordou em voltar a morar com ela, trazendo consigo suas duas calças jeans, suas três blusas e o casaco de alpaca que uma antiga amante lhe dera. Assim como Gaby, Cécile não dava importância aos objetos materiais e só se interessava por seus livros de Baudelaire, Verlaine e Rimbaud, que transportava para onde fosse.

Tudo o que Cécile possuía ela havia adquirido por conta própria. Seus bons modos, que observara nos ricos aos quais sua mãe servia como cozinheira; seus estudos em Literatura, que ela mesma pagara quando sua mãe morreu e não precisou mais sustentá-la. Tudo que ela, Toti, podia lhe oferecer era cocaína, porque Cécile não se importava se morava em um apartamento suntuoso ou em uma caravana de ciganos. Ao seu lado, lamentava não ser homem, poder penetrá-la até as profundezas de sua intimidade e dar-lhe filhos, muitos, que a mantivessem ocupada o dia todo. Ela queria fazer uma cirurgia em Londres para ter um pênis, mas Gaby a dissuadiu, alegando que essa operação era perigosa.

De qualquer forma, sua relação com Cécile a transformara: Toti não estava mais interessada em viver como uma amazona acumulando aventuras, mas em fundar algo parecido com uma família.

Antes, quando terminava de fazer amor com uma mulher, sentia raiva dela e a insultava, invadida pela ira e pelo desprezo. Cécile, por outro lado, inspirava nela ternura e um curioso desejo de protegê-la. Isso devia ser amor, porque não havia ninguém no mundo menos desamparado do que Cécile, faixa-preta de judô, viajante de todos os continentes, capaz de se virar em qualquer lugar falando seis idiomas e mantendo relacionamentos com estranhos indivíduos que certamente estavam no dossiê da Interpol. Em Benares fizera parte de uma gangue de ladrões de joias. Como era bonita e distinta, era convidada para festas da alta sociedade e assim localizava os cofres e sistemas de alarme. Às vezes, enquanto seus anfitriões se divertiam, ela abria uma janela pela qual seus cúmplices entravam. No Triângulo Dourado, traficara cocaína, vestida de homem e acompanhada por uma gangue de bandidos que tinha sua sede em Hong Kong.

Cécile conhecia todas as armas de fogo, mas foi com uma faca que matou o desgraçado que tentou estuprá-la em uma estrada no Paquistão. Disso e de outras coisas do tipo Toti ficara sabendo da boca da própria Cécile, ouvindo-a falar devagar, sem nunca se vangloriar e como se tanta barbárie fosse seu pão de cada dia. Comparada à experiência de Cécile, a dela era um refúgio de paz. Sua decisão de aceitar o lesbianismo para seguir suas inclinações e não se parecer em nada com sua mãe, uma mulher achacada por doenças imaginárias e a quem seu pai havia enganado mais de mil vezes, seu desejo de ficar sozinha em Paris sem contar com a família, eram caprichos de herdeira. Nunca tivera de se defender, nem sequer sabia ganhar a vida; mas não precisava, como Isabel, aturar um homem para progredir na vida.

Apesar de ter trazido o tarô, Thérèse não tinha necessidade de tirar as cartas para Isabel para saber que sua relação com Claude estava condenada. Aquele louco que olhava para elas sem o menor indício de simpatia não conseguia manter nenhuma mulher, muito menos Isabel, destinada por sua beleza e sua classe a frequentar outros meios que não o da burguesia francesa em ascensão. Ela, Thérèse, a via mais bem casada com uma pessoa do mundo dos negócios ou da diplomacia, alguém que a levasse para viajar, depois de ter gastado um milhão de francos no ateliê de um grande estilista. Muitas gerações de mulheres bonitas e frágeis haviam passado antes que Isabel aparecesse como o suspiro de uma orquídea. Felizmente, as gêmeas haviam herdado sua finesse, embora o sangue francês de Maurice lhes tivesse transmitido uma força oculta que as tornava menos vulneráveis. Isabel podia se partir em duas se a menor pressão fosse exercida sobre ela, e sua crise depressiva da semana anterior indicava que havia chegado ao limite de sua resistência.

Lucien era capaz de se apaixonar seriamente por Isabel. É por isso que ela não o trouxera, embora estivesse fadada a perdê-lo. Ela, Thérèse, gorda, com abundantes seios caídos e nádegas cobertas de celulite, tornara-se a mulher turca que sua mãe tinha sido. Sempre gostou de cozinhar, mas agora comia vorazmente, e nenhuma resolução, nenhuma dieta conseguia conter seu apetite. Seu irmão havia decidido protegê-la e vinha jantar em seu apartamento quase todas as noites; sob esse pretexto, Thérèse passava três horas na cozinha preparando os pratos de que ele gostava. Mais tarde, quando o irmão partia, ela sentia pena de jogar fora as sobras e as devorava sozinha, no silêncio da sala de jantar, ciente de que cada mordida a tornava mais gorda, inchando seu rosto e tornando-a obesa. Mas, curiosamente, era feliz. Gostava de comer e fazer amor. Gostava de sair na rua e ouvir o barulho do trânsito, ver as pessoas andando pelos corredores do metrô, estar livre e pronta para qualquer aventura.

Ela já era uma das videntes mais famosas de Paris. Recebia seus clientes das nove da manhã às seis da tarde. Ganhava tanto quanto um executivo e, pensando na velhice, guardava em uma caderneta de poupança o dinheiro que o irmão lhe repassava todos os meses. Os homens se sentiam à vontade ao seu lado, talvez porque não precisassem recorrer aos truques da sedução ou talvez porque uma mulher gorda inspirasse confiança neles. De qualquer forma, com ela soltavam os freios de sua sexualidade e se tornavam seus cúmplices e, no fim, seus amigos. Mas eles a deixavam para se casar com mulheres como Isabel e ela secretamente lhes dava razão. Não tinha ilusões: parecia uma quitandeira, mas o coração, infelizmente, era o de uma colegial. Thérèse se apaixonava por cada um de seus amantes e sofria o martírio quando eles a deixavam. Lucien, tão fino, que gostava da música de Mozart, da pintura de Ticiano e dos filmes de Bergman, não ia passar a vida com ela, que bocejava de tédio ouvindo as melodias clássicas e adormecia no cinema. Também era cinco anos mais velha que ele e havia entrado na menopausa. Por outro lado, para Isabel, Lucien caía como uma luva. Sentia isso de maneira quase física. Eles estavam entre aquelas pessoas delicadas que tratavam as pessoas com respeito e cuidavam dos doentes, ajudavam os cegos a atravessar a rua e protegiam os animais abandonados. Naquele mundo, ela, Thérèse, aparecia como um rinoceronte ou qualquer outra besta grande e não muito inteligente. Ela se sentia assim toda vez que parava de mastigar para responder a uma pergunta ou comentário de Lucien, ou na cama, depois de fazer amor bêbada com orgasmos estrondosos e brutais. A vida lhe emprestara Lucien por um tempo e um dia ela o veria partir.

Virginia olhava para a austeridade daquela sala com desconforto. Isabel se mudara para lá havia alguns meses e Claude não dava sinais de querer mobiliá-lo. Refletia uma ausência de prazer nas coisas da vida, confirmando o que ela pensava: que Claude secretamente pretendia trancar Isabel em um mosteiro. Ele não apenas a isolou dos amigos e a privou da sexualidade dela com sua anejaculação semelhante a um girino como também se aproveitou do fruto de seu trabalho como tradutora e da pensão miserável que Maurice lhe dava, entregando-lhe apenas o estritamente necessário para impedi-la de morrer de fome. Felizmente, não havia descoberto que Isabel recebia o subsídio familiar mensalmente e, por isso, sua prima podia ir ao salão de beleza ou ao dentista. Ela e Gaby compravam os itens de maquiagem de que ela precisava, um perfume Chanel, um estojinho de pó, um batom, todas essas coisas necessárias para as mulheres. Mas tal situação não duraria muito: sua prima jamais se casaria com Claude. Adivinhou-o no dia em que Isabel lhe contou como tinha perdido os documentos relativos ao seu divórcio no metrô, depois de ter esquecido o encontro com a advogada três vezes. Não era nem que estivesse tentando reter Maurice: estava inconscientemente tentando fugir da ameaça de casamento com aquele neurastênico que só poderia torná-la miserável. Ela, Virginia, conhecera muitos homens, mas nunca se encontrara com um espécime tão curioso como Claude. Era o resultado de uma sociedade puritana que condenava a homossexualidade sem levar em conta as inclinações amorosas de seus membros.

Claude poderia ter dado rédea solta aos seus verdadeiros desejos e sido feliz. Em vez disso, impôs relações com mulheres que não amava, usando a mesma ambiguidade que o levou a ser membro do Partido Comunista sem renunciar aos seus privilégios de filho de milionário. A agressividade que Isabel inspirava nele se expressava de diferentes maneiras: assim, estacionava com violência seu pequeno Seat, ralando as calotas: enfurecia-se ao vê-la com os elegantes trajes que comprara quando era diplomata, sem saber que, embora fossem de bom corte, já estavam fora de moda: insultava-a chamando-a de burguesa até que ela, consternada, se debulhasse em lágrimas.

Isabel não parava de chorar desde que Maurice a abandonara, mas não passaria o resto da vida como Maria Madalena. Ela precisava de um emprego que lhe permitisse seguir em frente com suas filhas. Sua crise de depressão de sete dias atrás fora um sinal de alerta. Virginia e Gaby ficaram com medo porque muitas pessoas de sua família haviam cometido suicídio. Se Isabel se sentia realmente infeliz e se acreditava que Maurice poderia cuidar das gêmeas, era capaz de dar o salto irremediável. Eduardo, tio das três, deu um tiro na cabeça depois de ter escrito na última página do diário que existir não fazia sentido. No entanto, era um brincalhão, sempre alegre e pronto para desfrutar das coisas da vida, um sedutor que havia conquistado todas as mulheres de seu tempo, solteiras ou casadas, feias ou bonitas, ricas ou pobres. Em seu diário, ele contou passo a passo suas estratégias de sedutor e os resultados obtidos. Como um mago, adivinhava as molas interiores de cada mulher, vencendo pudores e reticências. Ela se divertia ao ver as mães de suas amigas que eram senhoras honradas mas apareciam no diário do tio Eduardo como garotas despudoradas, ávidas por prazer. Sua sensualidade e sua alegria haviam sido consumidas em um casamento decoroso. Por isso ela nunca quisera se casar, para manter vivo o fôlego da juventude, suas miragens e suas dúvidas, seus ardores e paixões. Mas até tio Eduardo sucumbira a uma crise de depressão. Na geração da mãe, houve oito casos de suicídio, e Isabel estava desesperada. Escreveria a um amigo que tinha influência no atual governo, para ver se poderia lhe dar um cargo na embaixada ou no consulado colombiano.

Gaby havia notado que Claude só saíra de seu quarto quando a irmã chegou, deixando-as sozinhas para preparar a recepção. As três juntas subiram um pesado bloco de gelo, que colocaram na banheira sem que Claude se oferecesse para ajudá-las. Ele disse a Isabel em voz alta que seus convidados deveriam ir embora antes da meia-noite para não incomodar os vizinhos. Viu com olhos rancorosos aparecer o toca-discos alugado por Virginia para dançar e ouvir música. Parecia muito preocupado com o tapete de sua sala e chegou a sugerir que os amigos tirassem os sapatos quando entrassem, como se estivessem em uma mesquita. Em suma, não poderia ter sido mais desagradável. Nem sequer cumprimentava os convidados e parecia um inquisidor contemplando uma missa negra: olhos febris, boca contraída em um esgar de raiva, ia e voltava pela sala esvaziando os cinzeiros e baixando o volume do toca-discos, que alguém aumentava um minuto depois. Visivelmente, as festas dos latino-americanos, com seu barulho e sua alegria, o deixavam de mau humor e ele não fazia nada para escondê-lo. Lançava olhares furiosos para as três, e Isabel lhe dissera em um canto, muito pálida, que Claude acumulava repreensões e lamúrias para duas semanas.

Ela, Gaby, sabia o que era conviver com um homem de temperamento diabólico e aturar seus insultos. Como Luis, Claude estava condenado a envelhecer sozinho, a menos que encontrasse uma mulher tão desesperada para se casar que pudesse suportar seu mau humor. Mas Gaby tinha aprendido a ser paciente: cada coisa chegava no seu tempo e era inútil querer apressar o destino. Isabel arranjaria um emprego, deixaria Claude e, provavelmente, seguiria sua vida com outro homem. Só desejava que o término não trouxesse a Isabel o sofrimento do qual ela havia padecido quando deixou Luis. Ainda hoje se lembrava com horror daqueles primeiros meses de solidão, quando andava pelas ruas para cima e para baixo até ficar exausta e voltar ao estúdio para tomar um calmante e esquecer suas tristezas durante o sono. Quantas vezes lutou contra a tentação de ligar para Luis e retomar sua relação doentia com ele. Mas, por força do caráter, construiu aquele muro de cortesia indiferente que demonstrava quando ele vinha vê-la, trazendo-lhe caixas de chocolate. Ouvia-o falar de suas conquistas sem vacilar nem um pouco. Sua mania de falar de si mesmo se tornou mais acentuada ao longo dos anos. Não lhe interessava saber sua opinião nem lhe pedia notícias de sua vida. Teria ficado estupefato se soubesse o número de casos que ela teve desde a separação. Um personagem curioso e até ridículo a ensinara a conciliar-se com a sexualidade.

Era um homenzinho feio, com uma boina marrom um pouco suja e deformada pelo uso, que parecia a caricatura do francês comum. Esperando o metrô, vislumbrou sua capa de chuva barata, o pão debaixo do braço e a atitude da pessoa acostumada a receber ordens. Quando entraram no vagão, Gaby viu seu rosto de cachorro triste coberto de furos provavelmente causados por uma antiga doença da pele e, em seus olhos, um desejo por ela, faminto e deslumbrado, que a comoveu. Ele desceu na mesma estação e a seguiu cautelosamente até seu estúdio. No dia seguinte, ela o encontrou parado em frente ao prédio com algumas flores um pouco murchas na mão. Aproximou-se dele e convidou-o para um café. Seus olhos inconsoláveis piscaram de espanto quando ela pegou as flores que estavam prestes a cair no chão. Ele a acompanhou até o mercado e voltaram juntos para o estúdio. Depois conversaram, ou melhor, ele lhe contou os detalhes de sua vida, que era de uma mediocridade insuportável. Filho de camponeses, havia conseguido terminar o ensino médio e obter uma bolsa de estudos para estudar Química. Passou dois anos na faculdade e conseguiu um emprego no laboratório como assistente, para preparar os experimentos destinados aos alunos. A bolsa acabou, seus colegas se formaram e, com o tempo, alguns se tornaram professores e seus chefes. Eles o incentivavam a continuar os estudos, mas ele dizia que se sentia muito bem onde estava, no laboratório. Sua vida afetiva era outro grande fracasso. Não falava com a esposa havia dezoito anos, apesar de ambos dividirem o mesmo apartamento, e se precisasse se dirigir a ela o fazia por meio da filha na hora do jantar. A filha, é claro, havia abandonado a escola muito cedo e um dia apareceu grávida de um estranho. Ele só era feliz aos fins de semana, quando ia à aldeia onde uma tia solteirona lhe deixara uma casinha e uma pequena roça em que seis ovelhas pastavam ao redor de uma macieira. Como tinha por princípio não fazer amor em seu estúdio, aceitou acompanhá-lo ao campo uma semana depois, talvez porque na hora de se despedir Félix, como se chamava, lhe deu um beijo que revelava muita sensualidade. Ela entendeu que Félix queria limpar sua casa, trocar os lençóis, lavar o banheiro e a cozinha, mas, quando três dias depois ele telefonou para dizer que havia caído de uma escada enquanto colhia maçãs e quebrara uma costela, ela não precisou de muito raciocínio psicanalítico para entender que Félix faria com ela o mesmo que fez com seus estudos de Química, isto é, girar ao seu redor sem nunca se comprometer, e exigiu, costela quebrada ou não, que se encontrassem como haviam combinado.

Com um curativo no peito e tomando aspirina a cada duas horas, Félix a levou para uma cabana de pedra, onde, além da cama, não havia mais nada. Ela esperou para se aquecer em frente a uma grande lareira e depois, sem dizer uma palavra, despiu-se e levou o perturbado Félix para a cama. E ali tudo mudou, foi como um milagre: Félix sabia amá-la, cobrindo de beijos seu corpo de repente ganancioso, penetrando-a devagar, tenaz e seguro de si, sem se importar com o tempo que demoraria para que ela saísse das suas inibições e finalmente se perdesse no turbilhão de um espasmo que a lançou para sempre no mundo da vida, onde tudo existia, desde a pétala de uma flor até o desejo de um homem. Naquele momento ela entendeu que nunca mais seria a mesma, tímida e acovardada, esperando por um prazer que não vinha pois não sabia como exigi-lo. Como a rolha de uma garrafa de champanhe, seus velhos pudores voaram pelos ares e se dissolveram. Ela queria se testar e dormiu com um professor de Inglês que a perseguia havia muito tempo. A experiência foi positiva e ela abandonou Félix, que jamais tinha lido um livro, visto um filme ou entrado em um avião. Ele a acusou de tê-lo usado e era verdade, mas, terminados os momentos de emoção, não tinha nada a lhe dizer e, com a boina e a blusa tricotada pela mãe, Félix resultava em alguém completamente não apresentável. Outras aventuras a aguardavam. Seu trabalho como fotógrafa de imprensa lhe permitia conhecer homens que, como Félix, sabiam fazer amor com ela sem, no entanto, pedir-lhe para passar os fins de semana em uma cabana imunda. De certa forma, todos os homens do mundo estavam disponíveis para Gaby porque ela os aceitava como eram. Conhecera de forma bíblica um chinês, um hindu, um iraniano, um grego, e faltavam-lhe dedos para contar o número de amantes europeus encontrados em Paris, Londres e Roma. Além de Isabel e Virginia, ninguém sabia disso, nem mesmo Louise, cujas confidências ela colecionava quando iam almoçar juntas em um restaurante perto do Boulevard Raspail. Passava-se por Gaby, a virginal, uma mulher de quarenta anos dedicada ao trabalho e alheia às vicissitudes da sedução. Ela acreditava, e assim havia dito a Isabel, que as mulheres deveriam ter mais experiência antes de se envolverem nos véus da vida conjugal. Mas Isabel, ainda aterrada pelo mau comportamento do pai, buscava segurança a qualquer preço, mesmo que tivesse de suportar Claude.

Para Anne, a festa parecia um velório. Com Claude irritado com a presença deles, os latino-americanos começavam a perder o entusiasmo e tendiam a se apinhar nos cantos da sala. Em um espírito de contradição, ela aumentava o volume do toca-discos e os incentivava a dançar. Seguindo seu exemplo, Octavio, Gaby e Virginia dançavam felizes enquanto a expressão de Claude ficava mais mal-humorada e um tique o fazia fechar um olho. Ela não tinha ilusões: a depressão de Isabel só acabaria quando deixasse aquele homem, mudando radicalmente a situação. Claude era muito bonito, mas não se vivia com beleza, um presente que seu dono não podia dar, emprestar ou mesmo compartilhar. Descobrira isso ao lado de Danny, o homem mais bonito que conhecera, um mestiço norte-americano de negro, indígena e branco, que tinha rosto de escultura grega, pele de Tútsi e cabelo de Apache. À noite, deitada ao lado dele, sentia pena de adormecer e parar de contemplá-lo. Danny não a tocava e era capaz de passar semanas sem falar com ela. As drogas o mantinham em outros mundos e ele só se interessava pelo clarinete. Estava com ela porque assim tinha um lugar para morar, e Anne o perdeu quando uma milionária, também fascinada por sua beleza, lhe ofereceu uma casa de campo na qual ele poderia tocar clarinete dia e noite sem incomodar os vizinhos. Ela ficou tão infeliz que decidiu fazer amor, depois de seis meses de abstinência, com o primeiro homem que topasse. E o que ela encontrou foi um bandido, nem mais nem menos, solto da prisão naquele mesmo dia, pela manhã.

Ela caminhava pela plataforma em direção ao metrô quando Eric — seu nome de guerra, já que seu verdadeiro até sua mãe preferiu esquecê-lo — se aproximou dela para perguntar onde ela havia comprado sua calça de couro, pois queria dar uma igual para sua irmã. No meio da multidão, às seis horas da tarde, era impossível mostrar-lhe a localização da loja em um mapa de Paris, e foi com inocência que aceitou segui-lo até um café para fazer um mapa. Lá ele começou a seduzi-la. Ela havia notado o corte perfeito do terno sob o casaco de pele, as luvas de couro e os sapatos elegantes. Pensou que estava na presença de um cavalheiro, e, quando, uma hora depois de fazer amor em um hotel, foi ao banheiro se lavar, deixou a carteira ao pé da cama. Eric a levou em seu carro esporte até o apartamento. Eles combinaram de se encontrar no dia seguinte, mas, quando ela abriu sua carteira, descobriu que Eric havia roubado quinhentos francos, todo o dinheiro que tinha. Pelo telefone, contou a suas amigas sobre isso e uma delas, Bernadette, reconheceu Eric pelo nome e aparência, aconselhando-a a fugir dele como se fosse a peste negra. De Bernadette, que cometera o erro de levá-lo para casa, ele roubou uma coleção de selos muito valiosos e, quando ela foi procurá-lo no café que o homem costumava frequentar e os reclamou, ele ameaçou cortar sua garganta em uma estação de metrô. Desde então, Bernadette andava de ônibus e conseguiu fazer o tio, um ministro da República, acreditar que um ladrão havia invadido sua casa quebrando o vidro de uma janela. Para não encontrá-lo novamente, ela, Anne, saía por uma das portas dos fundos da loja e caminhava até a Ópera, onde pegava o metrô e voltava para seu apartamento à meia-noite. Em uma dessas andanças conheceu René, o produto mais refinado que a alta burguesia francesa poderia germinar. Filho de milionários, René havia reformado um antigo café localizado em frente ao Les Halles, onde servia apenas vinho e que rapidamente se tornou um dos lugares da moda da cidade. Virginia o conhecia, mas disse que o mantinha na reserva para quando Isabel deixasse Claude. E ela devia reconhecer que René, para Isabel, caía como uma luva. Ambos tinham a mesma classe, a mesma delicadeza. Ambos pertenciam ao mundo dos privilegiados da vida, dos que nasceram e permaneciam belos como se o tempo não os tocasse. Eles fariam um belo casal se o destino os pusesse em contato.

Luis não via Gaby fazia meses, e, quando finalmente conseguiu falar com ela ao telefone e ela lhe disse que ia à casa de Isabel, pediu o endereço e agora entrava naquele apartamento que tinha a sobriedade de uma cela monástica. Ao cumprimentar Isabel, notou seu ar deprimido, como se estivesse recebendo golpes sem poder se defender. Era o que lhe parecia: um animal maltratado, como Gaby lhe dissera. Por pura indignação, passou diante de Claude sem lhe dirigir a palavra e foi se servir de um copo de uísque. De todas as primas de Gaby, Isabel era a única que tinha simpatia por ele. Luis poderia ter contado a ela sobre seus problemas com Ester, que estavam envenenando sua alma. No dia em que a conheceu, ficou sem palavras e assustado: era a mulher mais bonita que seus olhos já tinham visto. Chegou a Paris como diretora de relações públicas de uma federação colombiana depois de ter escapado de um segundo marido tacanho que a esbofeteava em público. Na realidade, ela nunca foi casada com ele porque o divórcio não existia na Colômbia, mas viviam juntos, passando por cima das convenções sociais, e durante esse tempo, um ano, Ester foi a mulher mais ultrajada de Bogotá.

Alfonso Ensaba, de cuja origem e fortuna nada se sabia, acordava às seis da manhã e fazia amor com ela com vontade, tirando-a de sua letargia amorosa todos os dias, fruto de uma educação de freiras, e depois voltava aos seus velhos costumes às seis da noite, quando regressava do trabalho. À noite, iam jantar nos restaurantes da moda. Alfonso Ensaba bebia uma garrafa de uísque antes de pedir o cardápio e terminava de se embriagar com o vinho durante a refeição. Então se transformava: de verdes, seus olhos se tornavam um cinza-escuro inquietante e seus modos de playboy eram substituídos por uma expressão de cuteleiro. Era nesses momentos que ele começava a insultar Ester em voz baixa e glacial, acusando-a de flertar até mesmo com os garçons. Ele lhe dava uma bofetada se ela tentasse se defender e outra se ela não tentasse. Um amigo de Ester lhe conseguiu esse emprego em Paris, aconselhando-a a encontrar um homem adequado e se casar pela lei francesa. No início, então, ela estava tentando encontrar um marido e em nome desse projeto namorava todos os homens que conhecia. Não se sabia se ela ia ou não às vias de fato, mas ele estava sendo enrolado há três meses. Depois de pôr os filhos em um internato na Suíça, ela se mudou para um apartamento de dois quartos que se conectavam entre si através de uma porta sempre aberta, uma sala de estar de onde a grande cama do quarto podia ser vista.

Tudo em Ester era equívoco. Como Malta, ela comprava roupas nas lojas do Faubourg Saint-Honoré, mas seus vestidos, muito decotados e colados ao corpo, eram provocativos, apesar de sua elegância. Oferecia com os olhos um oceano de volúpia e na hora H se esquivava dizendo que só queria ser sua amiga. Luis não sabia o que esperar quando um dia Ensaba desembarcou. Ele se instalou no apartamento das promessas não cumpridas e, durante as duas semanas que durou sua visita, Ester desligou o telefone.

Quando Alfonso Ensaba foi embora, Ester apareceu com um casaco de pele e dois colares de ouro que ele nunca tinha visto antes. Então, entendeu que ela era uma mulher de conduta leviana e exigiu explicações. Ester não se deixou intimidar: seu telefone tinha quebrado e o casaco e os colares eram presentes do marido. "Mas você nunca se casou com ele", gritou Luis, tremendo de raiva. "Afonso pensa o contrário", respondeu imperturbável. Na mente de Ester, era normal receber presentes do homem com quem dormia. Ele comprovou isso quando Ester foi jantar no apartamento de Héctor Aparicio, que, divorciado da esposa, levava a vida na flauta e punha as mãos sobre cada bela mulher que estivesse ao seu alcance. No dia seguinte, alertado por um sentimento ruim, instalou-se cedo no escritório de Ester até a chegada de Héctor Aparicio. Com uma expressão de criança mimada, Ester lhe disse que havia perdido o relógio na noite anterior em seu apartamento, enquanto lutava para escapar das garras de leão dele. Especialista em mulheres, Héctor nem sequer questionou sua declaração e se limitou a convidá-la ali mesmo para a Cartier. Ele, Luis, seguiu-os e, como o carro de Héctor era esporte, teve de se sentar atrás, no banco do cachorro. Contendo toda a sua raiva, ouviu-os falar um com o outro sem prestar atenção à sua presença e depois os viu sair, entrar na loja e regressar. Héctor sorria bem-humorado e

Ester usava um relógio no pulso que era uma verdadeira joia. "Custou dez mil francos", ouviu-a dizer ao entrar no carro.

Naquela mesma noite, ele a estuprou na cama que tinha visto tantas vezes com anseio da sala e, para sua grande surpresa, aquele ato brutal desencadeou prazer nela. Ester lhe confidenciou que só conseguia se libertar do pudor em situações extremas. A partir daí, fazia amor com ela nos lugares mais perigosos, onde um escândalo poderia se armar se fossem descobertos: no elevador, no carro ou atrás da porta de seu escritório. Apesar daquele festival amoroso, Ester continuava saindo com outros homens e ele sentia que sua alma fervia de ciúmes. Chegou a pensar em pedir a Gaby a separação dos corpos — algo que qualquer advogado poderia fazer em Bogotá com o consentimento de ambos —, mas tinha medo de parecer ridículo na frente dela se Ester o deixasse. De qualquer forma, ele conversaria com Gaby sobre suas dificuldades e perguntaria sua opinião, mesmo que a ouvisse dizer que estava novamente se pondo na situação de uma criança abandonada cuja madrasta, representada por uma bela mulher de alta classe social, necessariamente o fazia sofrer.

Aurora não entendia por que sua tia Isabel aturava um homem tão antipático como Claude. Ela não tinha marido e vivia feliz e contente. Tinha vindo a Paris para validar seu diploma em Direito Internacional antes de começar a trabalhar no escritório de José Antonio Ortega, outro tio distante casado com uma francesa. Matilde, a filha mais velha de José Antonio, estudava na Belas-Artes e lá conheceu Doris, uma mulher de traços ligeiramente indígenas, amante de um sobrinho de Picasso que desconfiava até de sua sombra. Pedro e Doris formavam um casal triste e estéril. Viviam em um apartamento pequeno e mal iluminado, gastando com parcimônia o dinheiro obtido na última venda de um dos quadros do tio. Tinham acabado de ficar sem dinheiro e ela, pensando nas relações de Virginia, ofereceu-se para servir como agente por dois por cento do valor do novo quadro que estavam prestes a vender. Mas Virginia estava em Tóquio e ela não tinha experiência. Estava trabalhando há um mês quando Doris a apresentou a Andrea, que dizia conhecer os homens mais ricos de Paris.

Andrea era muito bonita, mas sua vida parecia marcada pela tragédia. Quando criança, seu padrasto a havia estuprado, ela fugiu de casa aos quinze anos e chegou a Paris sem saber o que fazer. Como empregada, descobriu o homem que seria seu Pigmaleão. Ele lhe pagou aulas de solfejo e a fez cantar em um cabaré. Passou dez anos cantando nas grandes cidades da Europa e chegou a Toulouse na época em que a fábrica aeroespacial estava abrindo. Lá ela se apaixonou, pela primeira vez na vida, por Guillaume, um engenheiro, e os dois conheceram um amor feliz até que uma garota da burguesia local se apaixonou por ele. A jovem ia esperá-lo todas as manhãs no ponto de ônibus que o levava ao trabalho e escrevia poemas para ele. Ao anoitecer, seguia-o até o apartamento, localizado no térreo de um prédio. Certa tarde, tocou a campainha e, muito pálida, perguntou-lhe se podia entrar. Ela queria ver as coisas de Guillaume: apalpou sua escova de dentes como uma relíquia, cheirou suas roupas e depois caiu em soluços. Ela não sabia como consolá-la, mas não estava disposta a perder Guillaume. Naquela noite, fizeram amor com a mesma paixão de sempre, no sofá da sala, porque o desejo os impedia de ir para o quarto. Nenhum deles percebeu que a menina os espiava de uma janela que haviam esquecido de fechar porque era verão, e no dia seguinte, quando estavam saindo muito felizes para comprar pão fresco para o café da manhã, a encontraram caída no chão ao pé da porta em uma poça de sangue. Ela havia cortado os pulsos e morrido enquanto eles se amavam e dormiam. Essa história infeliz foi um escândalo e os pais da jovem conseguiram fazer Guillaume perder o emprego. As coisas nunca mais foram as mesmas. O que não conseguiu em vida, a menina conseguiu com sua morte. Guillaume a abandonou e foi para o Canadá. Estabelecida em Lille, ela abriu um bar com seu novo amante, Didier, o Milagroso, assim chamado porque havia sobrevivido a três ataques, mas a máfia local exigia tantos impostos deles que tiveram de fechar o negócio. Agora, Didier estava preso por tráfico de armas roubadas e a polícia a acusava de ser sua cúmplice. Ele tinha de se apresentar à delegacia uma vez por semana e precisava urgentemente de dinheiro para poder pagar o aluguel de um minúsculo apartamento localizado bem perto dos Champs-Élysées.

Ela, Aurora, conheceu aquele apartamento e ficou muito surpresa ao ver que continha apenas uma cama e uma pequena penteadeira com perfumes e objetos de maquiagem. Ninguém parecia habitá-lo e Andrea explicou que comia sanduíches em qualquer café porque odiava cozinhar. Não a havia apresentado a seus amigos milionários, mas estava tão determinada a trabalhar que aceitava de bom grado sua companhia. Nesse momento, Virginia chegou, conheceu Andrea e soube de imediato quem ela era. "Como", disse a ela quando ficaram sozinhas, "cantora de cabaré, aventureira em Toulouse, sacoleira em Lille, amante de gângster e com um apartamento perto dos Champs-Élysées, some tudo isso e você tem uma prostituta como resultado. Você não vai vender um único quadro com ela porque os homens são tão estranhos que vão lhe impedir de ganhar sessenta mil francos de uma mulher que eles podem obter por duzentos". E assim aconteceu. No dia em que Andrea encontrou o cliente ideal, um galerista cujo sócio norte-americano estava à procura de um Picasso, ela lhe implorou que não dormisse com ele. Mas a força do hábito era mais forte. Ela, Aurora, comprovou isso quando chegou ao restaurante onde tinham marcado, quando o galerista olhou para ela como se visse uma aparição. "De onde você vem?", perguntou à queima-roupa. E, enquanto o homem e Andrea discutiam ferozmente sobre o direito de lhe fazer essa pergunta, o norte-americano, menos habilidoso em assuntos femininos, disse-lhe que não gostava da pintura, mas que se quisesse ganhar sessenta mil francos só tinha de acompanhá-lo a Londres no próximo fim de semana. Ela estava pensando em qual hotel iria levá-lo, pois o achara atraente, mas quando o ouviu fazer aquela pergunta se levantou indignada da cadeira, jogou o cardápio sobre a mesa e saiu do restaurante. Nunca mais voltou a ver Andrea. Sua tia Virginia a advertira que, mais cedo ou mais tarde, tentaria prostituí-la. Mas quando, um mês depois, vendeu o quadro a um colecionador venezuelano através da tia, quis dar a Andrea o quarto da sua encomenda e foi procurá-la no apartamento perto dos Champs-Élysées. A porta foi aberta pela proprietária, uma mulher de olhos duros, que lhe garantiu que nunca o alugara a nenhuma Andrea Colmitoni. "Esta é uma casa respeitável", acrescentou um segundo antes de lhe bater a porta na cara. Depois de ter vislumbrado o que devia ser o inferno, ela prudentemente se retirou para sua casa e se juntou ao projeto de sua tia Virginia, encontrar um emprego para Isabel.

Convidada por Ángela de Alvarado, Helena Gómez comprovava que não tinha nada a fazer naquele mundo. Como explicar às pessoas seu cansaço, sua irremediável falta de interesse pelo amor e seu tédio diante das paixões da vida. Quando completou cinquenta e cinco anos, suas filhas juntaram dinheiro para que ela fizesse uma cirurgia plástica. Essa operação restaurou o belo rosto de sua juventude e transformou seu corpo. De caídos, seus seios se ergueram; de flácidas, suas nádegas se levantaram como as de uma menina. Com uma dieta inclemente e sem açúcar, ela perdeu doze quilos e, depois de um tempo, sua visão da realidade começou a mudar. Não se sentia à vontade entre suas velhas amigas, para as quais a aventura havia acabado e secretamente aguardavam a morte. Queria viver. Jairo, um homem de quarenta e cinco anos, se apaixonou por ela e os dois tiveram um longo e apaixonado namoro antes de se casarem. Mas na noite de núpcias, quando ele fez valer seus direitos conjugais, ela se sentiu injustiçada no mais íntimo de seu ser. Como suportar que seu corpo recebesse carícias e seu velho sexo fosse penetrado? No dia seguinte, ela foi para a cama e, ao mesmo tempo, sem saber o motivo, contratou os serviços de um detetive particular para ter provas de que seu marido era infiel a ela. Quando, cansado de tanta aridez conjugal, Jairo voltou aos seus amores solteiros, ela fez um grande escândalo, pediu o divórcio e obteve metade de sua fortuna. Com esse dinheiro ela tinha vindo a Paris visitar sua amiga Ángela de Alvarado, mas não era o dinheiro que ela queria, e sim algo que no fundo não sabia, algo mais etéreo do que a paixão, aquele sentimento sombrio que fazia todas as mulheres ao seu redor se movimentarem. Estavam ali para apoiar moralmente Isabel, dissera-lhe Ángela, e Isabel queria salvar sua relação com Claude, aquele homem de ar perturbado que nem sequer a cumprimentou quando ela entrou. Era inútil estabelecer esse tipo de compromisso. Ela tinha comprovado durante os vinte anos de seu primeiro casamento com um marido que ela não amava, mas de quem não ousava se separar para respeitar as convenções sociais, e apesar de estar loucamente apaixonada por Jerónimo.

Suas duas últimas filhas eram dele. Enquanto foram pequenas, ela conseguiu esconder, mas, assim que começaram a crescer com os cabelos dourados como o brilho do sol e os olhos azuis que pareciam refletir o mar, todos sabiam de que pai tinham nascido.

A essa altura, cansado de esperá-la, Jerónimo tinha se casado e constituído família. Depois de dez anos de separação, não podia pedir para ele largar tudo e ir morar com ela. Além disso, Helena não o amava mais e aquele desamor pelas coisas do coração começou a se insinuar em sua alma. Nem suas velhas amigas desalentadas, nem aquelas mulheres que ela agora via inquietas pelo tumulto do amor, podiam dar-lhe a resposta adequada. Queria contemplar quadros, ouvir música, estudar Filosofia. Pretendia se matricular na Sorbonne e, todas as noites, quando abria um livro, agradecia silenciosamente ao autor por tê-lo escrito. De manhã visitava o Louvre e planejava ir à Itália por alguns dias para visitar os museus de Roma, Florença e Veneza. Ángela não a acompanhava em suas excursões artísticas, mas conhecera um homem que tinha os mesmos interesses que ela. Seu nome era Enrique, e ele era tão reservado que teria sido indiscreto lhe perguntar onde tinha nascido e quantos anos tinha. Trabalhava como professor de Espanhol e seu salário minúsculo mal lhe permitia pagar o aluguel de um apartamento em que havia apenas um sofá-cama, um toca-discos e uma infinidade de livros baratos. Convidara-a para tomar um chá e serviu-lhe a bebida em uma xícara lascada, mas muito limpa. Enrique acreditava que os pintores, escritores e compositores trabalhavam para ele, oferecendo-lhe suas obras. Ele sabia de tudo que estava acontecendo no mundo da arte. Ia a igrejas onde apresentavam concertos gratuitos e não tirava férias, mas durante os feriados viajava para as diferentes cidades da Europa para visitar museus e castelos. Entre erudito e asceta, ela teria concordado em viver ao seu lado se ele tivesse pedido. Mas Enrique gostava da solidão. Ela o buscava na saída da escola onde ele dava aulas de Espanhol e o levava ao cinema e depois a um restaurante, luxos que ele não podia se permitir. Deu-lhe um casaco forrado de pele para que ele não tiritasse pelas ruas de Paris, e ele, agradecido, fez para ela a lista de livros que eram essenciais ler, dos gregos aos autores contemporâneos, para sair da ignorância. Ela comprou quase todos eles, colocando-os em três baús que planejava enviar de navio em seu regresso.

Era a isso que aspirava, a uma vida de leitura e reflexão. Acordar cedo, tomar uma xícara de chá sem açúcar, limpar a enorme casa que herdara dos pais e, à tarde, começar a ler até a hora de sair para buscar os netos na escola, porque suas quatro filhas trabalhavam e ela não queria deixá-los nas mãos de empregadas obtusas que poderiam estragar seu caráter. Tinha muitas leituras pela frente para tentar descobrir o como e o porquê das coisas. Planejava permanecer na Sorbonne por um tempo para se iniciar em Filosofia, e voltaria alguns anos depois com seu diploma do bacharelado, a fim de se matricular como Deus manda. A essa altura, seus netos já estariam educados e não precisariam de sua proteção. O simples pensamento de que iria deixar para trás seus compromissos como esposa, mãe e avó fazia com que ela se sentisse liberta. Em sua família, as mulheres envelheciam lentamente e morriam muito velhas, mantendo uma boa saúde física e mental. Pela primeira vez na vida, ela estava livre e podia fazer o que quisesse. Mas havia algo de insidioso na experiência: quase sempre chegava tarde demais e era impossível comunicá-la aos outros. Isabel, aquela mulher de olhos desesperançados que, segundo Ángela de Alvarado, estudara Direito e chegara a Paris como diplomata, a ouviria? Não, certamente se apegaria a Claude para dar às filhas uma educação secular. Foi o que Virginia lhe disse, acrescentando que a prima achava que estava apaixonada por aquele mequetrefe.

Os latino-americanos chegavam como hordas, pensava Claude, sentindo que estava enlouquecendo de raiva, punham o toca-discos nas alturas e dançavam ao ritmo de danças selvagens. Por sorte, ele não tinha gastado nem um franco em uísque e lanches, mas aquele apartamento pertencia a ele e os convidados de Isabel pareciam ignorá-lo. Se ao menos fossem trabalhadores e não burgueses incapazes de um gesto de solidariedade para com a miséria humana. Sem saber por quê, odiava especialmente os favorecidos do Terceiro Mundo, que desde a Conquista tinham torturado e escravizado os indígenas e os negros. Isabel vinha daquele meio, descendia de homens e mulheres altivos e acostumados a impor sua vontade. Bastava ver seu porte e suas maneiras, mesmo sendo gentil com as pessoas. Quase tinha tido um ataque no dia em que seus colegas da escola do partido tiveram a ideia calamitosa de buscá-lo em casa. Isabel lhes abriu a porta e convidou-os a entrar, aparentemente sem reparar no seu aspecto de homens rudes. Eles, por outro lado, perceberam sua elegância e o ambiente em que viviam. No caminho para a escola, fizeram-lhe perguntas cautelosas e ele foi forçado a inventar que Isabel era uma ex-guerrilheira refugiada na França. De volta ao apartamento, ele teve um ataque de raiva e a proibiu de abrir a porta novamente entre oito e dez da manhã, horas durante as quais seus condiscípulos podiam vir procurá-lo. Ele a deixava ir sozinha ao mercado por medo de que os membros do partido que moravam em seu bairro a conhecessem.

Ele não tinha como situar Isabel: destoava de sua família por causa de suas ideias liberais, que ela expunha com facilidade, e ele não podia apresentá-la a seus companheiros, que veriam nela uma burguesa. Queria guardá-la para si, e sua necessidade de fazer traduções a mantinha trancada em casa. Apenas suas amigas e primas insistiam em visitá-la, quebrando a cerca de arame que ele havia colocado ao seu redor. Desconfiava dos latino-americanos porque com eles poderiam vir os espanhóis que anos atrás haviam tentado envenená-lo. Juana dizia que essa história tinha sido fruto de sua imaginação, mas os fatos não podiam ser negados.

Ele levou um tapa em público e no dia seguinte encontrou a porta de seu apartamento aberta à força e dois ratos mortos ao lado dos móveis que serviam de despensa; além disso, na geladeira encontrou um ovo furado. Ficou com tanto medo que jogou fora toda a comida, juntamente com toalhas e lençóis, e se instalou na casa de seus pais por nove meses. Com eles se sentia protegido, como se nada lhe pudesse acontecer naquela mansão que tanto odiava na infância. Contou tudo à mãe, que foi compreensiva e generosa. Em nenhum momento duvidou de seus medos. Comprou roupas para a casa e ela mesma bordou suas iniciais nas toalhas e guardanapos. Um dia lhe disse: "Claude, acho que seus inimigos deixaram a França e você pode voltar para seu apartamento". E, de fato, ele comprovou que ninguém o seguia e encontrou intacta a nova fechadura que instalara antes de sair. Ele visitou Juana de novo durante a semana. O sábado em que se encontrou com Isabel foi para provar a si mesmo que não tinha medo dos espanhóis. Estavam por todo lado na casa de Juana, mas também nos grupos de Testemunhas de Jeová, que começaram a assediar Isabel assim que viram seu nome na caixa de correio. Os espanhóis, apesar do que a mãe dissera, não o perdoaram por tê-los insultado. À noite, quando voltava para casa depois de estacionar o carro, ouvia a voz deles sussurrando na escuridão. Fingiam sair do cinema para espioná-lo. Curiosamente, a impressão de ser seguido se acentuara desde que conheceu Isabel, como se os espanhóis não gostassem de vê-lo na companhia de um deles, já que Isabel não tinha nada de mestiça, apesar da história que contava de que uma de suas bisavós se apaixonara por um indígena e desses amores teria nascido a mãe de seu pai, algo perfeitamente escandaloso aos olhos de sua família, católica e conservadora. Apenas sua irmã Geneviève, que viajara muito pela América Latina, dizia que talvez fosse verdade, dada a fisionomia de Isabel. De qualquer forma, os espanhóis não o perdiam de vista e Virginia, uma amiga deles, havia encontrado uma maneira de entrar na sua casa sob o pretexto de organizar uma festa para animar sua prima. Essa situação jamais se repetiria.

Como se captura alguém prestes a se afogar, pensava Florence, Virginia tinha vindo buscá-la em seu quarto para trazê-la àquela reunião. Nunca pensou que desceria tão baixo. Jérôme a trocara por um homem, aproveitando para expulsá-la da loja, e ela teve de recorrer à caridade de suas antigas amigas, oferecendo-se para passar as camisas de seus maridos. Ia trabalhar com o casaco de vison, a única coisa que lhe restara do naufrágio, e passava quatro horas de manhã e outras quatro à tarde ganhando apenas o suficiente para sobreviver. Agora entendia por que os trabalhadores faziam greve e via as diferenças salariais como um escândalo. No início, suas amigas iam até o quarto onde ela passava e lhe ofereciam um café, depois pararam de fazê-lo e, sem perceber, tornaram-se suas patroas.

Ela também havia mudado. Descobriu isso um dia em frente à vitrine de uma loja de departamentos quando viu uma mulher mal penteada de ombros caídos e com uma expressão abatida que se parecia confusamente com ela. Quando entendeu que era seu reflexo, pensou: "Meu Deus, como estou velha". Nesse momento, uma cigana quis ler as linhas da sua mão, mas ela a rejeitou com um gesto de nojo. Seu futuro havia sido traçado desde que Pierre pediu o divórcio. Jérôme representava apenas uma pedra à qual se agarrara por um momento antes de cair no fundo do precipício. E pensar que Isabel, com aquele apartamento, se permitia ao luxo de ter uma depressão nervosa. Diria a ela, na primeira oportunidade, para parar de tolice e conservar o homem que queria ser seu marido, mesmo que não pudesse suportá-lo sexualmente. Os homens pediam muito pouco: meia hora à noite e o resto do tempo deixavam a mulher em paz, permitindo-lhe desfrutar das melhores coisas da vida: vestir-se bem, ter um carro e pagar a uma moça para fazer o trabalho. Agora que tinha descido ao nível de empregada, lembrou-se com nostalgia de seus anos ao lado de Pierre, ansiando furiosamente por suas vantagens materiais, o apartamento, a mansão na Normandia e o fato de poder comprar uma roupa chique e ir duas vezes por semana ao salão de beleza. Pierre era mesquinho, mas dava-lhe os meios para se mostrar bem. Além disso, dava-lhe uma quantia em dinheiro todos os meses para cobrir as despesas da casa e, como ela sabia administrar, podia fazer economias, apesar de receber os convidados perfeitamente. Era a dona de casa ideal: levantava-se bem cedo para passar o aspirador, colocava a roupa na máquina de lavar e ia ao mercado comprar os ingredientes para as receitas culinárias que lhe permitiam preparar seus maravilhosos jantares. Mesmo que não houvesse convidados, ela servia pratos a Pierre que pareciam ter saído do forno de um grande cozinheiro. Parco em seus elogios, Pierre era forçado a afirmar que não tinha necessidade de ir a restaurantes para comer como um rei.

Qual era o sentido de continuar a pensar nisso? No entanto, a memória do passado lhe permitia continuar de pé. Ao seu redor havia pessoas olhando para ela como se fosse uma mulher pobre rastejando pelas ruas de Paris. Só diante de Virginia e Louise ela podia evocar aqueles anos de riqueza, quando recebia a nata da sociedade parisiense. Suas lembranças tendiam a ser confusas, mas havia uma gravada em sua memória com surpreendente clareza: a festa na casa da marquesa de Epineuseval. Entre os convidados circulavam os adultos da família, e os demais, os velhos e as crianças, estavam sentados em arquibancadas montadas para a ocasião, como em um estádio, e todos pareciam estar vestidos da mesma forma e tinham o ar etéreo dos enfermos. Foi Gaby a primeira a perceber e acrescentou: "Eles imaginam que lhes servimos como bufões". Ela imediatamente se apresentou a eles dizendo: "Muito prazer, sou a princesa de Putumayo". O mais engraçado foi que eles acreditaram na história e se levantaram, fazendo-lhe uma reverência. Logo se espalhou a notícia de que ela, Florence, tinha vindo na companhia de uma aristocrata latino-americana e seus amigos a recriminaram por tê-la escondido. A marquesa de Epineuseval parecia desnorteada. "Se ela é princesa, é filha de um rei", a ouviu dizer, "mas onde fica Putumayo?" "Deve ser um reino fundado por um dos conquistadores", observou um homem presunçoso. Em suma, uma grande confusão se instalou, as pessoas inclinavam a cabeça quando Gaby passava, e ela, Florence, não sabia como resistir à vontade de rir. Além disso, as duas taças de champanhe que havia bebido se acumulavam em sua bexiga sempre estreita e ela estava morrendo de vontade de ir ao banheiro, mas não ousava deixar Gaby sozinha, mesmo que a visse desempenhar muito bem seu papel. Por fim, ela superou o medo do escândalo que poderia estourar a qualquer momento e aproveitou uma ocasião em que estavam longe dos convidados para implorar que fossem embora o mais rápido possível. "Você tem razão", disse Gaby, "em uma situação como essa, Napoleão teria lhe garantido que a melhor estratégia é fugir".

Uma vez na rua, soltaram a risada e ela não conseguiu se segurar e se escondeu atrás de um carro para urinar. Gaby disse: "A princesa de Putumayo tem uma amiga com incontinência", e ambas caíram na gargalhada. Era lua cheia e por uma vez o céu de Paris estava limpo. Caminharam um quarteirão até o carro, mas a brisa da rua a embriagou e Gaby teve de dirigir. Levou-a para casa e depois pegou um táxi de volta para a dela. Naquela época, Gaby era encantadora. Alegre e despreocupada, zombava do mundo inteiro. Em uma ocasião, foram ao Museu Rodin e, como estavam fazendo reformas, suspenderam o sistema de alarme. No terceiro andar, Gaby pegou um desenho do escultor e, enquanto ela tremia de pânico, desceram as escadas e

Gaby, com o desenho na mão, aproximou-se do escritório da direção do museu e disse a uma secretária com horror que era escandaloso deixar as obras de Rodin à mercê de qualquer ladrão. A secretária agradeceu, prometendo que instalariam guardas em todas as salas do museu. Essa era a Gaby que ela queria. Como pôde tratá-la tão mal na última vez que foi ao seu apartamento? Ela fez a mesma coisa que suas velhas amigas faziam com ela agora, desprezando-a porque ela não tinha dinheiro. Queria lhe dizer que se arrependia, mas Gaby não guardava o menor rancor em relação a ela, Louise havia explicado; além disso, era profundamente grata a Florence por ter lhe obtido, graças a Eve, os remédios durante os primeiros meses de sua doença.

E se aceitasse a proposta de López?, Olga se perguntava indecisa. López chegara incógnito a Paris com seu endereço e uma caixa de sanduíches que sua mãe lhe enviou. Ele tinha envelhecido, mas mantinha seu bom humor e sua capacidade de fazê-la rir. Queria ir visitar os castelos do Loire. Ela o acompanhou e, de viagem em viagem, López deixou de ser o amigo de seu pai que lhe contava histórias infantis para se tornar um homem de olhos prementes que declarava seu amor por ela a todo momento. Quando regressou a Paris, prometeu dar-lhe os filhos que queria ter. Aquele detalhe banal a comoveu. Em todos esses anos de relacionamentos amorosos, Roger não deixou de usar preservativos, supostamente para não criar traumas nos filhos nascidos do ventre de sua esposa. E ela, enfim, queria fundar uma família. Entre ser amante de um Roger ainda em psicanálise, frágil como donzela, e se tornar esposa de López, não houve a menor hesitação. Restavam, no entanto, dois problemas: a ideia de se estabelecer em Bogotá a deprimia, e ela não sabia como era o comportamento sexual de López, que não queria fazer amor antes do casamento, o que significava duas coisas: uma, ou ele estava apaixonado por ela romanticamente ou tinha medo de decepcioná-la. Ela começou a amá-lo em um restaurante, quando em tom de brincadeira pegou suas mãos e López acariciou as pontas dos seus dedos. Não conseguiu se conter e, pondo a outra mão na nuca dele, aproximou o rosto e o beijou, para espanto indignado dos vizinhos à mesa, que certamente acreditavam que os dois eram pai e filha. López confidenciou que a amou loucamente quando ela tinha doze anos, mas que não se atreveu a lhe dizer nada. Só falou sobre isso com Juan Velázquez, seu companheiro de farra, em cujo ombro chorou de desespero. Então seu pai a trouxe para a Europa e nunca mais a viu. O encontro deles agora era uma segunda chance que a vida lhe oferecia.

    López lhe dizia coisas muito bonitas, mas não passava à ação, nem mesmo na noite em que o levou para seu apartamento e lentamente se despiu em sua presença. Como estava frio, ela conservou suas meias, de lã, com vivas listras coloridas, que tinham estado na moda alguns anos atrás. López olhou para elas com horror. "Você parece um jogador de futebol", comentou, sem sair do lugar. Ela as tirou, aproximou-se dele e o fez se despir. Deitaram-se juntos no tapete da sala. Ela queria ver seu membro inerte em ereção, ser penetrada por ele repetidas vezes, e estava excitada pensando nos orgasmos que a aguardavam. Em vão, López não reagiu. Além disso, como ele podia fazer amor se tinha bebido uma garrafa de gim e uma garrafa de uísque antes de acompanhá-la em casa? Ela lhe disse francamente que não queria ter filhos com um alcoólatra, mas ele só respondeu que eles seriam encomendados às seis da manhã, quando os efeitos das bebidas da noite anterior tivessem acabado e antes de começar uma nova festa. No meio de sua confusão, López tinha uma lógica afiada que a inquietava. Assim, chegara a Paris um mês após a morte do pai, de quem era grande amigo, mas, quando Raúl Pérez era vivo, ele nunca teria ousado pedi-la em casamento. Ela sentiu isso, pois sabia que López estava ciente da imensa fortuna que seu pai lhe deixara. No entanto, tais reflexões poderiam torná-la paranoica e prejudicar sua existência. Virginia dizia que na vida era preciso fazer "como se" e os problemas se consertavam. Ela não pensaria mais nisso: faria como se López a amasse, casaria-se com ele e teria vários filhos.

6

Depois de meses de depressão, psicanálise e soníferos, Isabel decidira abandonar Claude. Não suportava a presença dele. À noite, fingia adormecer de imediato e se afastava o máximo possível do centro da cama para não se esfregar contra sua pele. Ouvi-lo falar durante o jantar a mergulhava em um estado de cólera silenciosa que a fazia ter ondas de sufocamento. Tinha de ir para a sala, abrir uma janela e, com o ar da noite, ia recuperando o fôlego. Havia extraviado seus documentos de divórcio cinco vezes, às vezes os deixava em casa, às vezes os perdia no metrô. Chorava tanto e se sentia tão infeliz que um dia tinha ido ver a psiquiatra de Geneviève e entre lágrimas lhe disse que estava louca porque, apesar de ter tudo para ser feliz, estava profundamente infeliz. A mulher, cujas pupilas calmas pareciam refletir as pálidas flores do equilíbrio, perguntou-lhe quem tinha dado seu endereço, e, quando ela começou a lhe explicar as coisas, interrompeu-a: "Então você mora com Claude, irmão de Geneviève", disse ela. "Você não é louca de jeito nenhum, mas precisa de psicanálise." E ali mesmo ela pegou o telefone e ligou para um médico amigo dela no Hospital Saint-Jean, pedindo que a recebesse o mais rápido possível.

Ela, Isabel, havia lido vários livros de Freud, mas nunca pensou que a perspectiva de falar sobre sua vida para um psicanalista a angustiaria tanto. Na véspera da consulta, não conseguia dormir apesar dos soníferos e, quando entrou no metrô para ir ao hospital, seu coração batia assustado. Na sala de espera havia pessoas com expressões abatidas e olhos ora inquietos, ora febris. Uma enfermeira veio buscá-la e anunciou que o dr. Gral a atenderia no consultório número três. Quando entrou viu um homem tão lindo, que não conseguiu se conter e lhe disse de repente: "Como você é lindo, tenho certeza de que vou me apaixonar por você". O rosto do dr. Gall se contraiu como se tivesse recebido um balde d'água fervente, mas um segundo depois recuperou a expressão destemida e a psicanálise começou. Lembrava-se de que quando criança, aos dois anos de idade, desejava o pai, ou melhor, desejava que a mão do pai acariciasse seu sexo. Isso acontecia todos os dias por volta das seis da tarde, antes do jantar. Seu pai chegava do trabalho e eles se deitavam juntos em sua cama dobrável. Então ele começava a contar suas histórias inventadas para ela em que havia muitos animais ferozes, tio tigre, tio leão, tio urso, que eram ridicularizados pela astúcia de Buny, o coelho, um personagem com quem ela se identificava. Buny era pequeno e frágil, mas tinha inteligência suficiente para vencer todas as lutas. Enquanto lhe contava essas histórias, o pai acariciava sua perna e ela desejava desesperadamente que sua mão fosse um pouco mais alto, para sua intimidade. Então se apaixonou pelo pai de Gaby, o tio Julián, que a fazia pular em seus joelhos, e essa mesma capacidade de desejo foi movendo-a para outros homens, até que ela o encontrou, o dr. Gral. Teve de superar um monte de escrúpulos antes de falar com ele sobre Claude. Referindo-se a ele, dizia: "O homem com quem vou me casar", e, quando o dr. Gral lhe perguntou qual era o nome desse homem, ela ficou espantada ao descobrir que havia passado dois meses sem dizer como ele se chamava.

Quanto mais avançava em sua psicanálise, mais se afastava de Claude. Sua ambição de mudar o mundo ignorando os desejos da maioria dos homens lhe parecia infantil, ficava chocada ao vê-lo aparecer carregando pombos assassinados nas mãos, e odiava sua hipocrisia de caluniar a burguesia enquanto desfrutava da fortuna de sua família. Em outras palavras, a psicanálise lhe permitiu descobrir a realidade: ela não o amava e nem sequer estava apaixonada por ele. Mas não podia abandoná-lo sem conseguir um emprego que lhe permitisse sustentar a si e as gêmeas. Usando sua influência, Virginia lhe encontrou um emprego como tradutora na Unesco e ela finalmente viu o caminho para a libertação.

A essa altura, Claude tinha se envolvido em uma briga com um policial, a quem recriminava por persegui-lo, aplicando-lhe multas porque estacionava sua Mercedes na faixa de pedestres, o que era verdade, mas Claude não queria reconhecer e procurou um advogado para processá-lo. Dessa forma, ele conheceu o policial em questão e uma noite o seguiu até o metrô com o objetivo de explicar a teoria marxista e como ela era usada pelos inimigos do proletariado. O pobre policial achou que ele era louco e, apavorado, correu pelas galerias do metrô enquanto Claude o perseguia cantando "A Internacional". Ele voltou para o apartamento com o rosto vermelho e feliz com o feito. "Plantei a dúvida em sua consciência", disse a ela. Na realidade, ele semeou o pânico, pois o policial não apareceu novamente e foi substituído por um mais experiente, que, assim que encontrou a Mercedes na faixa de pedestres, trouxe um guincho e Claude teve de ir a um depósito e pagar uma multa para recuperá-lo.

Ele estava nessa crise quando ela, Isabel, anunciou sua decisão de ir embora com as gêmeas. Claude correu para ver um médico comunista e quem sabe o que disse a ele, o fato é que recebeu uma prescrição com remédios para os loucos furiosos e naquela mesma noite, como ela estava gripada, acordou-a dizendo que ela havia esquecido de tomar a aspirina antes de ir para a cama. Sonolenta por causa dos remédios para dormir, ela engoliu aquela pílula que imediatamente paralisou seu corpo da cintura aos pés. Uma das gêmeas, também gripada, dormia ao seu lado, e qual foi seu horror quando viu Claude enfiar algo em sua boca. Conseguiu dizer para ela não tomar nada antes de Claude jogar Isabel no chão com um tapa. Lá ela passou a noite, deitada ao pé da cama e, de madrugada, quando se arrastava para o outro lado do quarto tentando alcançar o telefone para alertar suas primas, dois homens a enfiaram em uma camisa de força e a levaram de ambulância para o Hospital Saint-Jean. Deixaram-na em um quartinho enquanto o interno de plantão tentava desembaraçar os fios daquela situação inusitada, pois nenhum médico lhe tinha ordenado o confinamento e o homem que o exigia parecia mil vezes mais louco do que ela. Enquanto isso, um dos maqueiros da ambulância entrou no quartinho e a estuprou, dizendo: "Denuncie-me se quiser, será mais uma prova de sua loucura". Ela entendia isso muito bem: não conseguia andar, não conseguia nem articular uma palavra, mas sua mente permanecia lúcida. Finalmente, o plantonista telefonou para o dr. Gral, chefe de psiquiatria do Hospital Saint-Jean, o qual lhe ordenou que a tirasse dali imediatamente e a levasse ao seu consultório, para protegê-la de Claude. Pelo menos foi essa a explicação que lhe deu mais tarde, quando veio vê-la por volta das seis da manhã acompanhado de um cão.

Era um daqueles domingos de verão em que o calor persistia dia e noite. Muitas das pacientes do dr. Gral estavam nuas e as enfermeiras não conseguiam trégua para cuidar delas. Ela, Isabel, ficou na cama onde tinha sido depositada e esperou os efeitos da droga que Claude a obrigou a engolir desaparecerem. Só no dia seguinte conseguiu telefonar a Virginia para que fosse buscá-la. Juntas, elas foram até o apartamento de Claude e ela, Isabel, exigiu que ele entregasse as chaves da casa e o jogou na rua, ameaçando processá-lo por ter lhe dado esses remédios e depois trancá-la em um hospital psiquiátrico. A princípio espantado e furioso ao vê-la libertada, Claude desmoronou diante do perigo de ir para a prisão. Enquanto Isabel entrava no banheiro para tomar banho, ele arregalou os olhos alucinados e, como se entendesse pela primeira vez o que estava acontecendo, disse a Virginia: "Agora eu realmente a perdi". Mas Virginia não se comoveu e, tirando uma maleta de um armário, ordenou que ele colocasse suas coisas nela e saísse o mais rápido possível até que sua prima encontrasse um apartamento. Foi o que Virginia contou a ela, Isabel, mais tarde enquanto bebiam chá quente e acendiam um cigarro. Então Virginia a convenceu a acompanhá-la até a casa de campo onde Thérèse passava férias em sua companhia. A casa, de propriedade do primeiro marido de Thérèse, tinha três andares, um jardim, uma piscina e ficava muito perto de Paris. Maurice estava com as gêmeas e ela achava sombrio passar a noite no mesmo apartamento onde Claude a profanara dois dias antes, pois se sentia ultrajada nas profundezas de sua integridade. A notícia de sua internação em um hospital psiquiátrico se espalhou por toda parte e o telefone não parava de tocar. Virginia atendia e dava às amigas o endereço de Thérèse. Por fim, se foram e, antes de deixar Paris, fizeram compras em um mercado para não abusar da hospitalidade de sua anfitriã.

Thérèse as viu chegar com uma angústia secreta. Apesar do que tinha acontecido, Isabel estava muito bonita, e Lucien gostou dela imediatamente: puxou para trás os cabelos e lançou um olhar inquisidor para a ponta de seus mocassins de couro, sinal de que estava interessado em uma mulher. Lucien tinha sido seu amante e, agora que ele havia se casado e sua esposa estava esperando um filho, cabia a ela usar todos os tipos de truques para convencê-lo a passar uma noite em sua casa, certa de que só desta vez faria amor com ele novamente. Lucien era um mago que conhecia os segredos de seu corpo e ela passara o verão inteiro esperando por aquele momento. Mas Isabel aparecera justo agora e podia fazer seus planos naufragarem. A história de seu confinamento em um hospital psiquiátrico havia despertado a indignação de Lucien, e sua bela aparência, de mulher de boa linhagem, despertava seu desejo. Certa vez, ela pensara que Lucien e Isabel haviam sido feitos um para o outro. Eles tinham a mesma sensibilidade e vinham da mesma origem social. Se ela os tivesse apresentado, estariam juntos e ela não o teria perdido completamente, graças às suas relações com Virginia. A esposa de Lucien era uma megera ciumenta que se apressou em engravidar para colocar uma argola em seu nariz, como a dos ursos amestrados, e o proibiu de ver suas ex-amantes. Ela não pedia muito, passar uma noite com ele de vez em quando e conservar sua amizade. Lucien a aceitava como ela era, gorda e vulgar, mesmo que não pudesse amá-la. Mas apreciava sua comida, seu senso de humor e sua capacidade de entender as pessoas.

Ela tinha aprendido muito havia alguns meses. Ler o tarô lhe ensinou mais do que qualquer aula de Psicologia em uma universidade: bastava sugerir duas ou três ideias e ouvir seus clientes. Ambição e amor eram os temas que lhes interessavam. Ela achava comovente ouvi-los perguntar se ganhariam a eleição ou obteriam uma promoção na empresa ou conseguiriam conquistar uma mulher. Thérèse tinha certeza de que eles eram bons: homens maus não hesitavam em consultar um médium. O mesmo pensava Octavio, seu professor de Astrologia, a quem pagava dois mil francos por mês por oito horas de aula nos fins de semana. Tirando seu mau humor, Octavio era um excelente amante, e ela não entendia por que sua esposa, Anne, o rejeitava. Eles formavam um casal amaldiçoado pois, apesar de suas múltiplas aventuras, continuavam a se ver e saíam juntos. Ela havia se tornado muito amiga de Anne e esperava recebê-la naquela noite, sem temor, pois ela não era da classe de mulheres que interessava a Lucien. Como Anne era feia, faziam parte do mesmo time. Cabia a elas seduzir os homens por força da inteligência. Também da generosidade: era preciso minimizar seus defeitos e exaltar suas qualidades, agradecendo-lhes interiormente por tê-las notado. Mulheres bonitas podiam se dar ao luxo de serem reticentes e certamente eram mais contidas na cama. Mas até isso excitava os homens, que viam em cada passo por trás do pudor uma conquista, em cada renúncia uma batalha vencida. Ela e Anne não conseguiam se conter e chegavam com tudo. Que homem aceitaria acariciá-las até lhes dar prazer? Elas não podiam se dar ao luxo de tais melindres, concluíram no dia em que falaram sobre isso.

 Assim que Claude chegou ao seu apartamento e lhe contou sobre suas desventuras, ela, Geneviève, decidiu seguir Isabel para recuperar as chaves e acompanhar o curso das coisas. Quando entrou naquela sala, entendeu o quão tolo era seu propósito, já que as primas de Isabel a protegiam como uma escolta. Além disso, era evidente que Virginia desconfiava dela, apesar de ter dado o endereço de Thérèse. No entanto, poucas pessoas compreendiam como ela o que Isabel devia ter sofrido, drogada à força e encerrada em um hospital psiquiátrico com mulheres que gritavam e enfermeiras que as tratavam de qualquer maneira. Para evitar isso, ela ia justamente a uma clínica particular. Repreendeu Claude com severidade, até que ele perdeu o ar impertinente de "sou eu quem tenho razão", e apesar de quão bem ele se comportou com ela quando Benoît a deixou. Claude foi um anjo. Passava o dia inteiro ao seu lado, temendo a irrupção de uma crise, levava-a ao cinema e comprava chocolates porque tinha ouvido falar que continham magnésio e afastavam a depressão. Mas houve uma crise e, pela primeira vez, temeu nunca sair dela. Ficou trancada na clínica por um mês e meio, tomando os remédios que Claude provavelmente tinha feito Isabel tomar, até que perdeu a noção do tempo e esqueceu a traição de Benoît.

Tudo isso aconteceu tão rápido que ela não teve como se defender. Uma noite, jantando com Anne, Isabel e Gaby, elas conversavam sobre as conquistas do feminismo quando, de repente, Benoît ficou furioso e saiu de seu apartamento batendo a porta. No dia seguinte, ela foi para casa fazer as pazes e encontrou uma garota acomodada lá, e suas coisas enfiadas em uma mala barata. Muito jovem, cerca de vinte e cinco anos, ela parecia tão determinada que Geneviève não teve dúvidas de que era amante de Benoît já havia algum tempo. Mais tarde, ela soube que tinha ajudado Benoît a escrever seu livro. Essa foi a gota d'água: permitiu que ele ordenasse suas ideias confusas sobre o comportamento dos jovens, a outra as escrevia e ele assinava o livro e aparecia na televisão. Mas o que mais a magoou foi saber que a garota tinha sido amante de Benoît por meses sem que ela soubesse de nada. Isso explicava seus silêncios, seus comentários irônicos, sua exasperação. Devia vê-la como um obstáculo, ela, Geneviève, que com um estalar de dedos poderia conseguir o homem que quisesse, apesar de seus cinquenta anos. Essa ideia permitiu-lhe sobreviver.

Quando foi a um coquetel pela primeira vez, depois de quatro meses de confinamento, seduziu Alain, um engenheiro que ganhava muito bem a vida, sobrinho de um dos filósofos mais conhecidos da França e relacionado, graças à esposa, com o mundo da imprensa. Desde o início exigiu casamento, porque não queria repetir a história de Benoît. E Alain tinha ido pedir o divórcio à mulher na Bretanha, onde costumavam passar as férias de verão juntos. Fez-lhe prometer que lhe enviaria uma carta todos os dias e a partir das sete da manhã começava a esperar pela chegada do correio. No entanto, nada disso a impedia de ter amantes e ela gostaria de conquistar Lucien, o belo amigo de Thérèse.

As intenções de Geneviève eram tão evidentes que Gaby se sentia desconfortável. Pensava na esposa de Alain, que devia estar sofrendo um inferno. Imaginava Alain, que vira várias vezes na companhia de Geneviève, forçado a romper trinta anos de casamento feliz para agradar aos caprichos de uma mulher que não lhe era fiel mesmo naqueles momentos difíceis. Boa maneira de começar um relacionamento amoroso. Como Claude, Geneviève acreditava que tudo lhe era permitido. Ambos se escudavam atrás de desculpas vagas, o sacrifício de escritor para Claude, a traição de Benoît para Geneviève. Com esses pretextos tomavam o mundo à sua frente e deixavam que os outros se virassem como pudessem. O que Claude fizera com Isabel era simplesmente horrível: forçá-la a engolir remédios destinados a loucos, levá-la a um hospital psiquiátrico e deixá-la sozinha, permitindo que um socorrista a estuprasse. Por sorte, Isabel podia deixá-lo agora que, graças a Virginia, conseguira um emprego. Ela trabalharia, educaria as gêmeas e seguiria sua vida. Certamente havia outros homens em seu destino, embora ela não a imaginasse tendo aventuras como eles. Isabel era muito formal e inclinada a levar as coisas do amor a sério. Ela se casaria novamente, a menos que sua decisão de se tornar escritora, revelada em grande parte pela psicanálise, preenchesse toda a sua existência. Enfim, o capítulo de Claude estava terminado. Daqui a duas semanas, Isabel começaria a trabalhar e depois poderia esquecer o choque de indignação, reduzindo gradualmente o consumo de soníferos para ter a mente clara.

O trabalho tinha virtudes terapêuticas. Nada melhor do que acordar e saber que era preciso sair correndo para cumprir um compromisso em vez de ficar na cama remoendo as chagas de uma tristeza. E conhecer pessoas e se interessar pelas coisas. Tinha amigos em cada uma das grandes cidades europeias e bastava lhes telefonar para ir jantar na companhia deles nos restaurantes da moda. Às vezes, eram ex-amantes cuja amizade ela havia conservado, porém mais frequentemente eram jornalistas que encontrava durante suas reportagens. Nada podia unir tanto as pessoas quanto suportar a adversidade e o medo. Enquanto trabalhava, ela conheceu Sven, um sueco que dos dezoito aos vinte e cinco anos teve relações incestuosas com sua mãe, libertando-se para sempre de todas as suas inibições. Ela viveu uma aventura apaixonada e febril ao seu lado, que, como um alucinógeno, permitiu que chegasse ao mais íntimo de si mesma, mas teve a má ideia de apresentá-lo a Anne, que o tirou dela. Isso lhe produziu um mal-estar parecido com o que sentia agora vendo Geneviève flertar com Lucien. Ela não suportava a falta de solidariedade. As teorias feministas entrariam em colapso se as mulheres agissem entre si como violentas. Geneviève parecia não dar a mínima para o que a esposa de Alain estava sofrendo e Anne não se perguntara por um minuto o que ela sentiria quando perdesse Sven. Na realidade, ela sofreu pouco porque não apostava mais no amor para ser feliz, mas ficou chateada por uma de suas amigas se comportar assim. Quando Sven a deixou, depois de um mês, Anne se apressou em se reconciliar com ela. Foram juntas a um restaurante russo e comeram caviar acompanhado de coquetéis de champanhe. Quando saiu para a rua e recebeu o vento frio da noite no rosto, ficou bêbada e começou a gargalhar. Ela ria de Anne, de si mesma e daquela história absurda de pirataria amorosa que ameaçara uma amizade de dez anos. Enquanto caminhavam em direção aos Champs-Élysées, Anne tentava acalmá-la, mas ela só recuperou sua sanidade no calor do táxi que a levou para seu estúdio.

Aceitavam a frigidez, a mesquinhez e os maus-tratos para terem a ilusão de que eram um casal feliz, pensou Aurora observando Isabel, que bebia suco de laranja em pequenos goles. Ficava indignada por Isabel ter se posto em tal posição de inferioridade, que Claude se permitiu trancafiá-la em um hospital psiquiátrico. Pois ele devia desprezá-la muito, no íntimo, para lhe infligir tal tratamento. Essas coisas não aconteciam da noite para o dia. Uma relação abusiva havia sido estabelecida entre eles desde o início, e simbolicamente Claude havia vencido. Mas o que se poderia esperar de um homem desequilibrado que matava pombos e afogava gatinhos? Cinco vezes, Isabel lhe contou, tinha ficado na posição mais desconfortável à espera de uma gata vira-lata dar à luz para afogar seus filhotes. Em uma ocasião, ficou um mês sem eletricidade na casa de campo de Juana, quando todo mundo tinha ido embora por causa da chegada do inverno, até que uma gata que rondava por ali deu à luz. Ele a trancou em um quarto, pegou os animaizinhos recém-nascidos e os afogou em um córrego próximo. E com aquele homem Isabel pretendia compartilhar sua vida. Se fosse ela, teria voltado para Barranquilla, mesmo que as gêmeas fossem obrigadas a estudar religião. Ela também tinha aprendido o catecismo e tinha esquecido todas aquelas bobagens quando saiu da escola. Se ao menos Isabel reconhecesse a verdade. Paris era uma grande cidade onde a pobreza não era humilhante e os casos amorosos eram abundantes. Isso as encorajava a permanecer lá. Gaby, sua tia Virginia e todas as outras buscavam em Paris a liberdade de fazer o que quisessem, afugentando preconceitos e críticas. Mas Isabel, com seu ar de menina da primeira comunhão, perdia-se em labirintos impossíveis antes de reconhecer a simplicidade das coisas. Se ela decidiu abandonar Claude, foi porque o dr. Gral estava nos recessos de seu desejo. No dia em que menos se esperava, contaria que estava apaixonada por ele. Nesse meio-tempo, haveria outros, como aquele Lucien, que parecia estar sob a asa de galinha choca de Thérèse e que Geneviève tentava em vão seduzir.

Lucien não gostava de fazer Thérèse sofrer, mas este era seu último dia de férias e ele queria fechar a noite com um broche de ouro. Sentia-se perfeitamente apaixonado por Isabel, aquela mulher bonita que parecia estar em carne viva. Era fascinado por seu ar recatado e sua frágil aparência de porcelana que podia quebrar a qualquer momento. Amaldiçoava secretamente o homem que a trancafiou em um hospital e o desgraçado que a estuprou. Se os tivesse ao seu alcance, bateria neles até quebrar a cabeça dos dois. Porque Isabel despertava nele o desejo de protegê-la e, ao mesmo tempo, o desejo de fazer amor com ela, sem brusquidão, mas com a firme intenção de lhe dar prazer. Diane o trancara no beco sem saída do casamento, onde todos os dias eram iguais e a vida não era mais uma aventura, e sim uma rotina. Mentiu para ele fazendo-o acreditar que ainda estava tomando a pílula anticoncepcional e um dia anunciou que estava esperando um bebê. Pressionado pela família de Diane, católica até o limite, ele foi forçado a se casar com ela. A cerimônia lhe pareceu o enterro de sua vida de solteiro feliz, de sedutor impenitente, de homem livre que passava de uma mulher para outra, encontrando emoções e novidades. Agora, quando saía do trabalho, não podia se divertir procurando aventuras amorosas nos bares que frequentava. Não, ele tinha de ir para o apartamento onde Diane o esperava, com os pés inchados, como se ele fosse o único ser que importava na existência. Ela havia parado de trabalhar e consumia seu tempo entre limpar a casa e preparar receitas culinárias complicadas. Quando solteiro, ele comia um sanduíche antes de ir para a cama e pagava uma garota para passar suas camisas e ordenar seu estúdio. Diane a havia demitido e estava determinada a planejar aqueles jantares saudáveis e difíceis de digerir que o faziam se sentir como um porco. Ele havia se casado com uma dona de casa e, no entanto, antes do casamento, Diane era uma mulher independente que o acompanhava a festas e contava histórias engraçadas. Por que a vida conjugal se tornava tão monótona? Ele tinha certeza de que ainda era o mesmo, mas a personalidade de Diane havia mudado. Um dia, ao entrar no apartamento, surpreendeu-a dizendo a uma amiga o quanto gostava de cuidar das tarefas domésticas; levantar-se cedo para aspirar o tapete, limpar os banheiros e encerar os móveis. E então ir para a cozinha e, como uma fada, tirar do nada pratos deliciosos.

Até mesmo seu comportamento sexual havia se transformado. A intimidade calorosa que os unia deu lugar a um cansaço amoroso em que Diane parecia se entregar a ele para cumprir um dever desprovido de paixão. Ir ao mercado e estar grávida a enchia de satisfação. Ela e o bebê eram uma entidade separada, da qual ele estava excluído. Por mais que o amasse, aquela criança só parecia uma isca, e seu destino não lhe dizia respeito. Nos últimos meses, Diane e sua barriga cada vez mais inflada lhe produziam aversão. Era terrível admiti-lo, mas ele não a perdoava por ter imposto o casamento a ele. Isabel, por outro lado, não lhe parecia o tipo de pessoa capaz de submetê-lo a tais manipulações. Muitas vezes Thérèse lhe falara dela e sua relação com um homem odioso que se ajoelhava no chão junto à porta do banheiro para descobrir quanto papel higiênico ela usava e que destroncava pombos sob o pretexto de que sujavam a fachada do prédio onde ele tinha seus apartamentos. Homens assim o faziam se sentir incomodado por pertencer ao sexo masculino e agora ele queria apagar essas más impressões da mente de Isabel. Ela, que, como dizia Thérèse, não sabia se defender, apreciaria sua ternura de velha raposa curtida pela experiência, sem que houvesse um vencedor ou um vencido nessa aventura.

A única pessoa a notar que Lucien estava seriamente interessado em Isabel era Anne. As tentativas de Geneviève de seduzi-lo lhe pareceram ridículas. Ela havia informado que seu pai tinha uma mansão com quadra de tênis e piscina em Saint-Germain-en-Laye, um chalé nos Alpes e uma ilha no golfo de Morbihan. Tentou fazê-lo falar, prestando atenção exagerada às suas respostas, lacônicas e reservadas. Ela havia mencionado, de passagem, que três de seus irmãos tinham fábricas onde o talento de um economista podia ser apreciado. Lucien a ouvia sem se importar muito com o que ela dizia. Tinha aproveitado a ida de Thérèse à cozinha para se sentar ao lado de Isabel. Vendo-os assim, lado a lado, poderiam ter sido tomados por primos, como se fizessem parte da mesma família. O que sentiriam os homens bonitos, as mulheres belas? De qualquer forma, a vida devia ser mais fácil para eles. Ela tentara desde criança superar sua feiura graças ao balé, mas depois da adolescência, enquanto suas companheiras iam afinando, ela se tornou grossa e desajeitada como as mulheres da família de seu pai provavelmente eram. Seus professores nunca a convidaram para participar das apresentações públicas do balé. Aos dezoito anos, decidiu acabar com aquelas humilhações e veio para Paris trabalhar e esquecer o passado. Começou como vendedora e agora era ela quem escolhia os vestidos para cada estação. Sua breve estada em Santiago a deixara curada do espanto. Foi quando ela descobriu os inconvenientes de depender de alguém. Os homens logo estabeleciam relações abusivas com as mulheres e podiam chegar aos extremos a que Claude chegara quando pôs Isabel num hospital psiquiátrico, como lhe disse Aurora ao lhe contar a notícia ao telefone.

Ela, Anne, tornara-se implacável. Assim, enquanto gastava o dinheiro que Hervé tinha para ir aos Estados Unidos, ela o hospedou em seu apartamento. Hervé deu-lhe de presente um elefante de porcelana verde, um toca-discos e uma grande televisão, mas, quando decidiu ficar em Paris, alegando que não podia mais comprar a passagem de avião, colocou-o na rua. Uma coisa era viver com um homem que tinha planos e outra era suportar a presença de um inútil. Ela lhe disse isso e Hervé saiu de sua casa chorando. Suas lágrimas não lhe provocaram a menor compaixão. Ela tinha se aproveitado dele, tudo bem, mas, se ele era tolo o suficiente para se deixar depenar, não valia a pena. Às vezes, parecia-lhe que vivia em um mundo de aves de rapina. Eric havia roubado quinhentos francos dela, e por sua vez ela estava roubando Hervé. No entanto, a honestidade despertava seu respeito e a levava a se lembrar de si mesma havia vinte anos, quando conheceu Octavio e tentou por todos os meios fazê-lo feliz. Então ela era ingênua e capaz de ser generosa. Toda vez que se amavam ela sentia um prazer tão intenso que seu coração parecia prestes a explodir e ela não sabia como agradecê-lo por isso, mas Octavio teve um caso, e depois outro, e o relacionamento deles foi por água abaixo. Se ela tivesse tido um filho, seria menos dura. Isabel tinha as gêmeas e, de qualquer forma, era uma pessoa gentil. Certa vez, ouviu-a dizer que a cada passo se podia escolher entre o bem e o mal e que escolhia pontualmente o primeiro para não cair na terrível espiral do segundo. Ela estava certa, a prova era que todas as suas amigas vieram acudi-la, enquanto Claude estava sozinho.

Louise tinha acabado de chegar do campo quando Gaby lhe deu a notícia por telefone; apressou-se a vir mostrar a Isabel sua solidariedade, embora nos últimos meses não a tivesse visto porque não suportava Claude. Desconfiava do homem, e o que fizera estava na ordem natural das coisas. Um dia criticara sua situação na empresa onde trabalhava, tratando-a como cúmplice dos inimigos do proletariado. Ela se absteve de explicar a ele que foi uma simples vendedora nos primeiros anos e que, graças ao seu trabalho e tenacidade, subiu os degraus para se tornar diretora comercial. Ela não precisava se justificar para aquele mequetrefe que vivia do dinheiro do pai e não sabia o que era levantar às seis da manhã e pegar o metrô correndo para estar às oito horas no escritório. E estudar os altos e baixos do mercado e tomar as decisões certas. Um erro de cálculo, um erro de julgamento e ela imediatamente perdia seu cargo, ameaçado por aquela multidão de vice-diretores que ansiava por ocupar sua cadeira e seu escritório. Claude não sabia nada sobre essa tensão nervosa e, consequentemente, não tinha lições para lhe dar. Tal zangão tinha de ficar em silêncio e não recriminar ninguém por nada. No dia em que ele a insultou, Isabel saiu em sua defesa dizendo a Claude que em sua casa, se aquela fosse sua casa, ela não queria que suas amigas fossem maltratadas. E Claude colocou o rabo entre as pernas.

Com Claude a vida devia ser uma luta constante, e Isabel não tinha agressividade suficiente para combatê-lo. Ela vinha de uma família de mulheres tenazes, mas doces e bem-educadas, que sabiam escolher seus companheiros e se casavam por amor. A mãe de Isabel, apaixonada por um homem casado, aceitou o casamento para não ficar solteirona e ter pelo menos um filho, dizia Virginia. O mesmo tinha acontecido com ela, Louise, e ela ainda se arrependia agora. Passaria a velhice ao lado de José Antonio, que com o tempo se tornara mais puritano do que nunca e chamava Gaby e Virginia de prostitutas porque haviam feito amor com amigos dela que conheceram em sua casa. Se soubesse o número de seus amantes, teria uma parada cardíaca. Pois ela queria beber da vida até a última gota antes que os anos a confinassem ao mundo dos idosos. Felizmente, ela continuava a despertar o interesse dos homens e seu trabalho continuava a levá-la de um lugar para outro. Assistiu com horror à aproximação do momento de sua aposentadoria: ficar em seu apartamento o dia todo e suportar a presença de José Antonio à noite era uma perspectiva que lhe tirava a vontade de viver. Estava economizando para poder comprar uma pequena livraria; mesmo que não lhe desse dinheiro, iria mantê-la ocupada. José Antonio falava de se estabelecer no Midi na casa de sua mãe, quando ela morresse, e de viver com sua renda. Ela não o contrariava, mas nunca aceitaria aquela situação. O Midi estava bom para férias e nada mais. O resto, a dificuldade de encontrar serviço, o espírito provinciano que reinava entre seus habitantes e o convencionalismo de sua vida social, a enlouquecia. Sua mãe ficava muito feliz em ver as primeiras folhas da primavera aparecerem e preparar geleias para o inverno. Passava muitas horas podando o jardim, limpando a casa e polindo seus talheres e bandejas de prata. Ela não era como a mãe. Gostava de trabalhar e sair, viajar e ter casos amorosos. Poucos meses atrás, conhecera um italiano por quem quase perdera a cabeça.

Chamava-se Vittorio, e com seus cabelos lisos penteados para trás e seus olhos de aço parecia um falcão. Houve um dia, um instante ou talvez um segundo durante o qual ela pensou que seria capaz de abandonar tudo, filhas, amigos e trabalho, se Vittorio lhe pedisse para ficar com ele em Roma. A violência de sua própria paixão a deixou aterrada. Poderia, portanto, questionar suas teorias de liberdade permanente e de eterna errância? E se a resposta fosse afirmativa, havia algo além do prazer que ela não conhecia? Nos braços de Vittorio, ela sentia que o mundo inteiro era um ato de amor, que todos os empreendimentos da matéria animada tendiam a unir dois seres até a eternidade. Ao seu lado, compreendeu o êxtase dos místicos e a poesia dos loucos de Deus. Teria concordado em segui-lo para um leprosário, mas o caminho de Vittorio levava a uma simples gráfica da qual ele era o gerente. Mortal, seu amor teve começo e fim e ela conheceu a amargura de se submeter aos limites da condição humana. Mas encontraria outros, garantiu Gaby quando ela lhe contou sobre isso. Se mantivesse o coração aberto e não se deixasse enrolar na mesquinhez de espírito, conheceria novos amores, que seriam enriquecidos por sua experiência com Vittorio. Gaby, sempre generosa, quis lhe dar esperança. Em vão: a perda de Vittorio era um golpe fatal.

Acompanhada por Ángela de Alvarado, Florence veio apenas para jantar bem. Quando o verão chegava, seus clientes saíam de férias e ela não tinha camisas para passar. Morava em um quarto de empregada cujo aluguel era pago por sua irmã e, graças às suas economias mensais, podia cobrir as despesas de luz, água e telefone, mas lhe restava muito pouco para comer. Tinha de se contentar com pão, arroz e espaguete, alimentos que a engordavam. Nunca estivera tão desnutrida e nunca tinha sido tão gorda. Já não cabia nos vestidos que lhe restavam do tempo de Pierre e, no verão, tinha ido ao Secours Catholique. Lá lhe deram dois vestidos que certamente pertenciam a mulheres ricas, pois, embora fossem antiquados, eram de bom corte. Graças a Ángela de Alvarado, conheceu Helena Gómez e a melhor amiga desta última, Anaïs Fuentes, cujo marido, diretor da companhia de petróleo de seu país, havia roubado uma verdadeira fortuna do Estado, o que permitia a Anaïs viver como uma princesa. Na realidade, o marido a abandonara depois de lhe deixar vinte milhões de dólares e a guarda do filho. Anaïs queria reconquistá-lo e, acima de tudo, para afogar sua tristeza, bebia como um cossaco e fazia grandes festas.

Durante todo o verão, ela, Florence, havia se aproveitado de sua generosidade. Foram juntas para a Normandia e a Bretanha e ela ainda se surpreendia de estar viva, pois Anaïs dirigia a cento e oitenta quilômetros por hora com uma mão no volante e a outra em uma garrafa de vodca. Mas ela pagava tudo, até os maços de cigarros, e comprou a história de que Florence não tinha dinheiro no momento porque estava no meio de um divórcio. Junto com Anaïs, ela voltou a frequentar restaurantes de luxo, tremendo de medo de que algum velho amigo a reconhecesse. Era mais decoroso passar camisas no anonimato do que andar com uma mulher que gritava, batia na mesa para chamar o maître e comia de boca aberta. Mas ao seu lado, por mais vulgar que fosse, podia almoçar, jantar e beber uns drinques à noite. Servia como tradutora às vezes e quase sempre como confidente. Entendia muito pouco do que dizia, mas Anaïs repetia a mesma história e assim entendeu que seu marido, Jorge, vivia com uma mulher jovem e sem coração que o aturava por seu dinheiro e o enganava a torto e a direito. Anaïs não tinha o menor orgulho. Certa manhã fora à casa de Jorge e, quando o viu sair na rua, ajoelhou-se na calçada à sua frente, implorando que ele voltasse para ela. Mandava um detetive particular segui-lo, assediava-o ao telefone e, se a amante de Jorge atendia, insultava-a ferozmente. Histérica, bêbada e brega, Anaïs era a coisa que mais desprezava no mundo. Ser sua amiga era um novo sinal de decadência, mas, quando Anaïs partiu para a Espanha seguindo os passos de Jorge, duas semanas atrás, viu-se novamente sozinha e com fome. Certa vez, Virginia apareceu em seu quartinho com três sacolas de comida sob o pretexto de que iriam jantar juntas e resolveu seu problema por vários dias. No entanto, ela não tinha mais provisões e sentia o cheiro da fumaça que saía da cozinha de Thérèse com água na boca.

E se, em vez de levar Isabel para o hospital onde trabalhava seu psicanalista, Claude a tivesse internado em outro lugar?, perguntava-se Virginia. Despenteada e de pijama, Isabel podia repetir que não era louca sem que ninguém acreditasse, porque era o que diziam todos os doentes mentais. Não teria permissão para telefonar para Virginia e quem sabe quanto tempo ela teria ficado no hospital psiquiátrico. Ela ainda estava traumatizada: suas mãos tremiam levemente e, em duas horas, havia fumado um maço de cigarros. Pobre Isabel, embora seu relacionamento com Claude devesse terminar mais cedo ou mais tarde, nunca pensou que o fim seria tão horrível. Ela, Virginia, quase teve uma síncope quando ouviu sua voz ao telefone, tremendo como a de um fantasma, pedindo que levasse uma muda de roupa para ela no hospital. Deixaram-na entrar enquanto Isabel se vestia e ela viu um espetáculo que teria assustado o próprio Goya: mulheres nuas se contorcendo e gritando obscenidades em meio a um burburinho dos infernos, ou abatidas e chorando com uma expressão de melancolia fatal. Por um instante, Virginia ficou com medo de que não pudessem sair, e foi a passos largos que ela arrastou Isabel para seu carro. Estacionou em frente ao primeiro café que encontraram aberto, pediu dois sucos de laranja e foi ao banheiro enquanto eram servidos. Quando voltou, percebeu que não podia beber aquele suco e pediu uma xícara de chá ao garçom. Em seguida, Isabel contou a ela como havia sido estuprada pelo socorrista e seu medo se transformou em raiva. Ela sugeriu processá-lo, mas a perspectiva de ir à polícia e iniciar um julgamento angustiava sua prima. De qualquer forma, aquela raiva silenciosa serviu-lhe para confrontar Claude, tirar as chaves do apartamento e botá-lo na rua.

Agora se dizia que, se tivesse sido vítima desses ultrajes, estaria no escritório de alguma advogada, mas nada disso lhe aconteceria porque sabia escolher os homens. Guiava-se pelo instinto e pelas reflexões que encontrava no diário do tio, o sedutor. Como ele, ela permanecera solteira para conservar sua liberdade, e se abstivera de ter filhos para não ficar refém da vida deles. Sempre que pensava em sua situação, era tomada por uma onda de alegria. Seu trabalho lhe trazia satisfação. Hoje aqui, amanhã ali, ela sozinha representava uma galeria itinerante. Fossem pintores ou colecionadores, todos se tornaram seus amigos ao longo do tempo. Ela conhecia suas esposas e amantes, jantava na casa deles e servia como confidente. Era totalmente honesta: se um quadro parecia ruim ou mal-acabado, ela dizia ao seu autor e não hesitava em vendê-lo. Preferia ganhar menos dinheiro do que trair a confiança de seus clientes. Sete meses atrás conhecera uma felicidade intensa ao ver o último quadro pintado por Goya, uma tela em vermelho, preto e branco. Seu dono, um pequeno galerista, o encontrara havia vinte anos por acaso, quando comprou de um velho senhor à beira da morte todos os objetos que estavam em sua mansão. Como em todos esses casos, a notícia de sua descoberta se espalhou e o galerista, assustado, guardou a pintura em um cofre de um banco suíço e só cinco anos depois enviou o perito do Museu do Prado, que quase teve uma síncope quando verificou que se tratava realmente de uma obra de Goya, talvez a última.

Desde então, o especialista o acompanhara mais de duzentas vezes à Suíça, pois nenhum dos dois se cansava de olhar para a pintura. Se agora estava à venda era porque o proprietário, com câncer, queria deixar à mulher uma quantia significativa de dinheiro. Além de alguns museus, e Virginia desconfiava deles como a peste, não havia ninguém no Ocidente que pudesse levantar o dinheiro necessário para comprar aquela tela. Munida de uma fotografia, ela foi a Toulouse para ver o amigo através do qual entrou em contato indiretamente com os príncipes árabes, e depois de cinco meses o quadro foi vendido e sua comissão lhe garantiu o futuro para o resto da vida. Podia sentar e não fazer nada, mas tinha o trabalho no sangue.

Então continuava viajando e fazendo negócios. Descobrira um novo pintor, um místico obcecado pela luz em que acreditava ver o reflexo de Deus. Uma luminosidade branca brilhante invadia suas telas, desvanecendo figuras pintadas no estilo clássico do Renascimento. E Fred, seu melhor cliente americano, havia comprado toda a obra. Além disso, ele ligava para Virginia toda semana pedindo novos quadros, mas ela não queria importunar aquele garoto tímido que trabalhava como um monge rezando em sua cela. Era preciso deixá-lo pintar em seu próprio ritmo e respeitar seus momentos de abandono. Isso era algo que ele havia aprendido ao longo dos anos: a suposta preguiça intelectual dos artistas significava trabalho criativo do inconsciente. Isabel tinha lhe mostrado os contos que escrevera nos últimos meses entre uma tradução e outra. Eram muito bem construídos e expressavam total desesperança. Dez relatos de quinze páginas cada um constituíam um livro e ela já havia conversado com o diretor de uma editora de Bogotá para que o publicassem. Sem perceber, Isabel se tornara escritora. Talvez estivesse experimentando a fundo toda a miséria de sua vida para ter material narrativo. O abandono de Maurice e o inferno com Claude a tornaram mais sensível e humana. Era em grande parte por isso que ela atraía a atenção de Lucien, psicologicamente seu irmão gêmeo.

Apoiada na bengala, Ángela de Alvarado entrou na casa de Thérèse e, depois de cumprimentar a todos, foi sentar-se no sofá à direita de Isabel. Apertou a mão dela entre as suas para indicar que poderia contar com ela. Helena Gómez tinha lhe dado a notícia ao telefone e foi difícil para ela acreditar. Claude sempre causou uma impressão desagradável nela, mas daí imaginá-lo capaz de pôr Isabel em um hospital psiquiátrico era outra coisa. Ela costumava ligar para Isabel para ajudá-la a sair de seus colapsos nervosos e acabava conversando com ela sobre seus próprios problemas. Perdera o filho, Alejandro a abandonara. Um dia foi passar as férias com o pai nos Estados Unidos e não quis voltar. Não adiantava Gustavo se oferecer para comprar a moto que quisesse se voltasse para a França. Alejandro estava irritado: não aguentava, disse a Gustavo, morar com a mãe e estava disposto a estudar seriamente se ele o matriculasse em uma escola americana. Desesperada, ela viajou para Nova York e, no dia seguinte, Alejandro fez-lhe a maldade de desaparecer, deixando-lhe uma carta em que a aconselhava a ter mais dignidade e admitir de uma vez por todas que o destino, ou algo semelhante, os tinha separado. Aquela carta lhe queimou os dedos. Ela chorou de joelhos no chão, abraçando as pernas de Gustavo. Gritava de dor, como se um animal antigo e selvagem estivesse uivando do fundo de seu ventre. Ficou deitada na cama, sem comer por cinco dias, até que a polícia trouxe seu filho. Mas Alejandro ameaçou fugir novamente e mudar sua identidade para sempre. Então, ela teve de se resignar. Voltou sozinha para Paris e se instalou naquele apartamento agora muito grande, onde chorava todas as noites. Tomava café da manhã, almoçava e comia uma xícara de chá com biscoitos porque a comida ficava entalada em sua garganta. Emagreceu e um dia, por pura fraqueza, caiu no chão e fraturou o osso de uma perna. Ainda tinha de se apoiar em uma bengala. Seus cabelos ficaram brancos, sua nuca inclinada. Magra e curvada, ela parecia mais velha do que era. Só para Virginia e suas primas ela falava sobre sua dor. Às vezes, conversando ao telefone com Isabel, chorava livremente, e era Isabel quem a incentivava a sair das nuvens espessas de sua depressão. Ambas se consolavam. Ela lhe dizia para deixar Claude porque era inútil se sacrificar pelas crianças. Isabel a aconselhava a continuar sua vida mundana, assistindo, como antes, às recepções onde ela podia encontrar um homem com quem compartilhar sua existência. Embora completamente impossível, essa ideia passava por sua cabeça e ela tomava uma sopa com carne em vez de sua xícara de chá habitual.

Certa ocasião, sob a influência das palavras de Isabel, saiu para a rua e comprou três vestidos que a faziam parecer mais jovem; também conseguiu uma bengala elegante para dar a impressão de usá-la mais por coqueteria do que por necessidade. Naquela noite, ela conheceu Paul, um octogenário casado e divorciado seis vezes que lhe pediu em casamento porque queria passar o resto de sua vida com uma mulher. Ela não recusou, lembrando-se do conselho de Isabel.

Agora eram namorados e saíam juntos. Para agradá-lo, fez uma cirurgia plástica nos olhos, engordou um pouco e as coisas começaram a parecer diferentes para ela. Paul lhe deu de presente um cachorrinho minúsculo e, extraordinariamente, graças ao carinho daquele animalzinho, a separação de Alejandro foi menos intolerável para ela. Fez o que Isabel chamava de luto em sua geringonça psicanalítica. Alejandro devia ir embora um dia ou outro e cabia a ela aceitar. Mas como Isabel, com sua lucidez e inteligência, tinha caído naquela situação? Não se atrevia a perguntar-lhe nada porque à sua esquerda havia um homem muito bonito que parecia estar interessado nela.

Nesse momento, Olga apareceu na sala envolta em uma túnica branca e exalando um cheiro de perfume caro, e foi sentar-se ao lado de Virginia. Sabia que sua presença perturbava Thérèse — pois ela rapidamente entendia o que estava acontecendo — e mortificava aquela pobre Florence, que havia sido enganada por López. Mas Isabel lhe inspirava simpatia, e achava odioso que Claude a tivesse tratado daquela maneira. Ela, em seu lugar, o teria processado, levando uma bela fatia de sua fortuna. Comunistas ou não, o que mais doía aos homens era perder dinheiro. Ela dava a López o que era estritamente necessário para que ele ficasse bêbado durante o dia. Havia parado de passar sermões nele quando percebeu que López era alcoólatra. Não podia ficar sem sua garrafa de gim ou vodca e Olga decidira ter filhos, mas não dele. Isso explicava sua viagem a Paris. Sob o pretexto de fazer compras, ela trouxera López e o soltara, sabendo que ele iria ver suas ex-amantes, deixando-a livre para procurar o homem que seria o pai de seu filho.

Todas as tardes saía de seu apartamento na Rue de l'Ancienne Comédie para visitar os lugares frequentados pelos turistas. Quinze dias antes, encontrara um dinamarquês com um nome incompreensível que correspondia ao modelo que tinha em mente. Deixando-o acreditar que foi ele quem a seduziu, Olga o acompanhou até o hotel e fez amor com ele sem tomar precauções. Na manhã seguinte, quando acordou, sentiu tonturas e precisou ir ao banheiro vomitar. Sem dúvida, estava grávida. Pôs o contraceptivo de volta e acordou López para transar e depois pensar que o bebê era dele. Do ponto de vista sexual, conviver com um alcoólatra era intolerável. Mas López era espirituoso e engraçado e, como Luis, tinha muitas histórias para contar. Sabia julgar as pessoas e não se levava a sério. Seus amigos ocupavam cargos importantes no governo e as festas que ela dava se sobressaíam na alta burguesia de Bogotá. Todos morriam de vontade de comparecer às suas recepções. Ela era adulada e tratada com respeito, coisas de que havia esquecido enquanto foi amante de Roger e tinha de vê-lo em segredo e com pressa. Preferia ser a cabeça de um rato do que ser o rabo de um leão.

Além disso, em Bogotá tinha uma casa maravilhosa e empregadas para mantê-la limpa. Agora, estava espantada por ter passado tantos anos em Paris suportando o frio dos longos invernos, o metrô desolador e um homem que a fazia se sentir infeliz. Quando deixou Paris, pareceu-lhe que uma bola de chumbo colocada em seu peito explodia em mil pedaços, deixando-a subir à superfície e tomar ar. Em Bogotá, ela quis trabalhar e se autodesignou assistente de César, o homem que administrava a grande fortuna de seu pai. Deu-lhe sua palavra de honra de que nunca tentaria substituí-lo, e César fez com que ela estudasse Contabilidade por correspondência e começou a familiarizá-la com suas complexas transações especulativas. Seu pai se orgulharia de saber tudo que havia aprendido. Tinha se matriculado em uma escola de Administração e em três anos conseguiria seu diploma. Não era um diploma muito brilhante, mas tinha a vantagem de lhe permitir estudar o que punha em prática graças ao conselho de César. Ficava surpresa por ter encontrado em si tanta vitalidade desde a morte do pai, como se de uma forma sombria seu inconsciente a levasse a ocupar o lugar dele. Cuidava da mãe, cuidava da casa e daqui a alguns anos, assim que César partisse, tomaria as rédeas de sua fortuna. Estava pensando nisso quando, de repente, sentiu uma onda de náusea e correu para o banheiro.

Helena Gómez cruzou com ela na porta do salão e, ao ver o rosto pálido por baixo da maquiagem, pensou que estava grávida. Ficou feliz por López, que conhecera quando era amante de Jerónimo. Helena veio a Paris para cuidar de Enrique assim que soube, graças a um telefonema, que seria internado em um hospital porque estava com pneumonia. Ao chegar, Enrique já havia voltado ao apartamento, magro e desgrenhado, parecendo um fantasma. Só então ela descobriu o quanto o amava. Os livros que ele a aconselhara a ler e que ela lera em grande parte permaneciam flutuando em sua mente porque expressavam ideias que só com Enrique ela poderia discutir. Ninguém entre seus conhecidos se interessava pela filosofia de Platão ou pela poesia de Milton. Se ela se referisse a essas leituras, na melhor das hipóteses era considerada presunçosa. Enrique, por outro lado, ficou feliz com seu progresso e lhe explicou alguns conceitos cujo conteúdo era difícil de entender. Ela havia escrito suas dúvidas e reflexões pessoais em um caderno universitário e o entregara para que ele lesse. Sentado como um buda na cama, pois não havia se recuperado totalmente, Enrique pacientemente lhe explicou as ideias que ela não entendia e a parabenizou por seu trabalho. Naqueles momentos ela tinha a impressão de existir: deixava de ser a mãe, a avó e a mulher envelhecida para se tornar pura inteligência. Enrique a iniciara no xadrez. Ela levou de volta para Caracas cinco livros de problemas daquele jogo e depois praticou com um de seus netos que era um gênio no xadrez, até que o aprendeu a fundo. Agora ela e Enrique jogavam partidas longas e nem sempre era ele quem ganhava. Tinham tantas coisas em comum que era melhor se casar com ele para que pudesse obter a nacionalidade francesa e permanecer ao seu lado em Paris. Havia poucos dias lhe dissera isso de um supetão, vencendo a timidez que a impedia de tomar a iniciativa. Enrique ficou muito pálido, engoliu secamente e, com uma voz fina e quase infantil, explicou que nunca se interessou pelas coisas do amor. "Nem eu", ela respondeu feliz e contente por saber que esse era apenas o obstáculo. Ela trasladaria sua fortuna para a França, conseguiria um apartamento de três quartos e viveriam juntos como irmãos. Ninguém, nem mesmo suas filhas, conseguiam entendê-la. Como explicar às pessoas que se casaram por afeto imaterial, mas também por razões intelectuais? Na idade dela, era importante ter uma pessoa com quem conversar, alguém que lhe desse a resposta precisa.

    Durante toda a vida oferecera amor, ao marido, ao amante, às filhas e netos, sem receber nada em troca, uma vaga gratidão um pouco egoísta, como se fosse obrigada a estar presente nos momentos difíceis e desaparecer quando os problemas fossem resolvidos. "É seu dever", as vozes que ouvia pareciam dizer-lhe desde a eternidade, faça amor sem prazer, cuide de sua filha doente ficando acordada à noite, cuide de seus netos durante os primeiros meses, permaneça sorridente e disponível. Para onde tinha ido aquela menina de dezoito anos que tanto esperava da vida? Naquela época, tinha ambições e um desejo secreto de se tornar poeta. Escrevia versos em papel perfumado sobre amor e morte, sobre pássaros e flores, e os enviava sob pseudônimo para o jornal que seu pai lia. Um dia publicaram alguns sonetos e ela quase morreu de felicidade. Mas o marido, porque já estava casada, ficou furioso, dizendo-lhe que não queria ser motivo de chacota do povo, e ela, grávida da primeira filha, resignou-se. Por autodestruição, rasgou os papéis que continham pelo menos um livro de poesia e dedicou-se à maternidade. Depois daqueles anos insuportáveis de conformismo, ela agora voltava à vida graças a Enrique, que a considerava uma pessoa em si mesma, sem adjetivos ou definições, nem destinada a um papel específico. Virginia e suas primas também a viam assim porque a conheciam sozinha e livre. Diante delas e de Enrique, seu próprio comportamento mudava: ela deixava de ser a velha que implorava o amor dos que a cercavam para se tornar uma mulher que sabia de tudo, capaz de dar conselhos adequados. Anunciou a Isabel que sua história com Claude terminaria mal, embora ela nunca tenha pensado que chegaria a tais extremos.

    Quando Virginia lhe deu a notícia ao telefone, Marina de Casabianca sentiu uma corrente de raiva subir em seu peito até sentir falta de ar. Não suportava imaginar Isabel tão humilhada, presa em uma camisa de força, transportada de ambulância para um hospital e internada na ala dos doentes mentais. Durante o tempo em que trabalhava na Unesco, Isabel não era sua amiga, pois não tinha amigos de verdade, mas era sua cúmplice e confidente. Se ela gostava de um homem em uma recepção, avisava Isabel, que imediatamente procurava uma maneira de apresentá-lo a ela. Sempre afável, Isabel tinha os bons e rápidos reflexos do diplomata perfeito: incentivava o diálogo, temperava as discussões e punha as pessoas em contato de acordo com suas inclinações e sua educação. Ela nunca a viu cometer um erro de cálculo e mais de uma vez a observou resolver problemas com um sorriso. Maurice não contava a seus olhos, era apenas o boneco das férias. Depois Claude apareceu, trazendo a Isabel a angústia de conviver com homens que não gostam de mulheres. Foi o suficiente para ela saber que ele a deixaria infeliz. Adquiriu o hábito de lhe telefonar nos fins de semana e, assim, acompanhou passo a passo os altos e baixos dessa relação. Um dia ouviu a voz grossa de Isabel, como se lhe custasse um enorme esforço para falar, e soube logo que estava abusando dos remédios que lhe prescreviam para dormir. Pouco depois, soube que estava se consultando com um psicanalista. Assim, Isabel caiu em todas as armadilhas criadas pela sociedade para as mulheres abandonadas: um amante impotente, depressão nervosa, muitas drogas e um médico no fim da estrada. Ela, Marina de Casabianca, evitava dar conselhos porque sua situação era muito diferente da do resto das pessoas. Nobre, bonita e milionária, seu único problema era administrar a fortuna guardada na Suíça, ganhando muito dinheiro todos os anos e pagando o mínimo de impostos possível. Antes de morrer, seu avô materno havia organizado as coisas de forma que nenhum marido pudesse pôr as mãos em sua herança. Aquele avô, meio indígena latino-americano, casado com uma mulher muito bonita, mas que nunca tinha usado sapatos antes de viajar para a Europa, enriquecera explorando minas de prata, e, quando se tornou um dos milionários de seu tempo, trouxe a família para Paris e decidiu que suas três filhas se casariam com aristocratas. E assim aconteceu: suas duas tias e a mãe se casaram com nobres e o avô as cobriu de presentes, mas não largou as rédeas de sua fortuna para ninguém. Seu pai, Fernand de Casabianca, literalmente morreu de raiva. O avô compareceu ao seu funeral e triplicou a pensão que deu à mãe, que a partir de então se jogou na vida mundana, oferecendo suntuosas recepções em sua mansão na Rue du Bac, onde se suicidou no dia em que completou cinquenta anos, depois de dar uma grande festa, pois não queria cair nas degradações da velhice.

Ainda estava na escola suíça onde seu avô queria que ela estudasse. Deixou os livros, apaixonou-se por um banqueiro, casou-se com ele e teve dois filhos dourados como a luz do sol. Então aconteceu com ela a mesma coisa que com sua mãe: seu marido não suportava não poder dispor de sua fortuna. No início tinha ataques de mau humor, que foram se transformando em explosões de raiva, até que sua vida de casada se tornou impossível. Era uma relação abusiva porque ele tinha um salário alto e não gastava um centavo na casa. Eles moravam na mansão dela, perto de Lausanne, e com suas rendas ela pagava tudo, até mesmo as férias. Mas ele insistia em querer fazê-la assinar documentos e todos os dias chegava do trabalho com uma nova ideia de se apropriar da herança do avô. Acabou por abandoná-lo. Teve um segundo marido, menos violento, e um terceiro, André, mais romântico. Durante os cinco anos que durou a relação, André foi o pai de seus dois filhos: ensinou-os a ler, levou-os ao parque, cuidou deles. Mas André morreu de câncer de estômago e essa dor ainda roía sua alma. Apesar do tempo transcorrido, lembrava-se dele, daquele ano de sofrimento atroz, daquele tratamento que o esvaziava de suas forças e transformava sua agonia em provação. Até o final, os médicos o fizeram acreditar que ele seria curado. Naquela época, haviam se estabelecido em Paris porque André achava que as crianças seriam mais bem-educadas em uma escola francesa, pública e secular. Quando soube de sua doença, André lhe pediu que o levasse ao parque Montsouris. Era inverno, fazia muito frio e não havia ninguém lá. André caminhava por uma avenida e, de repente, parou e começou a rugir como um animal ferido. Ela, que o seguia a dois passos de distância, nunca tinha ouvido ninguém gritar assim. Entendeu instantaneamente que, por mais que o amasse, nunca poderia acompanhá-lo até o fundo de sua dor. No dia seguinte, André procurou um especialista e implorou que ele o ajudasse a morrer caso o tratamento não desse certo. O médico fingiu aceitar a ideia, mas nem mesmo no fim, quando já não havia a menor esperança, tentou acabar com seus sofrimentos. Ela guardava rancor contra todos os médicos da França. Sabiam diagnosticar e eram hábeis em cirurgia, mas não davam a mínima para o infortúnio de seus pacientes. Se uma doença fatal a afetasse, ela seguiria o exemplo de sua mãe.

E pensar que, apesar do que tinha acontecido, Isabel parecia interessada naquele homem sentado ao seu lado, Toti refletia indignada. Em seu lugar, ela estaria imaginando maneiras de se vingar de Claude. Não iria à polícia nem encontraria um advogado, mas pediria a seus amigos ex-guerrilheiros que pusessem uma bomba em seu carro. O cara que lhe vendia cocaína conhecia mais de um bandido que atiraria em Claude por vinte mil francos. Isabel não tinha esse dinheiro e, mesmo que tivesse, iria se recusar a usar a violência. Esse era seu calcanhar de aquiles, o dela e da maioria das mulheres. Se estivesse com Cécile, iria quebrar os vidros da Mercedes de Claude e furar os pneus dele. Também bateriam nele para que soubesse o que era mexer com mulheres latino-americanas. Mas Cécile a deixara para ir atrás de uma arqueóloga e ela quase morrera de desolação. Chorou, chutou e quebrou a porcelana da sala com os punhos. Rasgou os lençóis entre os quais se amaram tantas vezes. Foi procurá-la depois do trabalho e lhe pediu perdão por faltas imaginárias e se ofereceu para pôr o mundo aos seus pés. Cécile a acalmou como se fosse uma criança e explicou pela enésima vez que nunca convivia com a mesma pessoa por muito tempo. Além disso, sua nova amante era menos ciumenta e não tentava trancá-la em uma caixa. Ela a teria espancado até a morte se não fosse o fato de Cécile ser faixa-preta de judô. Via-a na boate que frequentava com seu novo amor e roía as unhas de raiva, até que as duas foram para a África fazer escavações arqueológicas.

Então decidiu reagir e conquistou Cristina, uma neurótica que tornava sua vida impossível. Só drogada com cocaína se prestava aos jogos do amor e depois se arrependia, e, chorando, vomitava no banheiro. Cristina era o produto típico da burguesia. Seu pai vinha da aristocracia de Bogotá e sua família o colocara no exército para tentar curá-lo do alcoolismo. Quando se casou com a mãe de Cristina, voltou à vida civil mais louco do que nunca e foi administrar uma fazenda que ela possuía lá para os lados de Sabanalarga, onde passava o dia inteiro deitado em uma rede entornando garrafas de aguardente. Enquanto isso, a mãe, que havia sido educada para não fazer nada porque descendia de uma família de sulistas de Atlanta que havia se refugiado em Cartagena das Índias após a Guerra Civil, se matava trabalhando como costureira para educar Cristina, incutindo-lhe a ideia de se casar com um homem do mesmo meio social que seu pai. Ela a enviou para estudar na Mary Mount, uma escola para meninas ricas em Bogotá, e sua tia paterna a recebia em casa nos fins de semana. Lá conheceu Humberto Cerda de Uricochea, herdeiro de um milionário brutal e de uma mulher lânguida ainda oprimida vinte anos depois pela morte de seu primeiro filho, cujos brinquedos e roupinhas ela mantinha em um quarto onde ninguém podia entrar. Virginia lhe contou que quando conheceu Humberto quase caiu de susto: era um homem feio, com remela nos olhos e meleca no nariz; tinha dentes amarelos porque nunca os escovava e um hálito capaz de matar uma fera; quando ele falava, a baba saía de sua boca e os tiques que corriam por seu rosto se transformavam em caretas de louco. Como não conseguia acompanhar um diálogo, Humberto se perdia em um monólogo confuso através do qual expressava ódio contra sua mãe, que sempre preferiu seu irmão mais velho mesmo após sua morte, e sua raiva de todas as mulheres. Amiga de infância de Cristina, Virginia tentou adverti-la. Em vão: sua mãe a incentivou a se casar com um Cerda de Uricochea, mesmo ele sendo horrível, misógino e alcoólatra.

Eles se casaram, então, e Humberto se revelou um verdadeiro maníaco do sexo que a cada duas horas tentava fazer amor com ela e queria pôr insetos vivos em sua vagina. Batia nela por qualquer coisinha e Cristina não se atrevia a sair na rua, para que as pessoas não vissem os hematomas que inchavam suas pálpebras. Engravidou três vezes e três vezes os golpes de Humberto a fizeram abortar. A grande diversão do marido consistia em jogá-la pela escada que ligava os dois andares da casa. Assim, ela havia quebrado os ossos de uma perna e de um braço. Nas duas ocasiões, o médico que a atendeu ligou para a sogra para exigir que ela pusesse o filho em uma clínica psiquiátrica. Com a inteligência dos ímpios, Humberto fingia se adaptar ao tratamento e depois de algumas semanas o psiquiatra considerava-o recuperado. Em seguida, Cristina e a sogra iam vê-lo. Na frente deles, Humberto agia corretamente, mas, assim que ficava sozinho com Cristina, assumia uma expressão louca e ameaçava matá-la tão logo voltasse para casa. Cristina gritava assustada e, quando se ouviam os passos apressados da sogra e do médico no corredor, Humberto fazia uma cara tranquila e dizia ao psiquiatra: "Veja, doutor, ela é que é a desequilibrada".

Para mantê-lo longe de Bogotá e impedir que ele dilapidasse a herança de seu pai, que havia morrido nesse meio-tempo, sua sogra os enviou para uma fazenda localizada em Boyacá. Feliz por se sentir proprietário, Humberto organizava festas de caça nos finais de semana com cães ferozes e amigos pouco recomendáveis. Uma noite, ele acordou Cristina e, colocando o cano do fuzil na testa dela, a obrigou a segui-lo descalça e de camisola até a sala, onde seus amigos estavam se embebedando. Disse para ela se despir e fazer amor com todos eles. "Tire a roupa, tire", gritavam aqueles bêbados fazendo um burburinho dos infernos. Cristina não aguentou e começou a correr para fora. Deixou os campos para trás ouvindo os latidos dos cães que Humberto tinha posto para persegui-la, atravessou a montanha deixando faixas de sua camisola nos arbustos e com os pés ensanguentados atravessou um riacho de águas frias. Quando chegou à outra margem, certa de que havia enganado os cachorros, desmaiou e caiu no chão sufocada pela altura, rendendo-se ao medo, à dor e ao cansaço. No dia seguinte, um camponês a encontrou, pôs seu corpo em cima de uma mula e a levou ao gabinete do prefeito da cidade mais próxima. O prefeito mandou um médico vir tratar dos pés dela e depois a levou para a casa dele, onde sua esposa lhe emprestou um vestido. Lá ela permaneceu por três semanas doente de pneumonia. Quando finalmente conseguiu se levantar, foi de ônibus até a casa de sua tia e telefonou para Virginia ir buscá-la. Em Miami, conseguiu um emprego e, cinco anos depois, teve seu primeiro caso com uma mulher. Cristina tinha vindo passar férias em Paris, quando ela, Toti, a conheceu. Era mais bonita que Cécile, mas não tinha personalidade e era obcecada pelo passado. Tudo que parecia ser penetração, de perto ou de longe, a deixava louca. Gostava de longos preâmbulos, de ser acariciada de forma romântica e de declarações de amor. Toti tinha de ter cuidado para não assustá-la, porque de repente ela se retraía em si mesma e explodia em lágrimas. Na verdade, ela não gostava de mulheres e tinha ficado em Paris com o propósito inconsciente de conseguir um marido. A história de Isabel, por mais triste que parecesse, tinha pelo menos a vantagem de fazer Cristina entender que todos os homens eram iguais, ou melhor, que as garras do poder se estendiam até encontrar resistência.

Sentado ao lado de Gaby, Luis a ouvia contar os abusos que Isabel tinha sofrido e, tal como Toti, comprovava que a violência não tinha nacionalidade. O problema era que algumas mulheres gostavam de ser ultrajadas e isso servia de justificativa dissimulada para os homens. Se ele não se mostrasse truculento, Ester não aceitaria ser sua amante. Em todas as ocasiões, ele precisava estuprá-la para despertar seu prazer. No dia anterior, depois de uma relação sexual selvagem, tinham ido a um restaurante e sentaram-se à mesa de um homem muito bonito e bem-vestido que saboreava um conhaque enquanto lia o *Le Monde*. No mesmo instante, Ester começou seus flertes lançando-lhe olhares sensuais e, ao mesmo tempo, piscando como uma colegial deslumbrada diante de seu primeiro amor. Durante uma hora ele sentiu que a lagosta que pedira estava tetanizando seu estômago, até que o homem se levantou: era um anão; tinha o tórax de homem e as pernas de uma criancinha; em pé, só atingia a altura da mesa. Ester ficou tão chateada que uma lágrima de raiva rolou sobre a maquiagem de seu rosto. Ele teria proferido um grito de alegria, não pelo infortúnio daquele pobre coitado, mas pelo rancor de Ester. Mas se conteve por seu senso de conveniência e pelo pensamento de que no dia seguinte Ester voltaria aos seus velhos costumes. Ester não podia deixar de seduzir os homens, e isso apenas pelo prazer de cativá-los. Nem estava interessada em fazer amor, a conquista lhe bastava. Uma vez ele a viu em plena ação. Sua empresa patrocinou uma exposição de jovens pintores latino-americanos e Ester ficou encarregada de organizá-la. Ao escritório chegou um jovem que tinha vindo a Paris fazia um mês, depois de ter casado com a namorada de longa data em Bogotá. Ester começou a falar com ele como se estivesse solteiro, insinuando que ela poderia apresentá-lo a jornalistas e homens influentes. Ela olhava para ele e seus cílios pareciam borboletas voando sobre uma flor. Desnorteado, o rapaz continuava a usar o plural ao se referir à parceira, mas Ester habilmente o avisou que só ele teria acesso às maravilhas que ela oferecia. No fim, e sem perceber que estava traindo a mulher, o rapaz usou o singular e, para recompensá-lo pelo crime, Ester lhe disse que podia apresentar um quadro na exposição. Em vinte minutos destruiu os laços de solidariedade que uniam aquele casal. O rapaz provavelmente não sabia o que tinha acontecido, mas, ao se despedir e caminhar até a porta de saída, estava com lágrimas nos olhos. Ele mesmo, Luis, sentia um nó na garganta porque parecia ver a si mesmo dez anos atrás, enredado nas teias de aranha de Malta e sacrificando à sua vaidade seu amor por Gaby.

Ester nunca mudaria. Voltara a receber no apartamento Alfonso Ensaba, que estava envolvido com o tráfico de drogas havia um ano mas cujo comportamento sexual tinha sido modificado pelo dinheiro e pelo poder. Já não se adaptava aos fantasmas que davam prazer a Ester, já não procurava fazê-la gozar: penetrava-a de qualquer forma, deixando-a frustrada. Nesse novo contexto, seus gritos e golpes eram intoleráveis para ela. Ester lhe contou todas essas coisas porque tinha resolvido que eram irmãos. Ela mentia descaradamente quando tinha um novo amante e contava a verdade assim que o relacionamento amoroso deles terminava. Mesmo que ela acreditasse o contrário, os homens se aproveitavam dela. Convidavam-na para jantar, faziam-lhe amor e depois desapareciam. Ester corria em busca de novas aventuras que cobrissem as lacunas de decepção deixadas pelas anteriores.

Ao lado de Ester ele experimentava, embora por motivos diferentes, o que um dia sentiu com Gaby: que não a merecia, que era feio demais para obter o amor de mulheres bonitas. Mas Ester aceitava seus convites desde que não ficasse sozinha no apartamento, pensava em seus momentos de depressão. Toda aquela quantidade de vestidos, produtos de maquiagem e perfumes tinha de ser usada em restaurantes e clubes da moda, e estavam destinadas à conquista de novas aventuras. Ele servia de acompanhante e a introduzia em lugares aos quais ela não podia ir sozinha. A sensação de estar sendo usado não o abandonava por um momento, mas ele se sentia incapaz de deixá-la. Como diziam os franceses, estava no sangue dele. Gaby continuava afirmando que ele procurava mulheres parecidas com a madrasta, bonitas, frias e calculistas, para usurpar a personalidade do pai. E se ela estivesse certa no fim das contas? De Malta a Ester, todas as mulheres pelas quais ele se apaixonara tinham essas características. Mas comprovar era inútil, porque ele havia sido hipnotizado por Ester. Quando criança, uma vez tinha visto burros cujos donos faziam uma ferida em seu pescoço e depois mergulhavam um pau na chaga para fazê-los andar. Sentia-se assim, como um animal forçado a andar por medo e dor. Se deixasse Ester sozinha por um minuto, perdia sua posição de acompanhante privilegiado.

Luis se apaixonava por mulheres bonitas e indiferentes desde a infância, quando, de pé sob o umbral da porta da casa do pai, ouviu a madrasta ordenar à empregada que lhe dissesse que não poderia entrar porque não havia ninguém para recebê-lo. Sentiu o rosto febril de humilhação. Mas como esse e outros ultrajes o levavam a mulheres que o faziam sofrer? Antes de Gaby, ele havia sido amante de Eunice em Bogotá, que também lhe era infiel. Certa noite, quando não quis acompanhá-lo sob o pretexto de uma dor de cabeça, foi até o prédio onde ela morava e camuflou seu carro entre as árvores de um parque próximo. De lá, ele a viu sair na companhia de um mequetrefe que veio buscá-la e quatro horas depois eles voltaram, e Luis esperou no frio da madrugada até que o homem saísse para a rua, ao amanhecer. Nesse mesmo dia foi para Barranquilla, aceitando o emprego oferecido por um amigo seu, e uma semana depois conheceu Gaby. Se tivesse rejeitado o pacto de ter relações sexuais cada um por seu lado, estaria com ela e seria feliz. Agora que amadurecera, entendeu que a aventura de Gaby era uma coisa pequena, um deslize sem importância. Tudo que contava era o amor, e Gaby o amava. Sua maneira de se comportar quando ela ficou doente foi um escândalo. Ele a abandonara em sua dor e até pedira que ela morresse. Como Claude com Isabel, ele havia levado Gaby ao desespero.

Apesar da terrível experiência que vivera, Isabel sentia-se renascida, pelo menos tinha escapado das garras de um louco. Lembrava-se da expressão maldosa no rosto de Claude quando anunciou que iria deixá-lo. Mas ela não o achava capaz de tal reação, ir a um médico comunista e receber uma receita de medicamentos para loucos raivosos, como lhe explicou seu psicanalista. Não imaginava Claude tão malvado. Assim como ele torcia o pescoço de pombos e afogava gatinhos, tentou fazê-la desaparecer entre os muros de um hospital psiquiátrico. Os últimos meses com ele foram execráveis. Nem prestava atenção ao que ele dizia. Deixava-o falar sozinho em seus monólogos histéricos, respondendo sim ou não quando por acaso queria que ela confirmasse ou negasse suas afirmações. Ele não percebeu o silêncio dela, tão enredado estava nos delírios que ocupavam sua mente. A história do policial que lhe dava multas porque estacionava sua Mercedes em local proibido foi todo um psicodrama em que intervieram várias pessoas, seu pai, que lhe deu dinheiro para abrir o processo, e o advogado de sua família, que levou o pobre policial perante as autoridades competentes. Escondido atrás de uma árvore, Claude esperou o policial a noite toda, determinado a iniciar uma briga com ele, mas adormeceu rendido de frio e cansaço. Quando acordou, a multa estava embaixo do limpador de vidro e outro era o agente que se ocupava do setor. Ela ouvia as recriminações de Claude, percebendo que ele deslizava cada dia mais para a paranoia: era perseguido por ser comunista e filho de um milionário. Em nenhum momento lhe ocorreu estacionar o carro no lugar certo.

Às vezes, Claude lhe dava a impressão de ter febre, como se sua demência pudesse ser medida com um termômetro. Tranquila pela manhã, a febre começava assim que a tarde caía. Da mesma forma, sua agressividade se tornava mais aguda nos fins de semana, quando Maurice vinha buscar as gêmeas, privando-o do que ele confusamente acreditava ser sua paternidade. Cada dia mais gostava de ir à casa dos pais acompanhado dela e das filhas para dar a eles a impressão de ter uma família, como se a marginalidade começasse a ser um fardo para ele. Mas as gêmeas adoravam ficar com Maurice e ela preferia dormir para não aturar o mau humor de Claude. Entorpecida por remédios para dormir, ela quebrou uma costela e queimou um dedo. Em ambas as ocasiões, Virginia a levara a um hospital, implorando-lhe que parasse de tomar aqueles medicamentos, embora soubesse, como Isabel lhe explicara, que a vida com Claude era intolerável para ela. Um maníaco que passava o dia inteiro inebriado por suas próprias palavras ou mantinha um silêncio acusatório e rancoroso se ela se permitia sair com Virginia ou receber suas amigas, um doente mental que lia todos os jornais para descobrir os novos ataques da burguesia contra a classe trabalhadora, um amante de araque incapaz de lhe dar prazer. O que poderia fazer ao seu lado? Morrer de tédio ou exasperação ou fugir dele por meio de pílulas para dormir. Mas a partir de agora tudo seria diferente. Ela trabalharia como tradutora na Unesco, conquistando sua independência, e conheceria outros homens. Sentado ao seu lado, Lucien acabara de acariciar furtivamente sua mão. "Subo esta noite?", ouviu-o perguntar em voz muito baixa. E ela sentiu uma onda de calor envolver seu corpo e disse a si mesma que tudo que havia experimentado com Claude não tinha importância e até valia a pena ter suportado se no fim do caminho encontrasse os braços de Lucien.

7

Virginia via as primeiras sombras da velhice chegarem com uma secreta serenidade. Ela achava que tinha vivido ao máximo, sem machucar ninguém e sem permitir que ninguém a fizesse sofrer. Ela conhecera muitos homens, se apaixonara por alguns e sempre se afastara a tempo, antes que o relacionamento se tornasse monótono ou agressivo. Também tinha muitos amigos em todo o mundo, que ainda a amavam e aos quais visitava regularmente. Para ela, as fronteiras não existiam, e chegava a ficar chocada por ter de pedir visto para entrar em qualquer país. A aids começava a causar estragos entre seus amigos pintores e isso lhe produzia grande tristeza. A morte em si não tinha muita importância, mas a impossibilidade de terminar uma obra lhe parecia terrível. Ia vê-los em casa e depois no hospital e acabava indo ao funeral deles. Às vezes, pegava o avião apenas para depositar flores em seus túmulos. Felizmente, suas primas tinham prosperado. Gaby tinha acabado de publicar um álbum de fotografias e, depois de muitos problemas, Isabel começara a escrever um romance. O livro de Gaby foi muito bem recebido pela crítica.

Sua amiga Cristina, por outro lado, tinha morrido. Decidiu voltar para Barranquilla e sua mãe tornou sua vida tão impossível, que um aneurisma em seu cérebro estourou. Desesperada pela dor, Cristina apertou a cabeça nas mãos e disse que sua mente estava lacrimejando, que uma bola de fogo estava queimando em sua testa. Os médicos não puderam fazer muita coisa. Quando, já morta, a tiraram da enfermaria, viu seu rosto deformado por uma careta de sofrimento, com os olhos esbugalhados. Durante o funeral, ela teve de se conter para não dar um tapa na mãe, aquela mulher estúpida que até o fim recriminou Cristina por ter se separado do marido maluco. Ela, Virginia, havia passado três meses em Barranquilla, na antiga casa dos pais. Cristina ia vê-la todas as noites e a primeira coisa que fazia quando entrava era pedir uma aspirina e um copo de uísque. Bebia enquanto comia e depois do jantar. Ela se apaixonara por um aristocrata de Bogotá, Jaime Velázquez de los Llanos, que havia sido recentemente nomeado diretor de uma empresa cuja sede ficava em Barranquilla. Jaime adorava-a e aceitou um ano de relações platônicas. Cristina gostava de ir até sua casa e ser atendida por um criado de libré e jantar ao luar em frente à piscina. Ela recebia suas declarações de amor como um bálsamo e se permitia ser beijada e acariciada com emoção. Mas uma noite, depois de doze meses de abstinência, Jaime penetrou-a e qual não seria sua surpresa ao ouvi-la gritar horrorizada e vê-la correr para o banheiro para vomitar. Jaime repetiu a experiência várias vezes sem que a reação de Cristina mudasse, e no fim lhe disse que deviam separar-se. Ela aceitou o veredicto sem sequer se defender, esperando em sua ingenuidade que Jaime a chamasse de volta. Ele não a chamou; além disso, depois de uma viagem a Bogotá, ele regressou na companhia de uma prima sua e Cristina entrou em desespero.

Foi nessa época que ela, Virginia, chegou a Barranquilla e Cristina passou a visitá-la todas as noites. No dia de sua morte, notou que o esmalte em suas unhas estava descascado. Pintou-as várias vezes e sempre com o mesmo resultado: o esmalte rachava em pedaços minúsculos como se suas unhas não o aguentassem. Isso começou ao meio-dia; às seis da tarde, Cristina lhe telefonou para que a levasse à clínica e uma hora depois tinha morrido. Diante daquele cadáver com uma expressão desesperada, Virginia sentiu horror e jurou para si mesma não lutar contra a morte. Agora tinha problemas cardíacos, mas não consultava nenhum especialista. Seu tio, o sedutor, teria aprovado sua decisão. Ele, que havia cometido suicídio quando parou de encontrar prazer na existência, teria considerado de mau gosto se apegar à vida de qualquer maneira. Seu diário a guiava desde que o encontrou aos doze anos de idade, perdido entre as lembranças familiares que sua mãe guardava em um armário. Assim que leu as primeiras páginas, surpreendeu-se com sua ironia e lucidez. Julgava com ferocidade os preconceitos de Barranquilla e, mais tarde, as convenções sociais de todas as cidades caribenhas que visitou até chegar ao México. Não se dava bem com o pai, a quem considerava um déspota estúpido, mas gostava muito da mãe e das irmãs. A mãe dela, Virginia, era apenas uma menina quando ele decidiu fazer uma viagem ao Caribe em um navio de carga.

Já então ele havia seduzido quase todas as meninas da alta sociedade de Barranquilla, as mulheres que via nas igrejas batendo no peito e impondo às filhas, suas amigas, uma moral puritana. Tio Eduardo contava com terríveis detalhes as artimanhas que usava para conquistá-las, seus caprichos íntimos e a maneira como subornava seus irmãos para que servissem como mensageiros ou vigias. Havia um fundo de filosofia em suas ações: seduzir era transgredir as leis da sociedade, e dar prazer às mulheres significava rasgar os véus de sua submissão, tornando-as livres mesmo que fosse apenas por uma noite. Para elas, acreditava o tio Eduardo, não havia nada mais mórbido do que a frustração sexual: adoeciam, definhavam e acabavam se tornando neuróticas insuportáveis. Tio Eduardo havia tirado de suas inibições várias mulheres casadas. Em seu diário, descrevia como elas se tornavam luminosas como flores cobertas de teias de aranha que, de repente, recebem um raio de luz solar. Tinha vários relacionamentos ao mesmo tempo, mas, por uma questão de cavalheirismo, permitia que cada uma tivesse a iniciativa de deixá-lo. Ela, Virginia, via naquele jogo de "eu te conquisto e você vai embora quando quiser" um pouco de perversão. Tio Eduardo as manipulava do início ao fim. Talvez todos os sedutores do mundo agissem da mesma maneira, mas sem a mesma honestidade.

Além disso, o diário estava repleto de reflexões sobre o modo de se comportar na vida, de decocções de certas plantas e seu uso e da análise das infinitas conjugações do tarô. Estava claro que ele tinha sido um bom discípulo de Leontina, a antiga governanta de sua avó. Até onde ela, Virginia, sabia, Leontina chegou à casa coberta de miçangas, com um turbante na cabeça e um monte de ervas medicinais em um saco, oferecendo seus serviços como curandeira porque tinha ouvido falar dos problemas de saúde de tio Eduardo, então uma criança frágil que se recusava a comer. Seu avô, que apesar de suas ideias conservadoras acreditava no progresso da medicina, teve um ataque de raiva e queria colocá-la na rua, mas sua esposa não o ouviu e Leontina ficou.

Suas misturas aguçaram o apetite de tio Eduardo, afugentaram os ratos e fortificaram as plantas do jardim. Aos poucos, Leontina tomou conta da casa. Quando a mãe de Virginia nasceu, sua avó ficou tão fraca que teve de permanecer na cama por dois anos e Leontina acabou tomando as rédeas da mansão. Em sua posição de governanta, o que na época não significava muito, só as empregadas se queixavam: com Leontina à frente não conseguiam roubar sequer um ovo e tinham de trabalhar todo o tempo combinado, ou então eram substituídas por outras mais competentes. Durante esses anos, ela cativou completamente tio Eduardo e o iniciou na vida amorosa. Talvez por isso seu tio fosse fascinado por mulheres maduras, capazes, como escreveu em seu diário, de se entregarem completamente à paixão, rompendo as barragens do convencionalismo. Ele também gostava das mulheres do povo, que desconheciam as reticências da burguesia, e das mulheres negras como Leontina, que tinham sangue fervente.

Na verdade, tio Eduardo amava todas as mulheres, e durante anos ela, Virginia, tinha esperado encontrar um homem que a amasse com a mesma generosidade e desatasse os pudores de seu corpo. Mas não o encontrou e teve de se resignar a viver paixões caricatas em que o menor gesto era previsto com antecedência e, vazias de emoção, as palavras ressoavam como o vento no deserto. Preparava-se para deixar este mundo sem ter conhecido o amor quando Isabel a apresentou a Henri, um jornalista político cuja assinatura era apreciada nas revistas de opinião, amante de Julia, uma mulher estranha que dava a impressão de ter vivido todas as dores do mundo. Geneviève se apaixonou por ele e o levou para jantar em seu apartamento sob o pretexto de ver filmes de veleiros e navios de guerra, que comprara assim que soube que o assunto lhe interessava. Para disfarçar um pouco suas intenções, também convidava suas primas e ela, Virginia, mas Henri não se abalava. Certa vez, ele havia dito a elas que não suportava traição e engano e que odiava viver com duas mulheres ao mesmo tempo. Estava claro então que, enquanto estivesse com a outra, não prestaria atenção nelas. No entanto, Geneviève insistia em pressioná-lo a deixar Julia.

Certa noite, aconteceu algo que chamou a atenção de Virginia. Tinham acabado de jantar quando Geneviève acendeu a lareira da sala de estar. Tudo parecia muito bem-arranjado: havia flores nos vasos, o gato dormia em uma almofada e nos copos o conhaque tinha reflexos dourados. Ela, Virginia, achou que estava sobrando e com o primeiro pretexto se despediu. Mas Henri a seguiu até as escadas porque queria comprar cigarros e, quando chegou à rua, a acompanhou até o carro dela. Para agradecê-lo por sua gentileza, ela se ofereceu para levá-lo a um café, e Henri entrou no carro e eles começaram a conversar até chegarem ao primeiro bar aberto àquela hora da noite. Henri comprou cigarros para Geneviève e os dois retomaram a conversa na volta. Estacionados em frente ao prédio onde ficava o apartamento de Geneviève, passaram mais de meia hora conversando sobre uma coisa e outra. Por fim, os dois se despediram e, quando ela chegou em casa e desceu do carro, os maços de cigarros que Henri havia passado a ela para manter em seu colo caíram no chão. Nem ele nem ela haviam notado aquele esquecimento. Não conseguiu dormir de agitação e no dia seguinte, logo pela manhã, telefonou para Isabel, especialista em psicanálise, e contou-lhe o que tinha acontecido. Seu veredicto foi como um raio. "Algo começou a existir inconscientemente entre vocês dois", afirmou. Então ela, Virginia, correu para a casa de Thérèse para que lhe tirasse as cartas, e o tarô também anunciou a presença de um homem que mudaria o curso de sua vida em oito meses, até que Julia deixasse o horizonte de Henri. Ela esperou calmamente pelo evento e, como tinha muito tempo pela frente, se encarregou de organizar uma exposição em Tóquio para um de seus novos pintores e, antes de partir, decidiu fazer naquela noite uma festa, para a qual convidou todo mundo.

Isabel chegou cedo para ajudar a prima a preparar os aperitivos. De uns tempos para cá, ela vinha se sentindo melhor, mas tinha conhecido anos terríveis, cinco na psicanálise e quatro como amante de seu psicanalista. Acreditava ter sido uma paciente honesta, pois sempre dizia a verdade e vencia suas resistências uma após a outra. Ela descobriu que a misoginia de seu pai havia lhe causado muitos danos. Ameaçada em sua mais profunda intimidade, quando criança o ouviu dizer que o clitóris das mulheres tinha de ser arrancado, ela se acostumou a ser dócil por medo. Quando se apaixonou por tio Julián, fugiu do pai pela primeira vez, e quando se casou com Maurice, um homem fraco, e depois quando se casou com Claude, a quem basicamente considerava um homem doente, repetira o mesmo gesto de rejeição da virilidade. O dr. Gral não dizia nada, mas estava inclinado a aceitar este e outros de seus argumentos. No momento da transferência afetiva, ela foi surpreendida pela violência de seu desejo, que parecia emergir das profundezas do tempo, dos abismos de uma sexualidade remota e feroz onde nada mais existia.

Foi em uma manhã de sábado. O dr. Gral provavelmente iria passar o fim de semana no campo e tinha vestido calça jeans. Ela estava falando como de costume, tentando analisar um sonho que tivera na noite anterior, quando de repente seus olhos notaram o joelho alinhado em sua calça e uma onda de paixão a deixou paralisada em sua cadeira como uma borboleta perfurada por um alfinete. Não conseguiu dizer mais uma palavra; levantou-se e, sem sequer se despedir, saiu para a rua apressada. Na segunda-feira seguinte, contou ao dr. Gral o que havia acontecido, e viu através do brilho de seus olhos que mal conseguia conter sua satisfação. Era a alegria do psicanalista que verificava a realidade de sua teoria ou era a reação do homem? Ela nunca chegou a saber. Anos mais tarde, ouviu-o dizer que, nessa época, começou a procurar prostitutas latino-americanas, as quais chamava de Isabel enquanto fazia amor com elas. Mas o desejo tinha ido embora tão rápido quanto chegara, e ela nunca mais o sentiu, assim como desapareceram aqueles sonhos em que ela via o dr. Gral em um imenso trono, vestido como um grande sacerdote egípcio, enquanto ela, do tamanho de uma formiga, tentava escapar de seu templo.

Através da psicanálise, ela também descobriu que sentia vergonha do pai porque ele era um pouco cafona. Houve um tempo em que, por causa de uma amante exigente, ele parou de dar dinheiro à mãe para pagar as despesas domésticas: no jardim as ervas daninhas cresceram até um metro de altura, as paredes racharam, as pérfidas linhas de cupins apareceram, as grades de ferro na entrada enferrujaram e um pedaço do teto caiu no chão, deixando os morcegos livres para passar. Ela estava profundamente humilhada por suas amigas verem tamanho estrago, mas o dr. Gral parecia considerar tais memórias menos importantes do que aquelas ligadas à sua primeira infância. Ela mergulhou o máximo que pôde, trazendo à tona sua falta de interesse por bonecas, sua paixão por animais e suas relações calorosas com a avó materna. Um dia, depois de cinco anos de psicanálise, lembrou-se de que, quando criança, brincava com potes cheios de água tingidos com lápis de cor. Assim, formava as famílias dos azuis, dos verdes e dos vermelhos e os fazia reviver as histórias que ouvia das amigas e parentes da avó, que a levava à casa dos parentes com a única condição de que ela não interviesse na conversa. Através de seus frascos, ela desfazia os erros e entronizava a justiça. Já era uma forma de escrever, de recontar as coisas do mundo. Mas o dr. Gral não aceitava essa explicação e lhe dizia peremptoriamente que as garrafas representavam os falos a que aspirava. Ela entendeu que, fascinado por suas teorias, o dr. Gral havia cometido um erro em sua interpretação, e a psicanálise terminou ali mesmo. Parou de sonhar e seu interesse pelo assunto desapareceu. Ela não podia, no entanto, separar-se do dr. Graal de um dia para o outro, pois ele era o tronco sobre o qual ela havia subido para viver. Por isso, ofereceu-se para continuar a visitá-lo, pagando-lhe os honorários habituais e, em vez de psicanalisar-se, falando-lhe como amigo. Qual foi sua surpresa quando o ouviu convidá-la para jantar em um restaurante no sábado seguinte. Ela não sabia o que responder. Por um lado, tinha consciência de que não o desejava e nem sequer estava apaixonada por ele, por outro se entusiasmava com a ideia de dormir com o homem que, segundo a teoria psicanalítica, representava seu pai, condensando em si os símbolos da virilidade. De qualquer forma, ela não podia deixá-lo e estava disposta a pagar qualquer coisa para ficar ao seu lado.

Naquele sábado, chegou ao seu apartamento assim que a última paciente entrou no consultório. O dr. Gral a levou para a sala onde ela esperara tantas vezes por sua consulta, já que não quis continuar indo ao hospital. Trouxe-lhe uma bandeja com uísque, gelo e dois copos e foi atender sua paciente, mas primeiro pôs um disco no quarto ao lado e, graças a um pequeno microfone que havia colocado na parede, a sala se encheu com a música do concerto para violino de Beethoven. Uma hora depois, ele voltou elegantemente vestido, sentou-se na frente dela e lhe disse do nada que havia matado sua mãe, que estava com câncer, para que não sofresse. Assim começou a psicanálise do dr. Gral. Em meio àquela enxurrada de confissões, ela, Isabel, não teve a possibilidade de articular uma palavra e só conseguiu balbuciar algo no restaurante quatro estrelas para onde o dr. Gral a levara quando a garçonete lhe entregou um papel com a lista de músicas que poderia escolher. Ela disse: "Do século XVI", e então percebeu que durante duas horas o dr. Gral estava falando com ela desesperado sem deixá-la intervir naquele monólogo dele. Mas mesmo naquele momento, e apesar de não se sentir atraída por ele, ela achava que ele devia ser um amante maravilhoso.

Grande foi sua decepção quando, ao voltar para o apartamento e fazer amor em seu quarto estofado em veludo azul-escuro, descobriu que, ereto, o membro do dr. Gral era do tamanho de seu dedo mindinho. Antes, toda vez que ela tinha um caso, o dr. Gral lhe assegurava que era uma simples transferência emocional porque, no fundo, ela estava apaixonada por ele. E, se seu amante se mostrava desajeitado, ele lhe dizia que a culpa era dela, pois não sabia como exigir prazer. Mas, embora a conhecesse a fundo, ele não tentava se curvar aos seus desejos e era um amante mesquinho, ocupado apenas em obter uma satisfação laboriosa. Não sabia fazer amor: ignorava, por exemplo, que tinha de se apoiar nos cotovelos e a esmagou com o peso do corpo até ela sentir falta de ar. Em vez de beijá-la, ele babava em sua boca e em nenhum momento suas mãos tentaram acariciá-la. Mais tarde, ele se ofereceu para levá-la para casa e, quando ela abriu a porta do carro para se sentar, ele fez um gesto para que ela se sentasse atrás, porque aquele era o assento de seu cachorro. Um segundo depois, ele disse a ela que era uma brincadeira, mas a humilhação estava feita. Ela, Isabel, entendeu que ele queria atacá-la por ter descoberto seu segredo e, de certa forma, sua impotência.

A partir daí, e durante quatro anos, foi vê-lo uma vez por mês para obter as receitas de soníferos que lhe permitiam dormir e manter a calma. Sempre que se encontravam, o dr. Gral falava com ela incontrolavelmente sobre sua vida. Nos restaurantes, devorava os pratos dele e os dela, porque à sua frente não podia experimentar uma garfada. Depois de um tempo, o dr. Gral engordou e seu cachorro também. Queria ser poeta e publicou um romance com escrita automática que não tinha nem pé nem cabeça. Foi publicado graças aos seus relacionamentos, começou a compor poemas, e ele e seu cachorro ganharam ainda mais peso. Assim que ela chegava ao seu apartamento, ele lhe dava para ler muitos versos escritos de qualquer maneira, ávido por elogios, antes de continuar sua psicanálise. Ela o ajudava a desvendar seus pensamentos confusos, que, em última análise, eram pueris como a maioria das memórias humanas. Sofrera muito na infância porque os irmãos o atormentavam. Tinha estudado Medicina para impor sua autoridade sobre eles. Havia se casado com uma mulher de origem social mais alta do que ele, que o deixou após um ano de casamento. Convencido de que sua vida era um drama, ele não percebia que isso a entediava. Mal escondia o cansaço. Nos restaurantes onde o dr. Gral se engasgava com comida, ela se distraía observando as pessoas sentadas ao seu redor e, no apartamento, fechava os olhos fingindo se concentrar e pensava em outra coisa.

Mas um dia o dr. Gral anunciou que ela precisava escolher entre viver com ele ou deixar de vê-lo. Ela não se sentia capaz de habitar aquele apartamento velho e escuro, com suas paredes forradas de veludo e pinturas surrealistas baratas, suportando a presença desse homem a todo momento. Nem poderia prescindir dele e de suas receitas. Diante do dilema, decidiu se suicidar. Aproveitando que as gêmeas estavam de férias com Maurice, desligou o telefone e tomou oitenta comprimidos para dormir. Quis o azar que Virginia chegasse a Paris dois dias depois. Por Gaby, soube de suas últimas aventuras com o dr. Gral, ligou para Isabel e, quando entendeu que ela havia desligado o telefone, correu para seu apartamento, fez o porteiro abrir a porta e chamou uma ambulância para levá-la a um hospital.

Quando acordou na enfermaria de terapia intensiva, ela, Isabel, ouviu um estertor ao lado de sua cama. Superando sua fraqueza, sentou-se e, apoiando-se em um cotovelo, olhou na direção de onde vinha o gemido. Viu um homem tão horrível, que voltou para a cama apavorada. Pensou que era uma alucinação e se perguntou se estava louca antes de olhar uma segunda vez e descobrir que era um pobre velho que estava sufocando porque havia deixado cair o tubo através do qual o oxigênio chegava até ele. Ouviu o riso das enfermeiras bem longe. Arrancou uma agulha presa no braço esquerdo, levantou-se e caminhou até a porta para chamá-las. Elas chegaram irritadas e a repreenderam, mas, antes de lhe dar a injeção novamente, ajeitaram a situação do idoso. Ao amanhecer, o homem morreu, ou seja, seu coração parou de bater. Um jovem médico visivelmente satisfeito consigo mesmo apareceu com um aparelho e, depois de muitas manipulações, trouxe o velho de volta à vida. Também decidiu que ela, Isabel, iria para o hospital psiquiátrico porque na França a tentativa de suicídio era considerada um ato de loucura. Enquanto esperava que viessem buscá-la, ela conseguiu conversar um pouco com seu vizinho de cabeceira. Ouviu-o contar como lhe acontecera a mesma coisa durante uma semana: as enfermeiras deixaram o tubo mal colocado à noite de propósito para apressar sua morte, e de madrugada o vaidoso médico se valia daqueles artifícios para forçá-lo a viver.

A partir desse momento, Isabel decidiu deixar o hospital o mais rápido possível, mas teve de passar mais um dia e noite entre os loucos antes que Gaby e Virginia viessem buscá-la. Estava magra e terrivelmente fraca porque não comia nada havia quase uma semana. Assim que entrou em seu apartamento, que suas primas tinham limpado e arrumado para agradá-la, o telefone tocou e, do outro lado da linha, ouviu o dr. Gral perguntando para onde tinha ido e quando poderiam se ver. Ela respondeu: "Algum dia", e, depois de alguns segundos de silêncio, ele murmurou: "Eu entendo". Talvez imaginasse que ela encontrara um amante, o que explicava sua ausência. Confidenciou seu problema a Benoît, a quem continuava a ver apesar da relutância de Geneviève, que não a perdoava por seu abandono, e Benoît lhe deu uma receita idêntica à do dr. Gral. Despediu-se assim da psicanálise e começou a escrever um romance. Estava no primeiro capítulo da terceira parte e pretendia dedicá-lo a Virginia, que havia salvado sua vida. Mas a morte já não a assustava e Isabel tinha prometido acabar com seus dias quando seu enfisema pulmonar a impedisse de respirar. Gaby e Virginia concordavam com essa decisão; as gêmeas, claro, não sabiam de nada.

Embora suas filhas fossem independentes e tivessem grande força de caráter, ela tentava protegê-las. Nem sempre reagiam da mesma maneira. Assim, antes de ficarem menstruadas, ela tentou explicar a situação delicadamente: falou de botões e flores, da cristalização da força vital, da renovação de gerações e de como seus sentimentos pelos homens iriam mudar. Elas a ouviram falar com interesse, mas, na hora de ir ver Benoît para tomar a pílula anticoncepcional, Marlène disse que pensaria sobre isso e Anastasia comentou: "Mãe, você não vai me dar pílula aos catorze anos; preciso estar sublimando para continuar sendo a primeira aluna da minha turma". Dessa forma, descobriu que as gêmeas haviam lido os livros de Freud e compreendiam muito bem a teoria psicanalítica. Gaby falou do triunfo do obscurantismo e Virginia disse que só se valoriza aquilo que se combateu. Ao longo dos anos, as gêmeas tomaram a pílula em questão e tiveram casos amorosos, buscando não tanto o aspecto lúdico da sedução mas a tranquilidade de um relacionamento constante. Elas devem ter se sentido impotentes quando Maurice foi embora e estavam tentando formar um lar. Por enquanto, moravam com ela e passavam os fins de semana na casa do pai, mas durante as férias faziam viagens em companhia dos amigos. Era nessas ocasiões que ela se sentia terrivelmente sozinha e Gaby ou Virginia vinha acompanhá-la. Convidavam-na para o cinema e para bons restaurantes, porque ambas ganhavam muito bem. Virginia havia comprado o apartamento onde estava agora com uma parte do dinheiro que obtivera com a venda do último quadro de Goya.

Trazendo Florence com ela, Gaby entrou na sala. Ao passar em frente a um espelho, observou seu rosto e verificou mais uma vez que havia envelhecido. Nas pálpebras tinha rugas finas causadas pelos muitos sóis a que fora exposta trabalhando como fotógrafa de imprensa. As coisas eram um pouco diferentes agora: publicava livros e fazia exposições. Só viajava se o evento lhe parecesse realmente importante, como a queda do Muro de Berlim, ou se servisse de desculpa para ir ver um amigo. Ainda assim, passava metade do tempo viajando porque era uma das fotógrafas de uma revista de reportagens de grande sucesso. Viajar lhe dava uma impressão de liberdade: não dependia de ninguém e ninguém dependia dela. Agora que Rasputín tinha morrido de velhice, ela saía, trancava a porta de seu estúdio e o mundo lhe pertencia. Conhecia todos os continentes e atravessara muitos rios e mares. Podia comer qualquer coisa sem que seu estômago se ressentisse. Ela se comovia com a miséria que encontrava nos países pobres, onde as pessoas nasciam e morriam com fome. Irritava-se com a vaidade dos ricos e dos homens poderosos que fotografara. Achava que o melhor governo possível era o que menos intervinha na vida privada, e de suas ideias políticas emanava um discreto aroma de anarquia. Ela também fizera reportagens sobre pintores e escritores de todo o mundo. Estes últimos a haviam decepcionado um pouco: eram muitas vezes arrogantes e menos cultos do que as pessoas imaginavam. Ouvira um deles dizer que, depois de ler um livro sobre a Revolução de Outubro, ficara surpreso ao descobrir o papel que Trótski havia desempenhado nela. Outro lhe garantiu que os jornalistas cubanos aceitavam a censura porque não tinham feito o menor comentário quando um dia, em sua presença, Fidel Castro reclamara do aborrecimento que era ler o editorial do *Granma* todas as manhãs. Falando de um assassino condenado à morte por estuprar e enlouquecer uma garotinha nos Estados Unidos, um terceiro lhe disse que a última vítima havia enlouquecido, sim, mas de prazer. E como escritores aqueles homens exerciam influência sobre seus leitores. Preferia fotografar os humildes, em cujo coração encontrava mais humanidade e menos insolência. Marlène, uma das gêmeas de Isabel, a quem considerava sua filha, parecia ter uma queda pela fotografia. Estudava Ciências Políticas e em sua última viagem a acompanhara como repórter. Escreveu um excelente artigo sobre alguns aborígenes australianos que sabiam da existência de uma estrela impossível de descobrir a olho nu. O diretor da revista lhe disse que, assim que terminasse os estudos, iria trabalhar com eles. Isabel preferia, no íntimo, que estudasse Matemática Pura como Anastasia, mas Marlène havia sido atacada pelo vírus da liberdade e dos grandes espaços. Queria ser jornalista e via em Gaby um modelo.

Gostaria que Marlène tivesse mais sorte com os homens do que ela. Apesar de sua experiência, deixava-se seduzir por indivíduos anormais. Prova disso era sua última aventura amorosa com um professor de Francês. Chamava-se Didier, era bonito e casado com uma aristocrata da Baviera, que mantinha encerrada em uma casa nos arredores de Paris. A pobre mulher não saía e não via a família desde o casamento. Didier era filho de operários, que fizeram todo o possível para impedi-lo de estudar. Quando criança, apagavam a luz sob o pretexto de economizar e Didier estudava às escondidas, aproveitando a claridade que emanava da televisão até a porta de seu quarto. Depois obteve uma modesta bolsa de estudos, formou-se na Escola Normal Superior e concordou em ir para a África e ensinar Francês. Vivia como um monge e, assim que conseguia juntar uma quantia significativa de dinheiro, vinha a Paris e comprava uma *chambre de bonne*. Com sua renda, seu trabalho e suas economias, passou a ser dono de trinta quartos, que alugava a preços consideráveis para as mocinhas provincianas que vinham estudar na capital. Didier a cortejava nos cafés de Montparnasse, onde, um segundo antes de o garçom trazer a conta, ele desaparecia sob o pretexto de ir ao banheiro. Ela, Gaby, ficava surpresa com a avareza dele, mas nunca pensou que isso se refletisse no comportamento sexual. No dia em que Didier conseguiu deixar vago um de seus quartos, convidou-a a segui-lo e, quando entrou, colocou uma lâmpada para iluminar o interior, e, como um ilusionista, tirou da carteira um lençol destinado a cobrir o miserável colchão de uma cama, o único objeto que havia no quarto. A calefação brilhava pela ausência e, quando ela se despiu, pensou que ia pegar pneumonia. Deitaram-se na cama e Didier tentou, em vão, fazer amor com ela. Depois de meia hora de esforços irritantes e inúteis, ele se levantou para mostrar a ela como, graças à concentração, podia mover todas as partes de seu corpo. E, de fato, as movia. "Olhe minha barriga", dizia, e sua barriga começava a se mexer. "Olhe minha costela esquerda", anunciava, e a costela parecia se agitar como uma corrente de água. Em suma, controlava os abdominais e peitorais, mas não o único membro suscetível de interessar a uma mulher.

Ela teve que controlar a vontade de rir, porque Ángela de Alvarado lhe dissera que homens que faziam exercícios para desenvolver músculos se tornavam violentos e por um nadica de nada batiam em mulheres. Sob o pretexto do frio, vestiu-se e, para não despertar sua agressividade, convidou-o para jantar em um restaurante próximo. Por sorte, Didier não sabia o endereço dela, mas ia aos lugares que ela costumava frequentar e, assim que a encontrava, começava a segui-la com uma expressão malévola. Várias vezes ela teve de tomar precipitadamente um táxi para escapar de sua perseguição. Virginia decidira intervir ameaçando contar suas andanças ao diretor da escola onde ele lecionava Francês. Talvez isso o acalmasse um pouco.

Sentia-se velha, feia e malvestida. Ela, Florence, não tinha conseguido continuar a passar camisas porque o reumatismo paralisava suas articulações, e seus dedos inchados a faziam sofrer. Antes de morrer de câncer, sua mãe lhe dera uma pequena renda, o que lhe permitiu se estabelecer na casa de repouso onde agora morava. As regras daquele estabelecimento eram draconianas e tratavam os pensionistas como se fossem crianças insolentes e sem personalidade. Graças a Deus, Virginia, Isabel e Gaby fingiam ser suas primas e a levavam para passear nos fins de semana. Então ela ia ao cinema, ao restaurante ou, como hoje, às festas que elas organizavam. Em cada estação juntavam dinheiro para lhe comprar um vestido novo e nunca lhe faltava o maço de cigarros. Mas o vestido se tornava feio pelo uso contínuo, e, quando ela queria fumar no asilo, tinha de pedir fogo ao funcionário que cuidava de seu setor, pois não lhe era permitido ter fósforos ou isqueiros com ela. Desde que se levantava até se deitar, sua vida era uma soma de humilhações. Seus dedos permitiam que ela usasse o garfo, mas não que pusesse a xícara de café na boca e, para beber, ela tinha de esperar a passagem de uma assistente que se dispusesse a ajudá-la. O papel higiênico áspero na casa de repouso machucava sua pele até tirar sangue e ela via todas as cores antes que a diretora permitisse que ela usasse o que Isabel lhe deixava junto com seus cigarros, biscoitos e chocolates nas manhãs de segunda-feira. Muitas das idosas sofriam de demência senil e ofereciam um triste espetáculo. Outras, esquecidas por seus familiares, conservavam toda a sua inteligência e tendiam a sofrer de depressão nervosa. Na época da morte do marido, sua vizinha de cama possuía um apartamento em Paris e uma casa de campo. Seu filho havia tomado posse do primeiro sob o pretexto de que seu trabalho frequentemente o levava à capital, o que era falso, já que ele morava na Venezuela, e depois fez com que um médico a declarasse incapaz de cuidar de si mesma para se apropriar da segunda. Casos semelhantes eram vistos em abundância: mulheres que passaram a vida cuidando de suas casas e filhos eram abandonadas como cães para serem despojadas de seus bens assim que se tornavam um incômodo.

Ela se deixaria morrer de fome se não fosse o fato de que então seria colocada em um hospital psiquiátrico. Viver tinha a recompensa de permitir que ela visse a queda de seus inimigos. Todo mundo sabia que os filhos de López não eram seus filhos, Jérôme tinha aids e Pauline havia deixado Pierre depois de um processo de divórcio através do qual ela obteve metade de sua fortuna. Pierre foi forçado a vender sua casa na Normandia e agora vivia em uma luxuosa casa de repouso porque nenhum dos filhos de seu primeiro casamento queria cuidar dele. Suas noras o odiavam e os dois filhos que ele tinha com Pauline o consideravam um porco velho e preferiam o novo marido de sua mãe, que os levava para esquiar em dezembro e velejar em seu veleiro durante as férias de verão. Eve a manteve informada de tudo isso, antes de cometer suicídio. Ela ia visitá-la uma vez por mês. Estava tão pobre quanto ela, mas pelo menos morava com o marido, e Pauline pagava o aluguel do apartamento. Tornara-se muito espiritual: desdenhava da vaidade e das coisas deste mundo e falava em se retirar para um convento, mas, quando o marido morreu de embolia cerebral, não aguentou e cortou os pulsos. Invejava sua sorte: poder morrer em paz, escapando dos ultrajes da velhice. Se, em vez de vir buscá-la de carro, Virginia e suas primas a levassem até o metrô, ela se jogaria nos trilhos um segundo antes da chegada do trem. No asilo, e apesar do inchaço dos joelhos, insistia em caminhar pelo espaço miserável que lhe servia de jardim, com o propósito de se manter em forma para um dia ir ao metro e pôr fim aos seus dias. Esse era seu objeto de reflexão permanente: imaginava-se descendo as escadas, caminhando pela plataforma e se jogando em direção à libertação final.

De forma alguma queria continuar envelhecendo naquele lugar, devorada pelo reumatismo até ficar paralítica. Via com horror as velhas que sempre pareciam sujas, com os cabelos penteados de qualquer jeito, sentadas em uma cadeira durante o dia e à noite deitadas em uma cama sem conseguir dormir. Dependiam das enfermeiras para se lavar, se vestir, cortar as unhas, comer, beber e até ir ao banheiro. Aprenderam a não reclamar, mas às vezes lágrimas de desespero mudo rolavam por suas bochechas. Ela as observava pelo canto do olho enquanto lia os livros que Louise lhe trazia. Não queria descer tão baixo, e cometer suicídio era a única saída. Com seus anos e suas doenças, morrer era mais fácil do que viver. Os homens haviam conquistado muitas coisas, exceto o direito de deixar este mundo quando quisessem, como se a sociedade não suportasse a ideia de ser rejeitada nessa medida. Na realidade, ninguém queria saber o que estava acontecendo nos hospitais e asilos, onde a morte espreitava. Saúde e juventude eram o ideal a que aspiravam as pessoas da época, exaltadas pelas imagens do cinema e da televisão, impostas por jornalistas que até obrigavam o presidente dos Estados Unidos a praticar caminhadas. Por sua vez, os médicos usavam toda a panóplia de remédios e tratamentos da ciência moderna para manter vivos os doentes e os idosos, muitas vezes contra sua vontade. E assim se chegava ao grande paradoxo: a sociedade não levava em conta as pessoas consumidas pelos anos e pela doença, enquanto os médicos insistiam em prolongar artificialmente sua existência e ninguém dava a mínima para seu sofrimento.

O mais incrível era que todo mundo tinha de passar por lá. Os franceses, que De Gaulle chamara de bezerros, poupavam cada centavo de sua aposentadoria, mas pareciam incapazes de imaginar o que os esperava. Não é à toa que eram católicos e se submetiam à vontade do papa e endeusavam seus homens políticos. Mais independentes e acostumados a prestar contas a Deus sem a intervenção de um padre, os protestantes nórdicos começavam a imaginar a introdução da eutanásia como uma resposta ao progresso da Medicina. A natureza fazia bem as coisas: assim, a mortalidade infantil mantinha a população em um nível tal, que os homens poderiam existir sem destruir a Terra; da mesma forma, os idosos faziam parte da sociedade e só eram abandonados em condições extremas, quando não podiam caçar e constituíam uma boca inútil para o grupo. De qualquer forma, sua situação era clara e sem hipocrisia. Mas a sociedade moderna salvava as crianças da morte a ponto de transformar a humanidade em verdadeiro câncer do planeta, sem se preocupar com o que viriam a se tornar mais tarde, desempregadas, brutalizadas pela fome na infância, sem instrução e incapazes de aprender um ofício. E, por outro lado, prolongava à força a vida dos idosos, que só pediam para descansar tranquilamente em um cemitério, sem se preocuparem, também, com as condições quase carcerárias dos asilos onde terminavam a vida.

Com uma discreta pena, Louise via a aparência desolada de Florence. Toda vez que ia visitá-la na casa de repouso e emprestava seus livros, observava seu inexorável declinar. Ela havia se tornado amiga da diretora, se é que se podia falar de amizade com aquela mulher dura e implacável que reinava como um ditador, para que ela permitisse que pegasse Florence de vez em quando e a levasse ao salão de beleza. Lá cortavam e pintavam seu cabelo e faziam suas unhas das mãos e dos pés. Em seguida, iam juntas à livraria e Florence se divertia vendo os clientes passarem. Tornara-se uma leitora sagaz, apaixonada por Baudelaire e Rimbaud, que devorara metade das obras de sua livraria. Ela lhe emprestava um livro e Florence devolvia-o intacto, como se suas páginas tivessem sido viradas pela mão de um anjo. Algo de ser alado vinha de sua personalidade. Agora que seus inimigos tinham rolado ladeira abaixo, Florence se desfazia de todos os rancores e dava a suas amigas o melhor de sua pessoa. Ela não media mais o valor das pessoas em termos de dinheiro ou prestava atenção em fofocas e mexericos. Acabou se reconciliando com Gaby, a quem injustamente considerava responsável pelo fracasso de seu casamento, e até parecia ter esquecido as ofensas recebidas por parte de Pierre, mas vivia dominada por um colapso nervoso e seu único objetivo era o suicídio.

Para ela, Louise, as coisas estavam indo bem. Alugara sua casa no Midi para alguns ingleses e tinha uma livraria perto de Saint-Sulpice. Seus clientes regulares permitiam que ela ganhasse o necessário para viver e, graças à renda de sua aposentadoria, obtinha o supérfluo. Matilde havia se formado engenheira e estava prestes a se casar com um colega; Clarisa, por sua vez, se refugiara no casamento e já tinha cinco filhos porque rejeitava a ideia de tomar anticoncepcional. Tornara-se esposa de corpo e alma. Não conseguia falar com a filha por três minutos sem ficar entediada e não suportava o marido dela, um vendedor de enciclopédia sombrio e arrogante. Eles estavam estabelecidos em Le Mans e ela ia visitá-los uma vez por mês para ver seus netos, que pareciam mais inteligentes do que seus pais. Para contrariá-la, Clarisa os matriculara em uma escola religiosa. O mais velho, Richard, era um garoto particularmente inteligente que preferia passar as férias de verão com ela. Levou-o a Bruges, Madri e Veneza, deu-lhe livros de história, fê-lo visitar museus, e Richard parecia apaixonado por pintura e arquitetura.

Envelhecido e frustrado, seu marido, José Antonio, havia retornado a Barranquilla. De lá escrevia-lhe cartas rancorosas, acusando-a do que tinha acontecido e do que ia acontecer, e isso porque não sabia nada sobre sua carreira de amazona. Muitos de seus amantes tinham se convertido em seus amigos ao longo do tempo. Eles vinham vê-la em Paris, traziam-lhe presentes e evocavam com nostalgia os dias felizes que passaram juntos. Mas havia os outros, os recém-conquistados, homens em pleno vigor da idade com os quais mantinha uma relação de igualdade. E havia, sobretudo, Georges, um amigo de Matilde, que queria se casar com ela. Apesar de sua doçura, Georges era teimoso e conseguiu que ela pedisse o divórcio a José Antonio. Isso não fazia sentido, juntar-se a um rapaz que poderia ser seu filho. Matilde aprovava o projeto porque não queria se casar e deixá-la sozinha. Virginia e suas primas também: conheceram Georges e o acharam encantador. Só que ela tinha reticências. Não se sentia velha, apesar da idade. Todas as manhãs corria meia hora no parque em frente à sua casa, trabalhava depois da corrida em sua livraria até as nove da noite e ainda se sentia com forças e ânimo para ir ao cinema ou dançar nas discotecas. Mas casar-se parecia-lhe cair em uma situação neurótica. "Falso", respondia Georges, "se alguém ama, é um prazer viver com a pessoa amada".

Na verdade, não sentia as horas passarem ao lado dele. Como jornalista, Georges havia viajado grande parte do mundo e tinha uma sólida cultura e muitas histórias para contar. Formado em Ciência Política, lera todos os livros que precisam ser lidos. Ele e Gaby fizeram uma reportagem juntos no Líbano e, aparentemente, Georges salvou sua vida ao evitar que ela caísse nas mãos de extremistas que atiravam em jornalistas estrangeiros. Desde então, eram amigos próximos e, claro, Gaby o apoiava em seus planos e advogava em seu nome. Dizia-lhe que com Georges sua vida afetiva seria enriquecida, adquirindo uma dimensão mais consistente do que a obtida com suas aventuras em trânsito. Ela não queria ceder à sociedade, mas se casar com um homem vinte e cinco anos mais novo era, acima de tudo, um desafio. Além disso, ela reconhecia que se sentia acompanhada ao lado dele.

Desde que Matilde fora morar com o namorado, fazia dois meses, ela dera a Georges as chaves de seu apartamento, o que não teria feito com nenhum outro, e, quando fechava a livraria, experimentava um prazer caloroso ao imaginá-lo esperando-a para que jantassem juntos e fizessem amor. Depois conversavam até adormecerem, mas de madrugada Georges a procurava de novo e ela ficava surpresa com a rapidez com que seu corpo reagia sem a necessidade de preâmbulo, sem palavras ou carícias. Ela gostava de ficar nos braços de Georges, que cheirava a juventude e a protegia do frio. Só tinha medo de que um dia ele a trocasse por uma moça de sua idade, embora ele não se cansasse de lhe repetir que era precisamente sua maturidade que mais o atraía. Por que não tentar a experiência? Desde que ela lhe dera as chaves do apartamento, eles viviam como marido e mulher, e Louise não tinha sido infiel a ele nem por um momento. Pela primeira vez na vida, ela queria fazer amor apenas com ele, e o que começou como um jogo se tornou uma paixão exclusiva que rejeitava categoricamente qualquer outro relacionamento. Matilde aprovava, é verdade, mas o que diria o resto das pessoas, o tabelião que os casaria? Ela ia fazer papel de ridícula, passar por louca, virar fofoca entre seus conhecidos. Atrairia a atenção como o mel atrai as moscas. "Essa é a velha que se casou com um homem que poderia ser seu neto", diriam as más línguas em seu rastro. E ela se sentiria em condição de inferioridade. Teria de separar a vida privada do trabalho, como fizera quando estava com José Antonio, embora por razões diferentes. "A felicidade tem um preço", dizia Gaby toda vez que falava com ela sobre suas apreensões. E talvez Gaby não estivesse errada.

Ela não voltava para a Europa desde que concebera seu terceiro filho, seis anos atrás, lembrava Olga, e isso era um erro. Por mais que frequentasse a alta sociedade de Bogotá, faltava-lhe aquela inteligência, aquela finura de espírito que caracterizava as pessoas que viviam em Paris. Virginia e suas primas, mas também Ángela de Alvarado, Aurora, Helena Gómez e até Roger, com quem mantinha relações de amizade, formavam um mundo de pessoas astutas e interessadas nas coisas da vida. Para eles, cada dia era diferente do anterior e levavam suas experiências a um paroxismo, independentemente de seu custo. Se não fosse essa ausência de paixão do espírito, seria feliz em

Bogotá. Seus negócios estavam indo bem, seus três filhos estavam crescendo com boa saúde, e o pobre López se contentava em receber seus amigos à noite e dormir o dia todo. Ela trabalhava seguindo os conselhos de César, o ex-administrador da fortuna de seu pai, que, já muito velho, tinha começado a soltar as rédeas aos poucos, sem deixar de lhe dar instruções. Contra o que as pessoas esperavam, ela se formou em Administração de Empresas e, entre o que aprendeu e as instruções de César, tornou-se uma empresária bastante habilidosa. Sua empresa estava prestes a entrar no mercado norte-americano e ela viera para a Europa a fim de entrar em contato com uma casa produtora de compotas para crianças. Mas se tardara a voltar foi porque estava com medo de encontrar os pais de seus filhos. Eram tão parecidos que, se os primeiros vissem os segundos na rua, descobririam a verdade. Um dinamarquês, um sueco e um descendente de russos brancos radicados em Paris, ela havia dormido com eles apenas uma vez, engravidando imediatamente. E, por outro lado, ela não queria se separar dos filhos, mesmo que fosse por algumas semanas. Não confiava em López, que, sofrendo de alcoolismo, tratava as crianças com grosseria em seus ataques de mau humor. López começava a ser um problema para ela.

Nos últimos meses, quando ela voltava do trabalho, ele tentava fazer amor com ela: não conseguia e começava a bater nela. Amalia, a velha criada de seus pais, intervinha quando ouvia seus gritos e golpeava a cabeça de López com um cavalo de cobre que adornava um console colocado na galeria, ao lado de seu quarto. Por três vezes ela o deixou inconsciente, mas a advertiu de que não voltaria a fazer isso porque não queria passar o resto da vida trancafiada na prisão. Cabia a ela, então, reagir e se livrar daquele homem. López sempre viveu das mulheres e, ao se casar com ela, havia realizado a melhor operação financeira de sua existência: uma fortuna servida em uma bandeja de prata. Ignorava que ela se recusaria a ter filhos com um velho alcoólico e que tomaria a frente de seus negócios. Nada disso era previsível quando ela concordou em se casar com ele: de herdeira mimada, tornou-se uma mulher com caráter. Melhorou. López, por outro lado, foi se degradando. Na realidade, havia dois López: o sedutor, o animador de festas; e, em contrapartida, o calculador, o chulo, o traidor que enganava seus amigos e mentia para as mulheres: um homem de alma gélida que inibira sua personalidade mais profunda, aquela que havia alguns anos aparecia com a velhice e o alcoolismo. Para se divorciar dele, ela teria de usar a prudência de um gato: dizer-lhe que amava outro homem e, ao mesmo tempo, oferecer-lhe uma pensão sólida. Roger, que queria passar alguns meses na Colômbia, poderia aparecer como seu amante para dar consistência à história. Pelo menos expulsaria López, que não ousaria suportar o ridículo da situação. Ela conversaria com Roger, que gostava de planos tortuosos e ficaria muito feliz em se passar pelo amante.

Com verdadeira satisfação, Toti observou o espanto produzido pela entrada de Juliana na sala, sua nova amiga. Juliana era uma das mulheres mais bonitas que já conhecera, alta, muito magra, com pernas intermináveis. Seus olhos escuros pareciam os de um veado, e havia uma expressão ingênua em seu rosto que neutralizava a agressividade despertada por sua beleza. Apenas uma vez ela tinha feito amor com um homem e ficou tão traumatizada que nunca mais quis repetir a experiência. Para conquistá-la, havia prometido trazê-la a Paris e torná-la conhecida dos grandes estilistas, para que pudesse trabalhar como modelo. Ela não tinha acesso a esse mundo, mas Gaby, que fotografava as coleções de Louis Féraud, poderia lhe abrir as portas. Incomodava-a ser forçada a seduzir por interesse, quando antes sua mera personalidade cativava as mulheres. Não era em vão que os anos passavam. Pouco tempo atrás, vira Cécile na Califórnia: casara-se com um chinês, tinha quatro filhos e estava gorda como um barril. Cécile, faixa-preta de judô, tão bonita e independente, não poderia ter descido tão baixo. Disse a ela que estava feliz: o membro de seu chinês, não muito grande, percorria sua vagina até encontrar a área ou o ponto onde seu orgasmo se desencadeava. Isso era mais intenso do que o simples borboletear das lésbicas, explicou sem pestanejar. Ela, Toti, sentiu que não conseguia respirar por causa da indignação, especialmente quando Cécile sugeriu que ela seguisse seu exemplo. As crianças, acrescentou, ajudaram-na a se realizar e ela ganhou peso porque não dava a mínima para os ditames da moda e seu chinês gostava de mulheres rechonchudas. Furiosa, ela se despediu de Cécile ali mesmo e foi para Miami, onde Juliana a esperava. Como uma lésbica podia falar dessa forma de amor feminino? Reduzir os atos passionais a manuseios era insultar o espírito e, condenando o passado, colocar-se em uma posição de inferioridade. Ela não precisava de filhos para se realizar, pois a cada nova noite, ao amar, apagava os limites do tempo e entrava no círculo de mulheres que desde a eternidade preferiam as carícias femininas, transcendendo o tempo e a distância. Sentia-se parte de um grupo de escolhidas que fugiam da brutalidade e do egoísmo sexual dos homens. Além disso, tudo que era masculino era intolerável para ela e, ao longo dos anos, até se distanciara de seus amigos homossexuais. Virginia e suas primas a entendiam, embora não compartilhassem de seus sentimentos. E lá estavam elas: Gaby tendo aventuras com indivíduos anormais, Virginia esperando passivamente o príncipe dos contos de fadas e Isabel se recuperando do trauma que lhe produziu ser amante de seu psicanalista.

Mas as primas a amavam e ficavam felizes quando ela chegava a Paris. Só a criticavam por motivos válidos, que nada tinham a ver com o fato de ela ser lésbica. Então, uma semana atrás, ela tinha convidado Isabel para comer em sua casa. Juliana preparou o jantar, serviu, recolheu os pratos e lavou a louça sem que ela tentasse ajudá-la. Enquanto Juliana voltava para a cozinha para pegar a sobremesa, Isabel comentou: "Ela trabalha duro e você se faz servir como um homem latino-americano". Foi uma revelação e ela imediatamente percebeu que desde o início do relacionamento Juliana fazia as tarefas domésticas e ela se permitia ser cuidada. No dia seguinte, tentou ajudá-la, mas Juliana ficou chateada, dizendo que ela estava atrapalhando sua arrumação. Na realidade, essa era mais uma forma de pagar sua viagem a Paris e ela entendia por que as mulheres que não trabalhavam se dedicavam a limpar ferozmente a casa como compensação diante do marido que ganhava o pão com o suor de sua testa. Sua mãe, por exemplo, que tinha cinco criadas, passava o dia inteiro correndo de um lugar para outro para perseguir a poeira imaginária ou as marcas deixadas pelas mãos dos filhos nos móveis. Quando seu pai voltava da fábrica, ela podia lhe dizer: "Eu trabalhei tanto quanto você". Juliana repetia o mesmo comportamento e ela, Toti, não gostava de ser tratada como homem. É verdade que ela havia se masculinizado com a idade: seus seios tendiam a desaparecer, seu clitóris proeminente parecia um pequeno falo e seus músculos endureciam graças ao exercício que ela impunha a si mesma todas as manhãs. Não comprava mais perfumes ou produtos de maquiagem e dia e noite vestia uma simples calça jeans, uma jaqueta e mocassins. Não estava interessada em ser bonita e o passar dos anos não a afetara em nada. Queria sair daquele dualismo de homem ou mulher ao qual sua relação com Juliana agora a confinava.

Seu casamento com Enrique era a melhor coisa que ela já fizera na vida, dizia Helena Gómez a si mesma. Lá estava ele, ao lado dela, depois que ela o convenceu a ir à festa de Virginia. Enrique não gostava de reuniões sociais e só saía para trabalhar e ir a exposições e shows, mas ela queria manter suas relações com as amigas. Quando suas filhas vieram a Paris pela primeira vez, ficaram surpresas por ela frequentar mulheres da mesma idade que elas. Agora, consideravam normal e tinham se aproximado de Virginia e suas primas. A notícia de seu casamento produziu o efeito de uma bomba em Caracas. Seus dois ex-maridos escreveram cartas a ela aconselhando-a a procurar um psiquiatra, suas irmãs se mostraram céticas e apenas seu irmão Rafael veio ao casamento, trazendo-lhe muitos presentes; simpatizou com Enrique e se apaixonou por Gaby. Nunca soube o que houve entre eles porque ambos mostraram muita prudência, mas Rafael deve ter vivido o último amor de sua vida, porque disse algo assim na carta que deixou antes de se suicidar. Sua morte lhe causou grande tristeza e, se não tivesse tido o apoio de Enrique, teria caído em uma crise de depressão nervosa. Se Rafael tivesse ficado em Paris — e dispunha de dinheiro para isso —, ainda estaria neste mundo. Mas não se atreveu a enfrentar a ira da esposa e o ressentimento dos filhos, puritanos e sempre preocupados com o que as pessoas iam dizer. Gaby caiu no choro quando ela lhe deu a notícia e, apesar de ser ateia, compareceu à missa que Helena ofereceu pela alma do irmão. Virginia, Isabel e Thérèse também foram à igreja e esta lhe disse que, quando enviou as cartas a Rafael em Paris, três meses antes, anunciou que ou se juntasse a Gaby para uma longa vida ou voltasse a Caracas e encontrasse sua morte. Quem podia dizer se essa profecia tinha influenciado Rafael quando ele disparou uma bala na têmpora. De qualquer forma, Gaby não o esquecera: toda vez que Virginia ia a Caracas, ela lhe dava dinheiro para depositar flores em seu túmulo. Mas Rafael era apenas mais um homem na lista de aventuras e, se guardava sua memória no fundo do coração, continuava tendo casos como antes de conhecê-lo. Talvez inconscientemente Gaby não o perdoasse por seu regresso a Caracas e preferisse preencher o vazio de sua ausência colecionando homens encontrados aqui ou ali. Enrique, que não acreditava no tarô, buscava uma explicação mais racional: depois de seus amores com Gaby, Rafael teria descoberto o quão sem graça era sua existência com uma esposa que provavelmente não amava e cuja presença suportara por convenção por quarenta anos. Gaby o projetava para o futuro, ignorando sua idade, compartilhava de seu bom humor, seu espírito aventureiro e seu interesse pelas coisas da vida, enquanto em Caracas ele voltava a ser o avô destinado a envelhecer e morrer. Tudo isso tinha acontecido havia cinco anos e ela ainda tinha aquele espinho no coração.

Helena estava feliz. Tinha estudado na Aliança Francesa até ler e escrever a língua corretamente. Matriculou-se então na Sorbonne para fazer cursos de Sociologia e, para obter o doutoramento, estava escrevendo uma tese com a ajuda de Enrique. Sentia sua mente resplandecer de luz e nunca antes havia entendido melhor as pessoas e seus problemas. Despojada de suas funções de mãe, amante ou dona de casa, sua inteligência dava o melhor de si e refulgia como um diamante. Quão distante sua vida anterior lhe parecia, quando andava preocupada com seus filhos e seu peso. Agora ela se mantinha nos cinquenta e seis quilos sem dificuldade e, seguindo os conselhos de Enrique, deixava suas filhas aprenderem por conta própria e avançarem. A mais velha, que tantas preocupações lhe causara, abandonou o amante, um traficante de drogas, e casou-se com o filho de amigos da família, e se virar sozinha lhe trouxe mais responsabilidade. Deveria existir um tratado sobre os resultados benéficos para os filhos da ausência dos pais. Seu caráter também havia mudado: ela não era mais obcecada pela limpeza, nem lavava um copo furiosamente procurando a mancha malévola, nem esfregava as bandejas até que a prata brilhasse. Antes de deixar Caracas de vez, distribuiu seus objetos entre os filhos e comprou talheres suecos e louças despretensiosas em Paris. Duas vezes por semana, uma menina vinha limpar seu apartamento, e ela e Enrique punham um pouco de ordem todos os dias. O resto do tempo era passado na universidade ou acompanhando Enrique a exposições e ao teatro. À noite iam ao cinema ou, se estivesse muito frio, assistiam televisão ou jogavam xadrez. Às vezes, as garras da velhice a lembravam da morte e ela pedia a Deus que a levasse antes de Enrique. Sem ele, Helena não poderia conceber a existência; seu próprio equilíbrio dependia daquela presença afável que, com sua ternura, a ajudava a tornar relativos os problemas da vida. Enrique tinha a idade dela, mas sem cirurgia plástica parecia mais velho. Caminhava devagar e logo ficava exausto. Ela teve de aprender a dirigir e comprar um carro para levá-lo à escola onde ensinava Espanhol, antes de ir para a Sorbonne. Depois passava para pegá-lo e eles andavam de um lado para o outro com o mapa de Paris estendido nas pernas para encontrar as igrejas de concertos e galerias de exposições. Durante as férias de verão, viajavam para a Ilha de Ré, onde alguns amigos deles lhes alugavam um apartamento a um preço módico. Enrique podia tomar sol e aquecer seu corpo friorento. Ela, que fugia do sol como da peste, permanecia encerrada escrevendo os capítulos de sua tese. Se uma de suas filhas vinha visitá-la, passava o dia com ela como duas amigas e preparavam pratos venezuelanos juntas. Finalmente havia encontrado a felicidade.

Aurora chegou quando a festa começava a ficar animada. Ela se sentia muito solitária desde seu divórcio, havia dois meses, e estava começando a entender por que suas tias organizavam aqueles encontros que lhes davam a sensação de estarem unidas em uma cidade que poderia facilmente se tornar hostil. Do casamento não sobrara nada, nem mesmo um filho. Mimado pela mãe até o ponto do paroxismo, Armand não era capaz de assumir responsabilidades. Só falava de si mesmo e do desespero por ter perdido ao mesmo tempo o pai e o médico de família. Ele passava os fins de semana na casa da mãe, com quem dividia a cama, nos arredores de Paris, enquanto ela tentava se divertir sozinha. Ia ao cinema ou visitava as tias. Em uma festa de Virginia, conheceu e se apaixonou por um brasileiro. Viveu uma paixão ardente com ele e sua frigidez desapareceu como em um passe de mágica. Seu nome era Marcio e infelizmente ele era casado, mas antes de ir embora prometeu se divorciar e voltar para viver com ela. Então ela não aguentou mais a infantilidade de Armand, suas repetidas mentiras quando ele fingia fazer amor com ela sem nunca conseguir uma ereção, o mau humor permanente que parecia turvar seu espírito, e pôs as cartas na mesa, até que ele mesmo pediu o divórcio. E lá estava ela, sozinha e recebendo as cartas febris de Marcio, esperando como sua tia Virginia, que aguardava a chegada de Henri. Fazia aulas dinâmicas de português com um amigo de Enrique, o marido de Helena Gómez, e já sabia conjugar o verbo amar. Ela nunca tinha se sentido tão mexida por um homem. Sentia-se triste por deixar Paris, mas estava pronta para seguir Marcio até o fim do mundo. Ela o amava. Perscrutava suas cartas em busca do menor sinal de indiferença sem nunca encontrá-lo. Como havia prometido, divorciou-se da esposa e apenas seus negócios o mantinham no Rio de Janeiro. Assim que voltasse, Aurora se deixaria engravidar porque queria ter filhos com ele, dois ou três, antes que a idade a impedisse. Era engraçado pensar que sua vida de amazona terminaria com um casamento. No entanto, seu amor por Marcio era absoluto e tornava seus antigos casos amorosos irrisórios. De suas tias, apenas Virginia a entendia, e de suas amigas, somente Ángela de Alvarado, que conhecera Marcio quando criança e dizia que já naquela época ele tinha o olhar de um homem.

E essa foi a primeira coisa que a seduziu quando o conheceu; seu olhar caiu sobre ela como uma garra, Aurora permaneceu imóvel até que ele chegou ao seu lado, pegou suas mãos, beijou-as. Então, percebendo a aliança de casamento, perguntou onde estava seu marido. "Ele passa os fins de semana com a mãe", respondeu. "Perfeito", disse Marcio, "ele terá alguém para confortá-lo quando você se casar comigo". Ela não soube o que dizer. Sentiu as mãos congelarem e o corpo se abrasar de calor. Alguém pôs um bolero no toca-discos e ele a levou para dançar. Eles realmente não dançaram, apenas se abraçavam ardentemente. Quando o bolero acabou, continuaram sem se mexer nos braços um do outro e Virginia correu a pôr o disco de novo para salvar as aparências. Por fim, separou-os oferecendo-lhes uma taça de champanhe, mas eles continuaram de mãos dadas e terminaram a noite no hotel dele. Os dois se amaram várias vezes até o amanhecer, dormiram a manhã toda, tomaram um café com croissants no

Flore e depois voltaram para o hotel para fazer amor novamente. Ela estava exausta e cheia de desejo quando chegou ao seu apartamento para esperar por Armand. Assim que o viu entrar, não pôde deixar de compará-lo com Marcio. Ele parecia bobão, mais criança que homem, ainda nadando em águas fetais, e ali mesmo estendeu seu arco e disparou a primeira flecha contra ele.

Na França, o processo de divórcio durava quase um ano, e Aurora só ficara livre havia dois meses. Marcio tinha ido vê-la seis vezes com muita cautela, pois nenhum deles queria que seus respectivos cônjuges soubessem de seus amores e fizessem um escândalo. Eles tinham planejado se casar na França em junho e ela estava fazendo todos os preparativos: reservar três salões na Maison de l'Amérique Latine, escolher o cardápio e, aproveitando o cargo de Isabel na Unesco, conseguir várias caixas de champanhe a um preço especial para diplomatas. Este último detalhe havia provocado a hilaridade de Marcio. "Você vai ter que aprender a conviver com um milionário", disse-lhe ao telefone, morrendo de rir. Ángela de Alvarado, por sua vez, confirmara quando lhe contou que as paredes da sala principal da casa dos pais de Marcio estavam cobertas de placas de ouro. Ela, que desde a história de Picasso trabalhava como secretária trilíngue em uma assessoria de imprensa, não estava inclinada a assumir a personalidade de esposa de milionário. "Nada poderia ser mais fácil", ironizava Virginia. "Basta saber receber convidados e cuidar de obras beneficentes".

Aquelas reuniões tiravam Juana do marasmo da velhice. Quando seu marido, Daniel, se aposentou, tomou a decisão de ir morar com ela em um estúdio, deixando o filho no apartamento para que ele pudesse se tornar mais responsável e menos apegado às saias dela. Tudo o que conseguiu foi duplicar as tarefas domésticas de Juana, pois Jean não tinha ideia de como manter uma casa limpa. Depois de arrumar o estúdio, ela ia trabalhar no apartamento. Punha os lençóis sempre sujos na máquina de lavar (porque Jean fazia amor todas as noites), lavava a louça e passava guardanapos e camisas. Nem Daniel nem Jean haviam pensado em substituí-la por uma garota que ganhasse a vida trabalhando como empregada. E, no fundo, preferia assim: não aguentava ficar o dia todo na frente de Daniel ouvindo seus comentários lúgubres sobre a morte. Gostava de sair na rua, olhar as vitrines, tomar o metrô e sentir que fazia parte da tremenda azáfama de Paris. Jean lhe ligava para dizer se tinha ou não convidados naquela noite e ela preparava a comida com base no número de pessoas que viriam. Ela ficava no apartamento do filho apenas para vê-lo por alguns minutos e regularmente, quando ela se despedia, Jean punha notas de quinhentos francos em sua carteira, pois ganhava muito bem como engenheiro. Com esse dinheiro, ela renovava as roupas a cada estação e pagava o seguro do carro e a gasolina. Ela podia se dar ao luxo de almoçar sozinha em restaurantes três estrelas e beber uma garrafa de vinho fino. À noite, voltava para o estúdio, fazia comida para Daniel e, para escapar de sua companhia, ia dormir cedo, tomando vários soníferos. Às vezes, nem mesmo essas pílulas permitiam que ela adormecesse e, antes de recorrer a uma nova dose, lembrava-se de si mesma aos dezoito anos, quando chegou a Paris determinada a se tornar uma grande atriz. Depois, chorava em silêncio, amaldiçoando os homens que abusaram de sua ingenuidade: o poeta espanhol que a abandonou, deixando-a sem pátria em um país desconhecido; Héctor, a quem serviu de modelo e criada e que também a deixou plantada assim que o sucesso chegou até ele; e até mesmo aquele pobre Daniel, com quem foi forçada a se casar para dar um pai a seu filho. Apenas os caminhoneiros se salvavam de seu rancor, pois sempre haviam sido generosos no amor e nunca a decepcionaram.

Se Juana tinha um conselho para dar às mulheres era dormir com homens simples, prescindindo da paixão e do interesse material. Simples, não bárbaros que maltratavam suas companheiras e vinham como selvagens, sem se preocupar com o tempo do prazer feminino. Ela havia explicado um pouco disso a Jean, com quem tinha intimidade. E Jean entendeu a essência de sua mensagem. Em uma tarde de confidências, disse-lhe que nenhuma mulher saía de seus braços insatisfeita, pois, se ela estivesse travada, ele usava os dedos e a boca até arrancar dela espasmos de gozo. Dessa vez, ela respirou aliviada: seu filho não corria o risco de se casar com uma mulher que, mais cedo ou mais tarde, o odiaria por se sentir mal-amada. Se Jean conseguisse conduzir seu casamento como havia conseguido seu diploma de Engenharia, com sucesso, sua vida estaria bem encaminhada e ela poderia se recostar e morrer. Os anos haviam aumentado seu reumatismo e só graças à cortisona é que ela não perdera o uso dos dedos, sempre doloridos e inflamados. Mesmo quando fazia o trabalho, usava luvas de lã para mantê-las aquecidas e protegidas de todos os olhos. Fazia muito tempo que ninguém, nem mesmo Jean, via suas mãos deformadas pela doença. E mesmo agora, no meio da festa, mantinha-se enluvada sob o pretexto de que sentia frio.

Segurando a vontade de chorar, Marina de Casabianca olhava à sua volta. Como era possível que os amigos de Virginia dançassem, que o barulho do trânsito fosse ouvido do lado de fora, que as pessoas respirassem, que ela mesma estivesse viva se seus filhos tinham morrido? De que adiantava sua beleza e seu dinheiro naquele mundo que de repente parecia um enorme pesadelo para ela?

Guillaume e Loïc haviam morrido em um acidente porque seu pai havia teimosamente dirigido a cento e oitenta quilômetros por hora até o fim da vida. Quando soube da notícia, procurou um revólver para se suicidar. Não o encontrou. Isabel foi encontrá-la em Lausanne e convenceu-a a se internar em uma clínica particular para passar os primeiros meses sob o efeito de tranquilizantes e soníferos. Ela permaneceu ali por um ano e lá poderia ter ficado o resto de seus dias se seu psiquiatra não tivesse decidido integrá-la ao que ele chamou de vida normal. Então, Marina voltou para casa. Isabel e suas primas haviam feito a limpeza doando todas as roupas de Guillaume e Loïc para a caridade. No armário de seu quarto havia apenas um álbum de fotografias. Guardou-o em uma mala, trancou a casa e voltou para a França. Seu psiquiatra a aconselhou a sair em vez de permanecer deitada na cama cutucando sua ferida, mas as lembranças a assombravam como dardos envenenados e a seguiam por onde ia. Algum tempo atrás, Loïc, o mais romântico dos dois, havia se apaixonado por Graciela, sobrinha de Isabel, que estava de passagem por Paris. Enviava-lhe cartas e poemas. Quis ter uma fotocópia deles e avisou Isabel, mas Graciela, com um gesto de grande classe, enviou-lhe os originais. Ela os colocou na gaveta de sua mesinha de cabeceira e os lia todos os dias antes de se deitar. Loïc se referia a ela em suas cartas como sua *mamita* querida. Em seus poemas, falava ingenuamente de seu amor por Graciela, com frases cândidas que lhe inspiravam ternura. "Eu sou o judeu errante dos teus sonhos, procuro-te à luz do amanhecer, tua memória fere-me a alma, quebrada e esquecida está a velha ânfora, de onde tiramos tiaras e pedras preciosas para adornar tua fronte de princesa". E em espanhol, quando sua língua materna era o francês.

Durante o funeral, ao qual assistiu brutalizada pelos analgésicos, ouviu a prédica do padre que celebrava a missa. Aquele homem parecia estar perfeitamente convencido do que dizia, e ele falava, peremptório, que depois da morte havia vida, uma vida após a morte onde todos nos encontraríamos no dia do juízo final. Apesar de ser ateia, por um momento quis acreditar naquela mensagem de esperança e antes de entrar na clínica foi conversar com o mesmo padre, que acabou sendo amigo de infância de seu segundo marido. "A fé é uma graça do Senhor", explicou, aumentando sua confusão. Como fazer? Porque sua existência seria diferente se soubesse que, quando morresse, iria encontrar André, Guillaume e Loïc. Poderia até sofrer menos. Durante o dia, ela precisava fazer um esforço para não cair no choro no meio da rua. Estacionava seu Rolls-Royce em qualquer lugar, subia as janelas escuras e gemia de desespero. À noite, era atormentada por pesadelos. Uma besta de outro mundo afundava as presas em sua barriga. E a dor a acordava. Não sabia como ainda estava vivendo. Entre lágrimas, tomava seu primeiro café e telefonava para Jérôme, seu administrador, a quem havia dado total controle de sua fortuna desde que entrou na clínica. Jérôme lhe perguntava se ela estava melhor, e Marina começava a chorar, implorando que ele negasse sua realidade, que lhe dissesse que Guillaume e Loïc ainda estavam vivos. Por acreditar em Deus, Jérôme lhe assegurava que seus filhos eram felizes onde estavam. Depois ligava para seu psiquiatra e ele a encorajava a sair da depressão nervosa. Então, acendia um cigarro atrás do outro até o meio-dia, quando saía para almoçar com Isabel. Tinha de passar a tarde e esperar a noite para ir a festas e recepções, durante as quais, como agora, a memória dos filhos se tornava mais lancinante porque as pessoas pareciam estar se divertindo sem ter em conta a ausência deles. A própria Isabel, que de vez em quando se aproximava para falar com ela e distraí-la, nunca pronunciava os nomes de Guillaume e Loïc. Talvez ela não fizesse de propósito, para ajudá-la a afugentar sua dor, sem saber que lhe parecia escandaloso ver os outros se divertindo enquanto seus filhos jaziam em uma sepultura.

8

Havia esperado sete meses e, no fim desse período, Henri ligou para ela. Ela, Virginia, tinha acabado de chegar de Tóquio, onde expôs os quadros de vários pintores, que eram vendidos como água. Por isso, ganhara muito dinheiro e se ofereceu à sobrinha Aurora para pagar as despesas da recepção de seu casamento com Marcio na Maison de l'Amérique Latine. Gaby conseguiu que Louis Féraud lhe emprestasse um de seus vestidos de noiva e Aurora estava muito bonita naquele traje suntuoso, irradiando felicidade. Ela a ajudou a se preparar e, enquanto os outros a acompanhavam até o cartório, ela veio à Maison de l'Amérique Latine para esperar o bolo de casamento e receber os primeiros convidados. Henri a acompanhava: sua simples presença despertava nela um sentimento de intensa felicidade. Ele estava lá, bonito, com seus cabelos prateados e os olhos azuis sorridentes, conversando com ela sobre seu projeto de viajar pelo mundo por três anos. Queria que ela fosse junto, mas Virginia não se atrevia a confessar que seus problemas cardíacos a impediriam de fazê-lo. Aquilo parecia uma chantagem, e ela não queria despertar sua compaixão ou sugerir que ele mudasse de planos: pois, se Henri soubesse que ela estava doente, ficaria ao seu lado, e com o tempo seu amor se transformaria em rancor. Essa viagem era para ele a recompensa de uma vida inteira de trabalho, o sonho de um peregrino frustrado pela necessidade de cada dia, e ela sabia que um homem pode ser privado de tudo, menos da possibilidade de realizar seus desejos. Então, ela fingia planejar o que eles fariam quando Henri voltasse dentro de três anos, onde eles morariam, a casa que construiriam e o cachorro que comprariam, sem que ela nunca mencionasse seu estado de saúde. Havia aprendido a viver dia após dia e se contentava em ter Henri ao seu lado por alguns meses antes de ele partir em sua jornada. Estava muito magra porque comia pouco: a dor no peito se tornava insuportável após as refeições. Tomava uma xícara de chá no café da manhã e comia saladas leves no almoço e jantar. Mas gostava do chá, da folha de alface e da fatia de tomate, e a fome dos primeiros dias, quando decidiu fazer dieta, havia se dissipado. Um médico, a quem ela foi ver às escondidas, ordenou que ela se internasse imediatamente em um hospital para ser operada. Ela prometeu fazê-lo, e tirou dele uma receita de supositórios contra a dor que dilacerava seu peito depois de dormir com Henri, quando seu coração batia como galopa um cavalo selvagem.

Apesar da ameaça que pairava sobre ela, Virginia nunca havia se sentido tão feliz. Apreciava cada momento de sua vida e estava realizada. Só se arrependia de ter encontrado tarde demais o prazer do corpo e uma certa sabedoria do espírito. Excluída de seus sentimentos por Henri estava a paixão, que era uma forma dramática de amor e que, em seu diário, seu tio aconselhava a evitar como a peste. Por outro lado, reinavam o desejo e a ternura, o que os tornava cúmplices dos problemas da existência. Nunca tinha rido tanto com um homem. Henri, cuja profissão o levara a conhecer meio mundo, tinha infinitas anedotas que relatava com bom humor. Era inteligente, sagaz e nunca se levava a sério. Além disso, ele gostava dela tal como era, com seus seios pequenos um pouco flácidos e seu rosto esculpido por algumas rugas desde que perdera peso com seu regime de salada. A única pessoa que conhecia seu estado de saúde, Isabel, recomendava que ela se abstivesse de fazer amor, mas ela preferia viver menos e se divertir com Henri. Eles tinham os mesmos gostos literários, preferiam os mesmos cineastas e, como ela, Henri adorava a música de Mozart e detestava óperas.

Quanto mais se conheciam, mais descobriam que eram feitos um para o outro, e ninguém sabia nada sobre aquela intimidade, nem mesmo Isabel. Havia muitas coincidências curiosas entre ela e Henri. Ele quis ir morar em Barranquilla quando ela tinha dezoito anos, e não o fez porque de última hora a companheira com quem planejava viajar desistiu. Em 1969, Henri morou em um apartamento localizado na Rue de la Tombe-Issoire, justamente onde ela decidiu ficar em Paris no ônibus que a trouxera do aeroporto. Durante anos, Henri frequentou a mesma piscina que ela, mas em dias diferentes da semana. Em suma, eles pareciam destinados a se encontrar e tinham certeza de que, se tivessem se conhecido antes, teriam se amado. Ela, Virginia, dizia que todos os seus casos amorosos anteriores lhe permitiam apreciar melhor as qualidades de Henri, sua generosidade quando faziam amor, seu permanente bom humor e a ausência de relações de poder nas suas relações. Não havia nada para contar sobre eles porque histórias de amor felizes são silenciosas.

Uma salva de palmas saudou a chegada de Marcio e Aurora. Sentada na cadeira onde Virginia a instalara, ela, Florence, evitou se levantar para não chamar a atenção. O vestido que Virginia e suas primas haviam comprado para ela era muito bonito, mas não caía bem em seu corpo curvado. Ela deveria ter ficado na casa de repouso, onde ninguém a via e ela passava despercebida. Quando saía, até mesmo para ir ao salão de beleza, tinha vergonha de sua aparência. Tinha medo de encontrar uma de suas velhas amigas e de que elas a vissem em tal estado de deterioração física, embora imaginasse que elas também estariam no mesmo estado, pois a velhice não poupava ninguém. Um novo médico chegara à casa de repouso e mudou seu tratamento, obtendo uma melhora notável depois de três meses. Agora podia usar as mãos para tomar uma xícara de café; seus dedos e joelhos tinham parado de doer; ela podia ir de metrô até a livraria de Louise e a substituía se tivesse algo para fazer ou se encarregava da loja aos sábados, porque Louise queria descansar nos fins de semana. Assim, ganhava cerca de oitocentos francos por mês e podia comprar água-de-colônia, maquiagens ou um novo par de sapatos.

Suas relações com a diretora da casa de repouso também tinham mudado: todas as tardes, por volta das cinco horas, ela a convidava para ir ao seu escritório para tomar chá. Aquela mulher arrogante se tornara mais humana desde a morte do filho. Às vezes chorava na presença dela e Florence a consolava da melhor forma possível. A recompensa era que ela agora tinha um quartinho só para si, onde Virginia instalou uma televisão para ela. Só de passagem via as outras idosas e sentia que tinha vencido uma luta. Despedira-se da promiscuidade e da dependência. Com pouquíssimas coisas ela estava feliz, ter o direito de guardar um isqueiro ou ficar assistindo televisão até meia-noite. O simples fato de escapar das regras da casa de repouso lhe dava uma sensação de liberdade. Agora ela ia para a cozinha e preparava uma xícara de café em vez de tomar a chicória que serviam no café da manhã. Depois do banho, lia ou jogava um jogo de xadrez eletrônico que Gaby lhe dera. Ninguém vinha incomodá-la. Ao meio-dia, ia se encontrar com Louise para almoçar em um restaurante não muito longe da livraria e, se Louise não precisasse de sua presença, regressava por volta das quatro horas da tarde. As velhas a invejavam, algumas enfermeiras tinham certa animosidade contra ela, mas por ser amiga da diretora não ousavam incomodá-la. Sua única obrigação era voltar antes da meia-noite, como Cinderela, mas desde o início Virginia e suas primas haviam obtido permissão para que Florence ficasse para dormir com elas quando organizavam suas reuniões. Ela geralmente ficava no estúdio de Gaby, cuja estação de metrô estava em linha direta com a da casa de repouso, em meio a fileiras de fotografias recém-secadas que pendiam de um lado a outro das paredes. Um cheiro de ácido saía do banheiro e Gaby havia alugado um quarto ao lado de seu estúdio para guardar as fotos emolduradas de suas exposições. Havia um sofá-cama onde ela passava a noite; em seguida, Florence se lavava no banheiro do estúdio e tomava café da manhã com Gaby antes de voltar.

Desde que sua saúde melhorou, a situação tinha mudado. Ela não era mais obcecada pelo desejo de se jogar nos trilhos do metrô e cometer suicídio a qualquer custo. Quando ignorava o medo de encontrar suas velhas amigas, era feliz. Ganhava um dinheirinho, Virginia e suas primas a convidavam para sair e na casa de repouso tinha uma posição privilegiada. A própria irmã, que ia visitá-la de vez em quando, queixava-se de solidão porque os filhos haviam se casado e ela não se dava bem com as noras. Durante os anos de casamento não fez amigas e, agora que o marido tinha morrido, não podia contar com ninguém. Tinha lhe pedido que ela viesse morar em seu apartamento, e ela, Florence, contemplava a possibilidade de voltar a ter uma existência normal. Com a renda que sua mãe lhe legara, ela poderia cobrir suas despesas pessoais e sua irmã tinha dinheiro suficiente para cuidar do resto.

Por fim, tinha se atrevido a se casar com Georges, dizia Louise para si mesma, entrando no salão de braços dados com ele. Contra todas as expectativas, as pessoas não ficavam espantadas ao vê-la ao lado de um homem tão jovem. Ela havia escondido seu casamento dos clientes regulares e pediu a Georges que nunca fosse à livraria. Fora isso, saíam juntos para todos os lugares, para boates, cinemas, restaurantes e festas de amigas. No dia do casamento, ela conheceu Jacqueline, mãe de Georges, e ambas ficaram surpresas ao descobrir que frequentaram a mesma classe durante três anos do ensino fundamental. Todos os temores de Jacqueline se desvaneceram. Georges tinha sido seu caçula e seus outros filhos lhe garantiam a continuidade. Seu casamento contou com a presença de pouquíssimas pessoas, Florence, Virginia e suas primas e um amigo íntimo de Georges. O tabelião, homem de tato indolente, não piscou quando leu a data de seu nascimento. Isabel e Gaby serviram de testemunhas e foram todos celebrar o casamento no restaurante Lipp, onde tinham reservado uma mesa para vinte pessoas. Sua filha Matilde estava feliz; Clarisa, por outro lado, preferiu ignorar a mãe e nem ligou para parabenizá-la. Ela não se importou. Nunca tinha se sentido tão feliz antes. Viver com um jovem lhe dava a impressão de que havia tirado dos ombros trinta anos. Ela gostava do cheiro do corpo de Georges e de seu membro sempre alerta que todas as noites permitia que ela se perdesse no prazer. Apesar da diferença de idade, o amor deles não era nada platônico, e Gaby estava certa quando disse que esse relacionamento a enriqueceria do ponto de vista emocional. Ela havia deixado para trás o cinismo de sua vida de amazona para dar a Georges o amor que ele pedia. Ela o desejava e respeitava ao mesmo tempo, coisas que geralmente eram difíceis de conciliar.

Mas como não admirar sua inteligência e a energia com que abria caminho no mundo da imprensa, pois havia prometido dar-lhe tudo o que ela pudesse querer. Eles já haviam se mudado para um apartamento de quatro quartos perto de sua livraria e estavam aos poucos decorando-o com móveis do século XVIII. Georges tinha um olhar atento para escolher peças valiosas. Ele insistiu para que ela fizesse uma cirurgia plástica no rosto e agora parecia tão jovem quanto suas filhas. Continuava a correr de manhã para se manter em forma e aos sábados ia a uma academia; frequentava também a piscina e a sauna e, quando ela voltava para seu apartamento, ligeiramente avermelhada pelo esforço físico, Georges a achava adorável. Felizmente Florence estava se sentindo melhor e podia substituí-la na livraria. Dessa forma, podia ir duas vezes por semana ao salão de beleza e dedicar os sábados a Georges. Seu medo de ser abandonada por causa de uma mulher mais jovem havia se dissipado. Georges a amava sem reticências e aos seus olhos apenas ela parecia existir. Quando ele estava viajando, ligava para ela dia e noite e se preocupava muito se ela não atendesse porque tinha saído para ir ao cinema ou jantar com uma de suas amigas. Era ciumento e tinha medo de que ela recomeçasse sua vida aventureira. Era inútil lhe explicar que se sentia feliz ao seu lado e que nunca mais voltaria aos seus velhos costumes. Uma relutância absoluta a invadia diante da ideia de dormir com outro homem. Uma certa repulsa também. Por mais que procurasse em sua memória, ela não conseguia encontrar a lembrança de um amante que lhe desse a mesma satisfação que recebia quando Georges, com seus cabelos pretos cacheados e olhos de falcão, a envolvia em seus braços.

Sua tia Virginia cuidara de todos os detalhes, comprovava Aurora dançando com Marcio sua primeira valsa de casada ao som de uma pequena orquestra contratada para a ocasião. Ela estava grávida de um mês e tivera de colocar um espartilho para caber no lindo vestido de noiva de Louis Féraud. Queria guardar na memória os detalhes daquele dia de felicidade: o salão com suas mesas ao redor da pista de dança, e ao fundo o grande buffet onde, entre muitos pratos de aperitivos, estava o bolo de casamento que em poucos minutos iria cortar. A cada volta que fazia, via rostos sorridentes e cúmplices como se todos compartilhassem sua felicidade: Virginia e Henri, Louise e Georges, Gaby e Luis, Isabel e um desconhecido. Apenas Geneviève tinha um ar sobressaltado que destoava da festa, mas Aurora tinha ouvido que andava mal havia alguns meses. Ela lhe trouxera um faqueiro, como pôde ver quando entrou no quarto, quando sua tia Virginia a levou para ver os presentes. Muitas pessoas haviam se unido para lhe dar o bule de prata com que sonhava. Por mais milionário que Marcio fosse, ela o utilizaria em sua casa no Rio de Janeiro. O embaixador do Brasil, presente na festa, deu-lhe uns belos candelabros de ouro e todos os convidados brasileiros tinham se destacado por seus presentes.

Não sem curiosidade, ela observava as diferenças de comportamento das pessoas entre aquele dia e o de seu primeiro casamento. Armand certamente era antipático e sua fortuna, duvidosa, mas ninguém lhes dera objetos de tanto valor e algumas pessoas se abstiveram de comparecer à festa organizada por sua sogra. Agora tudo parecia diferente, sorriam para ela e olhavam-na como se fosse importante: não era à toa que desta vez se casava com um milionário. No entanto, a fortuna de Marcio era o que menos lhe importava. Estar em seus braços, sentir seu hálito na têmpora e ter um filho seu no ventre contava mais que todo o dinheiro do mundo. Ela ainda não tinha contado a ele que estava grávida: contaria na hora de cortar o bolo de noiva. Marcio queria filhos, vários, e ela saboreava de antemão o prazer de lhe dar a notícia. Aquele bebê seria o ponto culminante de suas relações amorosas, em especial porque a primeira esposa de Marcio era estéril e, consequentemente, era seu primeiro filho. Já o via aconselhando-a a sentar-se e voltar ao apartamento o mais rápido possível para se libertar do espartilho. Mas ela queria curtir sua festa até o fim, ir de mesa em mesa para cumprimentar os convidados e agradecer-lhes pelos presentes, dançar até ficar exausta e apresentar Marcio a quem só o conhecia de nome. Gostariam dele porque era inteligente e tinha afeto pelas mulheres. Isabel tentaria sondar sua mente em busca de complexos e inibições; Gaby, que estava tirando fotos, tentaria encontrar sinais de machismo nele; e Virginia o aprovaria sem reservas porque Marcio a amava. De repente, sua vida parecia curiosa: ela havia chegado a Paris para validar seu diploma em Direito Internacional, seu tio José Antonio voltou para Barranquilla e ela se viu obrigada a trabalhar como secretária, e agora, graças ao seu casamento, estava subindo a escala social novamente. Quem estava encantada era Ángela de Alvarado; dera-lhe dois conselhos: não abandonar Marcio pela miragem de uma paixão fugaz e não deixá-lo de escanteio para se dedicar de corpo e alma ao filho. Essas recomendações lhe pareciam inúteis, porque Marcio ocupava o centro de sua existência.

Helena Gómez lembrava que havia dois meses não incentivava Enrique a frequentar as festas de suas amigas. Apenas dois meses atrás, conhecera Édouard, um professor de Sociologia que ministrava seus cursos em um instituto científico e cujo último livro lhe rendera os louros da imprensa e da televisão. Helena se matriculou no curso dele e por acaso sentou-se na primeira fileira de alunos, diante dele. Enquanto falava, os olhos de Édouard tropeçaram várias vezes nos dela e, no final, deixando de lado os alunos que o estavam assediando, ele se aproximou para convidá-la a tomar um café. Sentiu seu coração bater em um ritmo diferente e uma bola de fogo subiu entre suas pernas. Então isso podia acontecer com ela de novo?, se perguntou, apavorada com seus sentimentos. Ela, mãe, avó e bisavó, esposa de um homem bondoso e estabelecida em um casamento feliz, era tocada pelas asas da paixão. Mas sim, e contra isso ela não poderia lutar. Não importava para Édouard que ela tivesse um bisneto, ele dizia que não havia nada mais belo do que os prolongamentos da vida. Na primeira vez que se amaram, ela agradeceu a Deus por permitir que tivesse feito uma cirurgia plástica dos pés à cabeça. Édouard era cerca de dez anos mais novo que ela e conservava a força da juventude. Ele a amou com paciência, trabalhando seu sexo até lançá-la em um espasmo onde sua consciência se perdeu, como acontecia com Jerónimo muito tempo atrás. Quando, encharcada de suor, ofegante de exaustão, perguntou-lhe o que iam fazer dali em diante, Édouard respondeu que devia abandonar Enrique e ir viver com ele. Ela ficou um pouco decepcionada por ele não ter falado sobre casamento, mas não pretendia largar o marido de qualquer maneira e isso a deixava em vantagem. Só de pensar nisso, sentia o rosto picado por alfinetes: com Édouard voltaria a estar em uma relação abusiva, e não havia nada que odiasse tanto no mundo.

Por outro lado, com Enrique ela tinha uma vida tranquila e era sua igual. Aquela aventura, no entanto, a afastara um pouco dele. Não viviam mais em estado de osmose e ela não suportava bem as doenças de Enrique. Parecia-lhe que estava exagerando suas doenças e, quando não queria sair, ia sozinha à casa de suas amigas, como faz agora, em vez de implorar para que ele a acompanhasse. Além disso, precisava de liberdade para poder ver Édouard. Virginia e suas primas, cientes da situação, se irritavam com ela. Toda vez que saía com Édouard, dizia a Enrique que estava na companhia de uma delas. Fazia isso por prudência, apesar de saber que Enrique nunca tentaria procurá-la. Ele era frio demais para imaginar paixão nos outros. Enrique jamais tinha amado uma mulher. Não sabia o que era despertar o desejo com um olhar, esperar ansiosamente por um telefonema, caminhar com o coração agitado até o local do encontro, reconhecer o cheiro da pessoa amada e se perder na vertigem do desejo. Antes, sua vida de eremita lhe parecia maravilhosa; agora parecia covarde e desprovida de interesse. A serenidade era uma forma de morrer. Existir significava correr riscos, passar de uma emoção a outra, respirar profundamente e se deixar arrastar pelos turbilhões da paixão. Tranquilos ficariam todos quando a morte soasse. Por medo, Enrique se encerrou em uma mortalha desde a juventude. Temia o amor, o sexo e as mulheres. Os mosteiros estavam cheios de homens como ele. Édouard lutava contra a velhice e, com sua juba branca, parecia um leão determinado a enfrentar a vida até o fim.

Virginia sabia fazer as coisas, pensava Anne enquanto olhava para os salões onde o casamento estava acontecendo. Tinha trazido Marc com muita relutância porque ele gostava de mulheres latino-americanas, e Anne tinha medo de que uma delas o levasse embora. Piloto de provas, Marc tinha, no entanto, o coração de uma criança. Acreditava sinceramente que ela havia permanecido casta desde seu divórcio com Octavio e criticava as amazonas sem saber que ela era a melhor representante da espécie. Além disso, Anne fizera algo que Virginia e suas primas condenavam: sua mãe, que estava com diabetes, não tinha dinheiro para ir ao médico e, como nunca havia trabalhado, não tinha previdência social. Ela só foi visitá-la um ano depois do início da doença, quando perdeu a visão. Como sua avó estava muito abatida pelos anos, Anne a colocou em uma casa de repouso e deixou sua mãe aos cuidados de uma tia, depois de ter se apoderado de seus móveis, que enviou para Paris, e das poucas joias que lhe restavam. Agora ela usava um diamante e uma esmeralda nos dedos curtos e rechonchudos. Aqueles anéis, destinados a mãos finas e longas, pareciam gritar sua rejeição e lembrá-la de seu ato de pirataria, mas ela havia decidido assumir tudo para ter uma aparência apropriada para receber um homem jovem e bonito como Marc. Ela só tinha medo de que ele descobrisse de onde vinham os belos móveis de seu apartamento e os anéis, colares e pulseiras que a adornavam. Gaby entendeu tudo certo dia em que foi visitá-la. Viu as mudanças e olhou-a diretamente nos olhos. "Onde estão sua avó e sua mãe?", perguntou. Anne confessou a verdade para ela, tentando ser leve. A resposta de Gaby a deixou cravada no sofá. "Você não tem coração", lhe disse e saiu sem se despedir. É por isso que ela ficou tão surpresa com o convite para aquele casamento e, se ela veio na companhia de Marc, foi em grande parte para explicar a elas que seu comportamento em relação à sua mãe e à avó era justificado se Anne quisesse conquistar um homem de boa classe. Também queria mostrar a Marc o nível social de suas amigas, e ser convidada para o casamento de Aurora com um milionário poderia valorizá-la aos olhos dele. Ficava apavorada de pensar que Octavio, Érico, Hervé ou qualquer outro dos homens que ela tinha conhecido antes de encontrá-lo podiam aparecer. Evitava os cafés e bares que frequentara antes e, quando saía do trabalho, ia direto para o apartamento de Marc para arrumá-lo e estar lá se ele ligasse para ela.

Depois de tantas experiências negativas, ela realmente se apaixonara. Não queria tirar vantagem de Marc, nem mesmo sexualmente: era ela quem o fazia gozar, sem se preocupar com seu próprio prazer, ela que preparava o café da manhã para ele e o trazia em uma bandeja de prata na cama. No fundo, Marc era mais seu filho que seu amante, e essa situação a satisfazia completamente. Mas ela vivia em plena contradição: por um lado, sentia-se orgulhosa de ser vista ao lado de um homem tão bonito, e também tinha medo de perdê-lo quando o apresentava às amigas. Gostava que Marc acreditasse que ela era de alto nível social, havia refinado sua linguagem removendo todas as expressões rudes e fazia amor em silêncio, sem os gritos que costumava lançar com outros homens. Saias coladas ao corpo e blusas decotadas desapareceram para dar lugar a vestidos bem-cortados mas convencionais.

Tornara-se, assim, burguesa, abandonando seu passado de aventureira independente e feliz. Às vezes sentia falta dele, mas logo se lembrava de sua solidão e da desenvoltura de seus amantes. Então pensava com alívio em Marc e na forma respeitosa como ele a tratava.

Queria até que a mãe fosse morar com eles, uma perspectiva que a horrorizava: ela não suportava os doentes e muito menos uma mulher cega de quem teria de cuidar. Preferia lhe enviar um cheque todos os meses e mandar a tia administrá-lo. Mas Marc insistia sem suspeitar que, no fundo, ela odiava a mãe por ter se deixado engravidar por um mestiço e a trazido ao mundo feia e com a aparência de uma pessoa vulgar. Além disso, se Marc conhecesse sua mãe, distinta e lânguida, descobriria imediatamente que seu pai não era o herói romântico da Guerra Civil Espanhola, como ele havia sido levado a acreditar, mas um latino-americano qualquer de passagem pelo sul da França, que antes de se refugiar em seu país a havia gerado sem sequer se dar ao trabalho de reconhecê-la. Ela e sua mãe eram como a escuridão e a luz, não se pareciam nem um pouco e era até difícil acreditar que uma mulher tão bonita teria dado a vida a uma filha tão pouco atraente. Sem contar que a mãe contava aos quatro ventos sua história de amor com o pai, por quem ainda era apaixonada apesar do tempo que havia passado e de seu comportamento odioso. Marc nunca deveria conhecê-la, pois seria como encontrar o fio que desvendava a trama de suas mentiras.

Nas cartas de tarô, ela, Thérèse, havia lido sobre a realização daquele casamento e sabia que Aurora teria vários filhos e seria feliz. Não sacrificava nenhuma carreira ou profissão e estava pronta para fundar um lar. Tinha ido visitá-la na companhia de Virginia e profetizou que ela se casaria grávida e só com um espartilho entraria no vestido de noiva.

Ao vê-la passar de uma mesa para outra, comprovava que não havia cometido um erro. O tarô não tinha mais segredos para ela. Jogando as cartas para Virginia, soube que ela estava doente e que seus planos de viver com Henri dentro de três anos não se cumpririam. Teimosa, Virginia odiava despertar piedade. Não queria consultar um médico e, apesar do dinamismo com que encarava a vida, secretamente tinha uma ideia quase oriental do destino. Conhecia a arte do tarô como ela e ia vê-la toda vez que tinha de tomar uma decisão importante, fazer uma exposição, apresentar um cliente a um pintor, aceitar uma aventura amorosa; mas, quando as cartas começaram a anunciar sua morte, ela se limitou a procurar um advogado para fazer seu testamento e dividir seu dinheiro entre Isabel e Gaby. A ela, Thérèse, legou sua coleção de anéis antigos com os quais sonhava, bem como o diário daquele tio sedutor, que a ajudara a trilhar seu caminho na vida. E agora considerava o amor de Henri como o último presente da existência. Ela estava em uma idade em que os sinais da velhice podiam aparecer muito rapidamente, e não queria que Henri, em seu retorno, a visse deteriorada pelos anos. Além disso, se fosse operada, teria apenas trinta por cento de chance de ser curada e, nessas condições, não valia a pena entrar em uma sala de cirurgia.

Ela, Thérèse, ia sentir muito a perda de Virginia. Era sua melhor amiga e confidente, a única pessoa a quem contara sobre suas relações com Gérard, ministro do atual governo, que um dia aparecera em seu apartamento, meio cético, meio curioso, para lhe perguntar em quem seu partido político deveria votar nas próximas eleições. Sem hesitar, deu-lhe a resposta que o levou ao ministério e agora vinha vê-la uma vez por semana sob o pretexto das cartas, mas na realidade para fazer amor com ela. Ao seu lado, sentia a mesma emoção que tivera com Lucien, a quem nunca mais quis receber desde a fatídica noite em que a trocou por Isabel. Sozinha na cama, ela fez um balanço de sua vida emocional e se viu como era, grossa e vulgar, com seu rosto gordo onde as belas feições de juventude mal podiam ser reconhecidas, e prometeu a si mesma evitar os homens para sempre. Não foi um problema para ela cumprir essa renúncia porque ninguém a procurava e ela deslizou inadvertidamente para a pele de uma vidente respeitável. Viveu como uma monja por vários anos até que a chegada de Gérard mudasse o curso de sua existência. Parecia-lhe impossível que, em sua idade, um homem se interessasse por ela. Começou a emagrecer, fez uma cirurgia plástica nos seios e, por incrível que pareça, sua menstruação voltou. Não podia exigir nada de Gérard: tinha sua família e uma longa carreira política pela frente. Ele estava destinado a um dia dirigir os destinos do país. Pelo menos era o que sugeria o tarô. Graças a Gérard, ela se informava de tudo que estava acontecendo nos bastidores e era mais fácil aconselhar seus outros clientes. Um deles trazia semanalmente um aparelho para detectar a presença de um microfone em seu apartamento. Até agora ele não havia encontrado nenhum, mas ela evitava sair mesmo assim e fazia suas compras de supermercado por telefone. Se quisesse ir ao cinema ou às festas de Virginia e de suas primas, pagava a uma garota de confiança para ficar em sua casa até que ela voltasse. Seu amor por Gérard fez com que entendesse que a vida era um longo rio sinuoso, com reviravoltas inesperadas. Não havia nada definitivo, mas um ir e vir de sentimentos, uma mudança repentina de situações mesmo na velhice. O dia sucedeu a noite e a primavera sucedeu o inverno, e aqueles que souberam se adaptar encontraram a felicidade.

Comendo um pedaço do bolo de casamento, Isabel olhava de relance para Gilbert, o homem sentado a seu lado. Ela o conhecera graças a Georges, marido de Louise, e ele também era um jornalista muito influente no mundo político. Trabalhava para um jornal semanal, na seção internacional, e escrevera artigos sobre a queda do Muro de Berlim e a Guerra do Golfo, nos quais analisou criteriosamente as consequências políticas e econômicas de ambos os eventos. Gaby o acompanhara como fotógrafa e, com Georges, formavam um trio animado. Assim que se encontravam, começavam a falar sobre suas viagens e experiências e em meia hora despachavam uma garrafa de vinho. Era de notar a transformação de Gaby quando estava com eles. Ria alto e parecia um andrógino. Com seu cachimbo, o cabelo curto jogado para trás e a eterna calça jeans, ela poderia ser confundida com um Don Juan um pouco delicado. Suas primas haviam triunfado na vida; a dela, por outro lado, tinha sido um naufrágio. Quando pensava no passado e via Maurice, que a abandonou, Claude, que a tratou brutalmente, e o dr. Gral, que a usou por anos, dizia a si mesma que havia perdido a melhor parte de sua juventude, deixando-se dominar pela existência. Sua única satisfação era encontrada na literatura. Agora que as gêmeas haviam se casado, ela voltava para seu pequeno apartamento, desligava o telefone e ficava escrevendo até as onze da noite. Fazia uma pausa às oito horas para ver o telejornal enquanto comia uma salada com frango assado e depois voltava para as suas personagens, que pareciam existir sozinhas e só lhe pediam que as ajudasse a passar do imaginário para a realidade da palavra escrita. Esse trabalho permitia que ela esquecesse suas decepções e seus fracassos por algumas horas.

A psicanálise lhe ensinara que ela era responsável pelo que as pessoas chamavam de azar. Da esterilidade de sua vida com Maurice ao inferno de seu relacionamento com o dr. Gral, seu eu inconsciente e negativo havia escolhido esses desastres. Agora estava fazendo exatamente o oposto do que aspirava. Como a princípio não desejava Gilbert, aceitava seus convites. Gilbert não tinha nada de bobo. Não quis dormir com Isabel quando ela pediu.

Sua explicação: ela o considerava apenas mais um homem entre os muitos que a cercavam, uma espécie de garanhão; no dia em que visse nele um indivíduo singular, com suas qualidades e defeitos, capaz de amá-la, aceitaria sua proposta. Ela ficou estupefata com o raciocínio dele. Na verdade, havia esquecido os preâmbulos da paixão e começava a aprendê-los novamente graças a ele. Aos sábados, quando iam ao cinema, ele tomava as mãos dela e beijava seus dedos um após o outro. Quando se despedia, em frente à porta do apartamento onde nunca quis entrar, ele a abraçava e a beijava na boca e ela sentia a pressão de seu membro encostado em seu sexo, dolorido de desejo. Aquela situação a deixava louca, mas Gilbert havia conseguido o que queria: tornar-se um homem à parte aos seus olhos. Desde que o conhecera, ela nunca mais teve um caso amoroso de fôlego ou se interessou por qualquer outro homem. Quando desligava o telefone enquanto jantava, esperava ansiosamente por sua ligação. Se não falasse com ele e com suas filhas, não conseguia começar a escrever de novo. E às oito horas o telefone tocava e ela ouvia a voz de Gilbert emocionada. De Moscou, de Israel ou simplesmente de seu escritório no jornal onde trabalhava, queria ouvi-lo perguntar se tinha pensado nele. Como se isso não fosse possível. Gilbert sempre estava em sua mente; enquanto fazia suas traduções na Unesco, no restaurante e no metrô, sua memória ocupava seu espírito. Ele era quinze anos mais novo que ela, mas isso não importava no mundo que frequentavam. Entre Georges e Louise havia uma diferença de vinte anos e pareciam felizes. Os jovens franceses eram menos inibidos que os mais velhos. Não em vão eram herdeiros de maio de 1968. Havia problemas que nem sequer se levantavam; o machismo, por exemplo, lhes parecia ridículo, um produto do Terceiro Mundo. Quando ela contou a Gilbert de suas relações com Claude ou com o dr. Gral, viu-se velha e enredada nas teias de aranha do passado. Isabel esquecia de tudo isso com ele e ao seu lado tinha a impressão de começar uma nova vida. Entre seus braços parecia que renascia e se purificava, sentimentos que se tornariam mais intensos no dia em que fizessem amor.

Ela também havia se casado, com Paul, recordava Ángela de Alvarado olhando para Aurora, que estava muito bonita naquele vestido de noiva, mas seu casamento contara com a presença de poucas pessoas, Virginia e suas primas e alguns amigos de Paul. Seu filho, Alejandro, veio ao casamento lhe trazendo um suntuoso presente de Gustavo. Ela esperava sentir grande emoção ao vê-lo, mas só experimentou por ele uma ternura desprovida da intensidade de outrora. Estava mais interessada em seu cãozinho Dominó, se preocupava mais com seu destino. Ángela havia feito Gaby prometer que cuidaria dele se algo acontecesse com ela. Dominó preenchia sua vida emocional. Para que pudesse dormir em sua cama, ela e Paul tinham quartos separados. Pelo menos era o que ela explicava quando alguém descobria. Na realidade, seu casamento era inteiramente de fachada. Na noite de núpcias, em um palácio veneziano, de propriedade de amigos, Paul se absteve de tocá-la, alegando cansaço. Também se sentiu exausto na noite seguinte, e quando, depois de uma semana, ela tomou a iniciativa, Paul a rejeitou, comentando com desgosto: "Você só pensa nisso". Recebeu a frase como um chicote na cara e nunca mais voltou a tentar algo. De regresso a Paris, eles se instalaram em quartos diferentes e ela esperou em vão por algum gesto de Paul, que só estava interessado em receber seus convidados nas noites de quinta-feira. Se ela se mostrava dócil, ele lhe dava presentes magníficos, um diadema de diamantes, colares de pérolas e dinheiro suficiente para que se vestisse nos ateliês dos grandes estilistas. Se, por outro lado, se tornava provocativa, os presentes desapareciam e o dinheiro escasseava. Talvez Isabel estivesse certa quando lhe dizia que, no fundo, essa situação era conveniente para ela. Não teria suportado muito tempo ser objeto sexual de um velho de oitenta anos, e ela mesma não tinha mais idade para ter aventuras amorosas. Paul lhe assegurava uma situação econômica favorável e a vida social que ela sempre gostara de levar.

Ela finalmente se acostumou. Agora, convidava Virginia e suas amigas para as famosas quintas-feiras e emprestava vestidos a Isabel para que sua presença não ficasse destoante. Gaby sempre chegava com seu eterno conjunto de calça e jaqueta pretas e um broche antigo que fazia o resto. As três primas riam dos convidados de Paul, que pertenciam ao melhor da sociedade parisiense. E, de certa forma, o excesso de elegância era ridículo. Os amigos de Paul eram puros reacionários. Eram contra o aborto, a contracepção, as escolas seculares e os imigrantes. O feminismo lhes causava horror e ela pedia a Virginia e suas primas que se abstivessem de discutir o assunto durante os jantares. Mas as declarações dos paleolíticos, como lhes chamavam, eram tão estúpidas que elas nem se davam ao trabalho de se indignar. Iam guardando as observações e depois faziam piadas que quase sempre começavam com a frase: "Nos tempos de Matusalém", e quanto maior a barbaridade mais se divertiam. Acabaram contagiando-a com o espírito brincalhão diante daquele grupo de homens e mulheres enfatuados que pareciam mais mortos do que vivos.

Gaby fascinava Paul por sua elegância natural e seu jeito calmo. Dizia que era uma virgem, mesmo que muitos homens tivessem compartilhado sua intimidade. À mesa, ele sempre a sentava à direita e, como ambos tinham gosto por passeios a cavalo, ele frequentemente a convidava para seu castelo, perto de Saint-Germain-en-Laye, e os dois cavalgavam juntos, pela floresta, por horas. Ninguém podia cavalgar a potranca que Paul lhe dera. Gaby vinha duas vezes por semana para mantê-la em forma e os criados tinham sido ordenados a tratar Gaby como um membro da família. A potranca substituía em seu coração Rasputín, que morrera de velhice. Paul teria feito melhor se tivesse se casado com ela porque os dois tinham gostos comuns. Parecia vê-los na biblioteca daquele castelo, diante do brilho avermelhado da grande lareira, falando de Baudelaire e dos outros poetas de sua geração, às vezes recitando seus poemas em voz alta enquanto a lenha crepitava e o ar da sala ficava quente e cheirava a pinheiro queimado. Naquele salão estavam alinhados todos os livros já escritos, e Gaby, envolta em um xale e sentada em uma poltrona confortável, passava horas lendo sob a luz pálida da primavera que entrava pela janela. Ela gostava que Gaby se sentisse bem lá e, de certa forma, Paul e ela estavam começando a adotá-la como filha.

Gaby era uma daquelas poucas pessoas sem idade, que só a maturidade psicológica permitia situá-la na casa dos cinquenta. Caso contrário, ela conservava o espírito de uma menina de vinte anos e não dava muita importância aos pesares da existência. Rafael, irmão de Helena Gómez, fora vítima de sua leviandade. Ela o colocou diante da alternativa de ficar ao seu lado ou voltar para Caracas, e o pobre homem voltou a se unir a sua esposa e por puro desespero se suicidou. Gaby lamentou sua morte, mas em nenhum momento duvidou da ferocidade de sua vida de amazona. E, por incrível que pareça, essa inconstância fazia parte de seu charme. Paul pensava assim. Ele a via como uma Pentesileia combativa, que não se deixava apanhar pelas redes do amor. Por isso, em parte, ele lhe dera a potranca, para materializar seu sonho de ver Gaby a cavalo, alheia a qualquer tentativa de sedução, além da região onde qualquer homem poderia enredá-la, colocar um anel em seu dedo e declarar que ela era dele. Às vezes, Ángela se perguntava se Paul havia se casado com ela para ficar perto de Gaby.

Luis observava Ángela de Alvarado, muito elegante com sua bengala de pombal prateado e suas mãos alongadas e finas. Tinha algo como sessenta e cinco, sua própria idade, mas parecia ter quarenta. Ele não entendia o interesse que ela e o novo marido tinham por Gaby. Tinham lhe dado um cavalo e todas as quintas-feiras era convidada para jantar na casa deles. Sorridente, Gaby lhe contava os detalhes daqueles encontros nos quais o feminismo não podia ser discutido, justamente o assunto que mais despertava sua curiosidade intelectual. Ele via Gaby todos os sábados: ia buscá-la em seu estúdio para levá-la ao cinema e comer no mesmo restaurante em Saint-Germain. Sempre prometia dialogar com ela e sempre acabava falando sobre seus problemas com as outras mulheres. Havia decidido não voltar a ver Ester, por quem esteve prestes a pedir o divórcio de Gaby, desde que observou seu comportamento com Aníbal del Ruedo, presidente de uma delegação latino-americana da Unesco. Ester começou a flertar com ele como de costume, o fez acreditar que o amava e por seis meses se enrolou em véus virginais. Quando finalmente concordou em passar uma noite com ele em um castelo escocês, descobriu que não suportava seu ronco à noite, nem a expressão de sua masculinidade, nem seu cheiro de homem velho. Voltou a Paris contando a quem quisesse ouvir sua decepção, enquanto o pobre Aníbal voltava ao seu país para vender os bens e segui-la por onde quer que fosse, convencido de que se casaria com ela.

Ele, Luis, sentia-se identificado com Aníbal del Ruedo. Também havia suportado as traições e mentiras de Ester. Ela dormia com todos os homens que conhecia e, quando o caso acabava, contava-lhe os detalhes, fingindo que sentia um carinho fraterno por ele. Assim, um dia, chegou a Paris Gustavo Torres, ex-marido de Ángela de Alvarado e, na época, amante da irmã de Ester. Ligou para ela, pedindo-lhe que fosse vê-lo para lhe dar alguns presentes que tinham sido enviados de Bogotá. Gustavo abriu a porta de seu apartamento para ela enrolado apenas em um roupão de cetim, jogou-a no chão, rasgou suas calças e fez amor com ela repetindo: "Me dê seu leite", frase usada pelas prostitutas de Barranquilla para estimular o ardor sexual de seus clientes. Gozou abruptamente sem se preocupar com o que ela poderia sentir e então se levantou e telefonou para Nova York enquanto Ester terminava de tirar suas roupas rasgadas chorando de raiva e humilhação. Procurou o banheiro para se lavar e quando voltou para a sala encontrou Gustavo ainda falando ao telefone e fazendo sinais para que ela saísse. Ester apareceu no escritório dele, Luis, com o rosto vermelho e os cílios ainda molhados de lágrimas e lhe contou de supetão toda essa história. Luis lhe pediu o endereço de Gustavo para ir espancá-lo, mas Ester não só não deu, como continuou a sair com Gustavo cada vez que ele vinha a Paris, o único homem que a via como ela era, uma cortesã do seu tempo com o cérebro de um maçarico. Os outros, os que se apaixonavam por ela, sofriam o mesmo destino de Aníbal del Ruedo porque, no fundo, Ester não amava os homens, mas a miragem da sedução.

Ele falava sobre tudo isso para Gaby, cujas reflexões e comentários o ajudavam a afinar seu raciocínio. Dela tinha saído a expressão de cortesã quando lhe disse que Ester dormia com todos os ministros ou milionários que passavam por Paris. Gaby aceitava que se fizesse amor por prazer, mas o comportamento de Ester lhe parecia neurótico. Assim que o novo rico Arturo Botillón apareceu, tornou-se seu amante e ela ficou muito feliz em viajar em seu avião pessoal para as ilhas do Caribe. Arturo Botillón comprou um apartamento na Avenue Foch e ela o ajudou a reformá-lo. Mas Arturo Botillón era casado e sua esposa, Emelina, veio para a festa de inauguração. Pelo menos sessenta pessoas foram convidadas e, por volta da meia-noite, quando as bebidas começavam a fazer efeito, teve início uma conversa sobre as aventuras amorosas dos milionários em Paris. Ester interveio dizendo que não entendia como uma mulher iria dormir com um homem por dinheiro, e Emelina respondeu que então ela devia estar apaixonada por seu marido. Muito digna, Ester declarou que não tinha nada a ver com Arturo Botillón e, para o horror geral, Emelina disse, aos gritos: "Ouçam-na, ela não sente nada por Arturo e quando cheguei de Bogotá encontrei suas calças no meu quarto". Fez-se um silêncio sepulcral, que Gaby e suas primas quebraram desviando a conversa para temas menos perigosos. Ester correu para o banheiro para vomitar e depois acusou Luis de não ter intervindo em seu nome. Queria nada mais e nada menos do que bater no rosto de Emelina. E isso por ter dito a verdade. Ele a levou para o apartamento com a cama insinuante e lá Ester não conteve mais sua raiva. Quebrou frascos, vazios, rasgou um quadro, ruim, jogou um pote de iogurte no chão, avariado, e finalmente começou a chorar no sofá. No entanto, quando Emelina retornou a Bogotá, ela novamente aceitou os convites de Arturo Botillón. Ester parecia não entender que estava ficando velha e que um dia acabaria sozinha. Ele, por outro lado, enquanto permanecesse em Paris, podia contar com Gaby. Ele a tinha ao alcance do telefone e de cinco estações de metrô. Havia se mudado para não muito longe do estúdio dela e agora ia visitá-la durante a semana. Enquanto caminhava para vê-la, sentia uma emoção muito profunda subir por seu peito, e isso, apesar das aventuras de ambos, devia se chamar amor.

Em homenagem a Aurora e seu casamento, Toti havia comprado um elegante vestido masculino com um colete de brocado e um leontina de ouro lhe cruzava o peito. Desde sua chegada, ela havia notado o desconhecido que acompanhava Isabel e teve imediatamente certeza de que representava um perigo para ela quando observou o olhar caloroso que ele dava na direção de Juliana. Era um homem bonito, com cinquenta anos no máximo, cabelos puxados para trás e olhar intenso. Ao lado de Isabel, ele parecia domesticado, mas ao menor descuido dela se lançaria à caça da primeira mulher que cruzasse seu caminho. E essa mulher poderia ser Juliana. Agora Toti se arrependia de ter vindo, mas como poderia esnobar Virginia e suas primas? Além disso, Juliana queria sair e não aguentava ficar trancada no apartamento depois de ter trabalhado o dia todo em sessões de fotografia como modelo principal de uma empresa de produtos de maquiagem. Aquela viagem a Paris, destinada a satisfazer o narcisismo de uma menina de vinte anos, tornara-se um pesadelo para ela. Juliana levava seu papel de modelo a sério e estava prestes a escapar de suas mãos. Que se apaixonasse por uma mulher era uma infidelidade anódina; por um homem, uma traição insuportável. Nos últimos meses havia notado em seu comportamento amoroso o detestável desejo de ser penetrada. Ela, Toti, masculinizava-se até não mais poder. Em vão: embora inconsciente disso, Juliana desejava um homem, alguém que tivesse algo entre as pernas e a tratasse como uma fera. Por intermédio da câmera, ela fazia amor com o fotógrafo na presença dela. Um dia Toti não aguentou mais e suspendeu a sessão, indignada. O fotógrafo manteve-se impassível: "Se não tentar me seduzir, não vai conseguir atrair clientes", disse calmamente, como se explicasse o alfabeto a uma criança. Enfurecida, Juliana foi do apartamento para um hotel, de onde só quis sair quando Toti se ofereceu para pedir desculpas ao homem. A partir de então, devia esperar em um café até que ela terminasse o trabalho, porque Juliana tinha decidido assim sob o pretexto de que sua presença a distraía. Através das fotos que apareciam em revistas de moda, seu olhar se tornava mais sugestivo e não era voltado para mulheres suscetíveis a comprar itens de maquiagem. Os sinais se multiplicavam, quando a enfermidade chegaria? O mesmo tinha acontecido com Cécile antes de ir para os Estados Unidos e encontrar aquele chinês. De repente, sentiam-se desconfortáveis como se lhes faltasse ar para respirar, queriam sair e viajar sozinhas e achavam que ela, Toti, era terrivelmente possessiva. Juliana não se atrevera a dizer na cara dela, mas, desde que começou a ganhar rios de dinheiro, fazia comentários irônicos sobre pessoas ciumentas.

O que uma menina de sua idade sabia sobre paixão, para quem sua beleza deslumbrante abria todas as portas deste mundo? Seus pais, milionários, a mimaram até que ela encontrasse Toti. Depois, suspenderam a pensão que lhe davam todos os meses. Então ela vivia de seu dinheiro e agora que estava trabalhando queria sua liberdade para abrir as asas e encontrar um homem diferente daquele que a brutalizou na primeira vez que fez amor. Sem ser pessimista, ela notava que as relações lésbicas começavam a incomodar Juliana. À noite, colocava cremes no rosto e fingia adormecer assim que se deitava na cama. Trabalhava o dia todo, das oito da manhã às seis da noite, e voltava carregada de produtos de beleza que meticulosamente espalhava no rosto até parecer um espantalho. Só aos fins de semana aceitava sair para restaurantes e discotecas e fazia-o mais para se exibir do que para estar com ela. Seus gestos de ternura viviam em compasso de espera e mesmo no cinema ela não aceitava que Toti pegasse em sua mão. Mas quanto mais ela a esnobava, mais ela, Toti, se sentia apaixonada.

Algo semelhante havia lhe acontecido com Cécile. No início do relacionamento, ela a trancafiou em uma pequena cidade de Maiorca onde, além dos habitantes, que eram inócuos, havia ingleses aposentados. Manteve-a lá, raptada, diria mais tarde Cécile, durante vários meses, até que um dia teve de ir a Barcelona porque a mãe precisou fazer uma cirurgia. Quando regressou, uma semana depois, descobriu que Cécile tinha aproveitado sua ausência para dormir com todos os homens disponíveis, um pintor argentino, um professor norte-americano e dois ou três maiorquinos de Palma que ocasionalmente passavam pela aldeia. Ela teve um ataque de raiva, mas Cécile calmamente explicou que não conseguia dormir sem ter feito amor. A partir daí, começou a se afastar dela, Toti, e depois de dois anos partiu para os Estados Unidos. Havia mulheres que usavam a lesbianidade para se familiarizar com o amor até encontrarem um homem. Como muitas das prostitutas de Madame Claude, elas acabavam se casando e se tornando burguesas. Freud havia dito que não sabia o que as mulheres queriam, mas ela sabia: ter filhos e se reproduzir como todas as fêmeas do mundo animal. Para isso, tinham de se juntar aos homens e aceitar qualquer coisa. Era daí que vinha o poder masculino em grande parte. Da mesma forma, as mulheres não odiavam o sexo oposto porque sabiam que poderiam dar à luz filhos homens. Essa armadilha universal permitira que os homens as dominassem desde o início dos séculos. E, mesmo que pusesse o mundo aos pés de Juliana, ela acabaria deixando-a para cumprir seu destino como mulher.

    Precedida por seus três filhos pequenos vestidos de príncipes, Olga entrou na sala. Estava acompanhada de um homem com um olhar austero cuja aparência de monge bem escondia sua natureza sensual, aquela que seduzira Olga havia seis meses. Não podia abandonar seus negócios na Colômbia, então matriculou os filhos em uma escola parisiense e, sob o pretexto de vê-los, vinha à França a cada três semanas. Tinha consciência de que vivia a grande paixão de sua existência. Perdera peso porque mal conseguia comer, e nunca se importara tanto com a impressão que os outros tinham dela. Lembrar-se de Pascal era o suficiente para sentir seu corpo arder como uma tocha. Quando o via esperando sua chegada ao aeroporto, tinha de se conter para não correr e se atirar em seus braços. Eles se amavam com ferocidade no estacionamento subterrâneo, depois no estúdio dele, e só mais tarde ela ia se ocupar de seus filhos. Todos, até López, estavam cientes da situação, mas ela não se importava com isso. Pascal era o homem de seu coração, aquele que a mergulhava na vertigem da volúpia, aquele que com um olhar acendia seu desejo. Ela o conhecera na casa de Louise, de quem ele era parente distante, e a conquistara no cara ou coroa. Ele e um amigo a convidaram para dançar ao mesmo tempo e para desempatar ela sugeriu que eles jogassem a moeda. Pascal venceu e eles dançaram um bolero. Ela se sentiu morrendo de emoção e, quando a música acabou, a fim de quebrar o feitiço, foi até o quarto de Louise pegar seu casaco. Pascal seguiu-a sem que ela percebesse, pegou-a nos braços e beijou-a na boca. Ela não quis lhe dar seu endereço ou número de telefone, mas ele a seguiu sub-repticiamente até seu apartamento e, no dia seguinte, quando levou os filhos para passear, ela o viu parado em frente à esquina. Pensou que tinha resistido uma noite e que esse tempo era demais. Disse à babá para levar seus filhos até a Place Furstemberg e caminhou em sua direção. Nem se deram bom-dia. Caminharam juntos e correram por Saint-Germain até o primeiro hotel que encontraram e se amaram com a febre da paixão. No espasmo final, lembrou-se daquela cena que vira quando criança, enquanto seus pais se acariciavam e ela jurara nunca repetir o comportamento leviano de sua mãe. Desta vez, ela havia quebrado a promessa: acabara de gritar, exigir e conduzir o membro de Pascal ao vértice de seu próprio corpo, onde nenhum outro homem jamais penetrara e onde sua razão morria perdida no turbilhão cego e devastador do prazer.

Como se separar de Pascal? Quando voltou a Bogotá para cuidar de seus negócios, os dias pareciam intermináveis. Ansiava por sua presença com cada um de seus poros; à noite, grunhia de desejo em sua cama desesperadamente vazia e telefonava para ele apenas para ouvir sua voz. Voltava a Paris excitada e feliz com a perspectiva de encontrar seu hálito, o cheiro de seu corpo e o calor de seus braços. Pascal sentia o mesmo ardor: se ela estivesse em Bogotá, ele não saía de seu estúdio, esperando seu telefonema, e caminhava de uma ponta a outra da sala, contava-lhe, como um tigre enjaulado. Era maravilhoso compartilhar um amor sem armadilhas ou relações de poder. Quanto tempo duraria? Seus pais tinham se amado a vida toda e agora ela pensava que, se não tivesse visto sua mãe perturbada pelo desejo de amor, não teria sido capaz de repetir seu exemplo. Essa imagem, rejeitada e condenada durante anos, permitira-lhe conceber o amor físico. Mas havia outra coisa: uma emoção, uma solidariedade e o desejo de proteger Pascal. Sem dúvida, ela o amava.

Com as mãos enluvadas, Juana bebia uma taça de champanhe. Naquele dia, suas mãos doíam menos do que de costume e ela se parabenizava por ter ido ao casamento de Aurora em vez de ficar em seu apartamento aturando um Daniel dominado por ideias sombrias: temia a morte, tolerava mal sua aposentadoria e odiava envelhecer. Agora se lembrava de seus desejos adolescentes, quando queria se tornar um grande escritor, e acreditava que seu casamento com ela havia depositado uma lápide em suas esperanças. Se não tivesse se casado, repetia, teria abandonado a carreira de engenheiro um dia ou outro para se dedicar à literatura. O raciocínio era falso: os escritores, como os pintores, organizavam a vida de acordo com sua arte. Héctor era um bom exemplo disso: havia se casado com uma mulher rica e nunca quis ter filhos. No auge de seu sucesso, continuava a trabalhar como se estivesse possuído pelo anjo da criação. Levantava-se às seis da manhã e pintava continuamente até as seis da tarde. Ela sabia disso porque de vez em quando lhe telefonava para receber notícias de Jean. Se Daniel quisesse escrever, que o fizesse. Desde que se aposentou, ele tinha todo o tempo livre, mas nunca o vira se sentar com lápis e papel. Alguns meses atrás ele queria ter uma secretária para ditar os capítulos de um suposto romance, e um dia, quando ela chegou ao apartamento mais cedo do que o habitual, encontrou a pobre moça nua na frente dele. Só chegava até ali a expressão de virilidade de Daniel. A secretária, por outro lado, preferiu se prestar aos caprichos de um velho para não perder o emprego. Ela não fez o menor comentário, mas a menina, talvez humilhada, não voltou ao apartamento, e Daniel enfiou o rabo entre as pernas. Seus planos de escrever um romance desapareceram e ele voltou a elucubrar sobre as injustiças da vida.

Outro que se queixava era Claude. Tinha se casado havia dez anos com uma senegalesa, insulto supremo à sua família, de extrema direita e racista. Depois de nove meses, sua esposa teve um filho e quase morreu de hemorragia. Claude a deixou no hospital e levou o bebê para casa. Convertido em mãe, preparava-lhe e dava-lhe as mamadeiras, dava-lhe banho e trocava suas fraldas. Quando a senegalesa voltou ao apartamento, Claude literalmente a impediu de tocar no filho sob o pretexto de que ela não saberia cuidar dele, apostando em sua preguiça e sua frivolidade como uma menina de dezoito anos. A manobra deu certo: pouco depois eles se divorciaram e Claude ficou com o bebê. Aquele menino, Vincent era seu nome, não via ninguém além do pai. Aos quatro anos começou a ter aulas de piano e Claude aprendeu a tocar com ele para não deixá-lo sozinho na companhia da professora. Vincent tinha medo de tudo e, quando entrou na escola, os outros alunos perceberam e começaram a mortificá-lo sem que ele pudesse reagir. Indignado, Claude foi reclamar com a diretora da escola, ameaçando falar sobre o assunto com seu superior, para que chegasse até o ministro da Educação. A diretora concordou em manter a criança ao lado dela durante o recreio e, assim, começou o caso Vincent. Claude não entendia que o filho era um idiota por causa dele: tinha um tique que lhe deformava o rosto a cada minuto, sofria de anorexia e às vezes sujava as calças porque não sabia se segurar. Aos problemas psicológicos somavam-se os mentais. Em quatro anos de escola, Vincent não tinha aprendido a ler nem escrever, muito menos a aritmética. De nada servia que lhe dessem aulas particulares: diante do professor e de Claude, que tentava lhe explicar o que este último estava dizendo, Vincent parecia estar encerrado em uma bola de cristal; nem sequer abria a boca para dizer que não entendia: tornava-se surdo e mudo e as ideias passavam por cima dele como borboletas invisíveis. Claude, o esquerdista, dizia ao filho em público que ele era assim porque herdara a preguiça da mãe negra. Em nenhum momento lhe ocorrera questionar seus métodos pedagógicos e o modo como sugava, à maneira de um vampiro, a energia de Vincent.

Felizmente, ela tinha educado Jean de uma maneira diferente. Seu filho só lhe trazia satisfação: trabalhador e generoso, subia como uma flecha na hierarquia de sua empresa. Ele já era diretor comercial e em poucos anos seria gerente geral. Seus pais, camponeses andaluzes, nunca teriam acreditado que o neto ocuparia um cargo tão alto na França. Às vezes, Juana achava que tinha servido apenas como uma correia de transmissão e essa ideia a deixava mal. Lembrava-se do sonho de ser atriz, do fracasso da vida profissional, e uma onda de tristeza invadia sua alma.

Tinha sido uma boa ideia pedir emprestado a Louis Féraud o vestido de noiva que Aurora usava, pensou Gaby apoiada em uma mesa. Féraud insistira em dar-lhe o suntuoso vestido que agora usava, porque fotografava suas coleções e colaborara gratuitamente na preparação de um livro destinado a dar a conhecer ao público americano seu trabalho como grande estilista. Isto, conviver com pessoas de todos os meios sociais, era uma das vantagens de sua profissão. Durante a queda do Muro de Berlim, que fotografou como esperado, descobriu a cultura germânica e resolveu ler os autores daquele país em sua própria língua. Então estava estudando alemão. Um novo gatinho substituiu Rasputín. Seu nome era Sigfrido porque ele era valoroso e o havia encontrado uma noite embaixo de um carro. Entre ele e a potranca Antares, que o marido de Ángela de Alvarado lhe dera, sua necessidade de afeto estava satisfeita. Desde a menopausa pensava na morte, sem medo, porque se realizara graças à fotografia. Poderia responder à pergunta: O que você fez com seu talento? Ela agora se interessava muito por cinema e estava produzindo um curta-metragem sobre Michelangelo, o que frequentemente a levava para a Itália e para os braços de Manlio, seu último amor. Manlio era possessivo e queria se casar com Gaby, mas ela havia conquistado sua liberdade a duras penas e não a perderia por nada no mundo. Também conhecera recentemente Franz, um professor de Literatura em Berlim, que lhe escrevia poemas em francês e por quem ela estava começando a se interessar. Isso fazia parte de sua curiosidade pelo mundo alemão. Sempre tinha acreditado que, para conhecer melhor um país, era preciso ter um caso de amor com um de seus cidadãos.

    O fim da história de Luis com Ester a entristecera. Gaby queria muito que Luis encontrasse uma mulher capaz de substituí-la em seu coração. Porque ele ainda a amava e se mortificava quando descobria que ela tinha um amante. Seu novo argumento era alertá-la contra a aids, como se isso pudesse dissuadi-la de ter casos. Se para amar corria o risco de morrer, não hesitaria por um momento: preferia perder a vida a se tornar eremita. Isso lhe parecia uma traição aos seus princípios, que se resumiam a uma única palavra: ousadia. Caso contrário, não iria tirar fotos em lugares onde as guerras e guerrilhas estalavam. Pouco tempo atrás, uma bala perdida tinha roçado sua têmpora e, embora o ferimento não fosse tão grave, ela ficou com uma cicatriz. Luis, Virginia e Isabel ficaram muito preocupados ao vê-la voltar a Paris com um curativo na testa. Quando a tirou, descobriu que a cicatriz era considerável e decidiu mudar o penteado: jogar o cabelo para trás como de costume, mas deixar a franja crescer. Alguns de seus amigos haviam morrido com a câmera nas mãos e seu batismo de fogo não tinha nada de especial. De qualquer forma, para celebrar esse evento, ela fez uma festa em seu estúdio na qual se podia tomar apenas champanhe. Compareceram seus novos amigos do mundo do cinema (produtores, cineastas e assistentes) trazendo tanta cocaína, que ela teve de buscar uma bandeja para colocá-la. Isabel e Virginia evitaram tocar no pó branco, mas ela o inalou uma vez e sentiu que era invadida por uma força formidável. No entanto, preferia fumar seus cigarrinhos de maconha, aos quais se acostumou durante as longas noites sem dormir de seu trabalho. Não podia levá-los com ela quando ia ver Antares porque o cheiro deixava a égua nervosa. Também não viajava com maconha por medo de ser presa em uma fronteira. Ela adquiria no país aonde chegava, como faziam seus amigos fotógrafos. Isto, compartilhar um cigarro de maconha, aguçava o espírito de camaradagem que reinava entre eles. Dos americanos aos japoneses, todos se conheciam. Estavam juntos em tantos lugares diferentes, suportavam tanto calor ou frio juntos, que inevitavelmente se tornavam amigos. As garras do egoísmo só apareciam durante o trabalho, quando era necessário tirar a foto que daria a volta ao mundo, a foto-símbolo que resumiria o evento.

Gaby tinha amigos; Virginia, seus pintores; Louise, sua clientela; a pobre Isabel, por outro lado, tinha de engolir cobras e lagartos para manter seu cargo de tradutora na Unesco, um mundo cheio de pessoas presunçosas e intrigueiras. Agora ela estava apaixonada por Gilbert, um homem possessivo que pretendia roubar sua alma. Ela, Gaby, o conhecia muito bem, porque às vezes trabalhavam juntos. Ao lado dela, Gilbert relaxava um pouco e ria, trazendo à tona seu senso de humor, mas era preciso ler seus artigos para perceber o quanto levava a sério as coisas da vida. Seu objetivo não era ter um caso com Isabel, não, mas obrigá-la a sentir uma paixão absoluta por ele. Será que sua prima poderia aceitar essa situação? Se o admitisse, talvez apagasse as más lembranças que Claude e o dr. Gral lhe haviam deixado, e sairia do pessimismo em que se confinara.

Desde que fizera a primeira comunhão, uns três meses atrás, a dor pela morte dos filhos tinha se amenizado, constatava Marina de Casabianca. Já podia dormir melhor agora e não era aterrorizada pelos pesadelos. Sofria, mas sua dor era acalmada pela ideia de encontrar Guillaume e Loïc na vida após a morte. Seu confessor, um padre jesuíta, a convenceu a fazer um retiro espiritual em um convento. Desde sua chegada, as religiosas começaram a mencionar os nomes de seus filhos em suas orações. Ela esperava de joelhos o momento em que diziam: "Senhor, confiamos à tua infinita bondade a alma de Guillaume e Loïc", e nesse momento sua tristeza desaparecia e ela sentia que uma auréola de luz a separava do mundo. Ela acreditava sinceramente em Deus e invejava aquelas freiras que haviam descoberto os caminhos da fé muito cedo. Tinha comprado uma estátua de Nossa Senhora e rezava dois terços para ela quando se levantava e outros dois antes de ir para a cama. Como ela, a Virgem Maria perdera o filho e devia entendê-la. Só lhe pedia para tirá-la deste mundo o mais rápido possível, a fim de se reunir com Guillaume e Loïc. Seu guia espiritual não parecia concordar com esse pedido. Dizia que a melhor coisa a fazer era orar pela salvação de sua alma e que, quanto mais tempo ela vivesse, mais tempo ela teria para expiar os pecados de sua vida passada. Mas ela já havia se arrependido deles, e não tinha interesse em prazeres materiais. As drogas que tomava contribuíram para o seu ascetismo.

Além disso, ela não se via esquecendo a ausência dos filhos nos braços de um homem. Nunca mais amaria ou riria: sua vida afetiva tinha acabado. Só lhe restavam as lembranças: todas as manhãs folheava o álbum de fotos e as lágrimas rolavam por seu rosto. Imagens de momentos felizes lhe vinham à mente, quando levava os filhos para passear na companhia de André. Então tinha tudo que a existência poderia oferecer: amor, saúde, beleza e dinheiro. Agora, qualquer mulher era mais feliz que ela. Olhava com inveja para sua porteira, que tinha três meninas. Ela as encontrava brincando no vestíbulo sempre que entrava ou saía do apartamento.

Todos os dias, por volta do meio-dia, ela ia ao encontro de Isabel para almoçar em um restaurante próximo à Unesco. Só então conseguia comer alguma coisa, porque se ficasse em casa não punha nada na boca. Desde o acidente, havia perdido vinte quilos e nunca sentia fome. Na companhia de Isabel, comia um pouco e falava sobre o passado. O dono do restaurante reservava sempre a mesma mesa para elas e, sentada de costas para o público, chorava como bem entendesse. Levava um pacote de lenços na bolsa e, entre uma mordida de carne e uma batata frita, esfregava os olhos. Tentava converter Isabel à fé, mas em vão; Isabel não tinha o menor senso religioso. Aceitava seus comentários sobre a necessidade de acreditar em algo sem zombar dela, e mais: ela a encorajava a continuar sua busca mística, talvez por acreditar que isso a ajudava a se consolar pelo falecimento dos filhos. Aconselhada por Isabel, ela voltou a se ocupar de seus negócios e agora ia três dias por semana para Lausanne, mas o dinheiro que ganhava, antes destinado a viagens, joias ou objetos de valor, era enviado para caridade. Vendeu sua mansão e alugou um apartamento à beira do lago. O trabalho acalmava seus nervos e, durante as horas dedicadas a comprar e vender ações ou controlar seus investimentos ao redor do mundo, ela esquecia um pouco de sua dor. Voltava para casa exausta e com a mente cheia de números, cálculos, nomes de empresas. Tomava um calmante com um copo de leite, rezava seus dois terços, engolia cinco pílulas de sonífero diferentes e ia dormir. Seu sono durava até as oito da manhã e duas horas depois estava em seu escritório na companhia de Jérôme. Na quarta-feira à noite, pegava o trem que a levava a Paris e, no dia seguinte, ia depositar flores nas sepulturas de Guillaume, Loïc e André, que estavam no mesmo cemitério. Diante daquelas lápides de mármore preto, ela chorava desesperadamente antes de ir se encontrar com Isabel. Gaby dissera-lhe uma vez que a tristeza era desgastante, que um belo dia a gente se cansava de sofrer. Aquilo lhe parecia uma blasfêmia. No entanto, os terços e as missas ouvidas de joelhos amenizavam sua aflição e, surpresa, ela se perguntava se depois de um tempo aceitaria seu destino com resignação.

Claude estava falido, dizia Geneviève para si mesma, fumando um cigarro. Ele, o ex-comunista, havia lutado como uma fera na hora de distribuir a herança deixada por seu pai. Convencido de que seus irmãos pretendiam enganá-lo, trouxe um contador para verificar as contas e se mostrou tão odioso que eles preferiram lhe dar o que ele pedia, o dinheiro guardado nos bancos. Claude gastou esse dinheiro na criação de uma incerta companhia cinematográfica e na compra de móveis e objetos de mau gosto. As despesas fixas da empresa, cujas instalações ficavam nos Champs-Élysées, eram de duzentos mil francos por mês e em cinco anos Claude não tinha conseguido fazer um filme. Ele queria ser produtor, diretor e roteirista ao mesmo tempo, mas seus projetos, dos quais lhe falava, pareciam confusos e desestruturados. Agora se arrependia de ter jogado fora os contos condenados pela censura do Partido Comunista. Queria reconstruí-los para trazê-los para a imagem, mas infelizmente tinha esquecido até mesmo os tópicos de que eles tratavam. Esperava impacientemente por inspiração e, enquanto isso, tinha de pagar o aluguel nos Champs-Élysées e os salários do secretário, do contador e de dois subdiretores que lhe custavam uma fortuna e eram tão estéreis como ele. Às vezes, Claude lhe pedia ajuda e ela, superando seu torpor, tentava construir uma história coerente, que os assistentes sistematicamente rejeitavam.

Pouco se importava com aquela esnobada: nada de bom saía de sua cabeça. Ela passava semanas e meses escondida em seu apartamento para não se expor à maldade das pessoas. Seu psiquiatra a incentivava a aceitar os convites e reprovava seu confinamento. Dizia que a animosidade alheia era fruto de sua imaginação. Ela o deixava falar para não contrariá-lo, mas a presença de Henri com Virginia poderia ser considerada um delírio? Henri estava destinado a ela, Geneviève: ela tinha sido a primeira a encontrá-lo, a convidá-lo para sua casa, a apresentá-lo a seus amigos, e Virginia, a pérfida, o tomara dela. Mas, na realidade, Henri nunca se interessou por ela, fazendo-a duvidar de seu poder de sedução. Borboleteou ao seu redor sem que nenhum de seus truques fosse capaz de atraí-lo. E agora ele estava lá, com Virginia.

Tinham convidado Geneviève para aquele casamento para fazê-la sofrer. Ela soube disso quando entrou no salão, quando viu Benoît na companhia de sua esposa. Isso também era chamado de delírio? É verdade que Benoît era o médico das primas, especialmente de Isabel, mas não poderiam tê-la avisado de que ele estaria na festa? Se soubesse, jamais teria vindo e teria evitado a humilhação de que a visse sozinha e envelhecida. Aos sessenta anos era difícil conseguir um homem, mesmo que você tivesse muito dinheiro. Especialmente para ela, sobre a qual a velhice caíra como uma garra. Quando se olhava no espelho e via sua aparência de pássaro indefeso, seu corpo retorcido, sem qualquer redondeza, sem nádegas ou seios, explodia em lágrimas. O psiquiatra lhe dizia que devia lutar contra a anorexia, mas não tinha apetite e, para além da xícara de café que bebia quando se levantava e da barra de chocolate que mordiscava durante o dia, não conseguia comer. Também não conseguia dormir sem soníferos e, uma vez acordada, tinha de tomar um calmante a cada duas horas. Todas aquelas drogas a haviam deixado frígida, razão ainda maior para que os homens ficassem longe dela. Era o círculo vicioso: ela estava deprimida por viver sozinha e as pílulas destinadas a combater esse estado de espírito anestesiavam sua sexualidade, afugentando os homens.

Isabel conhecia sua situação e certamente Geneviève lhe falara do medo que tinha de que Benoît descobrisse sua solidão. No entanto, ela o convidara sem avisá-la. E Virginia e Henri dançavam nos braços um do outro. E no dia anterior uma de suas noras lhe telefonou para dizer que ela só iria à casa de campo quando não estivesse lá. Odiavam-na, perseguiam-na, ninguém a respeitava. Isabel e Virginia foram as responsáveis pela figura branca que agora aparece na sala e se aproxima dela. Teria força para rejeitá-la? Não, a imagem entrava em seu corpo e um gosto de manjericão subia ao seu paladar. Sua mente se entorpecia, mas com uma lucidez dolorosa ela entendia como as pessoas eram ruins. Virginia a traíra e sentia a necessidade imperiosa de lhe contar. Se lhe dissesse, talvez o suor que lhe corria pelo rosto e aquele tique que lhe contraía a bochecha desaparecessem. "Virginia", ela a chamou.

    Surpresa, ela observou que todos se viraram e olharam para ela. Com um ar vagamente inquieto, Isabel se aproximou dela. "Você não, a Virginia", disse. E novamente as pessoas olharam para ela. Será que falara muito alto?, perguntou-se, sentindo uma espuma entre os lábios. Sua língua estava grossa e lhe deu trabalho pronunciar a frase: "Me enganaram". A música de uma valsa soou e os olhos dos convidados pararam de olhar para ela. Isabel passou um guardanapo por sua boca, acariciou sua testa e ofereceu-se para levá-la para casa. Achou difícil se levantar porque todo o peso do mundo parecia ter caído sobre seus ombros. Geneviève caminhava lentamente por um corredor em direção à saída, apoiando-se no braço de Isabel, quando de repente, espantada, ouviu sua própria voz gritando horrorizada.

9

Henri tinha partido com a intenção de dar a volta ao mundo a pé, de carro, de trem e de barco. Levava o essencial para viver, e ela, Virginia, o viu partir com um nó na garganta de tanta tristeza. Tinha certeza de que seu adeus era definitivo e não conseguiu impedir que as lágrimas rolassem por suas bochechas. Entrou no apartamento e caiu no choro sobre a cama. Pareceu-lhe terrível que sua vida terminasse justamente quando havia encontrado o amor. Nos últimos dias, saíra com Henri para visitar os lugares de que ele mais gostava, o Louvre, Notre-Dame e as docas onde os livreiros se enfileiravam. Apesar de quão ruim ela se sentia, foi ao Grand-Palais e em todos os lugares comprou cartões-postais ou catálogos de exposições para dar um suporte às suas memórias. Henri ficou surpreso que a cada dez passos ela tivesse de parar e ela explicou que sofria de enfisema pulmonar, como Isabel. Ele partiu sem ter descoberto seu segredo, sem imaginar que sua partida seria o fim da vida dela. Depois de dois meses ela entrou na menopausa, a pele de seu rosto ficou seca, e um emagrecimento repentino fez seus seios parecerem figos caídos. Preferia que Henri não a visse assim, envelhecida e feia. Guardaria uma boa lembrança dela e, com o tempo, pensaria que seus relacionamentos tinham sido como um presente do destino. Fez Isabel e Gaby prometerem que nunca revelariam sua verdadeira doença a ele. De forma alguma Henri devia se sentir culpado por tê-la abandonado. Isabel ficou encarregada de escrever a ele para lhe dar a notícia e juntas tinham elaborado o texto, e a cada carta de Henri ela passava para a prima as diretrizes da próxima etapa.

Sua morte não estava longe. A intensidade e a frequência da dor tinham aumentado, assim como o cansaço. Às vezes, parecia-lhe que tinha um inseto no peito com longos tentáculos que a oprimiam, ora o coração, ora os braços e a mandíbula. Com o passar do tempo, esse animal foi crescendo, causando-lhe dificuldades respiratórias: toda vez que inalava o ar, sentia uma facada no peito, e só tomando os remédios dados pelo médico conseguia se acalmar. De repente, tinha falta de ar, angústia, como se algo, nas profundezas de seu ser, tremesse de pânico diante da morte. No entanto, ela não temia: morrer era voltar ao nada do qual havia emergido, perder-se em um sono eterno. Além disso, Virginia era consolada pela ideia de partir rapidamente em vez de conhecer os opróbrios da velhice. Não entendia as pessoas que teimavam em conviver com o declínio de suas capacidades físicas e mentais. No entanto, às vezes ela se pegava sonhando em envelhecer com Henri, bebendo a primeira xícara de chá do dia com ele, acendendo seu primeiro cigarro e até brincando com a ideia de fazer uma cirurgia para eliminar o sofrimento. Mas Henri ficaria afastado por três anos e isso parecia uma eternidade. Melhor deixar o destino decidir e fazer as coisas de sempre, como vir hoje à inauguração do apartamento para onde Isabel e Gilbert estavam se mudando. Ela não saía muito porque só levantar da cama era uma tortura. De qualquer forma, impunha-se o dever de tomar banho, arrumar-se e, de vez em quando, ir visitar as primas. Não estava mais trabalhando e não tinha viajado mais. Felizmente, tinha dinheiro suficiente para cobrir suas despesas e, apesar de não ter convênio médico, nada lhe faltava. Seu médico e as primas insistiam que ela fosse a um especialista, mas estava convencida de que, se entrasse em um hospital, nunca sairia dele. Queria morrer em seu apartamento, no meio de suas coisas e deitada em sua cama, como sua mãe e avó haviam terminado seus dias. Sua enfermidade era hereditária, embora lhe tivesse ocorrido prematuramente, talvez por tanta viagem e preocupação com a venda de seus quadros. Ela ficava muito agitada ao descobrir as primeiras obras de um pintor e encontrar clientes que as comprassem. E depois havia os aviões, as mudanças brutais de horários, as noitadas, os amores e a falta de sono. Ela tinha vivido em plena agitação, enquanto sua mãe e avó descansavam todos os dias sem se preocupar com nada importante.

Sim, seu comportamento havia precipitado sua doença. Agora ela tendia a ficar na cama e só então se sentia menos devastada pela dor. Selecionava as saídas e com mais frequência notava como procurava desculpas para permanecer em seu estúdio. Hoje era um dia especial: Isabel estava começando uma nova vida e era hora de comemorar.

Sentada ao lado de Pascal, Olga se lembrava de que naquela manhã tomara uma decisão importante: divorciar-se de López, vender suas empresas na Colômbia, investir o dinheiro em ações francesas. Dessa forma, teria o suficiente para viver e poderia se dedicar de corpo e alma a Pascal e seus filhos. Só temia que a rotina esfriasse seu relacionamento amoroso com Pascal. Lembrou-se de seus pais, que se amaram loucamente a vida inteira sem prestar atenção ao tempo, até que ele adoeceu do coração, demonstrando assim que a paixão poderia ser duradoura. Bastava ter cuidado: manter-se desejável, ficar na linha e criar um certo mistério em torno de sua pessoa. Ela venderia o apartamento na Rue de l'Ancienne Comédie e compraria um maior para que cada um deles pudesse ter seu quarto, preservando um pouco de privacidade. Pascal morava sozinho em um estúdio havia quinze anos e talvez não suportasse a vida familiar, embora se desse muito bem com os filhos dela. Mas uma coisa era levá-los para passear e outra era aguentá-los o dia todo, principalmente nos fins de semana, quando não iam à escola. Ela faria que a babá os alimentasse às seis da tarde e, às sete horas, a empregada prepararia o jantar para os dois. Pascal não queria filhos e isso facilitava as coisas para ela, pois já estava na casa dos quarenta. Parecia-lhe inacreditável que ela finalmente tivesse encontrado o amor, e dizia a si mesma que todos os atos de sua vida tendiam a levá-la a Pascal: vir a Paris, conhecer Louise e as primas, manter sua amizade com elas em vez de conhecer pessoas de sua idade; até seu casamento tinha sido uma boa ideia porque serviu de fachada para ter os filhos que ela queria e de pais escolhidos como garanhões.

Havia apenas uma sombra naquele cenário: seus filhos haviam herdado o físico e o caráter de seus progenitores nórdicos e não tinham a malícia latina. Na Colômbia, seus colegas os comiam vivos, mais um motivo para que estudassem em Paris, onde sua capacidade de memória e de trabalho lhes rendia a simpatia de seus professores e o respeito de seus companheiros de classe. Mas eles não tinham senso de humor e mesmo na França pareciam sérios demais. Como receberiam seu divórcio? Para eles, López era seu pai, e toleravam a presença de Pascal com um grave mutismo, como se estivessem se preparando para uma catástrofe. No fundo, temiam talvez perdê-la também. Tinha de acalmá-los e passar mais tempo ao lado deles. Sua instalação definitiva em Paris resolveria grande parte do problema. Iria buscá-los na escola e ajudá-los a fazer a lição de casa. Ignacio, o mais velho, tinha começado a sofrer de pesadelos e acordava chorando no meio da noite. Quando ela se divorciasse de López e se casasse com Pascal, os filhos veriam que não corriam nenhum perigo. Eles eram as únicas pessoas que poderiam arruinar seu casamento: bastava que o rejeitassem para que ela desistisse de tudo.

Continuaria a namorar Pascal, mas o faria às escondidas. Por mais que ela o amasse, nenhum homem poderia substituir os filhos em seu coração. O fato de tê-los tido sozinha, ocultando a identidade de seus progenitores, aumentara seus instintos maternos, o desejo de protegê-los, a necessidade de senti-los ao seu redor: se eles ficavam doentes, passava a noite inteira ao pé da cama e, antes de encontrar Pascal e deixá-los em Paris, ela mesma cuidava de dar banho neles e vesti-los e só depois de lhes dar o café da manhã é que ela ia trabalhar. Por sorte, tinha conseguido uma boa empregada que se encarregava de cuidar deles enquanto ela estava no escritório e que concordou em ir com ela para Paris. Estava torcendo que seus filhos permitissem que ela se casasse com Pascal.

Para Florence, a vida mudara desde que ela se instalou no apartamento de sua irmã, Jacqueline. Levou sua televisão, o jogo de xadrez eletrônico e tentava passar despercebida para não atrapalhá-la. Ela mesma preparava as refeições e havia comprado um grande livro de receitas para variar os pratos. Jacqueline estava feliz. Tinha saído de sua quase anorexia e comia como uma criança gulosa as maravilhas culinárias que Florence tirava do forno. Tinha engordado um pouco e, como estava com mais ânimo, a convidava com frequência para o cinema. Também visitavam exposições e iam ao teatro, mas ela, Florence, cuidava da livraria de Louise todos os sábados. Assim, ganhava alguns francos para suas despesas pessoais. Se soubesse que o dinheiro era seu objetivo e não a intenção de ajudar uma amiga, sua irmã teria ficado chateada. Jacqueline pagava seu médico, o dentista e até os remédios. Mas havia o supérfluo, como uma água-de-colônia ou um batom. E ela precisava economizar caso os dias de vacas magras voltassem: se Jacqueline morresse, ela voltaria imediatamente para a casa de repouso. Pensando nessa perspectiva horrível, visitava a diretora uma vez por mês e lhe levava um buquê de flores. Aquela mulher rude tinha se afeiçoado a ela e servia como sua confidente. Dessa forma, ela sabia tudo que acontecia no asilo, das idosas que chegavam, das que morriam, das rivalidades entre enfermeiras e de todos os problemas da vida pessoal da diretora. Apesar da ameaça de voltar para lá, ela, Florence, sentia-se em um mundo diferente, no meio de pessoas normais, nem doentes nem carcomidas pela velhice. Agora ela podia encontrar suas velhas amigas sem complexos. "Moro com minha irmã", dizia-lhes, e isso mudava completamente a situação.

Jacqueline, que era bem-humorada, tornara-se muito apegada a ela, e lhe dizia isso com frequência. Sempre fora protegida, primeiro pela mãe, depois pelo marido, e, quando ele morreu e os filhos foram embora, ela ficou à deriva. Nem sabia como trocar uma lâmpada queimada e, em caso de um estouro, não sabia como agir. Uma menina vinha todos os dias limpar sua casa, e do resto, ela, Florence, se ocupava. Se a máquina de lavar quebrasse, ele desmontava as peças com seus dedos tortos e, para espanto de Jacqueline, fazia funcionar novamente. Ela polia os objetos de prata até que brilhassem, retirava a placa de calcário do ferro, regava as plantas na varanda e levava o cachorro de sua irmã para passear. Sem perceber, tornara-se indispensável para Jacqueline, que caíra na apatia desde a morte do marido. Seus filhos ficaram felizes por ela ter encontrado uma companhia e lhes traziam flores e caixas de chocolates. Eles passaram a vê-la com mais frequência, dizia a irmã, talvez porque a sentissem menos deprimida. Ela, Florence, que havia tocado o fundo da miséria, trouxera um pouco de luz para aquela casa. Ela já sabia que tinha de aproveitar os momentos de paz e ser feliz a cada momento, escutar um concerto, ler um livro, ouvir as gotas de chuva caindo, protegida em casa, e tomar sol se o tempo estivesse bom. Estava tentando passar essa ideia a sua irmã.

Jacqueline não a entendia. A morte do marido a mergulhara na prostração. Quando saía e se divertia um pouco, sentia-se culpada. Às vezes, chorava sem motivo aparente e ela, Florence, tentava consolá-la.

Mas como entrar no pensamento de uma mulher que fora feliz com o marido por tantos anos? Ela só conhecia a frigidez, o tédio e a angústia de ser abandonada. López, o único homem que ela amou, a traíra. Pensava que havia níveis de inquietude. Ela estava preocupada com sua situação material e com a forma de sobreviver. Sua irmã, que não tinha problemas financeiros, sofria com sua viuvez e, além disso, devia haver pessoas atormentadas pelo medo de que um aerolito acabasse com a vida na Terra. Se tivesse de dizer algo para as pessoas, seria: aproveitar o momento presente e não se preocupar com o passado ou o futuro.

Gaby havia terminado seu curta-metragem sobre Michelangelo e cortado suas relações com Manlio para não ser forçada a mentir para Franz. Ela estava apaixonada como uma colegial por seu poeta alemão. Viajava para Berlim uma vez por mês e se acostumou com sua timidez e com os amores platônicos em que encontrava o melhor de seu ser: generosidade e compaixão. Tornou-se o que Franz queria que ela fosse, uma musa desprovida de sensualidade. Agora ele lhe escrevia poemas em alemão, e, depois de oito meses estudando essa língua, ela podia lê-la e apreciar a pureza de seu estilo e a emoção que continham. Nunca pensou que terminaria sua vida de amazona com uma paixão tão romântica. Porque algo lhe dizia que Franz seria seu último grande amor. O cansaço começava a instalar-se nela; já não recuperava mais as forças como antes após o exercício físico. Evitava longos deslocamentos e preferia trabalhar em projetos simples. Assim, preparava um livro com fotografias dela para acompanhar os poemas de Franz. Mais um motivo para ir vê-lo. Ela se hospedava em seu apartamento, onde havia um quarto que sempre a esperava, e eles saíam juntos para os cafés da moda. Ela já conhecia todos os seus amigos, escritores, filósofos e poetas e, embora tivesse dificuldade em falar alemão, entendia-o perfeitamente e ouvia com interesse suas conversas. Ela tinha sido adotada e sentiu que seu centro de interesse estava mudando para Berlim. Franz queria se casar com ela, talvez para mantê-la ao seu lado permanentemente, mas ela desconfiava do casamento. Além disso, suas primas e amigas moravam em Paris, a cidade que ela mais amava no mundo. Mais cedo ou mais tarde, seria forçada a escolher, e o dilema causava uma angústia em seu coração.

Se Franz se mostrasse razoável, deixaria as coisas como estavam, e ela manteria sua independência, viajando frequentemente para a Alemanha. Ele argumentava que ela poderia exercer sua profissão como fotógrafa em qualquer lugar, mas como explicar que, apesar de sua autonomia, ela se acostumara a trabalhar em equipe com os jornalistas que escreviam para sua revista? E as relações de amizade, a cumplicidade, as longas noites passadas juntos à espera de qualquer acontecimento? Tudo isso contava para ela e fazia parte de sua vida. A longo prazo, Paris venceria o jogo e ela se acomodaria à exaustão, secretamente se maldizendo por ter abandonado Franz. A velhice era, mais que tudo, um fato físico: os homens não se voltavam mais para olhá-la, ela entrava no metrô ou em um salão e passava despercebida. E era também um estado de espírito, uma memória que falha, a sensação de que o que se realiza não tem valor nenhum. E também era se encontrar com uma amiga de infância passando por Paris e descobrir que seu riso soava como o grasnido de um pássaro, que ela engordara irremediavelmente e seus sentimentos eram mesquinhos. Com Franz ela esquecia esses problemas e seu amor a rejuvenescia. Gaby achava ótimo ser amada na idade dela e justamente no momento em que a sexualidade começava a aborrecê-la. Mas nunca abandonaria Paris.

Em uma nuvem de melancolia, Juana se lembrava do casamento do filho, Jean. A menina, Adélaïde era seu nome, fez de tudo para seduzi-lo. Caçou-o, apanhou-o como em uma armadilha para coelhos. Eles se conheceram em uma reunião da empresa para a qual ambos trabalhavam e na mesma noite ela dormiu com ele. Depois, acompanhou-os até o Midi, à casa onde costumavam passar férias. E foi aí que os problemas começaram. Adélaïde não levantava um dedo para ajudá-la a limpar a casa e a cozinha. Ela, Juana, estava acostumada a fazer tudo, mas, se havia uma mulher ao seu lado, tinha de dar uma mãozinha nos afazeres domésticos. Adélaïde se esquivou, alegando que era obrigada a elaborar um relatório para sua empresa durante as férias. Jean a apoiou. E ela se viu na situação desagradável de sogra ciumenta e um pouco malvada. Pedia muito pouco: que Adélaïde descascasse as batatas e lavasse a louça. Mas a menina insistia que comprassem legumes congelados e pratos descartáveis, desvalorizando assim seu papel de dona de casa. Isso a deixava irritada e ela se vingava criticando-a quando estava sozinha com Jean, que no fim não sabia de qual lado ficar. As férias foram um inferno para todos eles e, quando regressaram a Paris, Jean se casou com Adélaïde, que estava grávida de um mês. Os pais da noiva fizeram uma cerimônia de casamento deslumbrante e ela, Juana, apesar de estar elegantemente vestida, sentiu-se como um cachorro. Adélaïde pertencia a uma alta classe social e tinha uma avó viscondessa que ofereceu a recepção em seu castelo na Bretanha. Ficou com a impressão irritante de que Jean tinha vergonha dela. De qualquer forma, ele não a apresentou a ninguém: foi de um lugar para outro cumprimentando seus novos amigos, vestido com um terno branco com um colete azul que o fazia parecer um cantor de bolero. Em determinado momento, ele se aproximou dela para conversar e disse que ela não precisava mais ir ao apartamento para fazer a faxina porque Adélaïde havia conseguido uma menina para cuidar disso. Pareceu-lhe o golpe final: perdera o filho. No entanto, reconhecia que, se estivesse no lugar de Adélaïde, teria feito a mesma coisa: não permitiria que sua sogra viesse vasculhar em sua privacidade sob o pretexto de arrumar a casa. Mas, se ela não visse Jean quando voltava do trabalho, como poderia manter o relacionamento privilegiado que ela tinha com ele? Deixaria de lhe contar seus segredos e de colocar na carteira notas de quinhentos francos, o dinheiro que lhe permitia andar de táxi, ir a bons restaurantes e driblar a mesquinhez do marido. Sua amargura havia causado sérias disputas entre o casal e, em todas as ocasiões, sentia que Jean estava se afastando mais dela.

Agora ela se arrependia de não ter tido outros filhos com Daniel, sempre preocupada com a fila à espera de um papel de atriz que nunca chegava. Jean a ajudava a esquecer o vazio de sua vida. Ela o buscava na escola depois de fazer um lanche e mais tarde, quando ele começou a frequentar a faculdade e a sair com os amigos, ela ficava acordada até que ele chegasse para servir-lhe o jantar. Ela era mais que uma mãe, era um fantasma de uma amante solícita e furtiva. Jean não precisava lhe pedir nada porque ela previa e realizava seus desejos. Juana temia em seu coração o dia em que decidisse se casar, mas agia pensando que ele iria ficar solteiro para sempre e afastava essa preocupação de sua mente como se faz com uma mosca inoportuna. Mas nunca, nem mesmo em seus piores pensamentos, imaginou que ele escolheria uma mulher como Adélaïde, possessiva, independente e sem qualquer senso de família. Ela, Juana, a detestava, e esse ódio, que na realidade nada tinha a ver com sua falta de colaboração nas tarefas domésticas, estava em seu íntimo desde o nascimento de Jean. Pouco se importava com suas aventuras, pássaros de passagem. Por outro lado, ela não tolerava a mulher que a substituía em seu coração e que ainda mais lhe dava um filho, fazendo-o pai e, consequentemente, arrancando-o de sua condição de criança mimada cujos caprichos eram ordens.

Jean tinha um aspecto infantil em sua personalidade, contra o qual Adélaïde se propôs a lutar: ela o encorajava a ir mais longe em seu trabalho e a se tornar um homem responsável, rompendo a relação de dependência que o ligava à mãe. Seu médico, um homem comedido que ela via por causa de seus problemas de artrite, aconselhou-a a deixar Jean em liberdade. Disse-lhe que estava agindo como a sogra previsível de uma peça de teatro barata. Ela caiu no choro no consultório, de raiva e tristeza. Se ela não era a mãe de Jean, quem era? "Uma pessoa independente que envelhece com dignidade", respondeu o médico. E desde então, agarrada a essa frase, comportava-se de forma diferente. Nunca mais telefonara para Jean em seu escritório e não voltara a censurá-lo. Agora era ele quem solicitava encontros em um café aos entardeceres e, sem dizer uma palavra, passava-lhe um envelope com notas de quinhentos francos. O nome de Adélaïde nunca apareceu em suas conversas. Na última vez que se viram, ele anunciou que o bebê seria um menino e prometeu que poderia buscá-lo no berçário às sextas-feiras porque nesse dia ele e Adélaïde saíam tarde do trabalho. Por um momento sentiu-se feliz, mas logo a angústia se instalou novamente em seu coração.

Carregada de joias, Ángela de Alvarado dizia a si mesma que parecia um espantalho. Ela já não estava mais disposta a tanto artifício: um par de brincos e um simples colar de pérolas teriam sido suficientes. Mas Paul insistia que ela as pusesse quando saía na rua e ela preferia não contrariá-lo. Como ele era quinze anos mais velho que ela, Paul a via como uma jovem mulher e, quando se referia a Virginia e suas primas, as chamava de meninas. Dois meses atrás, ela havia sido operada de um tumor benigno na vagina, como contradizendo o ditado segundo o qual você paga por onde peca. Além disso, em seu coração ela acreditava que o cisto havia se formado por causa de sua frustração sexual. Enquanto vivia sozinha com Alejandro, ela não precisava de amantes, mas, assim que se casou, seu corpo se preparou para levar uma vida mais harmoniosa. Paul a havia decepcionado e, embora estivesse relativamente feliz ao seu lado, não o perdoava por sua indiferença. Os homens que frequentavam eram casados e seus princípios religiosos condenavam a infidelidade. Não era em vão que pertenciam a um meio aristocrático e conservador. Além disso, os anos a tornavam menos desejável. Restava-lhe Gustavo. Toda vez que ele vinha a Paris, ia vê-lo às escondidas em seu apartamento e juntos recomeçavam os jogos passionais de outrora. Um único olhar de Gustavo era suficiente para despertar seu desejo. Ela se despia debaixo da coberta, tentando esconder seu velho corpo, embora ele lhe dissesse que o verdadeiro amor estava acima da aparência física e risse de uma ruga a mais ou a menos. De qualquer forma, sua nudez parecia indecente e Gustavo concordava em amá-la na penumbra, com as janelas fechadas e as cortinas corridas. Gustavo estava o mesmo de sempre. O poder do dinheiro o mantinha jovem e com boa saúde. Pena que não vinha a Paris com mais frequência. Ela se arrependia de tê-lo perdido por causa de Alejandro, um menino egoísta a quem ela não soube dar uma educação correta. A última notícia que ela teve dele foi de que havia se tornado homossexual e frequentava o ambiente gay de Nova York, correndo o risco de contrair aids. Gustavo continuava a ajudá-lo e passava por alto seu comportamento. Ela, Ángela de Alvarado, sabia obscuramente que era responsável pelo desvio sexual do filho. Tinham dormido e tomado banho juntos tantas vezes, que Alejandro devia vê-la em todas as mulheres e temia o incesto de maneira inconsciente. Também era possível que os muitos anos passados ao seu lado o impedissem de se identificar com o pai.

De qualquer forma, Alejandro não tinha vivido uma infância e adolescência normais e só agora ela se dava conta disso. Que erro ela cometera ao tratá-lo como se fosse seu marido! Pendente de seus caprichos, cobrindo-o de carícias e beijos, aceitando sem reprovação seus péssimos boletins escolares, ela não tinha sido uma mãe para ele, uma fonte de autoridade. Alejandro agora era incapaz de aceitar seus limites, segundo Gustavo: tinha tendências pederastas e em uma ocasião teve de procurar o melhor advogado de Nova York para tirá-lo da cadeia. Nunca pensou que terminaria seus dias com aquele espinho cravado no coração: Alejandro, um delinquente, procurando meninos para pervertê-los, preso como qualquer suburbano. Para Gustavo, que teve outros filhos, Alejandro significava um defeito na série e não dava muita importância a ele. Garantia-lhe um emprego em seus escritórios em Nova York e contratara um administrador de verdade que cuidava do negócio quando Alejandro não estava no trabalho ou chegava à uma da tarde. Ela, ao contrário, via nisso um fracasso pessoal. Virginia e suas primas tentavam consolá-la. Mas como podia ser feliz naquele mundo de hienas dos homossexuais? Ela os conhecia: não tinham fé nem lei; eles se aproveitavam uns dos outros e desapareciam quando as dificuldades reais apareciam. Se seu filho adoecesse de aids, morreria sozinho como um cachorro. Ela iria vê-lo, naturalmente, escondendo a natureza de sua doença de Paul, que desprezava os gays e para quem a aids era uma espécie de castigo divino. Por mais que Gustavo a parabenizasse por ter se casado com um milionário, ela se arrependia do casamento: não só não tinha relações amorosas como também não podia expressar suas opiniões diante de Paul, um puritano da pior espécie. Gaby o considerava um homem culto e, manobrando como um veleiro em alto-mar, tinha longas conversas com ele. Falavam de tudo, até de política, sem que as ideias muito liberais de Gaby o chocassem. E mais: elas o divertiam, e ele a chamava de sua tentação intelectual. Ela, por outro lado, tinha de ir à missa aos domingos e receber os notáveis de Saint-Germain-en-Laye em seu castelo. Estava morta de tédio, não sabia o que fazer com o tempo e, se não fosse seu cãozinho Dominó, ficaria o tempo todo deitada. Tinha preguiça de sair da cama para encontrar Paul, o verdadeiro, aquele que ninguém conhecia, um pobre homem acuado pela velhice.

    Ela o observava atentamente para descobrir os problemas que a atacariam mais tarde. Desde a noite horrível em que seu pai matou sua mãe e depois cometeu suicídio, ela jurou ir até o fim de seus dias e viver por ambos. Essa história só era conhecida por Gustavo, porque, assim que se apaixonou por ela no Rio de Janeiro, ele contratou um detetive particular. E esse homem comprou o segredo de uma criada da tia que a adotara. Gustavo deu-lhe a palavra de honra de que não contaria a ninguém, e até então cumprira a promessa. Ela preferia esquecer, mas agora a cena vinha com mais frequência à sua memória: o pai apontando um revólver para a mãe, atirando nela, que, ferida na perna, caiu no chão, talvez salvando sua vida, e depois apontando o revólver para sua boca. Por que essa lembrança tendia a voltar à sua mente? Talvez porque na idade dela pudesse suportá-la, e isso já não lhe causava tanto horror. Havia muito que deixara para trás a idade do pai quando cometera esta loucura: trinta e dois anos. Ele era um homem bonito; e sua mãe, uma mulher de beleza estonteante que por um sim ou não a tomava em seus braços. Ela a adorava e, ao vê-la morta, sua dor foi infinita. Rastejou até onde jazia seu corpo inanimado e enterrou a cabeça em seu seio: foi assim que os criados a encontraram quando arrebentaram a fechadura para entrar na sala depois de ouvir os disparos, e era assim que se lembrava dela: seus olhos arregalados, dilatados de espanto, e aquelas mãos frias que não respondiam às suas carícias. Tudo o que viveu depois, a paixão por Gustavo, o abandono e a traição do filho, não tinha a mesma carga emocional. Aos dez anos de idade, esgotara sua capacidade de sofrimento.

Aurora ainda não tinha ido ao Brasil. Ficou em Paris para dar à luz porque o bebê estava mal posicionado e ela tinha mais confiança nos médicos e nas clínicas franceses. Apesar de anestesiada, o trabalho de parto foi longo e difícil. O pequeno Marcio, idêntico ao pai, nasceu sem nenhum traumatismo graças à habilidade do ginecologista. Seu marido assistiu ao parto, e ela, Aurora, do fundo de seu cansaço, o viu ficar pálido várias vezes. Vinte e quatro horas depois de ter seu filho, ela sentiu um desejo intenso de protegê-lo subir por seu sangue, como se seu corpo estivesse se preparando para lutar contra todas as pessoas que poderiam prejudicá-lo, e entendeu obscuramente que ali estava uma parte da fraqueza das mulheres. Pela defesa do pequeno Marcio, ela teria renunciado a tudo o que o pusesse em perigo, e até tinha medo de ir para o Brasil, onde, por causa da fortuna do pai, poderia ser sequestrado. Marcio tentava tranquilizá-la dizendo que dez guarda-costas percorriam os arredores de sua casa dia e noite, mas isso a assustava ainda mais: um desses homens poderia se permitir ser comprado, participando do sequestro de seu filho.

Por essas razões mais ou menos inconscientes, ela continuava em Paris, apesar de o bebê já ter três meses. Viajaria dentro de uma semana e talvez esta tenha sido a última festa da qual participava. Ao lado dela estava a cadeirinha onde o pequeno Marcio dormia. Ela o adorava a ponto de despertar o ciúme do marido, de brincadeira, claro, porque Marcio ficava bobo com o filho. Quando acordava à noite, era ele quem trocava as fraldas e lhe dava a mamadeira. "Se meus clientes me vissem", dizia ele morrendo de rir, porque era o administrador da fortuna da família. Desta vez, ele veio a Paris para levá-los e alegou que só se sentiria casado quando morassem com ele. Ele estava certo, pensava Aurora, mas deixar sua tia Virginia, e Isabel e Gaby, suas tias por extensão, partia seu coração. Embora Virginia estivesse doente e os amores de Gaby a projetassem para Berlim, sua própria partida lhe parecia uma deserção. Tinham sido tão felizes e tão infelizes juntas, e tinham compartilhado tantas coisas, que abandoná-las deixava um gosto amargo em seu paladar.

Marcio não conseguia entender aquilo. Ele garantia que no Rio de Janeiro teria outras amigas, mas ela tinha certeza de que nunca poderia amá-las com a mesma intensidade. Em Paris era preciso dar as mãos para resistir à agressão da cidade, aos problemas da polícia, ao frio e à indiferença dos parisienses. Um dia ela vira um homem morrer no metrô e as pessoas passarem por cima de seu cadáver. Foi até ele, desamarrou sua gravata e levantou sua cabeça para que pudesse respirar. Uma mulher loira e de aspecto enérgico veio ao seu lado e o examinou. "Está morto", disse ela, "sou enfermeira". E, quando Aurora falou com ela, a mulher notou seu sotaque e a aconselhou a ir embora para evitar problemas com a polícia.

Por um tempo, ela pensou que o homem havia sido assassinado e que a mulher fazia parte da conspiração, mas o que ela nunca esqueceu foi a insensibilidade dos transeuntes, que passeavam sobre o corpo daquele infeliz. Essa história resumiu o lado sombrio de Paris e explicava a solidariedade que se estabelecia entre os amigos. Mas uma nova vida a aguardava com Marcio e ela precisava se acostumar com a ideia.

Ángela de Alvarado a incentivava a ir embora, sua tia Virginia também. Ambas achavam que ela tinha muita sorte de ter encontrado um amor sem conflitos. E ela amava Marcio. O que começara como uma paixão estreita se transformara em afeto estável. Ela ficava feliz ao ouvir a voz dele no telefone e também quando ia buscá-lo no aeroporto com seu bebê. Ela, tão pouco dada aos afazeres domésticos, havia comprado um livro de receitas e cozinhava pratos deliciosos para Marcio. Florence lhe ensinara a preparar os molhos mais complicados. Também ia sentir falta dela e de Thérèse. Na última vez que jogou as cartas para ela, Thérèse anunciou que perderia Marcio se não fosse com ele. Sua amizade com mulheres maduras era curiosa, mas, com exceção de Olga, as garotas de sua geração lhe pareciam insípidas e inexperientes. Cinco vezes no passado, ela se revezara com suas tias para cuidar de Isabel depois de suas tentativas de suicídio. E agora ela estava lá celebrando a inauguração do apartamento onde Isabel apagaria suas más lembranças com Gilbert.

Tinha chegado ao paroxismo da celebridade, Thérèse dizia a si própria, lembrando que duas semanas atrás estivera na televisão e conseguira adivinhar a quem pertenciam os três objetos que o apresentador lhe mostrava: uma página manuscrita de Proust, um anel de Maria Antonieta e a corrente de ouro de um enforcado anônimo. Para o primeiro ele disse que algo tinha a ver com um escritor asmático que era difícil de ler, no segundo ela reconheceu a propriedade de uma rainha guilhotinada e, no terceiro, mais confuso, a palavra estrangulamento lhe veio à mente. O sucesso foi total. No dia seguinte, seu telefone não parou de tocar e, embora tenha dobrado o preço das consultas, sua agenda de compromissos ficou cheia até o fim do ano. Pensar que ela tivera de envelhecer para ser respeitada e reconhecida. Havia emagrecido muito porque não tinha apetite, e seu baixo peso mais uma cirurgia plástica bem-sucedida lhe davam uma aparência juvenil. Apenas as rugas em suas mãos revelavam sua velhice. Jogava as cartas com luvas para não se trair diante de seus clientes. Havia uma relação entre a desnutrição e sua condição de vidente. Ela descobriu isso quando perdeu trinta quilos em decorrência de uma pneumonia que quase a matou. Saiu do hospital esquelética e com a capacidade de ver o passado, o presente e o futuro. Decidiu ficar com esse peso e só comia uma anchova e um ovo cozido à noite. Rumores de seu dom se espalharam e os compromissos caíram sobre ela, mas depois daquele abençoado programa de televisão o número de seus clientes se multiplicara por mil. Cobriu seu apartamento com tapeçarias persas e comprou em leilão a mesa de uma antiga vidente, uma mesa carregada de boas vibrações porque sua última dona era uma mulher gentil e feliz. Começou a estudar grafologia para aumentar seus dons como profetisa, e a astrologia não tinha mais segredos para ela. Era uma das três melhores videntes de Paris. Naquela bela pintura, porém, havia uma mancha: sua sexualidade tinha desaparecido como se a clarividência também exigisse a ascese. Ela sentia saudades dos dias em que podia estremecer de desejo e seduzir um homem, mas agora de forma abstrata, porque seu corpo não sentia nada. Lembrou-se da época, não muito tempo atrás, em que a perspectiva de um caso de amor a invadia de emoção: seus seios se erguiam, seu púbis ficava molhado, sua boca ressecava e até as pontas dos dedos doíam. Tudo isso tinha ficado para trás e lhe parecia uma forma de morte. Vida e sexualidade estavam associadas, e renunciar à segunda era se preparar para partir. Essa ideia a angustiava, embora na linha de sua mão estivesse escrita uma grande longevidade.

Alguns meses atrás, Alain, um de seus clientes, um engenheiro desempregado, havia se apaixonado por ela, ou talvez pelo poder que ela representava. Ela ficou indiferente. À sua expressão apaixonada respondia com olhares neutros, e, quando Alain finalmente decidiu declarar seu amor por ela, disse-lhe que a ética de sua profissão a impedia de ter relações com seus clientes. Desesperado, Alain foi para a Alsácia, onde ela o aconselhou a ir procurar um emprego, e finalmente conseguiu trabalho. Seis meses antes, ela o teria amado até a loucura, seus olhos azuis, seus cabelos grisalhos e sua alta estatura. Em vez disso, ela o observara com um olhar profissional: Alain não dava um passo sem calcular o próximo e só estava realmente interessado no trabalho. Devia ser morno na cama e ela teria de fazer muito esforço para ensiná-lo a amar corretamente. Homens parecidos com Alain ela conhecia aos montes. Começavam a trabalhar jovens, depois de terminarem os estudos universitários, e caíam como frutos maduros na engrenagem demolidora de alguma empresa. Lá eram ensinados a se curvar aos interesses da empresa, a respeitar a hierarquia de forma sagrada e a ter como única ambição a promoção de sua carreira. Ter uma mesa cada vez maior, uma secretária para si e um automóvel da melhor marca. O amor era secundário para eles, a arte também.

Chegavam aos cinquenta vazios, sem ter conhecido nenhuma paixão, e, se naquele momento perdiam o emprego, ficavam indefesos como pássaros noturnos deslumbrados com a luz de uma lanterna.

Era então que iam vê-la, fazendo perguntas carregadas de valor existencial. Sim, senhor, na vida havia outras coisas além da empresa e do trabalho exaustivo, sim, ele havia perdido oportunidades de se enriquecer intelectualmente, de amar uma mulher (ou um homem), de ir ao fundo de experiências que lhe teriam permitido se conhecer melhor, sim, suas aventuras se reduziam às férias passadas com sua família em uma vila grega. E seus planos de conhecer a Amazônia, de ler os sonetos de Shakespeare, e a linda garota encontrada em um aeroporto e por quem ele teria sido capaz de quebrar a monotonia de sua carreira? Não quebrou nada, não leu nenhum verso, não foi a lugar nenhum. Se tivesse uma esposa culta, assistia à ópera embrutecido pelo tédio e percorria as galerias das exposições sem entender muito bem as diferenças que havia entre um pintor e outro. Praticava esportes não por prazer, mas para dar aos seus superiores a impressão de ser atlético e ter boa saúde. Sua vida consistia em uma sucessão de gestos destinados a manter as aparências. Ela havia descoberto tudo isso em Alain antes de ele abrir a boca e perguntar se deveria viajar para a Alsácia, onde moravam alguns parentes afastados que poderiam lhe conseguir um emprego. Ela adivinhou, talvez por sua camisa mal passada, que sua esposa o abandonara. Mas o assunto não residia ali, e sim em sua própria atitude em relação a um homem bonito que parecia estar interessado nela. Sentiu uma indiferença sem limites e um cansaço antecipado com a ideia de se deixar seduzir e suportar as preliminares de um envolvimento amoroso. E a aventura em si lhe parecia oca e desgastante. Isso deve ter sido sentido pelas mulheres que desistiram de viver. Ou talvez fosse uma forma de sabedoria, de se dedicar ao prazer intelectual, de tirar a casca dos sentimentos humanos e dizer a si mesma: é isso e nada mais.

Anne ainda estava atordoada com o que havia acontecido com ela uma semana atrás. Marc a abandonou como tanto temia, depois de saber o que ela havia feito com sua mãe. A tia que cuidava dela foi até Paris, aproveitando a viagem de uma amiga, e se dirigiu ao seu apartamento para reclamar o dinheiro que não lhe enviava havia seis meses. Ela não estava lá, Marc sim. Ele abriu a porta para ela e a levou para a sala. Espantada, a tia viu os móveis e comentou em voz alta que estava finalmente descobrindo quem havia levado as coisas da pobre irmã, cega porque por um ano ficou doente com diabetes sem ter como consultar um médico, porque sua filha, Anne, não lhe enviava um centavo. Marc ficou atônito e disse que deveria ser outra pessoa. "Não conhece um diamante assim, uma esmeralda desse tamanho?", perguntou a tia. E ali mesmo começou a contar-lhe como ela, Anne, tinha tomado posse dos dois anéis de sua avó antes de encerrá-la em um asilo e enviou esses móveis para Paris, confiando-lhe os cuidados de sua mãe cega, para quem ela tinha de enviar mil francos por mês. Marc pegou seu talão de cheques e perguntou quanto ela lhe devia. Estava preenchendo o cheque quando ela, Anne, entrou no apartamento e imediatamente entendeu o que havia acontecido. Sentiu uma fúria animal subir do seu peito até a boca. Arrancou o cheque da mão de Marc e rasgou-o em pedacinhos, sapateando de raiva, e depois deu um tapa em sua tia, insultando-a com as palavras mais profanas de seu vocabulário. De repente, seus olhos se encontraram com o olhar de Marc e ela se calou. Uma gota de sangue correu pelos lábios da tia e só então ela percebeu que sua própria boca estava coberta de espuma. Um terrível medo deu um nó em seu coração; ela havia se traído ao mostrar a Marc a verdadeira face de sua personalidade. "Eu fiz isso por você", murmurou com força, "porque eu te amo". "Ah, não", Marc ficou indignado, "você não me conhecia quando sua mãe adoeceu". Como lhe explicar que ela já estava esperando por aquilo? Se devia esse dinheiro à tia era porque ele, Marc, insistia em ir a restaurantes caros e estava acostumado a deixá-la pagar a conta. E os presentes que ele mesmo sugeria dar a ela. E o salário da empregada doméstica que arrumava seu apartamento todos os dias porque ele queria morar em um cântaro de prata sempre lustrado, e ela, com o trabalho, não tinha mais tempo para fazer muita coisa. Mas não disse nada. Fez um cheque sem fundos para a tia e caiu no choro no sofá. Em um único momento, ela destruíra sua imagem de mulher distinta e gentil, que Marc tanto admirava. Ela o viu levar um frasquinho de álcool com algodão para limpar o ferimento da tia e depois os dois foram até a porta de saída do apartamento.

Quando Marc voltou para a sala, ela enxugara as lágrimas e esperava sua reação sentada no sofá. Tinha recuperado o controle e jurou para si mesma que, se perdesse Marc, pelo menos manteria sua dignidade. Não estava disposta a fazer cenas de choro e súplica, ou dar-lhe explicações, ou qualquer coisa assim. Acendendo um cigarro, esperou seu veredicto sem dizer uma palavra. "Uma consulta com um médico custa menos do que um par de sapatos", ouviu-o murmurar. "E era sua mãe." Sim, era a mãe que a trouxera ao mundo para torná-la uma filha bastarda em uma cidade do interior e fazê-la sofrer humilhações desde a infância. Era a mulher sem caráter que a trancou em um quarto por quatro anos porque sua própria mãe se recusava a aceitar sua existência. Depois, em um choque de amor materno, levou-a para a rua, mostrou-a para seus amigos e a matriculou em uma escola de dança. E sua avó, cujos anéis e móveis ela havia arrancado antes de encerrá-la em um asilo, foi o pesadelo de sua infância e ela sempre a odiou. Mas Marc estava certo: ela deveria ter enviado à mãe o dinheiro de que precisava para ver um médico e evitar que ela perdesse a visão. Este foi seu crime: em vez de esperar que a cacatua da avó vendesse um de seus objetos e pagasse a consulta, ela poderia ter enviado um cheque à mãe. Só por esse egoísmo ela estava disposta a pagar. E saldou sua dívida.

Naquela mesma noite, Marc deixou o apartamento depois de ter feito amor com ela como se fosse uma prostituta. Insultando-a com vulgaridade. Ele também tirou a máscara e se mostrou tal como era. Durante meses eles vinham se enganando e se comportando como pessoas elegantes e refinadas quando, no fundo, eram lobos da mesma ninhada. Mas, uma vez desmascarados, não podiam continuar juntos, sob pena de entrarem em um inferno de insultos e recriminações. Ela o viu fazer suas três malas, guardando cuidadosamente os ternos, gravatas e camisas de seda, e todos os outros presentes que ela lhe dera. Só então ela entendeu que Marc era um garoto de programa, mesmo trabalhando como piloto de testes. Ele deixou seu apartamento para se instalar na casa de uma milionária com quem provavelmente tinha um caso às escondidas. Sofreu muito e, ao mesmo tempo, sentiu-se aliviada, feliz por recuperar sua liberdade. Agora ela podia se vestir de maneira mais sensual e ir a bares da moda, onde encontrava amantes passageiros. Comprou o tão ansiado conjunto de jaqueta e saia de couro bem justo ao corpo, que aparecia em uma das vitrines de sua loja, foi ver seu cabeleireiro de antes para lhe dar um corte de cabelo mais chamativo e mudou sua maquiagem. Era outra pessoa, era ela mesma. E como as coisas boas nunca vêm sozinhas, seu chefe anunciou que estavam aumentando seu salário. Assim, poderia se inscrever para a sauna-piscina de um hotel de luxo, frequentado por solteiros e recém-divorciados. Tudo isso acontecera em menos de uma semana e ela não teve mais tempo para lamentar a perda de Marc. Além disso, ela ficava feliz em dizer a si mesma que a partir de então deixaria de viver preocupada com o abandono de um homem e não veria em suas amigas possíveis rivais. Dessa vez tinha agido como aos dezoito anos, quando decidiu esquecer o balé. Em meio aos seus defeitos, tinha a seu favor o orgulho, que acabava por salvá-la.

Indiferente, Marina de Casabianca observava as pessoas que se movimentavam ao seu redor. Em dois meses entraria como noviça em um convento de carmelitas. Agora estava organizando seus negócios de tal forma que Jérôme enviasse os dividendos para a Igreja. Despojada de todas as preocupações materiais, queria se dedicar a orar o dia todo pela alma dos filhos e ser perdoada por seus próprios pecados. Um amigo que estava prestes a se tornar padre lhe dissera que o difícil não era a pobreza — no fim, acostumava-se a viver com poucas coisas — nem a castidade — o desejo sexual desapareceu depois de um tempo —, mas a obediência. Aparentemente, curvar-se à vontade de seus superiores era insuportável a longo prazo. Mas ela estava determinada a se submeter às ordens que lhe fossem dadas, pois isso fazia parte da penitência. Tinha muito do que se arrepender, segundo seu confessor, sua vaidade, seu egoísmo e suas múltiplas aventuras amorosas. Devia se esquecer de tudo isso e se tornar uma nova Marina, dócil e humilde. Mais sensível aos problemas das pessoas, havia dado aquele apartamento a Isabel, que sempre esteve presente em seus momentos difíceis e cujo trabalho como tradutora não lhe permitia garantir a velhice. De todas as suas amigas, Isabel era a única que a acompanhava para levar flores aos túmulos de Guillaume e Loïc, passava os braços em torno dela quando começava a soluçar e a ajudava a caminhar até o Rolls-Royce, encorajando-a com uma voz muito suave. Apesar de seu ateísmo, ela aceitava sua vocação religiosa, pensando, talvez, que a calma do convento a ajudaria a suportar sua dor. E, na verdade, apenas nas igrejas que rezavam à Virgem ela se sentia menos infeliz. Parava de chorar, desaparecia aquela sensação de ter uma faca enfiada no peito e ela podia se lembrar com ternura de André e seus filhos. A ideia de passar o resto da vida rezando em um convento a enchia de uma felicidade sombria. Nunca mais abriria um jornal ou assistiria televisão. Quando a porta se fechasse atrás dela, o mundo inteiro seria uma ilusão; sua dor, uma lembrança. De certa forma, ela morreria para renascer em um universo diferente, onde só contavam a oração e a penitência. Doía-lhe pensar que seu belo cabelo seria cortado, mas a longo prazo deixaria de lado aquela bobagem. Procurava outra vida, já que seus recentes princípios religiosos a impediam de se suicidar. E, embora não se atrevesse a contar ao seu confessor, entrar em um convento era de certa forma morrer.

Tinha feito todo o possível para não tomar essa decisão. Comprou duas novas empresas para aumentar sua jornada de trabalho e, de passagem, seu patrimônio. Estudou balanços de contabilidade analítica, orçamentos e projetos para estender suas atividades aos países do Oriente. E tudo correu bem. Tentou encontrar um amante e se relacionou com dois ou três homens sem sentir prazer. Começou a jogar tênis e a caminhar até se render à exaustão. Um dia comprou uma centena de filmes de videocassete para se distrair um pouco, mas na tela da televisão via Guillaume e Loïc, adormecidos, correndo pela praia da ilha onde passavam as férias ou jantando com ela na grande sala de jantar de sua mansão em Lausanne. Desesperada, duplicou a dose de remédios para dormir e conseguiu prolongar o sono por três horas sem cair em pesadelos. Entre um psiquiatra que a exortava a superar o sofrimento e um confessor que sugeria que ela o abandonasse por meio da oração, ela não teve mais dúvidas: aceitou o conselho deste último e foi ver a madre superiora de um convento de carmelitas em Paris. Era uma mulher de seu mesmo meio social, inteligente e discreta. Quando ela falou sobre André, a madre lhe contou que também havia perdido o namorado, que morrera de câncer. "Você vai ver", disse ela, "aqui até as memórias se tornam fantasmas". E então ela, Marina de Casabianca, teve uma visão de si mesma calma e para sempre alheia às dores da vida. Em seu hábito de freira, caminharia pelos corredores do claustro para ir rezar na capela e comeria no refeitório ouvindo a leitura dos Evangelhos. Jejum, longas noites sem dormir e horas gastas em oração acabariam por entorpecê-la. Sim, André, Guillaume e Loïc acabariam por se tornar as sombras de um passado esquecido.

Tinha sido obrigada a abandonar Édouard, lembrava Helena Gómez com amargura. Simplesmente não conseguia acompanhar os passos daquele homem dinâmico, com um apetite feroz pela vida. Dormia tarde, viajava de um lugar para outro dando palestras e queria que ela o acompanhasse. A princípio, ela aceitou e, para que Enrique não descobrisse sua infidelidade, fingia que ia ver seus filhos. Mas andar por aeroportos e estações de trem a deixava cansada e ficar sozinha em um hotel de Londres, Nova York ou Los Angeles enquanto Édouard ia para qualquer universidade a fazia se sentir como um apêndice sem vida própria ou vontade. A paixão dos primeiros dias havia desaparecido, embora uma onda de prazer a atravessasse quando faziam amor. De todo modo, isso não era suficiente: alguns segundos de emoção contra vinte e quatro horas de tédio. Ela decidiu continuar seus estudos em outra universidade e só via Édouard quando ele estava em Paris. Uma de suas filhas havia começado a usar drogas: ela a fez vir para uma cura detox e Enrique foi tão gentil com as duas, ajudou-as tanto, que ela sentiu vergonha de mentir para ele e ter um caso extraconjugal. A partir de então, decidiu terminar suas relações com Édouard. Contra todas as expectativas, ele recebeu a notícia com calma, como se estivesse se libertando de um fardo. Talvez já houvesse outra mulher em sua vida e ela não tivesse notado. Entre todas as suas alunas bonitas e jovens, bastava-lhe estalar o dedo para escolher. Voltou ao regaço de Enrique, às saídas ao cinema, aos jogos de xadrez e aos últimos livros publicados. Curiosamente Enrique, o asceta, era mais culto que Édouard, o professor. Enrique se interessava por muitas coisas, desde o desenvolvimento da matemática pura até as últimas conquistas em tecnologia. Assinante de várias revistas estrangeiras e francesas, estava a par do que acontecia no mundo. Com ele podia falar de igual para igual, enquanto Édouard a tratava como se fosse uma discípula e não prestava atenção em suas opiniões.

Voltando à situação de antes, sentia-se desiludida e feliz ao mesmo tempo, feliz de não depender emocionalmente de alguém, de seus humores e caprichos. Édouard tinha algo de tirano acostumado a sempre impor sua vontade. Mesmo apaixonado, ele lhe dava ordens e depois a ignorava como se apenas seu corpo lhe interessasse. Quando ela falava, o olhar dele parecia dizer: "Querida, você não sabe nada sobre isso". Tudo isso acabara, mas ela ainda se sentia traída por Édouard, que a deixou ir sem demonstrar o menor desconforto, e por Enrique, cujo excesso de discrição lhe parecia suspeito. Ele deve ter entendido alguma coisa, pois agora estava bebendo à noite, o suficiente para ficar bêbado antes de dormir. No entanto, durante todo o seu caso com Édouard, ele nunca a censurou. Talvez tivesse se acostumado com as vantagens materiais que ela lhe trazia e temesse perdê-la. Então, ele era um proxeneta? Nesse caso, ela poderia dizer que ninguém a queria. A não ser que o amor fosse dar, não receber nada em troca. E sua vida passada se resumia a uma paródia grotesca de sentimentos. Jerónimo, seu marido e seus filhos fingiram amá-la e, quando ela foi embora de Caracas, não tentaram impedi-la. Jairo virou as costas para ela assim que o processo de divórcio começou. E agora descobria em Enrique a feroz indiferença de um velho tigre que só sai de sua caverna para comer os pedaços de carne jogados a ele pelo tratador do zoológico. Não era um pouco absurdo procurar o amor na idade dela? "Não", teria respondido Édouard, "o ser humano tende a amar e ser amado até a morte". Prova disso são as paixões que surgiam entre os idosos e que a sociedade tentava reprimir. Édouard, cujo irmão era gerontologista, sabia o que dizia. E se ligasse para ele? Eles poderiam continuar a se ver em Paris, como fizeram nos últimos meses. Sentindo o coração bater mais forte, ela procurou o telefone com os olhos e se levantou.

Louise viu-a passar e adivinhou no mesmo instante que ia ligar para o amante. Todas as suas amigas estavam cientes dos amores atormentados de Helena Gómez. Felizmente ela escolhera Georges de uma vez por todas. Nunca havia pensado que viver com um homem lhe traria tanta felicidade. Sua livraria estava indo bem. Tinha vinte clientes assíduos que lhe compravam um livro por semana e com quem tinha feito amizade.

Georges sugeriu a ideia de alugar um local ao lado de sua livraria para instalar um salão de chá. Foi um sucesso. As pessoas vinham comer as deliciosas sobremesas preparadas por Florence aos sábados e quase mecanicamente iam à livraria, folheavam os livros e acabavam comprando-os. No restante da semana, ela comprava bolos em uma padaria e cuidava dos dois estabelecimentos. Ganhava bastante dinheiro e podia, como antes, vestir-se com elegância e ter tudo que queria. Georges havia conseguido um emprego como comentarista dos livros do mês na televisão. Descontava o cheque de seu salário e punha as notas em um cofre pequeno disposto em um móvel no vestíbulo de seu apartamento, para que ela pagasse o aluguel e outras despesas domésticas. Juntos, iam comprar os ternos que ele usava no programa de televisão. Às vezes, Georges lhe dava uma mão na livraria. Ela não se importava mais que seus clientes soubessem que era casada com um homem tão jovem. Todas as suas preocupações haviam desaparecido. Sentia-se bem, dinâmica, feliz em viver. Até o médico ficava surpreso por ela não ter chegado à menopausa. Com exceção de Gaby, Isabel e Virginia, todas as suas conhecidas tinham um ar de melancolia irremediável. Deixavam-se apanhar pelas presas da velhice: gordas, enrugadas e vestidas de qualquer maneira, eram como os despojos de um naufrágio. Deixaram de trabalhar e só se interessavam pelos filhos e pela casa. Ela era amiga de Matilde e tinha uma empregada doméstica para arrumar seu apartamento. Quando chegava da livraria, estava tudo em ordem e podia saborear uma vodca com Georges antes de esquentar a comida pronta. Ela e Georges comentavam os acontecimentos do dia e, às vezes, antes de jantar, faziam amor com a mesma intensidade dos primeiros dias. Todos os fins de semana recebiam Matilde e o marido; não tinha notícias de Clarisa e pouco se importava. Houve um tempo em que a animosidade de Clarisa a entristecia; agora nem ligava. Não era culpa dela que vivesse em Le Mans como uma pobretona e se deixasse engravidar a cada dez meses porque seu marido era católico e inimigo da pílula anticoncepcional. Matilde estava à espera do primeiro filho e esse bebê seria seu primeiro neto. Como o ultrassom indicava que se tratava de uma menina, ela comprou um enxoval todo rosa.

Isabel contava com a sorte de que as gêmeas a amavam. As meninas daquela geração pareciam mais convencionais do que elas foram. Tudo, desde a anticoncepção até a liberdade sexual, tinha sido servido a elas em uma bandeja de prata. Mas depois dos estudos universitários se casavam e queriam constituir família. Talvez isso fosse preferível, com o aparecimento da aids. No entanto, faltava-lhes o fogo sagrado da independência e o espírito aventureiro, a rebeldia e a luta que as animara, como se só se apreciasse o conquistado. Matilde a ouvia falar sobre o feminismo da sua juventude com um desdém afetuoso e Isabel se queixava de que as filhas a achavam um pouco louca ou demasiado enfática. No entanto, se não fossem seus combates, suas manifestações e suas assinaturas, teriam herdado seu mundo, com suas neuroses e seus homens egoístas, alheios ao prazer feminino e verdadeiros tiranos domésticos. Tudo isso mudara, havia creches para crianças e as mulheres continuavam a trabalhar após o casamento. Os próprios homens eram diferentes, pelo menos os que ela conhecia através de Georges e do marido de Matilde: mais sensíveis, tratavam suas parceiras com respeito e nada os horrorizava mais do que serem tratados como machistas. Quer suas filhas percebessem ou não, o feminismo tinha aberto o caminho delas no fim do século XX.

Ela estava lá, pensava Toti, para mostrar ao mundo inteiro que não tinha medo do ridículo. Seu olho esquerdo estava fechado, sua pálpebra preta, cercada por um anel avermelhado, onde o desgraçado a atingira um instante depois que ela o chutara entre as pernas, forçando-o a cair no chão da discoteca, dobrado em dois. O golpe que ela recebeu foi mecânico e não conseguiu evitá-lo. Ainda se perguntou se o golpe foi resultado de uma reação contra o chute ou se viria de qualquer maneira. Juliana era a culpada, por ter flertado com o homem. Ela estivera olhando para ele de relance e sorrindo até que o homem se aproximou do bar, onde estavam tomando um drinque, e, usando o nome vulgar dos franceses para nomear as gays, disse algo como: "Você é lésbica, que desperdício". Depois pegou o braço dela para levá-la para a pista de dança e Juliana começou a segui-lo. Ela ficou entre eles e o homem olhou para ela com olhos cruéis, dizendo: "Você acha que pode monopolizar uma beleza como essa? Olhe-se no espelho". Foi então que ela o insultou e quase simultaneamente o chutou e recebeu daquele desgraçado o soco no olho. Atordoada, com um filete de sangue escorrendo pelo nariz, ela foi empurrando Juliana para a rua. Uma vez no apartamento, enquanto punha um cubo de gelo sobre o olho roxo, Juliana começou a recriminá-la. Não tinha controle sobre si mesma, disse-lhe; dançar não a comprometia e, de qualquer forma, ela estava farta de seu ciúme, que atraía a atenção das pessoas e a tornava ridícula. Então ela, Toti, viu-se como era, uma velha correndo como uma galinha atrás de uma menina de vinte anos. Na mesma hora mandou Juliana arrumar as malas e se instalar em qualquer hotel, coisas que ela fez feliz e contente. Da sala onde se refugiara, pondo pedaços de gelo enrolados em um lenço sobre o olho, ela a ouviu telefonar para uma amiga que era modelo e pediu um táxi para levá-la até sua nova residência. Ela, Toti, não chorou, mas, quando Juliana saiu do apartamento, sentiu um estrondo na cabeça. Então, ela a abandonara porque era velha e provavelmente feia, como o homem lhe dissera antes de espancá-la.

Virginia e suas primas, para as quais ela ligou no dia seguinte, entravam na velhice com sabedoria, mas, naquele mundo implacável de lésbicas onde só o poder do dinheiro, da beleza e da juventude contavam, envelhecer era fatal. Ela lhes falou sobre isso e as três entenderam. Mas Toti tinha dinheiro e havia muitas Julianas no mundo dispostas a segui-la para usá-la como estribo, apontaram-lhe sem cinismo, mas com uma franqueza calma. No mesmo instante, ela decidiu voltar para Caracas assim que seu olho roxo se curasse e procurar outra garota, que ela nunca traria para Paris. Também prometeu a si mesma assumir sua condição de mulher independente e parar de ter medo da solidão. Só agora percebera o quão ridículos eram seus desejos de manter um relacionamento permanente e formar um casal como marido e mulher. Lésbica, ela estava destinada a aventuras fugazes como as ondas vão e vêm na praia.

Sentada ao lado de Luis, Ester observava as pessoas que compareceram à inauguração do apartamento de Isabel. Com exceção de uma ou duas pessoas, todas pareciam ser de boa classe, o que por si só não era ruim. Luis insistira em trazê-la porque queria apresentá-la a Gaby. E Gaby tinha gostado dela. De acordo com o que tinha ouvido, ela era uma aventureira que viajava o mundo inteiro com seu equipamento fotográfico, ainda bonita e nada convencional. Sentia vontade de conversar com ela, de contar sobre sua vida, e só era impedida pela presença de Luis. Ela certamente poderia dizer-lhe como os homens a atraíam e repugnavam ao mesmo tempo e como sua vida era uma sucessão de fracassos sentimentais. No fundo, ela não se importava, mas, agora que sua velhice começava a se mostrar, tinha medo de ficar sozinha. Em poucos anos, não seria capaz de envolver um homem nas redes de sua sedução. Sua última captura importante havia sido Aníbal del Ruedo, bonito, distinto e com dinheiro, embora lhe faltasse um pouco de força para realmente excitá-la. Gostava de homens agressivos que vencessem seus pudores de aluna de freiras, mas apenas para fazer amor. Era como a tigresa que ataca ferozmente o macho após a cópula. Havia muito tempo que ela dissociava o ato sexual das relações amorosas, mas estas se impregnavam necessariamente de algo semelhante à promiscuidade. Os homens exalavam cheiros, roncavam, arrotavam e assoavam o nariz, ações que a repugnavam. E depois havia o problema da liberdade. Preferia ganhar a própria vida e ficar disponível para encontrar novas aventuras. Ela não se via passando todo santo dia em casa esperando a chegada de um marido ou suportando sua presença. Precisava de um horizonte claro onde as silhuetas de mulheres independentes fossem delineadas. Claro, ela não era como Gaby e as outras: pedia presentes e dinheiro quando não tinha prazer. Parecia-lhe justo ser recompensada por entregar seu corpo à volúpia masculina. Se, por outro lado, ela gozava, como acontecia com Luis, não exigia nada. Isso, por mais cínico que fosse, só poderia ser entendido por uma mulher, por Gaby, por exemplo. Sabia que a chamava de cortesã, mas, se explicasse sua raiva e frustração por se sentir usada, acabaria entendendo-a. Seus filhos a admitiram como ela era. Tiveram de fazer um esforço enorme, especialmente os meninos, para aceitar que ela passasse de um amante a outro. Talvez pensassem que ela estava procurando o amor sem encontrá-lo, quando ela mesma não sabia o que estava buscando. Toda vez que conhecia um homem interessante, sentia uma ansiedade e uma urgência em seu corpo que só desapareciam depois de tê-lo amado. Se as coisas funcionassem bem, era invadida por um sentimento de repugnância inaudita, e lembrava-se com horror dos truques que haviam sido usados para lhe dar prazer. Ela odiava que seu corpo fosse uma coisa manipulada sem qualquer respeito.

Antes de conhecer Aníbal del Ruedo, tinha conhecido Pierre em uma festa, um executivo de trinta e cinco anos que trabalhava em um escritório de compra e venda com países do terceiro mundo. Durante cinco meses, ela pensou que o amava, mas, assim que agosto chegou, Pierre foi para Ibiza, onde seus ricos clientes franceses passavam os verões. Seguiu-o por conta própria e certa noite encontrou-o na discoteca da moda, acompanhado por uma mulher tão velha como ela, que parecia envolta em uma aura de opulência: no peito bronzeado usava um colar de esmeralda e era evidente que seu vestido saíra do ateliê de um grande estilista. Pierre passou na frente dela, fingindo não vê-la. Depois, entendeu que ele era uma espécie de acompanhante das esposas de seus clientes e que era assim que fazia seus negócios. Ele entretinha as mulheres durante as férias e ganhava o privilégio de trabalhar com seus maridos o resto do ano. Era por isso que ela gostara tanto dele, pois estava acostumado a ceder aos caprichos femininos sem violentar sua natureza de sedutor e, consequentemente, sem criar um sentimento de culpa em suas conquistas. O ato de amor tinha de passar por essa corda bamba para lhe produzir uma sensação de harmonia e paz. Mas a traição de Pierre a deixou curada do espanto. Ela não o viu novamente e, quando ele lhe telefonou, Ester desligou o aparelho sem dizer uma palavra. Se Gaby tivesse inteligência, como garantia Luis, perceberia que ela não era uma simples cortesã.

Para se casar com Ester, Luis lembrava, ele decidira pedir o divórcio de Gaby, que assinou os documentos que apresentou a ela sem comentários. Agora tudo estava sendo tramitado na Colômbia e Ester se comportou como deveria nos últimos meses. É verdade que Arturo Botillón e Aníbal del Ruedo tinham uma nova amante e Gustavo Torres não tinha aparecido em Paris novamente. No entanto, ele sabia em seu coração que na primeira oportunidade Ester seria infiel a ele, mas Luis não queria envelhecer sozinho, e para arrumar uma casa era tão desamparado quanto uma criança. Ela pelo menos se encarregaria de dar instruções à empregada. Com suas economias, tornara-se sócio da empresa para a qual trabalhava e podia satisfazer seus caprichos e jantar em um bom restaurante todos os dias. Mas Ester não ia a restaurantes com o propósito de comer, e sim para mostrar suas roupas e encontrar novas aventuras. Era como se ele mesmo estivesse preparando a corda destinada a enforcá-lo. Esse casamento, se realizado, o deixaria infeliz e ele passaria o resto da vida se sentindo um cornudo. Tinha uma vantagem sobre todos os homens: ao seu lado Ester conhecia o prazer, enquanto com os outros ela era frígida. Não era suficiente, como vinha comprovando fazia anos. Ester procurava seduzir, jovens ou velhos, e só era feliz quando os tinha aos seus pés. O que esse comportamento significava? Talvez houvesse uma explicação cujo significado lhe escapasse e, talvez, por que não?, uma filosofia que Ester glorificava de maneira empírica.

Ele tinha ouvido falar sobre o diário de um tio da Virginia que colecionou conquistas antes de atirar em si mesmo. Ester jamais faria isso: era feliz por viver e desfrutar dos prazeres terrenos que a existência lhe oferecia. E se estivesse certa? Foi ele quem insistiu em se casar com ela, curvando-se às convenções sociais. E ela era a libertina, a aventureira, a independente, embora às vezes se fizesse pegar. Ester sentia um verdadeiro fascínio pelos homens que encarnavam o poder, o completo oposto de Gaby, para quem a busca pela autoridade era um sintoma da sexualidade sublimada e, consequentemente, uma forma de impotência, a incapacidade de gozar plenamente e se entregar sem reservas ao prazer. O que Gaby estava fazendo com aquele poeta alemão que a queria pura como se fosse um lírio? Ela o deixaria mais cedo ou mais tarde, mesmo que seu mundo em Paris estivesse se desintegrando. Ele, Luis, não suportava a ideia de perdê-la. É por isso que a apresentara a Ester naquela noite, para que se tornassem amigas e Gaby continuasse a fazer parte de sua vida.

Por fim, Gilbert havia realizado seus projetos, de levá-la ao casamento com grande alarde, dizia Isabel a si mesma. Houve uma cerimônia civil e agora eles estavam comemorando a festa inaugurando o belo apartamento que Marina de Casabianca lhe dera. Ela só trouxera seus livros e sua máquina de escrever porque Gilbert não queria saber dela cercada de objetos que a lembrassem do passado. Prudência inútil: desde a primeira vez que se amaram sentiu que sua existência anterior se apagava da memória. Do passado restavam as gêmeas, e Gilbert as adorava. Hoje ela começava sua vida naquele apartamento coberto de tapetes persas e com móveis escandinavos. Não deixaria de trabalhar para se manter independente, mesmo que Gilbert ganhasse vinte vezes mais que ela e assim tivesse facilidades financeiras até então impossíveis para alguém forçada a contar centavos. Podia viajar, dar presentes para as filhas e parar de se preocupar com a velhice. Gilbert ria de suas preocupações e jurava que a amaria mesmo que ela se tornasse uma velha enrugada como uma uva-passa. Thérèse via em sua mão uma linha interminável de vida, mais longa que a de Gaby, que parecia ter se diminuído desde suas relações com aquele poeta alemão, e a de Virginia, acometida por uma doença cardíaca da qual ela mal cuidava. Doía-lhe vê-la cada dia mais abatida e triste. Virginia parecia não perceber, mas seu corpo muito magro estava encurvado e ela mirava com os olhos de uma criança abatida. Recusava-se a consultar um especialista porque sabia que seria imediatamente obrigada a ir para um hospital. Era curioso que fosse ela quem se importasse com as primas, quando sempre fora o contrário. Gaby e Virginia lhe deram dinheiro para pagar o ensino superior das gêmeas, Ángela de Alvarado lhe comprava vestidos para que se apresentasse bem em suas recepções e Marina de Casabianca lhe dera aquele apartamento. Todas elas, Louise, Olga, Florence, Thérèse e Anne, tinham sido como vaga-lumes nos momentos sombrios de sua vida. Compassivas e bondosas, tinham lhe dado a sensação de que podia contar com alguém quando a angústia a perseguia. Ela as amava tanto quanto a suas filhas e muito mais do que jamais poderia amar Gilbert. Mas nunca diria isso a ele. Suas relações com as amigas eram sagradas e deveriam ficar de fora de qualquer discussão. Todos aqueles anos passados juntas suportando o melhor e o pior tinham criado laços silenciosos e secretos de solidariedade entre elas.

 Ela viu que Gaby saía discretamente da sala seguida por Virginia e decidiu acompanhá-las até a rua. Como Virginia não se atrevia a dirigir havia seis meses, Gaby foi buscar seu carro para levá-la ao estúdio. Veio dirigindo até a porta do prédio, saiu e instantaneamente ela, Isabel, percebeu que tinha uma câmera nas mãos. Um mau pressentimento atravessou seu espírito e ela conseguiu dizer: "Não faça isso", no momento em que o flash as fixava para a eternidade e, já sem vida, Virginia caía no chão com uma expressão atônita.

Este livro foi composto em Le Monde Livre Std no
papel Pólen Natural para a Editora Moinhos enquanto
Charles Bradley cantava *Things We Do for Love*.

*

No Brasil, a CPI das Bets evidenciava a inabilidade de vários
políticos. Enquanto isso, o Relatório Anual do Desmatamento
no Brasil era anunciado e apontava uma redução de
aproximadamente 32% das áreas desmatadas no país.